1400 Deutsche Gedichte und ihre Interpretationen

Herausgegeben
von Marcel Reich-Ranicki

Elfter Band

Von
Peter Rühmkorf
bis
Volker Braun

Insel Verlag

Umschlaggestaltung: Hermann Michels und Regina Göllner

Quellenhinweise am Schluß des Bandes
Satz: Memminger MedienCentrum AG, Memmingen
Druck: Ebner & Spiegel, Ulm
Printed in Germany
Erste Auflage 2002

1 2 3 4 5 6 – 07 06 05 04 03 02

Von Peter Rühmkorf
bis Volker Braun

INHALT

WALTER HELMUT FRITZ
ABER DANN?

Das Gedicht steht
in dem Buch?
Schlag auf, lies.
Gut, es hält
einen Augenblick still.
Aber dann?
Siehst du nicht,
wie es sich rührt,
die Seite verläßt,
schwebt, fliegt
und allmählich
unsichtbar wird,
ehe es sich
in dir niederläßt?

REINHOLD GRIMM
DER SCHWINGENDE SATZBOGEN

Zweierlei ist es, was mir dies Parlandogedicht auf Anhieb wert und nachdenkenswert gemacht hat: zum einen der poetologische Gehalt, den Walter Helmut Fritz hier vermittelt, und zum andern das poetische Bild, in das er ihn kleidet, das sich *allmählich* vor uns entfaltet und das die Aussage trägt, ja, selber schon ist.

Gewiß, Aussage und Gehalt und im Grunde sogar das sie krönende Bild sind einfach – zu schlicht und einfach fast, meint man zunächst. Denn daß sich Verse auf Druckseiten finden, also in Büchern oder auch Zeitschriften, weiß doch ein jeder; es ist das Selbstverständlichste von der Welt. Wozu es eigens noch aussprechen, und vollends wieder in Versen?

Aber Fritz – man achte auf den Zeilensprung – fragt zurück. Kaum merklich die Stimme hebend, wiederholt er: *Das Gedicht steht / in dem Buch?* Wirklich? Und freundlich zuredend, gleichsam besänftigend, empfiehlt der Dichter dem Leser: *Schlag* doch das Buch einmal *auf, lies.* (Nimm dir ruhig Zeit, soll das heißen; lies langsam, genau.)

Gut, räumt Fritz bereitwillig ein, das Gedicht verweilt auf der Seite, ist auf ihr festgebannt, *hält* dort *still*. Oder so scheint es zumindest *einen Augenblick* lang. *Aber dann?* Was begibt sich danach? Was geschieht, fragt der Dichter den Leser, wenn die Zeilen und deren Anordnung wahrgenommen, die Verse zu Ende gelesen sind? Und nun folgt als Antwort jenes schöne, bewegliche, sorgfältig durchgestaltete Bild, das den Vorgang der Aufnahme oder eben der eigentlichen Verwirklichung des Gedichts nicht etwa bloß schildert, sondern förmlich verkörpert und den gesamten zweiten Textteil in Form eines einzigen großen schwingenden Satzbogens überspannt.

Poetica in nuce. Gedichte stehen nämlich nirgendwo fertig da; Gedichte ent-stehen erst jeweils, und jedesmal neu, im lauten, leisen oder meist stummen Vollzug echten Lesens und damit Aneignens, das immer zugleich und zuvörderst ein Nachschaffen ist. Natürlich läuft derlei auf einen sogenannten Gemeinplatz hinaus: auf nicht mehr, doch auch auf nicht weniger als eine wirkungsästhetische und rezeptionstheoretische (oder letztlich und lediglich psychologische) Binsenwahrheit; und natürlich ist Walter Helmut Fritz sich darüber vollauf im klaren. Gerade solche gängigen Vorstellungen aber, solche allzu vertrauten, fraglos hingenommenen Wahrheiten, so will er uns bedeuten, kann man ja nicht oft genug aussprechen. Freilich, was die Literaturwissenschaftler in gelehrten Abhandlungen mühsam zu ertasten suchen und umständlich darlegen, ergreift und vollendet der Dichter gelassen in seinem in sich geschlossenen Bild.

Ist jedoch dies Bild, mit dem der schöpferische Nachvollzug des aus starren Lettern zusammengesetzten Gedichts als wirbelndes Auffliegen, Kreisen und Schweben und schließlich den Augen Entschwinden eines Vogelschwarmes geschaut und verwirklicht wird, tatsächlich dermaßen in sich geschlossen? Das nämlich, was es unwillkürlich – und vor allem zuletzt, wenn der Vogel-, lies Letternschwarm *unsichtbar* wiederkehrt und aufs neue *sich … niederläßt* – im empfänglichen Leser wachruft, ist ein bei aller Verschiedenheit im Kern völlig gleiches und ebenso schönes poetisches Bild aus älterer Dichtung. »Denn am Ende des Lebens«, schrieb einst Goethe, »gehen dem gefaßten Geiste Gedanken auf, früher undenkbare; sie sind wie selige Dämonen, die sich auf den Gipfel der Vergangenheit glänzend niederlassen.« Ob dem Verfasser von *Aber dann?* davon etwas bewußt oder halb bewußt gewesen ist, vermag ich nicht zu sagen. Erlaubt und berechtigt ist solch »ahnendes Zitieren« (Volker Braun) in jedem Fall, und zwar beim Leser nicht minder als beim Dichter. Leben Verse nicht ohnehin stets aus der Erinnerung und im Gedenken an den Tod?

Auch Einsichten dieser Art sind ja inzwischen schon poetologisches Allgemeingut geworden; derlei wird heute seinerseits, unter Rubriken wie »Intertextualität« oder »Zitation«, des langen und breiten abgehandelt. Das Gedicht von Walter Helmut Fritz hingegen benötigt zu alledem ganze vierzehn Zeilen: *Poetica in nuce.* Nicht nur in einer, sondern sogar in mehrfacher Hinsicht.

WALTER HELMUT FRITZ
ABER EBEN MEINE GESCHICHTE

Vorhin besuchte uns
der arme Mann
aus dem Toggenburg,
erzählte von seinen Wanderungen,
seinen Grillen, seiner Neigung,
aus der Haut zu fahren,
seinen Selbstmordgedanken,
dem Salpeter, den er siedet,
dem Garn, mit dem er handelt.
Ein Wirrwarr, meinte er,
aber eben meine Geschichte.

FRIEDRICH WILHELM KORFF
ERLEBNIS ZU EINEM GEDICHT

Vor sieben Jahren wanderte ich im Toggenburgischen und kam aus einem feuchten Bergwald an herunterschlagenden, spritzenden Bächen vorbei in ein Dorf. Im Zentrum war ein Kolonialwarengeschäft aufgehoben und in eine Antiquitätenhandlung verwandelt worden. Der neue Eigentümer war über Land, aber ein alter gedunsener Mann, eine Flasche Bier nach der anderen trinkend, saß dort und sprach ächzend von seinem Stuhl aus. Ich hatte schon nach einem Glas gegriffen und schüttelte in seinem hohlen Boden eine eingeschlossene Münze, als ich bemerkte, daß die Antiquitäten aus Italien importiert waren, daß aber der Laden selbst, eine Rarität, im Begriff war, sich auszuverkaufen, und in Stücken davonging. Die Kasse war verschwunden, der grüne Fleck auf dem Linoleum war aber noch sichtbar, ebenso die Schatten der Maße für Öl und Milch an der Wand. Das gläserne Mahagonischränkchen mit den Zigaretten trug einen Zettel und war schon verkauft, während der Geruch nach Kaffee und Hering noch unbezahlbar in der Luft hing. Ich ertappte mich, daß ich die Ausweidung beschleunigen wollte, eilig durch die fast geleerten Räume lief, in einen gelbranzigen Mehlsack schaute, einen Kunsthobel hob, nach den Preisen fragte, während der alte Mann von seinem Stuhl mich anblickte, »ich bin müed« sagte.
In dieser Pause schob er mir ein Buch hin. Es war das Aufschreibbuch des Ladens, und es mußte seit dem Jahre 1945

geführt sein, denn die Namen der Bergbauern fand ich alphabetisch geordnet und mindestens fünfundzwanzigmal darin. Wie ein Bergrutsch, wie die lustig, aber doch schwer ins Tal springenden Bäche standen dort wackelig Zahlenkolonnen und verbreiterten sich nach unten, bis der Strich sie fing. Die Summen trugen am Rand Daten, wann sie gemahnt, erinnert, wieder erinnert, gestundet und schließlich zwangsvollstreckt worden waren. Was die Bauern brauchten zu ihren unmäßigen Taufen, Hochzeiten, Kirchen- und Augustfesten, aber auch zum täglichen Bedarf wie Petroleum, Mehl, Tabak und Sensen, für die Frauen auch Garn, Nadeln und Konfirmationsgeschenke, nichts, was es gab oder hätte geben können, hatte der Laden zurückgehalten und prompt über den Tisch gereicht, bis er kurz vor dem Schlußstrich, meist vor Weihnachten, zögerte. Ins Buch wurden nurmehr kleine Beträge geschrieben, für das Allernötigste, für einen halben Liter Veltliner, für ein Pfund Haferflocken (vermutlich in der Dämmerung geholt von einem gepreßten Kind). Nun war der Laden erloschen, selber gestorben am Migros-Großmarkt in der Nachbarschaft. Kraftlos, wie sie war, hatte die Armut am Berg gesiegt, oder nur überlebt, denn lediglich die Schulden wurden im Konkurs erlassen. Sogar das Schuldenbuch war zu verkaufen: jetzt als Antiquität. »Niemand will's«, sagte der alte Mann, »ein Wirrwarr ... aber eben meine Geschichte.«

Das Gedicht von Walter Helmut Fritz ist unscheinbar. Aber zum Unglück gehört es, daß es nicht einmal auffällt, besonders in der Schweiz. Jeremias Gotthelf und Ulrich Bräker haben dies in zwei Jahrhunderten mindestens einmal deutlich gesagt – in den »Leiden und Freuden eines Schulmeisters« und in »Lebensgeschichte und natürliche

Abenteuer des armen Mannes im Toggenburg« –, und es ist auch der Welt nicht weiter aufgefallen.
Eine Befreiung aus ähnlicher Situation finden wir in Wilhelm Raabes Roman »Die Akten des Vogelsang«. Dort wirft Velten Andres den gesamten Hausrat seines Erbes aus dem Fenster, übrigens unter dem Beifall von Clowns und Artisten im Hof. Der arme Mann im Toggenburg ist dazu nicht fähig, er müßte schon ein Ahasver wie Velten und Weltstreicher sein. Obwohl des Eigentums müde, hängt der alte Mann an den Dingen. Er ist selber eines geworden, »Garn«, »Salpeter«, »Wirrwarr«, den er verkauft. Auch psychischen Unrat reicht er weiter, und zynisch wäre die Frage: als Antiquität?
Das Grauen dieses Gedichtes kommt von außen, es sagt nichts Weiteres als Äußeres. Die Tür steht offen, der Mann ist wieder gegangen (»Vorhin besuchte uns ...«). Wir beruhigen uns damit, daß sich der Mann bei »uns« aussprach, aber doch nicht blieb – allein die Vorstellung, er bliebe, welch ein Schreck! –, und daß er sich, bevor er ging, fast für sein Unglück entschuldigte. Konnten wir mehr für ihn tun?
Der alte Mann fängt »Grillen«, läuft aber vor ihnen davon, er »siedet Salpeter«, aber er zerknallt es nach innen, er will sich aufhängen, aber er hat keine Kraft, den Faden abzuschneiden, »mit dem er handelt«. Er sitzt im »Garn«, ein gefangener Dichter? Das Unglück eines Dichters ist von dem eines Kaufmannes nicht verschieden.

WALTER HELMUT FRITZ
ATLANTIS

Ein Land,
das es nie gab.

Aber es fällt
den Gedanken schwer,
es zu verlassen.

Helle Wege sind entstanden,
die zum Horizont führen.

Keine Müdigkeit.

Man muß die Dinge
nicht nur so sehen,
als seien sie schon gewesen.

Im Hafen
liegen die Schiffe,
die bei jeder Ausfahrt
das Meer hervorbringen.

GERT UEDING
LAND DER ZUKUNFT

Diesem Gedicht meint man fast mühelos folgen zu können, keine hermetischen Bilder, keine dunkle Metaphorik, klar und unmißverständlich scheint das Thema durchgeführt. Atlantis: von Platon wissen wir, wo dieser sagenhafte Inselkontinent gelegen haben soll, jenseits der Säulen des Herkules im Atlantischen Ozean, größer war er als Asien und Libyen zusammen. Bis heute gibt es Versuche, Spuren der versunkenen atlantischen Länder zu entdecken, doch auf diesen, die menschliche Phantasie so anhaltend faszinierenden Mythos oder den realistischen Kern, der in ihm stecken mag, zielt das Gedicht von Walter Helmut Fritz nicht.

Die ersten beiden Zeilen enthalten eine ganz lapidare Mitteilung: die wesentliche Bestimmung von Atlantis ist seine Nichtexistenz, es teilt sie mit Bezeichnungen wie Luftschloß, Fata Morgana, Wolkenkuckucksheim. Man meint damit eine Einbildung oder Gedankenkonstruktion, allenfalls noch eine poetische Idee, der gesunde Menschenverstand hält wenig davon. Die Anordnung der Zeilen freilich verrät schon, daß es hier weder um eine genaue Begriffsdefinition noch um das spießige Verdikt geht, womit Vorstellungen dieser Art immer zu rechnen haben. Der Akzent liegt auf »Ein Land« und auf der Vergangenheitsform, in der von seinem Nichtsein gesprochen wird. Wie also? Sollte Atlantis doch mehr sein als ein Hirngespinst?

Der nächste Gedichtabschnitt verstärkt diese Unsicherheit durch eine Entgegensetzung (mit »Aber« eingeleitet), deren Aussage allerdings auch wieder zweideutig ist: es sind schließlich bloß die Gedanken, denen Atlantis so heimatlich vorkommt, daß sie sich schwer davon lösen können. Erst die nun folgenden beiden Zeilen bringen wirklich eine Wendung: wie zweifelhaft und unausgemacht jenes sagenumwobene Land auch immer sein mag, es hat etwas Reales bewirkt: Wege sind entstanden (die vorher also nicht waren), helle Wege dazu (die also keine Dunkelheit verschluckt), und sie haben eine Richtung, den Horizont.
Hier angelangt, verfällt das Gedicht in einen ganz neuen Ton. War es bisher auf die knappe Aussage, auf Zweifel, Ratlosigkeit, Vergewisserung eingestellt, wechselt es jetzt über zu einer appellativen, unternehmenden, schließlich hoffnungsvollen Redeweise. »Keine Müdigkeit«, diese Zeile ist die Achse des symmetrisch gebauten Gedichts: Mahnung, Erinnerung, Aufruf – und zugleich Betonung der subjektiven Dimension des Themas, das damit aus seinen geographischen Zügen gänzlich gelöst und für eine neue Bedeutung vorbereitet wird, die auch die bisherigen Aussagen verändert.
Neben die räumliche tritt die zeitliche Bestimmung und was im Horizont der Zukunft liegt, die Dinge, die noch nicht sind, die aber sein können, weil sie real möglich sind, unterscheiden sich wesentlich von denjenigen, die bloß gewesen sind oder die nie sein werden. Atlantis und die Tatsache, daß es dieses Land nie gab, bedeutet also nicht etwa, daß es auch niemals existieren wird; ob es ins Dasein tritt, hängt ab von menschlicher Tätigkeit und von der Perspektive auf die Welt, die nicht nur als geworden, sondern ebenso als werdend anzusehen ist.

Die letzte Strophe schließt den Kreis des kunstvoll geformten Gedichts, indem es bildlich an die ersten Zeilen anknüpft, überschreitet aber zugleich die anfangs markierten Grenzen: schon liegen im Hafen die Schiffe, nicht um jenes Land zu entdecken, denn entdecken kann man nur, was schon vorher dagewesen ist, sondern um es hervorzubringen, gleichsam aus dem Meer aufsteigen zu lassen, in das es die Sage versinken ließ. Um ganz besondere Schiffe handelt es sich, sie befahren das Meer der Möglichkeiten, und ihre Route ist auf den Horizont der Zukunft gerichtet.

Das alte Hoffnungssymbol des ausfahrenden Schiffes hat sich bedeutsam verändert, steht für menschliche Tätigkeit, für den subjektiven Faktor in der Geschichte, für den schöpferischen Akt, der das, was sich noch nie und nirgends begeben hat, erst hervorbringt, aus Möglichkeit Wirklichkeit macht und aus dem Traumland Atlantis einen menschlichen Lebensraum.

Auch an ein gar nicht fabelhaftes Beispiel erinnert dieses Gedicht zuletzt: »Nova Atlantis«, Neu-Atlantis hatte Bacon Anfang des siebzehnten Jahrhunderts sein Buch genannt, worin er, eingekleidet in ein Seefahrermärchen, die technischen Errungenschaften der Zukunft vorführt, von Fernrohr und Mikroskop bis zu Telefon und Unterseeboot, von künstlichen Baustoffen und Mineralien bis zu Treibhäusern und neuen Nutztierzüchtungen. Auch dies ein Atlantis, das es nie gab, das keine Vergangenheit hatte, aber eine große Zukunft haben sollte.

WALTER HELMUT FRITZ
DON JUAN

Es wird keine Strafe
des Himmels geben.

Nur das Altern.

Die Begierde
wird kaum noch lärmen.

Der Hintergrund der Jahre
wird gespenstischer sein

das Fleisch kalt werden
und sich verflüchtigen.

GERHARD SCHULZ
SCHULD UND SÜHNE

Wo von Strafe die Rede ist, da wird auch an Schuld gedacht, und die Überzeugung, daß diese jener folge oder zu folgen habe, ist ein Bestandteil dessen, was man gemeinhin Moral nennt.

In diesem Gedicht ist die Strafe, nämlich das Altern, kein Gottesurteil, sondern ein natürlicher Prozeß, dem sich nur entziehen kann, wer jung stirbt. Daß es mit Himmel und Hölle heute nicht mehr zum besten steht und der Mensch ein gut Teil von dem allein auf sich nehmen muß, was er einstmals an solche Einrichtungen abgeben konnte, trifft als Mitteilung der ersten zwei Zeilen bei einem Leser unserer Tage auf gut vorbereiteten Boden. Das weitere wäre dann ein Strafvollzug durch nichts als allgemeines Menschenlos, wenn uns nicht der Titel auf einen größeren Sinn brächte.

Überschriften von Gedichten, jedenfalls von guten, sind Teil der poetischen Aussage und werben nicht lediglich um die Aufmerksamkeit potentieller Leser. Die Geschichte des Don-Juan-Stoffes in Literatur und Musik, auf die wir verwiesen werden, ist lang und beziehungsvoll; sie reicht vom spanischen Barock bis zu Max Frisch. Nicht gründliche stoffgeschichtliche Kenntnis muß freilich an das Gedicht herangetragen werden, sondern allein die Vertrautheit mit den Grundbestandteilen eines Mythos. Wie Teufelspakt und Höllen- oder Himmelfahrt die Elemente des Faust-Mythos sind, so erotische Triumphe und

Trotz oder Resignation gegenüber dem Ende diejenigen des Don-Juan-Mythos. Das Gedicht erinnert an eine Szene aus Mozarts »Don Giovanni«, wo Juan im Übermut das Standbild des ermordeten Vaters einer Verführten, den »steinernen Gast«, zum Abendessen lädt und dabei plötzlich einer metaphysischen Dimension gewahr wird. Das verschlingende Höllenfeuer enthebt ihn allerdings der weiteren Auseinandersetzung mit transzendenten Problemen, denen er sich sonst ebensowenig hätte entziehen können wie der Gelehrte Faust, wäre er doch sogar der Zeitlichkeit und dem Alter viel hoffnungsloser ausgeliefert als dieser, wenn ihm erst einmal die Kraft seiner Lenden abhanden gekommen ist.

Hier aber liegt der springende Punkt des Gedichts. In einer Welt ohne Himmel und Hölle ist das Ich die einzige Instanz des Weltgerichts, und vor ihr muß sich auch derjenige verantworten, der sie nicht erkennen will oder kann. Das Gericht erreicht jeden auf eigene Weise – denn Altern ist nicht Strafe schlechthin, sondern nur eine subjektiv empfundene Strafe für Don Juan. Nicht um Weltschmerz und Liebesüberdruß des Verführers geht es in dem Gedicht; dergleichen findet sich bereits in Nikolaus Lenaus Don-Juan-Drama von 1844. Ihren Erkenntniswert haben diese Verse vielmehr darin, daß sie den Zustand äußersten Auf-sich-selbst-Angewiesenseins im Bereiche der Moral in äußerster Dichte beschreiben.

Keine wehmütig weiche Feier des Vergehens wird inszeniert. Eher liegt Härte in dem Gedicht, in der monotonen Wiederholung des »wird« oder den hart anlautenden »keine«, »kaum« und »kalt«. Transzendenz wird nicht angeboten. Der »Hintergrund der Jahre« bleibt »gespenstisch«, also nebelhaft und undurchsichtig, und das Himmelslicht einer anderen Ewigkeit scheint nicht hindurch. Dafür aber ist ein moralisches Urteil eingeschlossen in diesen Sätzen, eines, das sich gegen alle Gleichgültigkeit in Sachen Schuld und Sühne richtet. Nur geht es in säkularisierten Zeiten sehr viel subjektiver und subtiler mit der Gerichtsbarkeit zu.

Gerade dahin aber führt das Gedicht, denn etwas Besonderes ereignet sich noch für den Leser. Während Drama und Erzählung an den einmal gewählten Stoff gebunden bleiben, kann sich ein Gedicht wie dieses hiervon wieder befreien, den Don Juan also sozusagen entlassen, nachdem er als Katalysator gewirkt hat. Übrig bleibt der unaufdringliche, verhaltene, aber deutliche Vorschlag des Gedichts, verantwortlich zu handeln. Ein moralisches Gedicht, warum nicht?

WALTER HELMUT FRITZ
TEILHABEN

Das Wasser, das sich wölbt
beim Fließen über den Stein

der Strauch, der jetzt stehen bleibt,
um sich darin zu spiegeln

der Vogel, dem wir nachschauen,
weil er uns etwas vorlebt

und die ruhmreichen, blauen
Funken der Luft –

was uns umgibt, läßt uns teilhaben
an seinem Dasein

flüstert, spricht, ruft
mit immer anderer Stimme

oder schweigt, sinkt zurück
in seinen Traum.

UWE PÖRKSEN
OFFENES RÄTSEL

Es gibt Augenblicke, wo einem ein Wort, das man jahrelang gedankenlos und übrigens richtig verwendet hat, merkwürdig fremd vorkommt. Was sagt es eigentlich? Auf einmal platzt seine Bedeutung auf: es erweist sich als sinnreich wie die Lotosblüte.

Walter Helmut Fritz scheint es mit dem Wort »teilhaben« so ergangen zu sein. Eine solche Überschrift wirkt vorerst blaß, aber nun nennt das Gedicht erfrischende Beispiele, die auf der Stufenleiter der Natur von unten nach oben aufsteigen, vom Wasser bis zur Himmelsluft, und dabei gelingen dem Autor unauffällig Kühnheiten, die sich ebenso steigern – das Wasser wölbt sich, ein Strauch bleibt stehen, ein Vogel lebt uns etwas vor, bis zu jener Überraschung, die, als viertes Verspaar, genau in der Mitte des Ganzen steht: »und die ruhmreichen, blauen Funken der Luft«.

An dieser Stelle wendet das Gedicht, das aus einem einzigen Satz besteht und wie das Wasserzeichen eines längeren Textes erscheint, sich um und zieht den einfachen Schluß: »was uns umgibt, läßt uns teilhaben an seinem Dasein«. Fritz arbeitet mit sparsamsten Mitteln. Indem er das Wort »Dasein« hier einführt, läßt er erkennen, daß er das »Teilhaben« buchstäblich meint. Dasein ruht in sich, es läßt uns nur teilweise ein.

Teilhabe geschieht durch Sprache, Sprache der Natur aber ist ein Paradox. In seinem berühmten Aufsatz über den

»Granit« spricht Goethe von der »einsamen stummen Nähe der großen leise sprechenden Natur«. Fritz greift das sehr viel ältere Bild von der Natursprache auf und dekliniert es durch: ihr schrittweises Lautwerden wie ihr Verstummen und ihren Rückzug in den Traum. Die Natur teilt sich mit und verriegelt ihr Haus.

Man kann die Zweideutigkeit solcher Kommunikation den genau gewählten Worten ablesen. Die Natur nimmt scheinbar das Gesicht des Menschen an: Wasser, das »sich« wölbt, ist eine kaum auffällige, versteckte Personifikation, ein Strauch, der stehen bleibt, um sich darin zu spiegeln, entsteht, indem sich der Betrachter mit diesem Strauch in eins setzt, sich hineinprojiziert, ein Vogel, der uns etwas vorlebt, ist eine fast schon allegorisch moralische Auffassung des Vogels, wie wir sie aus dem Mittelalter kennen. Das Bild von den ruhmreichen blauen Funken der Luft ist die modernste Fassung anthropomorpher Natur. Der Betrachter spiegelt sich in das Gesehene hinein und prallt ab, wird auf sich zurückgeworfen und staunt angesichts der Fremdheit. Die Dinge entführen uns ein Stück weit und bleiben uns fern.

Man kann das Gedicht als Antwort auf eine aktuelle Debatte lesen, für die alles Erkennen auf Einbildung, Projektion und Konstruktion beruht, oder auch als Nachhall sehr alter philosophischer und religiöser Traditionen. Aber es kommt ohne das aus. Es zeichnet in einfachen Linien den Grundriß unsrer Existenzbedingung, mathematisch genau, das Paradox des Erkenntnisaktes, und zielt, in doppeltem Sinn, auf Wahrnehmung seines offenen Rätsels. Nicht zufällig gehören der Goethe des »West-östlichen Divans« und Paul Klee zu den Lehrmeistern von Walter Helmut Fritz. Der starke Band »Gesammelte Gedichte 1979-1994« enthält viele solcher schwebenden Rätsel, schon die Titel der darin vereinigten Gedichtbücher, »Werkzeuge der Freiheit«, »Immer einfacher Immer schwieriger«, deuten es an: leichte Gebilde, sicher gebaut, bestimmt und offen.

GÜNTER KUNERT
ATLAS

Zwar noch gebeugt
aber die Arme schon leer
und herabgesunken
Die sonst steinerne Miene
gesprungen vor Schreck
über den Verlust der Last
auf dem mythischen Weg
irgendwohin durch die Zeit

Plötzlich überflüssig
ein nackter Überlebender seiner Aufgabe
die ohne die Kugel mißlungen:
der er folgen muß ins Vergessen
überweht
von ein paar Fetzen Poesie.

WALTER HINCK
EIN PAAR FETZEN HOFFNUNG

Atlas, wie Prometheus ein Titane, wird in griechischen Mythen fast immer in Verbindung mit Gestirnen und dem Himmel genannt. Im pelasgischen Schöpfungsmythos setzt ihn die Göttin aller Dinge mit der Titanin Phoibe zum Herrscher über den Mond ein. Beim Krieg des Zeus gegen die Titanen ist der riesenhafte Atlas deren Führer und wird nach dem Sieg der Götter dazu verdammt, den Himmel auf seinen Schultern zu tragen. Nach rationalistischen Umdeutungen späterer Schriftsteller hat er als gestirnskundiger König die erste Himmelskugel angefertigt, worauf sich unsere Bezeichnung »Atlas« als Name für Sammlungen von Himmels- und Landkarten bezieht. Allgemein bekannt war der Träger der Himmels- oder Weltkugel durch die bildliche Darstellung auf den Titelblättern von Atlanten.

Günter Kunert eignet sich die Überlieferung in paradoxer Weise an: Das Gedicht geht hinter die rationalistische Auflösung des Mythos wieder zurück, läßt aber die Erzählung ihr Ende in sich selbst finden. Dennoch führt zu dieser Selbstaufhebung nicht eine innere Folgerichtigkeit der mythischen Geschichte, sondern der Eingriff eines modernen Bewußtseins. Für den Titanen war der Spruch der Götter eine von Siegern verhängte Rache und Strafe; Atlas hätte den »Verlust« der Last als Erlösung empfinden müssen. Im modernen Gedicht steht für das Aufatmen der Schreck. Statt einer Befreiung hat sich eine Katastrophe ereignet.

Zwei Deutungen bieten sich an. Nach der ersten hätte das Gedicht zum Gegenstand den Untergang der alten Mythen. Wissenschaftliches hat mythisches Denken abgelöst, forschendes Beobachten die Vorstellung, daß der Himmel auf der Erde lagert und Berge ihn tragen, wofür das Bild des Atlas und seiner Last eintreten konnte. Atlas ist ohne seine Aufgabe »überflüssig« geworden. Die Erzählung von der Kugel und ihrem Träger versinkt ins Vergessen, aber noch im Versinken gibt der Mythos Zeugnis von der Kraft seiner Poesie.
Die andere Deutung legt sich genauer auf die historische Zeit und auf thematische Zusammenhänge im Werk Günter Kunerts fest, und zu ihrem Angelpunkt wird der »Schreck«, der die »steinerne Miene« bersten läßt. Wenn die Himmels- und Weltkugel ihren Halt verloren, besser: sich aus ihren Stützen gelöst hat, dann muß ein Unglück kosmischen Ausmaßes geschehen sein, das wahrlich panisches Entsetzen hervorrufen kann.
Wir kennen Kunerts düstere Prognose zum Schicksal unserer Erde, seine Weigerung, sich von den Beschwichtigungen der Umweltverderber und vom Optimismus der Umweltschützer länger beruhigen zu lassen. Im Gedicht »Atlas« entwirft er seine illusionslose Gegenwartsdiagnose in der wiederholten und zugleich widerrufenen, nämlich an ein schlimmes Ende fortgedachten mythischen Erzählung. Ich kenne kein Gedicht Kunerts, das in so gedrängter lyrischer Form die bloß modische Unheilsverkündigung so souverän hinter sich ließe.
Der Band, in dem die Verse stehen, heißt zwar »Unterwegs nach Utopia«, doch die Utopie ist hier wirklich ein Nicht-Ort oder vielmehr ein unerreichbarer Ort: »unterwegs nach Utopia/ wo keiner lebend hingelangt/ wo nur

Sehnsucht/ überwintert«. Aber Sehnsucht ist etwas, was der Gegenwart vorauseilt, und Überwintern schließt Überdauern, also Zukunft ein. Im Gedicht »Atlas« ist und hat »Poesie« das letzte Wort. Sie kann Poesie des endgültigen Abschieds, aber sie könnte auch Brücke zwischen Vergangenheit und Zukunft sein, Bewahrerin von – und seien es nur »ein paar Fetzen« – Hoffnung.

GÜNTER KUNERT
DEN FISCHEN

Den Fischen das Fliegen
Beigebracht. Unzufrieden dann
Sie getreten wegen
Des fehlenden Gesanges.

HELMUT LAMPRECHT
AUFSCHWUNG UND ABSTURZ

Ein politisches Gedicht? Ganz gewiß. Indessen auch: nichts weniger als das. »Wenn man«, so Günter Kunert 1981 in einem Interview, »eine politische Einstellung aus einem Gedicht herausliest, so frage ich mich immer: Und wo ist das Gedicht?«

Der Vierzeiler dürfte Anfang bis Mitte der sechziger Jahre geschrieben worden sein, gedruckt findet man ihn in dem Band »Verkündigung des Wetters«. Damals wurde Kunerts poetische Entwicklung von den Verwaltern des sozialistischen Realismus bereits mit Mißtrauen beobachtet. Hatte man anfangs seinen von Brecht beeinflußten, eher optimistischen Gestus (Veränderbarkeit der Welt) beifällig registriert, so verursachten nun seine stärker werdenden skeptisch-ironischen Akzente zunehmend Irritation.

Wer sind die Fische, die dem Meer entrannen und nun zu der schönen Kunst des Fliegens befähigt sind? Wer sind die Unzufriedenen, welche die Fliegenden treten, weil sie nicht singen? Ist das Fliegenkönnen allein schon Befreiung, oder fehlt da noch etwas, damit Gesang ertöne? Meint der fehlende Gesang das Ausbleiben von Jubel? Jubel worüber? Welche Enttäuschung ist da im Spiel?

Auf solche Fragen lassen sich unschwer politische Antworten geben; sie aber umstandslos hinzuschreiben, würde sofort ihre Banalität deutlich machen. Kunert ist ein Dichter, kein lyrisierender Protestler in politischer

Absicht. »Eine Ahnung von der Verkehrtheit der Welt«, so notierte er 1976 in Ost-Berlin, »lebt in jedem Gedicht, nicht unbedingt als Protest, eher als ein Verwundern über das, was sich Mensch und Menschenwerk nennt; das lyrische Bewußtsein ist stets ein ontologisches, das noch in dem winzigsten Entwurf eine Ahnung des ganzen Seins einbringen möchte.« Das ist eine *andere* Antwort. Sie betont anthropologische Skepsis gegenüber jeglichem optimistischen Positivismus, den Erfahrung fortgesetzt Lügen straft.

Aufschwung und Absturz, dieses Thema durchzieht Kunerts gesamte Lyrik. Das Motiv des Fliegens ist bei ihm fast ein Leitmotiv. Immer wieder träumt er davon, die natürliche Gabe des Fliegens zu besitzen.

Gedichte ohne die Botschaft von Hoffnung und Trost, können sie gleichwohl tröstlich sein? Gewiß in dem einen Sinn, daß sie *Gedichte* sind, Gebilde der Kunst. Ihre äußerste Möglichkeit ist die von Erkenntnis. Kunerts Gedichte sind blitzhafte Erhellung von Finsternissen; erkennbar werden, in subjektiver Brechung, die objektiven Resultate des immerwährenden Scheiterns von Vernunft.

Wohin kehren die Fische zurück, denen man das Fliegen beigebracht hatte und die, weil sie nicht sangen, getreten wurden? Ins Meer, aus dem sie kamen. Die Metapher des Meeres begegnet uns in demselben Band, der diesen Vierzeiler enthält, noch einmal, nämlich in dem Gedicht »Wie ich ein Fisch wurde«. Die sechste Strophe lautet: »Meine Arme dehnten sich zu breiten Flossen, / grüne Schuppen wuchsen auf mir ohne Hast; / als das Wasser mir auch noch den Mund verschlossen, / war dem neuen Element ich angepaßt.« Der hier, zum Fisch herabgesunken, die

Stimme verlor: ist's der, der dem Meer entkam, in die Lüfte stieg und gleichwohl nicht zu singen vermochte? Ein beklemmendes Motiv, ein Motiv der Angst, der Angst des Dichters vor dem Verstummen. Auch Günter Kunert war von diesem Trauma nicht verschont. Er hat seine Sprache wiedergefunden. Das politische Moment in dem vierzeiligen Gedicht ist nicht zu leugnen, es ist sogar wichtig – auf unaufdringliche Weise.

GÜNTER KUNERT
ERNST BALCKE

Eine Schleife
zwischen Lindwerder und Schwanenwerder.
Eine Acht
im Januar neunzehnhundertzwölf.
Ein Riß
im zwiefach belasteten Eis der Havel.
Ein Fall
ins unaufhörlich fließende Nichts.
Ein Name
durch gemeinsamen Tod mit einem Dichter
aufbewahrt zu fragwürdiger Bedeutung
für eine
fraglose Nachwelt.

ELISABETH ENDRES
DIE BEWAHRUNG DES ZUFALLS

Wollte man die Verse Günter Kunerts einer klassischen lyrischen Form zuordnen, dann käme wohl nur das Epitaph in Frage: die Grabinschrift. Denn wenn Kunert auch nicht mit den Worten »Hier liegt ...« beginnt, so verweisen seine Zeilen doch ganz klar auf den Tod eines Menschen, auf die Todesumstände und auf den Grund unseres Interesses an dem Toten.

Ernst Balcke starb im Januar 1912. Er war der Freund eines bekannten Dichters, der Freund des Frühexpressionisten Georg Heym. Mit Heym fuhr er auf der vereisten Havel Schlittschuh, mit ihm brach er in das Eis ein, das die beiden nicht tragen konnte. Sie ertranken. Heyms Tod ging in die Literaturgeschichte ein und dadurch auch der Tod des Gefährten Ernst Balcke. Das klingt nach Zufall. Kunert greift sich diesen Zufall mit einem Ernst heraus, als hätte er den Auftrag, Balckes Leichenstein zu beschriften.

Wie ernst ist dieser Ernst gemeint? Das Epitaph griechischen Ursprungs war im Lauf der Zeit zweckentfremdet worden. Es waren vor allem die Dichter des Barock, die ihren Spaß damit trieben, bösartige Epitaphe verfaßten, um Menschen und Umstände durch hinterlistige Formulierungen zu verhöhnen. Sie arbeiteten mit der gezielten Pointe, gewannen der Form die Möglichkeit epigrammatischer Zuspitzung ab. Auch diese Tendenz, wenn auch keineswegs ihre Bosheit, spürt man bei Kunert.

Es ist schließlich eine Pointe, ein intellektueller Schlenker:

Nicht der Tod des Dichters Heym wird beklagt, sondern der des Freundes. Es ist ein kokettes Spiel mit dem gebildeten Leser, wenn nicht einmal der Name des Berühmten genannt wird. Lediglich das Eis der Havel war zwiefach belastet, lediglich der gemeinsame Tod wird erwähnt – den Rest muß der Leser wissen oder erraten oder nachschlagen. Das kann man als Ironie verstehen.
Und gerade diese Ironie macht den Ernst aus. Das Versteckspiel, das Beiseitereden, die Totenklage für den anderen, eröffnen eine eigenartig zwielichtige Perspektive. Man könnte hier allgemeine Zusammenhänge heranziehen, den Standort des Lyrikers bestimmen. Günter Kunert, 1929 geboren, erfuhr als Kind, als Halbwüchsiger die Verfolgungen der Nazi-Zeit. Er lebt in der DDR, in Berlin, schreibt aus einem Geist der Opposition heraus, der sich gegen die Machtansprüche richtet. Seine Sensibilität reagiert auf die Verletzungen des Humanen.
Kunert verbindet seine große Sympathie für die Menschlichkeit mit einer gezielten und manchmal vertrackten Witzigkeit und integriert den Witz in sein Wissen um die bedrängende Not. Er ist ein Meister des Gelegenheitsgedichts, weil er die Gelegenheit durchschaut und ihren Hintersinn erfragt. Ihm lag also das Motiv. Da ist ein Mensch zufällig mitertrunken. Wüßten wir eigentlich von ihm? Kunert entkräftigt den Vorwurf, daß ein Nachleben Zufall ist, indem er diesem Zufall Verse widmet, die dem klassischen Vorbild Epitaph gerecht werden.
Man kann sich aber auch auf den direkten Eindruck, auf die Grazie der Verse verlassen. Was wird hier nachgezeichnet? Eine Figur – die der Schlittschuhläufer auf dem Eis vorführt. Die Schleife mag sich noch zur Hälfte auf die Havel beziehen, die Acht ist ganz sicher das Werk dieses

Menschen, der sich seinem Spiel hingibt. In dem Rhythmus des Gedichts werden die wichtigen Substantiva isoliert. Es folgt also »Ein Riß«, es folgt also »Ein Fall«; das Wasser der Havel wird nicht mehr in der Realität belassen. Sein Fließen wird zum Fließen des Nichts, des Todes, der den Menschen wegzieht. Balckes Schicksal scheint damit erledigt zu sein, doch der Rest bleibt.

Der Name wird durch die Verbindung mit Heym aufbewahrt »zu fragwürdiger Bedeutung / für eine / fraglose Nachwelt«. Das Spiel wird fortgesetzt. Beide Wörter, »fragwürdig« wie »fraglos«, sind doppeldeutig. Was ist würdig, befragt zu werden? Was bedarf der Befragung? Wem kann nicht nachgefragt werden? Wer fragt nicht mehr?

GÜNTER KUNERT
FANTASMA

Das letzte Gedicht über Berlin –
wie wird das wohl sein?
Hymnisch? Oder voll Ironie?
Epitaph auf bröckelndem Stein?

Zum Abschied vielleicht eine Elegie
im Plusquamperfekt: Gewesen war.
Adressiert an den Wind.
Absender: Ein üblicher Narr.

Das letzte Gedicht über Berlin
wär auch das Ende vom Lied:
ein immer unvollendeter Vers,
weil ihn keiner mehr sieht.

JOSEPH ANTON KRUSE
BERLINER APOKALYPSE

Kunert schreibt, als zeichne er mit spitzer Feder oder stichele auf Linol oder Holz, künstlerische Techniken, die er gelernt hat und immer wieder anwendet. Manchen seiner Bücher hat er den eigenen optischen Schmuck mit auf den Weg gegeben. Seine Gedichte enthalten darum nicht von ungefähr messerscharfe Zustandsbeschreibungen, in denen er den Orten ihre Silhouetten, den Himmelsfarben ihre Konturen, den Personen ihre einsamen Schatten zuschneidet. In der Lyrik wurde früher, und manchmal geschieht das heute noch, allzuoft allzuviel gefühlt. Auch Kunert ist nicht ohne anteilnehmende Emotionen, wie dieses Berlin-Gedicht aus seinem Band »Berlin beizeiten« zeigt: Abschied eines närrischen Liebhabers von einer Stadt, die seine Welt bedeutet.
Vor allem aber zeigt ihn seine Lyrik als einen Mann mit bohrenden Gedanken und von strenger Wahrhaftigkeit. Diese Gedichte beschönigen nicht mehr, sie rühmen nicht; sie schmerzen und wollen weh tun durch ihre schonungslose Offenheit, der auch die letzte Illusion zum Opfer fällt. Sentimentales Gejammere liegt ihnen fern, dafür sind sie zu gescheit. Fein ziseliert sind die Sätze, genau treffend die Worte; noch in den Reimen und Assonanzen äußert sich die kühle Kunst als Aufforderung zur Teilnahme am unentrinnbaren Totentanz. Kunerts Lyrik hat ihren eigenen, unverwechselbaren Klang und stützt sich dennoch, wie beispielsweise in »Berlin beizeiten« mehr-

fach ironisch angedeutet, souverän auf die Tradition. Sie zitiert und variiert dort Gryphius mit seinem barocken Vergänglichkeitsmotiv, »verbessert« und aktualisiert Goethes Glück des Augenblicks, beruft sich ernüchtert und ernüchternd auf den »armen« Brecht. Alles in allem: Wer durch die Brille der Kunertschen Verse die Welt betrachtet, dem vergeht zwar das Lachen, nicht aber eine gewisse sarkastische Standhaftigkeit selbst im Untergang.
Seine Visionen und Prophezeiungen der Endzeit sind – gewiß aus biographischen Gründen, aber auch um der symbolischen Wirkung willen – besonders häufig und besonders intensiv an zahlreichen Gedichten über Berlin festgemacht. Günter Kunert ist, angesichts seiner Skepsis insgesamt und seiner schwer zu widerlegenden Katastrophenmeldungen, ohne Zweifel der große literarische Leichenredner und unsere Augen öffnende, ungläubige Prophet, der diese deutscheste der Städte mit ihrem ganz besonderen Schicksal und Krankheitsverlauf anhänglich-kritisch begleitet hat. Dafür ist »Berlin beizeiten« aus dem Jahr 1987 der nachdrücklichste Beleg. Das Gedicht »Fantasma« stammt aus dem ersten Zyklus mit dem Titel »Von Berlin« und ist dessen bedeutungsträchtiger Auftakt.
Damals konnte vom Fall der Mauer und von Vereinigung dessen, was zusammengehört, noch keine Rede sein. Traum oder Trugbild, worüber diese drei Strophen spekulieren, betreffen das Ende Berlins als Ende der Welt, als Schluß des Lebens und als Aufhören jeglicher Dichtung, in der noch dann die Geschichte festgeschrieben wird, wenn sie sich auflöst. Was darum zuletzt übrigbleibt, ist ein poetisches Fragment ohne Leser. Kunert liefert mit dieser Perspektive seine Berliner Variante der sogenannten Letzten Dinge.

Auch wenn sie in diesem kühlen und aufgeklärten Gedicht beileibe nicht auf der Hand zu liegen scheint, könnte dadurch eine religiöse Dimension gewonnen sein. Die Schreckensbilder apokalyptischer Reden Jesu oder der »Offenbarung« des Johannes auf Patmos werden hier nämlich klag- und schmucklos, eben modern, auf jene Stadt übertragen, auf die wir alle so lange geblickt haben. Gedacht wird bei Kunert, wie auch andere seiner Berlin-Gedichte zeigen, in Generationen und Erdzeitaltern. Die Vergangenheit als bröckelnder Stein mit Grabschrift vermag uns in der Regel schon anzurühren. Fassungslos aber macht uns das Plusquamperfekt. Da ist nicht einmal mehr etwas Greifbares, sondern nur noch der Wind. Das Wort, um noch einmal eine theologische Deutung ins Spiel zu bringen und an den Beginn des Johannesevangeliums zu erinnern, war allerdings nicht nur am Anfang da, hier bildet es auch das Ende.

Wer sich über die Formen der literarischen Annäherung an Berlin die differenziertesten Gedanken macht und die verschiedensten Gedichtformen erwägt, muß die Stadt sehr lieben und ihre Besonderheit als eine der eingängigsten, einen selbst betreffende und deutende Metapher betrachten. Durch diese Stadt hat nicht nur Kunert »beizeiten« sämtliche Bedingungen der menschlichen Existenz kennengelernt. Das »Verzeichnis lieferbarer Bücher« ist voll von Titeln über die deutsche Hauptstadt. Kunerts Arbeiten bilden dabei jene Obertöne, die als Warnung aufzufangen sind, sich nicht am Erreichten zu berauschen, sondern darin alle skeptischen Signale ernst zu nehmen. Denn schließlich denkt diese Berliner Apokalypse sogar über das Ende hinaus: Die Literatur lebt von Berlin, und Berlin ist in Verse eingegangen, bleibt in Gedanken und Sprache aufgehoben.

GÜNTER KUNERT
FRIST

Und Sonne war und fiel heiß auf sie nieder
Und fiel auf mich der ich doch bei ihr war.
Die Wellen gingen fort und kamen immer wieder
Zurück voll Neugier zu dem nackten Paar.

Ein wenig Fleisch auf soviel Sandgehäufe
Ein wenig Frist in ziemlich viel Unendlichkeit
Ein wenig Leben und zwei Lebensläufe
Darüber Sonne und darunter Dunkelheit.

MARCEL REICH-RANICKI
EIN WENIG FRIST IN VIEL UNENDLICHKEIT

Ob in der DDR, wo Kunert bis 1979 lebte, oder später in der Bundesrepublik – man hat seine Lyrik zwar anerkannt und geschätzt, doch populär wurde sie weder hier noch dort. Das hat weniger mit ihrer Qualität zu tun als mit ihrer Eigenart. Kunert ist ein nachdenklicher und grübelnder, ein politischer, ein gesellschaftskritischer und philosophischer Poet. Seine Verse sind beinahe immer kühl und zurückhaltend, oft widerborstig und nie einschmeichelnd.

Wie die meisten Dichter, die an einem Trauma leiden und mit einer Obsession geschlagen sind, artikuliert auch Kunert nur selten seine Hoffnungen und sein Glück, weit häufiger seinen Schmerz und seine Leiden. Er macht sich keine Illusionen, er ist ein Sänger der Angst, des Zweifels und der großen Vergeblichkeit, ein hartnäckiger Prophet der uns drohenden Katastrophe. Er bleibt stets nüchtern und skeptisch. Das gilt ebenfalls für seine erotische Lyrik. In ihr sind Licht und Schatten unzertrennlich. Bei Kunert birgt die Erfüllung bereits die Gefährdung.

Schon im streng anmutenden Titel verweist das Gedicht »Frist«, das aus den frühen sechziger Jahren stammt, auf sein zentrales Motiv: Es ist Befund und Warnung zugleich. Nicht eine Aktion wird hier geschildert, sondern eine Situation. Zwei Menschen liegen beieinander, sie sind offenbar allein auf weiter Flur, genauer: einsam an einem Meeresstrand. Wann haben sie sich zum ersten Mal gesehen, wann gefunden? Vor einer Stunde? Vor einer Woche? Oder sind sie vielleicht schon seit einem Jahr zusammen? Wir wissen es nicht. Doch was sie miteinander verbindet, ist mit Sicherheit ernst, ja, es ist wohl für beide äußerst wichtig: Denn hier kreuzen sich, heißt es, zwei Lebensläufe.

Diese beiden nackten Menschen – sie sind einander ganz verfallen, sie bilden eine Welt für sich. Was sich sonst abspielt, kümmert sie überhaupt nicht, der Rest der Welt ist ihre Sache nicht, jedenfalls vorerst nicht. Was aber spielt sich ab? »Die Wellen gingen fort und kamen immer wieder.« Das ist das einzige, was hier geschieht. Was der unaufhörliche Wellenschlag symbolisiert, braucht kaum gesagt zu werden: Es ist der Lauf der Zeit, den die beiden ignorieren möchten und dem sie gleichwohl nicht entfliehen können. Wieviel von dieser Zeit wird ihnen gegönnt? Bloß »ein wenig Frist in ziemlich viel Unendlichkeit«. Bald werden sie einsehen müssen und sich damit abfinden, daß – mit Hofmannsthal zu sprechen – »alles gleitet und vorüberrinnt«.

Die Vergänglichkeit der Liebe und des Lebens – das ist ein alter Hut, gewiß so alt wie die Poesie, ein Thema ist es, dauerhafter als Erz. Wer sich seiner in unseren Tagen annimmt, scheint gut beraten, wenn er einen möglichst einfachen Ausdruck wählt. Der junge Kunert, schon damals ein Lyriker, der sich seiner poetischen Mittel sehr bewußt war, verzichtet konsequent auf eine kunstvolle oder gar gesuchte Umschreibung dessen, was er formulieren möchte. Er bedient sich ausschließlich der Sprache des Alltags, er vermeidet selten gebrauchte Worte.

Und er greift auf jene Form zurück, die in der deutschen Literatur immer schon sehr beliebt war und die nie veraltet, nie altväterlich wirkt – auf die regelmäßige vierzeilige Strophe mit den sogenannten Kreuzreimen (abab). So ist ihm, Günter Kunert, ein schlichtes, ein volksliedhaftes Gedicht gelungen, traurig und schön. Traurig? Nun ja, es ist doch ein Liebesgedicht.

GÜNTER KUNERT
IM NORDEN

Dir bleiben ja die großen Himmel über Deichen.
Die Wolkenwerke. Weißes Licht. Erhabnes Blau.
Die Sehnsucht, weit hinaufzureichen
zu einem Blick aus jener Vogelschau

aus der die Erde fremd wirkt: Nur ein Hügel
in fahlen Farben und wie unbelebt.
Und du erinnerst dich der eigenen Flügel
in einem Traum, der selber längst verschwebt.

REINHOLD GRIMM
ZWEIFACHER AUGENAUFSCHLAG

Bereits die Überschrift des Gedichts ruft sogleich vertraute und dennoch ferne Stimmungen wach, beschwört Zeichen und Klänge, ja verlockt dazu, sich an andere, ältere norddeutsche Lyriker zu erinnern. Etwa an Theodor Storm und seine besonnte Heide, seine Marschen und Watten; oder an Detlev von Liliencron, an die Bläue und Wolkenhelle in dessen nördlichem »Märztag« vielleicht. Selbst an Hebbelsche Verse denkt man, namentlich an die ähnlich knapp in zwei jambische Strophen zu jeweils vier Zeilen gebannten, ähnlich gelassen empfundenen und gedeuteten Landschaften oder landschaftlichen Stilleben, die »Sommerbild« und »Herbstbild« heißen. Ja, man könnte sogar den neuerdings für Kunert offenbar besonders wichtig gewordenen Gottfried Benn nennen, der zumindest am Anfang seiner Laufbahn neben Friedrich Hebbel auch Liliencron bewunderte und ebenfalls aus dem Norden Deutschlands stammte.

Wie in fast aller zeitgenössischen Lyrik hat sich auch in den acht Zeilen von »Im Norden« literarische Tradition niedergeschlagen, ob mit oder ohne Wissen und Willen des Dichters (ich glaube freilich, daß gerade bei Kunert derlei durchaus mit Bewußtsein und Absicht geschieht). Vergangenes ist hier, anders gesagt, im Heutigen aufgehoben: es zu erkennen, indem es gleichsam zitiert wird, bereichert diese Verse und Strophen, ohne doch für ihr Verständnis im geringsten nötig zu sein. Das scheinbar so schlichte und anspruchslose, in Wahrheit aber höchst kunstvoll geformte und strukturierte lyrische Gebilde spricht beredt genug.

Was mich an ihm vor allem beeindruckt, ist die souveräne Selbstverständlichkeit, mit der es zuerst die Weite der nördlichen Ebenen, ihre *großen Himmel* und endlosen, nur von *Deichen* begrenzten Horizonte, entwirft oder eigentlich hervorruft, dann sich *weit* über diese *Erde* zum verfremdenden *Blick* von oben, *aus jener Vogelschau*, emporschwingt und zuletzt ohne Mühe beides in die plötzlich erwachende Traumerinnerung verwebt – der beinah identische Anklang an *verschwebt* stellt sich dabei in der Tat wie von selber ein. Denn die Kunertschen Verse sind zugleich auch von hoher Musikalität; das zeigt sich in nahezu jeder Zeile.

Verfolgt man den Dreischritt des Gedichts im einzelnen, so wird man gewahr, wie nach dem Augenaufschlag, den der erste Vers ja voraussetzt, im zweiten die blendenden Haufenwolken, zwischen denen das *Blau* des Himmels nur desto tiefer leuchtet, sich zu ballen beginnen, sich bewegen, verwandeln, sich förmlich, vom Stabreim gestützt, kraft der metrischen Sprache vor einem auftürmen: *Weißes Licht*. Erst recht erstaunlich jedoch ist der lange, sich über volle vier Verse erstreckende, auch nicht bloß durch Zeilensprung, sondern obendrein durch Strophenenjambement gegliederte und gleichwohl nahtlose Mittelsatz, der die *Sehnsucht* des Dichters, dort *hinaufzureichen*, von wo alles Irdische drunten *fremd wirkt*, ebenso wie die abrupte Umkehrung der Blickrichtung – nicht umsonst fehlt genau an dieser Stelle das Komma – auf meisterhafte Weise spiegelt, abbildet, ja geradezu körperlich spürbar macht. Das *längst* verblaßte Erlebnis (ein Kindheitserlebnis?) der *eigenen Flügel* schließlich verleiht, neu erfahren, Kunerts Versen noch eine weitere Dimension. Sie halten das Einst und das Jetzt, den Blick hinauf und herab, das Innen und das Außen in beglückender Schwebe.

Noch einmal heile Welt also, Abgeschiedenheit, Trost der Idylle? Doch der Schein trügt. Blättert man im selben Lyrikband Kunerts nämlich nur eine Seite um, so findet man ein Gedicht über *Wolkenwerke*, das nun wirklich »Augenaufschlag« überschrieben ist. Es stellt indes weder eine Ergänzung noch gar eine Steigerung von *Im Norden* dar, sondern dessen unwiderrufliche Zurücknahme. Sein Untertitel lautet: »Nach Tschernobyl«.

GÜNTER KUNERT
KONJUNKTIVER DOPPELGÄNGER

(für Peter Huchel)

Vom Regen gewaschen
von Krähen geweißt
von Eidechsen besucht
so stünde ich da.

Meine unerkennbaren Schultern
trügen den Tag und die Nacht:
das wäre mein Glaube.
An meiner Oberfläche rieben sich
die Winde wund. Von mir aus
ginge ein Glitzern manchmal
und die geringfügigen Zangen
der Insekten schrieben auf mir
ihre Memoiren.

Innerlich und äußerlich
völlig gleich
insofern kein Zeitgenosse der Zeit
die an mir erst ihr Dasein erkennt
an der Verwitterung meines Gesichts
das mich zur Gänze überzieht.

Ich wäre die Wahrheit
aber erstarrt
vor dem eigenen Anblick.

FRITZ J. RADDATZ
FAST EIN KASSIBER

Ein Spezifikum der Lyrik in der DDR ist, daß sie ihr eigenes Kommunikationssystem bildet. Die Lyrik ist im Lande der selbst die Strände abgellenden Radiopropaganda ein um so leiseres, aber eindringlicheres Verständigungsmittel geworden. Antworten, Variationen, Widmungen, Paraphrasen oder eingebaute Zitate bilden ein engmaschiges Netz, in dem sich keineswegs einzelne einspinnen, sondern in dem Deutung und Bedeutung ständig hin- und hergeschoben werden. Biermann wendet sich an Kunze. Volker Braun zitiert Sarah Kirsch. Manfred Jendryschik oder Heinz Czechowski paraphrasieren Erich Arendt: ein so hochkompliziertes wie hoch-politisches, gelegentlich Kassiber-ähnliches Hin- und Herweben.
Günter Kunerts »Konjunktiver Doppelgänger« ist ein Beispiel. Das Gedicht ist eine solche Antwort an Peter Huchel. Gemeint ist offensichtlich dessen Gedicht »Psalm«, mit dem er 1963 seinen Band »Chausseen, Chausseen« abschloß. Das Gedicht begann mit der Negativ-Verheißung: »Daß aus dem Samen des Menschen / Kein Mensch / Und aus dem Samen des Ölbaums / Kein Ölbaum / werde«, und es schloß mit Verfinsterung: »Und nicht erforscht wird werden / Ein Geschlecht, / Eifrig bemüht, / Sich zu vernichten.«
Doppelgänger Kunert, dessen elf Jahre später zusammengestellte Gedichtsammlung »Im weiteren Fortgang« keineswegs optimistische Züge aufweist, wehrt sich in seinem

Gedicht gleichwohl gegen Huchels »Resignationsangebot«; es ist die Abwehr von Verführung, das Atemholen angesichts eines drohenden Erstickungsanfalls. Der Konjunktiv ist nicht etwa lediglich grammatikalische Form, sondern existentielle Gegenposition: würde ich, Günter Kunert, mich einlassen auf Huchels Weltgefühl des Halms im peitschenden Schnee, dann wäre ich abgestorben, »Vom Regen gewaschen / von Krähen geweißt«, ein Stück *nature morte*. Denn diese Imago beschwört Huchel herauf, negiert Entwicklung, Geschichte. Kunert ruft gleichsam »und führe mich nicht in Versuchung«: er will den eigenen Geschichtspessimismus nicht noch potenzieren lassen.

Sein dem exilierten Kollegen trotzig gewidmetes Gedicht ist damit ein Akt der Selbstbestätigung, ja Selbstbehauptung. Der Indikativ würde das Ende seiner dichterischen Existenz bedeuten, würde Schultern unerkennbar machen und ihn ent-wesentlichen zu einem Etwas, an dem nur die Winde sich noch wund rieben. Auf Huchels Drohung der Resignation, sein Locken ins Schwarze, reagiert Kunert nicht etwa mit Wachs in den Ohren – um dem Sog zu widerstehen, bindet er sich an keinen Mast: sondern er betont sein Ich. Mit nahezu pathetischer Gebärde. Das bis auf eine Zeile ganz zeilengleiche Gedicht wehrt nämlich den frappantesten, düstersten, verkrustetsten Satz Huchels ab. Bei dem heißt es: »Die Öde wird Geschichte. / Termiten schreiben sie / Mit ihren Zangen / In den Sand.« Kunerts Antwort darauf steht exakt in der Mitte seines Gedichts, ist Mittelachse und Schwebebalken zugleich. Seine Abwehr der geringfügigen Insektenzangen ist Menschwürde – aus Angst. Denn der Gestus der Angst trägt das ganze Gedicht. Nicht Angst um sich, sondern:

vor sich. *Das* ist die Doppelbedeutung des Konjunktivs, ein großes »Vielleicht«. Wenn der um ein Vierteljahrhundert Ältere doch recht hätte? Es ist diese Entgeisterung in des Wortes doppelter Bedeutung, die die drei Schlußzeilen prägt, das Abwägen des Wahren gegen das Lebbare. Für Huchel handelt es sich nur noch um ein Geschlecht, eifrig bemüht, sich zu vernichten. Für Kunert ist das ein Beschwörungsritual gleich dem Blick des Basilisken. Er will den Kampf nicht aufgeben, sich nicht verlieren. Noch nicht. Der Titel des Bandes heißt »Im weiteren Fortgang«, aber das Titelgedicht zeigt, wie sehr gebrochen er dies Wort begreift. Es kann ja heißen Fortschritt wie Abgang.

GÜNTER KUNERT
UNTERWEGS NACH UTOPIA I

Vögel: fliegende Tiere
ikarische Züge
mit zerfetztem Gefieder
gebrochenen Schwingen
überhaupt augenlos
ein blutiges und panisches
Geflatter
nach Maßgabe der Ornithologen
unterwegs nach Utopia
wo keiner lebend hingelangt
wo nur Sehnsucht
überwintert

Das Gedicht bloß gewahrt
was hiner den Horizonten verschwindet
etwas wie wahres Lieben und Sterben
die zwei Flügel des Lebens
bewegt von letzter Angst
in einer vollkommenen
Endgültigkeit.

WALTER HINDERER
DIE ZWEI FLÜGEL DES GEDICHTS

Zweifelsohne ist im Moment Utopie als Wille und Vorstellung nicht mehr gefragt. Der Fortschrittsglaube der Aufklärung wurde inzwischen allerorts von den verhängnisvollen Folgen seiner industriellen Praxis widerlegt. Doch als Günter Kunert 1977 dieses Gedicht mit thematisch ähnlichen Texten in dem Band »Unterwegs nach Utopia« veröffentlichte, lebte er noch in der DDR, in der jede Art von Utopiekritik mit Fluch und Bann belegt wurde. Nicht von ungefähr kritisierte er in einem seiner »Verspäteten Monologe« (1981) den Marxismus als »verweltlichten Glauben«, der die fehlende Transzendenz durch die »Utopie als Endziel und Aufgabe«, ein »säkularisiertes Himmelreich« ersetzt hatte.

In diesem Gedicht wird nahezu epigrammatisch demontiert, was der Titel zu suggerieren scheint: eine Reise nach Utopia. Schon in den ersten Zeilen zeigt sich, daß das Unternehmen von Anfang an zum Scheitern verurteilt ist. Die angeblich handelnden Subjekte, die Vögel, auf die sich alle Aussagen der ersten Strophe beziehen, sind in Wirklichkeit leidende Objekte, irregeleitete Opfer einer unbekannten Macht. In die »ikarischen Züge« der »fliegenden Tiere« ist bereits unübersehbar und unüberhörbar der ökologische Tod eingeschrieben.

Angesichts der drohenden Weltkatastrophe beschwört Günter Kunert seit den sechziger Jahren immer wieder das griechische Mythologem von Ikarus, der trotz der Warnungen seines Vaters Dädalus mit seinen verletzlichen Flugwerkzeugen der Sonne zu nahe kam und abstürzte. Auch in seinen poetischsten Versen verleugnet der »Grashüpfer«, wie Kunert einst von dem ehemaligen Kultusminister der DDR, Johannes R. Becher, durchaus wohlwollend genannt wurde, nie seine persönliche Betroffenheit und sein kritisches Bewußtsein. Im Gegenteil: mit seinen geschliffenen apokalyptischen Ketzereien wurde er bald zu einer ständigen Herausforderung für die Partei. Noch im Jahre 1979 hielt es Wilhelm Girnus für nötig, den Abtrünnigen mit folgendem utopischen Glaubensartikel in die Schranken zu weisen: »Ständige Steigerung des menschlichen Lebensprozesses, das ist das Grundgesetz der Gattung Mensch.«

Gegen solche Auffassungen schreibt Kunert in seinem Warngedicht ebenso gezielt wie pointiert an, und es gelingt ihm dabei das Kunststück, Anschauung und Denken, Bild und Reflexion nahtlos zu verschmelzen. Für mich gehört es zu den wichtigsten poetischen Texten der siebziger Jahre. Evoziert die erste Strophe bis in alle Einzelheiten die ökologische Gefährdung, so enthält die zweite ein differenziertes poetologisches Bekenntnis. Die Höhenflüge der »augenlosen« Tiere mit ihrem »zerfetzten Gefieder« und ihren »gebrochenen Schwingen« erweisen sich als Illusion. »Nichts von Freiheit, von göttergleichem Aufschwung«, so kommentiert Kunert den Sachverhalt in einem anderen Zusammenhang, »nie war mir vordem Ikarus so fern wie während des Fluges, Kassandra so nahe«. Nach der Auskunft des Gedichts gelangt niemand »lebend« nach Utopia, nur die Sehnsucht »überwintert dort«.

Das Stichwort »Sehnsucht« leitet den Wechsel des Themas ein. Der Horizont erweitert sich und eröffnet eine neue, überraschende Dimension: der Schrecken der falschen Utopie scheint nun in der richtigen Utopie, der poetischen Anschauung, aufgehoben. Denn nur das Gedicht, so heißt es hier, »gewahrt« das Wesen des Lebens, die Essenz der Existenz. Ihre »zwei Flügel«, durch die Zeile »etwas wie wahres Lieben und Sterben« bedeutungsmäßig in der Schwebe gehalten, sind deutlich antithetisch den »gebrochenen Schwingen« der zum Untergang bestimmten ikarischen Vögel gegenübergestellt. Doch selbst die poetische Anschauung, der seherische (kassandrische) Blick ins Absolute, wird noch bestimmt von der »letzten Angst«. Nichtsdestoweniger legt das Gedicht, auch wenn es von der Angst vor dem Tod »bewegt« wird, Zeugnis ab von einem tieferen Lebenssinn. »Im Ich des Gedichts erscheint«, wie Kunert in seinen »Notizen zur Literatur« (1976) erläutert, »das unverkrüppelte, vollkommene, wenn auch ewig unvollkommene Individuum – ein Windhauch aus Utopia«.

GÜNTER KUNERT
VISION AN DER OBERBAUMBRÜCKE

Berlin du späte Totenstadt
vergraut und still wie nie vorher
der Leiden und der Mühen satt
erwartungslos von Leben leer

so reglos und so voller Angst
schon aufgegeben von der Welt
da du um deine Tage bangst
als wär das Urteil nicht gefällt:

Du wirst versinken und vergehn
wie andre Städte einstens auch:
Berlin – auf Nimmerwiedersehn.
Verfall zu Staub. Steig auf als Rauch.

HELMUT KOOPMANN
BLICK INS TOTENREICH, WASSER DER STYX

Brücken verbinden. Länder, Kontinente, Welten – oder auch nur zwei Stadtteile, die durch nichts als ein Wasser voneinander getrennt sind. Die Berliner Brücken sind im Grunde genommen nicht der Rede wert, keine Stadtbeschreibung rühmt sie als irgendwie beachtlich. Spree oder Landwehrkanal sind unauffällige Gewässer, und entsprechend sind die Übergänge. Die Oberbaumbrücke verbindet freilich nicht nur auf belanglose Weise zwei Ufer. Sie trennt zugleich zwei Welten, den Westen und den Osten.

Visionäres an einer dieser Brücken? Aus welchem Anlaß und warum gerade hier? Doch so fragt allenfalls der Alltagsverstand; Zukunftsgesichte pflegen nicht anzuklopfen, um eintreten zu können. Es könnte ein anderer Übergangsort sein, und hier ist auch nicht wichtig, daß das Wasser zwei politische Systeme, zwei Weltanschauungen, zwei Lebensformen voneinander scheidet. Im Gedicht führt die Brücke ohnehin nicht an ein gegenseitiges Ufer, sondern in eine andere Zeit: die Gegenwart ist Anlaß zu einem Blick in Zukünftiges.

Die Prognose ist tödlich. Reichshauptstadt einst, Symbol des geteilten Deutschland später; subventioniert und politisch herausgepäppelt: die moderne Metropole wird auf ihre Zukünftigkeit hin durchleuchtet, und mit einem Schlag ist das Weltstadt-Erlebnis dahin, Alexanderplatz und Kurfürstendamm, Europa-Center und Preußens Gloria werden zu gespenstischen Fassaden. »Berlin tut gut«, lesen wir gelegentlich. Dem, der Kunerts Gedichte kennt, muß das wie blanker Hohn klingen. Der Blick über die Brücke ist ein Blick ins Totenreich, das Wasser ist der Styx; aus diesem Hades wird kein Orpheus mehr zurückkehren.

Der Weltuntergang ist bei Kunert kein höllisches Spektakel; er kommt unhörbar, schleicht sich ein in eine längst todgeweihte Stadt. Ein Troja-Schicksal; das hölzerne Pferd ist überflüssig geworden. Brecht hat 1933 ähnliche Berlin-Gedichte geschrieben; er hatte freilich unmittelbarere Gründe, den Reichstagsbrand mit Neros brennendem Rom zu vergleichen. Kunerts Berlin geht lautlos unter, und es gibt keinen anderen Anlaß als einen Blick über die Oberbaumbrücke. Ein Kassandra-Gedicht. Wir wissen, wie sehr Kassandra recht hatte. Wird auch Kunert recht behalten?

Berlin ist Kunerts Troja. Aber wir lesen das Gedicht so, wie es vermutlich gelesen werden will: symbolisch. In das Bild der lebendigen Stadt ist jenes andere, die Untergangsvision, eingeblendet, und es ist nicht Berlin allein, sondern die Glitzerfassade vieler Städte. Auch sie werden versinken und vergehen. Daß die Erde tatsächlich unbewohnbar werden kann, wissen wir seit kurzem, da der apokalyptische Rauch auch jene erreichte, die sich für unverwundbar hielten. Das ist kein unverbindlich-schönes Gedicht über Altern und Tod: nicht der einzelne vergeht und läßt eine strahlende Welt zurück, sondern die Welt vergeht und läßt den einzelnen übrig. Das Gedicht nimmt vorweg, was plötzlich jederzeit Wirklichkeit werden kann.

In einer derart tödlichen Bedrohlichkeit haben lyrische

Allerweltsgefühle keinen Raum: das ist, so eindringlich der Rauch hier aufsteigt, das Gedicht eines Betroffenen, der seine Betroffenheit nicht lautstark zeigt. An dem Gedicht ist kein Wort zuviel, keine Zeile überflüssig. Ein formvollendeter Abschied, für immer. Mit dem letzten Vers ist das Troja-Schicksal nicht nur erfüllt, sondern auch hingenommen: so wird es sein.

GÜNTER KUNERT
VORORTABEND

Hier geht die Luft geruhsamer umher.
Hier brennt eine Gaslaterne und
da auch. Hier riecht es nach Flieder
und Rauch
einer verlorenen Lokomotive
Die Geräusche gelangen weiter
als am Tage, beflügelt
von schwarzen Schwingen.
Hinter der Hecke jedes gesprochene Wort
ist so, wie es am Anfang war: ein Beginn.
So kommen
die Sprechenden erst später
zu ihrer Sprache hinzu, werden Nachbarn
aus Fremden, umgeben sich
mit ihren Gärten, mit holprigen Straßen,
mit Eisenbahngleisen, mit Universum:
Es werde Vorort.
Es werde Abend.
Es werde Schweigen.

Für heute Nacht nehme ich
die Schöpfung zurück.

HORST BIENEK
DIE SCHÖNEN TÄUSCHUNGEN

Günter Kunert, Jahrgang 1929, hat seinen ersten Gedichtband, mit Förderung durch Johannes R. Becher, der ihn in seinem Tagebuch bezeichnenderweise den »Grashüpfer« nannte, schon mit 21 Jahren publiziert, »Wegschilder und Mauerinschriften«; seitdem hat er kontinuierlich Gedichtbücher veröffentlicht, zumeist Denk-Gedichte, Aphorismen in Versen, Parabeln, doch keineswegs das, was man früher Gedanken-Lyrik nannte. Einen gewissen didaktischen *touch* hatten diese Gedichte immer, und eigentlich erst im letzten Gedichtband, »Im weiteren Fortgang«, versucht er davon loszukommen.

Das Gedicht »Vorortabend« gehört zu einem neuen Zyklus, »Bucher Elegien«, was wohl nicht unabsichtlich mit einem andern, großen Vorbild klanghaft assoziiert, nämlich den »Buckower Elegien«. In Buch hat Kunert ein altes Haus gekauft, am Rande von Berlin, das signalisiert gleich Vorortstimmung, viel Natur, Gartengänge, Stille, die Erfahrung der Jahreszeiten, neue Nachbarn, Gespräche über Zäune, über die Hecken, über die Bäume hinweg.

Fremd ist hier vieles – und doch teilt auch das Fremde in seiner Geruhsamkeit schon Vertrauen aus. Die Gaslaterne, der Flieder und der Rauch einer verlorenen, besser einer entschwundenen Lokomotive, das freilich ist wie ein Bilderbuch, naive Malerei, schmeckt vielleicht sogar ein wenig nach Gestern, nach Idylle, nach heiler Welt, die

dann ja auch absichtlich und etwas schwerfüßig eingeführt wird: Hier geht die Luft geruhsamer umher.
Da schlägt ein Lyriker keine Volten, da gibt es keine kühnen, ungewöhnlichen Metaphern, da werden keine Pointen zugespitzt – und dabei könnte er es doch, er hat es früher, in anderen Gedichten, so bravourös bewiesen. Nein, hier steigt ein Lyriker über das Komplizierte, das Vergitterte, das Dunkle hinweg, öffnet sich einer neuen Einfachheit, fängt von vorn an, vergewissert sich seiner Umwelt, nennt sie, ruft sie auf, ein Anfang, ein Beginn: Schon ist die Sprache da, die Wörter, schon sind die Dinge vertraut, immer wohnlicher wird es da, wenn man nur erst die Worte vorausschickt, Freundlichkeit wächst geruhsam, der Vorort wird zur Welt, zum Universum. – Oder ist das nur ein Kleinbürgertraum?
Dabei spielt ein Dichter nur Schöpfung, auf einem Blatt Papier, in der Schreibmaschine, ganz spielerisch, ein Hauch von Wörtern. Nicht: es werde Licht, nein, keineswegs, nicht so gewaltig, da würde man erschrecken. Ganz einfach: Es werde Vorort. Nichts weiter. Es werde Abend. Und vielleicht, wenn so etwas wie Glück, Befriedigung hinzukommen soll. Es werde Schweigen.
Es ist kein bukolisches Gedicht, nicht einmal ein Naturgedicht – das sind nur Täuschungen. Da jongliert einer mit den bunten Bällen der Natur-Imitation, zieht verführerische Landschafts-Kreise, und dann nimmt er die Schöpfung, seine Schöpfung, zurück: poeta ludens. Es ist nur ein hinprojiziertes Bild, ein poetischer Entwurf, ein leichter, hingehauchter Einfall in einer Stille, die schon im nächsten Augenblick zerstört werden kann, und sei es nur durch das Schrillen des Telefons. Solange wie man das Gedicht liest, solange währt auch nur die Wirklichkeit dieses

harmonischen Vorortabends. Der Poet, er nimmt mit der Nacht auch die Schöpfung zurück.
Kunert hat viele Gedichte geschrieben, einige, die gewiß gewichtiger sind als dieses; fast immer merkt man ihnen das Machbare an. Dies hier ist ein einfaches Gedicht, das nicht einmal durch ein großes Motiv besticht, kein Gleichnis, keine Parabel, keine Didaktik, nur eine spielerische Imagination. Es steckt nichts dahinter: Es ist nur das, was es ist.

HEINER MÜLLER
HERZ DER FINSTERNIS NACH JOSEPH CONRAD

Für Gregor Gysi

Schaurige Welt kapitalistische Welt
(Gottfried Benn nach einem Radiogespräch mit
Johannes R. Becher 1930)

In der Valuta-Bar des Hotels METROPOL
Berlin Hauptstadt der DDR bemüht sich
Eine polnische Hure Gastarbeiterin
Um einen Greis mit Schnupfen
Zwischen den Kapiteln seines Vortrags
Über die Freiheit in den USA
Rotzt er ins Taschentuch und schreit nach einem
Abfalleimer
Noch im Griff des Mitleids mit ihrem schweren Beruf
Höre ich zwei Geschäftsreisende
Bayern dem Geräusch nach
Asien verteilen: ALSO MALAYSIA TÄT MIR GFALLN
THAILAND AUCH KOREA GHÖRT DAZU
ALSO DAS KREUZSCHIENENSYSTEM FÜR DEN
JEMEN
TÄT ICH NOCH PLANEN DANN
HAT SICH DIE SACHE
CHINA GHÖRT AUCH DAZU
CHINA IST ALS EINZIGES PROJEKT VERKAUFT
WORDN

In der S-Bahn ZOOLOGISCHER GARTEN
FRIEDRICHSTRASSE
Habe ich zwei DDR-Bürger kennengelernt
Einer erzählt Mein Sohn drei Wochen alt
Wurde geboren mit einem Schild vor der Brust
ICH WAR AM NEUNTEN NOVEMBER IM WESTEN
Meine Tochter gleichaltrig Ich habe Zwillinge
Trägt die Aufschrift ICH AUCH
THE HORROR THE HORROR THE HORROR

JOACHIM SARTORIUS
SIECHTUM EINER EPOCHE

Heiner Müller hat, wenn man schrecklich vereinfacht, zwei Sorten von Gedichten geschrieben: lyrische, einfache im Heine-Ton und zeitgeschichtliche Collagen. Hier haben wir es mit einem herausragenden Produkt des politischen Collagisten Heiner Müller zu tun, der einen kalten, einen heißen Blick auf das Räderwerk der Geschichte am Ende des zu Ende gegangenen Jahrhunderts wirft. Die Sehnsucht nach einem Tacitus oder Sallust, die sich des Untergangs der DDR annähmen, bläht diese verzweifelt um Kontrolle bemühten Zeilen.

Der Bezüge sind so viele, daß sich auch für den Kommentaristen das Prinzip der Collage empfiehlt. Das Gedicht ist Gregor Gysi gewidmet. Heiner Müller schätzte Gysi, weil er in ihm die Zukunft einer intelligenten Linksorientierung aufgehoben sah. Ein Zitat von Gottfried Benn – aus einem 1930, also vor der Machtergreifung Hitlers geführten Gespräch mit dem späteren Kulturminister der DDR, Johannes R. Becher – ist dem Gedicht vorangestellt. In diesem nie publizierten, von Heiner Müller wieder entdeckten »Radiogespräch« wirft Benn dem früheren expressionistischen Weggenossen vor, sich ganz in die Arme des Moskauer Tyrannen zu begeben. Becher, der nach eigenem Bekunden »ein Benn hätte werden können«, wirft seinerseits diesem Benn Abmüdung, Dekadenz, Nihilismus vor. Einig sind sich die beiden nur in der Ablehnung der kapitalistischen Raubwelt – kabarettistisch exemplifiziert am

Dialog der zwei bayerischen Geschäftsreisenden im Hotel Metropol. Dieses Gespräch zwischen Benn und Becher, Zusammenstoß von zwei Systemen *bien avant la lettre*, gibt die Folie, auf der Heiner Müller seine Wahrnehmungen, ob in der Valuta-Bar oder in der S-Bahn, ordnet. Die Zeichen stehen auf Zusammenbruch der DDR und auf den Sieg eines Systems, das für Heiner Müller Finsternis und Schrecken bedeutet.

Diesem Gedicht fehlt die Gelassenheit, auch die Ironie, die sonst die späten Gedichte Heiner Müllers auszeichnen. Der Polyphonie der Stimmen entspricht eine nüchterne Musikalität. Die Fülle des Textes zwingt den Leser, von den Einzelheiten zurückzutreten: Er nimmt das Siechtum einer Epoche, das Ende einer Utopie in den zitierten Worten wahr. Es geht hier nicht nur um eine »Wahrheit«, die man zu glauben besaß. Es geht genauso um die Skepsis dem Neuen gegenüber, um die Geißelung der Landsleute, die einschwenken. Aber das schreckliche Wahrheitszentrum des Gedichts birgt die drittletzte Zeile. Heiner Müller hat seine kleine Tochter innig geliebt. Auch sie trägt, ob sie es will oder nicht, ob er es will oder nicht, das »Mal« des 9. November. *THE HORROR*. So verschränken sich Elemente unseres Jahrhunderts in lakonisch persönlichster Form: Ideologie und Niederlage, Hoffnung und allergrößte Verzweiflung.

Viele Gedichte Heiner Müllers sind ein Aufstand der Toten gegen das Vergessen der Lebenden. Seine Hoffnung war, daß die Schubkraft des Erinnerns explosionsartig das Kontinuum der Geschichte aufbrechen könnte. Hier ist es umgekehrt, und das macht dieses Gedicht so bewegend: Die gerade Geborenen wissen nichts von der Geschichte. Das Erinnern mag insofern nichts ausrichten können. Hier spricht einer, der in der Erfahrung der Wendezeit seine Hoffnungen betrogen sieht, der die Maske der Gelassenheit zur Seite legt, der nicht mehr fähig ist zum »kältesten Einblick«. Das rührt uns und macht dieses Gedicht in seiner Tiefenschicht – als autobiographische Metapher – zu einem bemerkenswerten lyrischen Dokument.

HEINER MÜLLER
MONTAIGNE MEETS TASSO I

Tasso in den Abruzzen auf der Flucht vor seinem Wahnsinn
sein Kleidertausch
mit einem Bauern. Lenz im Gebirge bei Strassburg, Büchner
gejagt auf seiner Spur.
Hölderlin im Turm, der vor sich hinreimt. Montaigne, wenn
er mehr Zeit gehabt
hätte als einen Tag in Ferrara, wo er Tasso verrückt sah,
»mit mehr Ärger als Mitleid«,
was hätte er ihm sagen können. Was sind Worte dem, der sich
an ihnen sattgegessen
hat und sie nicht mehr ausspein will.

UWE WITTSTOCK
VON DER WEISHEIT DES MASSVOLLEN LEBENS ODER MÜLLER MEETS MONTAIGNE

Zu den Mythen der literarischen Moderne gehört die Idee des ruhmreichen Scheiterns: Während die übrige Welt nur blind auf Erfolg setze, auf die bloße Machbarkeit des Möglichen, sei die Literatur der Zufluchtsort jener heiligen Narren geworden, die sich am Unmöglichen versuchen und verschleißen. Der Dichter, der über strengsten Sprachexerzitien dem Schweigen oder dem Rauschgift verfällt, die Dichterin, die im Ringen um poetische Reinheit wahnsinnig oder todessüchtig wird, das alles zählt längst zum festen hagiographischen Repertoire unseres Kulturbetriebs. Mehr noch, ein Autor, der von derartigen Katastrophen lebenslang verschont bleibt, hat es heute nicht ganz leicht, für die Ernsthaftigkeit auch seiner Arbeit Anerkennung zu finden.

Heiner Müller ruft in diesem kurz vor seinem Tod entstandenen Gedicht gleich vier Märtyrer der Literatur an: Tasso, Lenz und Hölderlin, die in geistiger Zerrüttung endeten, dazu Büchner, der, aus seiner Heimat verjagt und steckbrieflich gesucht, viel zu früh starb. Als Kontrastfigur bringt er Montaigne ins Spiel, der 1580 den kranken Tasso besucht und sich später in einem seiner Essays den wenig warmherzigen Satz leistete: »Ich fühlte noch mehr Unmut als Mitleiden, als ich ihn zu Ferrara in diesem erbärmlichen Zustand sah, wie er sich selbst überlebte und weder sich noch seine Werke mehr kannte.«

Kein Zweifel, welcher der beiden Seiten sich Müller selbst zuordnete: Schon gegen Ende der siebziger Jahre ließ er anklingen, daß er den Stoff seines Lebenswerkes mit dem Scheitern des Sozialismus für erschöpft halte, daß er als Dramatiker »nur noch weiße Seiten abliefern könne« und also befürchte, sich selbst zu überleben. Die Lyrik seiner letzten Jahre zeugt denn auch von dem Gefühl, sich an Worten »sattgegessen« zu haben, und von der wachsenden Sehnsucht, keine mehr »ausspein« zu müssen. Immer direkter wird sein inständiger Wunsch benannt, endlich im Schweigen verschwinden zu dürfen. »Ich sterbe zu langsam«, lautet sein Fazit in einem dieser späten Gedichte.
Wer Heiner Müller kannte, wird das nicht ohne Erschütterung und Anteilnahme lesen. Zugleich aber betreibt Müller damit natürlich eine spürbare Selbststilisierung. Schließlich ist die literarische Ahnenreihe von Tasso bis Büchner, die er hier für sich reklamiert, ohne sich selbst explizit ins Spiel zu bringen, alles andere als leichtgewichtig. Vor allem aber fällt auf, in welch ungünstiges Licht Montaigne von Müller gerückt wird. Gerade mal einen Tag, so klingt an, ließ er sich Zeit für den Besuch beim kranken Tasso, und sein kaltschnäuziges, politisch reichlich inkorrektes Resümee der Begegnung trägt ihm schwerlich Sympathien ein.
Tatsächlich ist Montaigne in vieler Hinsicht ein Gegenbild zu den vier anderen – und zu Müller: ein wohlhabender, konservativer Adliger, der sich mit den Mächtigen seiner Zeit klug arrangierte. Aber er war darüber hinaus auch ein weiser Skeptiker, der Selbstbeschränkung und maßvolles Leben als höchstes aller Kunstwerke betrachtete. Daß es ruhmreich sein könnte, an hochfahrenden, die menschlichen Möglichkeiten mißachtenden Zielen zu

scheitern, wäre ihm wohl schwer begreiflich zu machen gewesen.

So macht das frühneuzeitliche Treffen zwischen Montaigne und Tasso im Blick Müllers zweierlei deutlich. Zum einen, wie eng die literarische Moderne, die stets Grenzüberschreitungen anvisiert und die damit das Scheitern ihrer Heroen provoziert, verwandt ist mit unserer grenzensprengenden, fortschrittstrunkenen Gegenwart, von der sie sich zu distanzieren vorgibt. Zum anderen, neben aller Selbststilisierung, eine leise, schmerzvolle Selbstkritik Heiner Müllers, das maßvolle Leben eines Montaigne verfehlt zu haben.

HEINER MÜLLER
TRAUMWALD

Heut nacht durchschritt ich einen Wald im Traum
Er war voll Grauen Nach dem Alphabet
Mit leeren Augen die kein Blick versteht
Standen die Tiere zwischen Baum und Baum
Vom Frost in Stein gehaun Aus dem Spalier
Der Fichten mir entgegen durch den Schnee
Trat klirrend träum ich seh ich was ich seh
Ein Kind in Rüstung Harnisch und Visier
Im Arm die Lanze Deren Spitze blinkt
Im Fichtendunkel das die Sonne trinkt
Die letzte Tagesspur ein goldner Strich
Hinter dem Traumwald der zum Sterben winkt
Und in dem Lidschlag zwischen Stoß und Stich
Sah mein Gesicht mich an: das Kind war ich

HANS CHRISTOPH BUCH
HARTE FÜGUNG

Dramatiker sind nicht automatisch die besseren Dichter, auch wenn sie von Reim und Metrum meist mehr verstehen als ihre Kollegen von der lyrischen Zunft. Die Kunst, fünffüßige Jamben zu dichten, hatte Heiner Müller bei Shakespeare gelernt, als er sich, bei Ulbricht in Ungnade gefallen, nach der Premiere seines Stückes »Die Umsiedlerin«, mit Adaptionen von Klassikern notdürftig über Wasser hielt. In der DDR-Diktatur war das Übersetzen (ähnlich wie das Schreiben von Kriminalhörspielen) ein Rettungsanker für unliebsam gewordene Autoren und zugleich eine Art innerer Emigration.

Als Heiner Müller Mitte der siebziger Jahre aus der Versenkung wiederauftauchte, in der ihn die SED hatte verschwinden lassen, war er ein ausgereifter Dramatiker, der fünffüßige Jamben scheinbar mühelos aus dem Ärmel schüttelte, wenn es gewünscht wurde, auch gereimt. Was ihn vom sterilen Klassizismus seines Antipoden Peter Hacks unterschied, dessen formale Virtuosität Ausdruck politischer Anpassung war, ist die kompromißlose Härte, die Müller nicht im Leben, aber in seinen Stücken an den Tag legte. Er selbst hat sich sarkastisch als Sado-Marxisten bezeichnet, der nicht trotz, sondern wegen Stalins Verbrechen an seiner marxistischen Grundüberzeugung festhielt, nachdem der real existierende Sozialismus sein Verfallsdatum längst überschritten hatte.

»Die Revolution ist die Maske des Todes, der Tod ist die

Maske der Revolution«: Dieser leitmotivisch wiederholte Satz aus dem Drama »Der Auftrag« könnte auch dem vorliegenden Gedicht als Motto dienen. Es ließe sich von einer nicht nur unbewußten, vielmehr bewußten Todesverfallenheit sprechen, die Müllers Werk zugrunde liegt, und dieser gleichsam abstrakte Todestrieb wird gesteigert und aktualisiert durch die Krebsoperation vom Herbst 1994, die den Autor mit seiner eigenen Sterblichkeit konfrontiert. Aus seiner existentiellen Not heraus schreibt er eine Serie von poetischen Notizen und stenogrammartigen Notaten, die zu den bewegendsten Zeugnissen der deutschsprachigen Literatur der neunziger Jahre gehören.

Aus diesem Umkreis stammt das vorliegende Gedicht, das, gereinigt von den Schlacken des bloß Privaten, Müllers persönliches Schicksal ins Allgemeingültige wendet – wie Stahl, der in der Glut gehärtet wird. Der martialische Vergleich ist durchaus angebracht, nicht nur wegen der Lanze, mit der das Alter ego des zum Kind mutierten Autors diesem entgegentritt. Auch der gekreuzigte Christus starb am Lanzenstich, und es ist ein Wiedergänger des Jesuskindes, das, als Strafe und Erlösung zugleich, dem Dichter den Todesstoß versetzt.

In seinen letzten Lebensjahren irritierte Heiner Müller seine linken Weggefährten durch innere Nähe zu und wachsende Sympathie mit Ernst Jünger, dessen kriegerische Bildwelt er hier indirekt zitiert. Aber noch ein anderer konservativer Autor ist als Vorbild unter dem Harnisch dieser nahtlos gefügten Verse versteckt: Stefan George, der ähnlich wie Heiner Müller die eigene Sterblichkeit ästhetisch transzendiert, indem er dem andrängenden Chaos die Strenge der vollendeten Form entgegenhält.

PETER RÜHMKORF
ANS GLÜCK VERZETTELT

Ans Glück verzettelt und mit tausend Zoten,
zu leicht befunden, und ich täusche leicht
das schlaue Fatum auf Hyänenpfoten,
das meinen Bau umschleicht.

Es winkt von meines Mundes gelben Zinnen
der Zungenwimpel höherem Betrug:
Im Niederfallen, im Vorüberrinnen,
preise ich Lust und Wut auf einen Zug.

Was ist's, das du besorgst?
Du, Liebste, wirst an meine Seite eilen,
Austern und Unbill treu mit mir zu teilen,

die graue Stund, wo du dein Herz entkorkst.
Sieh mich! als sei kein Beil für ihn geschliffen,
die Welt im Spaß vertun, den Himmel inbegriffen.

GERT UEDING
VERTRACKTE RÄTSELREDE

Ein vieltöniges Gedicht über das Glück und seinen Preis, über die Leichtfertigkeit und ihren dunklen Widerpart, über die Lust der Liebe und die Tröstung der Geliebten. Da ist einer ans Glück verzettelt, und die Wendung enthält schon das Wichtigste, was es über ihn zu sagen gibt. Wobei der schillernde Sinn dieser Metapher auch den zweideutigen Gehalt des ganzen Sonetts schon präludiert. Besagt sie doch zunächst nicht mehr als sich ans Glück vergeuden, verschwenden, die eigene Zeit, das Leben daran verschleudern, und das wirkt wie eine Paradoxie – denn gibt es etwas Wünschenswerteres als eine solche Verpflichtung aufs Glück? Auch diese Bedeutung des Wortes verzetteln ist noch spürbar, als Abmachung, Verbriefung kann es verstanden werden, als eine Art Pakt mit dem Glück.

Schließlich gibt es noch eine ganz buchstäbliche Ebene, insofern derjenige etwas verzettelt, der Worte oder Sätze – oder Verse – auf Zettel verteilt: der Schriftsteller ist hier gemeint, und Rühmkorf weiß natürlich um die poetische Faszinationskraft von Zettelkästen. So hat er vor einigen Jahren in einem von ihm so genannten »Un-buch« den »Bildungsgang ... eines einzigen Gedichts« auf 696 Seiten dokumentiert, die aber in Wahrheit 696 Zettel sind, von kleinen Schnipseln bis hin zu großformatigen Blättern. In diesem Sinne gibt sich unser Autor auch in seinem Sonett als »Verzettler« zu erkennen, noch dazu von »tausend Zoten«, ein Hallodri und Possenreißer, der, wie noch zu lesen sein wird, seinen besonderen Spaß an Anzüglichkeiten hat. Daher auch zu leicht befunden wird, diese Leichtigkeit aber sogleich zu seinen Gunsten wendet, denn er täuscht mit ihrer Hilfe und sagt im selben Moment, wie wenig schwer ihm solcher Betrug fällt – gilt dieser doch dem »schlauen Fatum auf Hyänenpfoten«, dem listenreichen Tod, der in allem Lebenden schon das künftige Aas wittert und nur im Märchen einmal den kürzeren zieht.

Die vertrackte Rätselrede geht weiter, doch so dunkel immer noch ihr Sinn, so vertraut ist plötzlich der Klang, Schulerinnerungen tauchen auf: »Er stand auf seines Daches Zinnen ...« Die Ballade vom »Ring des Polykrates« liegt wie ein Schatten über Rühmkorfs leichtsinnigen Versen – oder taucht unter ihnen hervor wie ihr dunkler Grund. Auch Schillers Gedicht handelte vom Glück und von der vergeblichen Anstrengung, seinen zwiespältigen Fängen zu entrinnen.

Der Glückverschworene, den Rühmkorf uns vorstellt, macht sich, wir sahen es, von Anfang an keine Illusionen über die Bedrohung seiner Behausung, die der Körper ist, der die Zeichen seines Verfalls ganz offenbar im Gesicht trägt. Doch damit hat es, genau wie in der ersten Strophe, nicht etwa sein Bewenden. Es bleibt noch ein Talisman besonderer Art, die Kunst des Verzettelns, die jetzt zum Winken des »Zungenwimpels« geworden ist. Die dichterische Rede ist gemeint mit ihrer Kraft, der reißenden Zeit den höheren Betrug, den Lobpreis von Lust und Wut, entgegenzuhalten.

Mit der dritten Strophe gewinnt das Gedicht die unbesorgte Leichtigkeit des Glücks zurück. »Austern und Unbill« – das Gespenst tanzen lassen, so hatte einst Shaw das Lebenselixier beschrieben, das der Dichter hier sich und seiner Geliebten verschreibt. Die Terzette lösen die in den ersten beiden Vierzeilern aufgebaute Spannung in die komische Verkehrung des Bedrohlichen auf, so daß der »Spaß« des letzten auf das »Glück« des ersten Verses zurückkommt. Jene »tausend Zoten« und der Lobpreis der Lust wirken schon wie Signale für die ganz triebhafte Seite des Glücks, die seine Vitalität ausmacht. Und so ist es nur konsequent, wenn einige Wendungen auch zweideutig im anzüglichen Sinne verstanden werden sollen, weil sie ebenfalls in der Sprachwelt des Geschlechtlichen ihren Platz haben: der Zungenwimpel und die Auster, das Niederfallen und Vorüberrinnen, schließlich das entkorkte Herz. Und hat er nicht recht, unser ernster Bruder Leichtfuß – ans Glück verzettelt ohne die Geliebte: selbst wenn das Kunststück gelänge, welchen Reiz sollte es dann noch haben?

PETER RÜHMKORF
AUF EINE WEISE
DES JOSEPH FREIHERRN
VON EICHENDORFF

In einem Knochenkopfe
da geht ein Kollergang,
der mahlet meine Gedanken
ganz außer Zusammenhang.

Mein Kopf ist voller Romantik,
meine Liebste nicht treu –
Ich treib in den Himmelsatlantik
und lasse Stirnenspreu.

Ach, wär ich der stolze Effendi,
der Gei- und Tiger hetzt,
wenn der Mond, in statu nascendi,
seine Klinge am Himmel wetzt!

Ein Jahoo, möcht ich lallen
lieber als intro-vertiert
mit meinen Sütterlin-Krallen
im Kopf herumgerührt.

Ich möcht am liebsten sterben
im Schimmelmonat August –
Was klirren so muntere Scherben
in meiner Bessemer-Brust?!

WALTER HINCK
DES MÜHLTALS IDYLLE IN MOLL

Vor manchen Liedern, Volksliedern zumal und romantischen Versen, schmilzt das deutsche Gemüt. Darauf setzen Männergesangvereine und der Tourismus. Kein Fahrgast einer Schiffsreise von Koblenz nach Bingen kommt am Loreley-Felsen vorbei, ohne Heines »Ich weiß nicht, was soll es bedeuten« vom Tonband zu hören. Ein Klagelied wäre zu singen über den Verschleiß des poetischen Worts durch seine sentimentale Vermittlung. Eichendorff ist eines der Opfer.

Aus dem Volkslied schöpfte Eichendorff sein Vokabular der Gemütsbewegung. Vorgefundene Motive übernahm er in ein Lied, von dem vor allem die erste und die letzte Strophe vertraut sind: »In einem kühlen Grunde / Da geht ein Mühlenrad, / Mein' Liebste ist verschwunden, / Die dort gewohnet hat.« »Hör ich das Mühlrad gehen: / Ich weiß nicht, was ich will – / Ich möcht' am liebsten sterben, / Da wär's auf einmal still.« Über dem Grundriß dieser Weise improvisiert nun Rühmkorf das Thema weiter.

Aber dies ist nicht mehr das poetisierende, die spröde Volksliedsprache schmiegsam und den Ton noch inniger machende Variationsmuster, dem Eichendorff folgte. Der Autor des zwanzigsten Jahrhunderts, der Nachkriegszeit, unterkühlt das alte Thema. Rühmkorf, Vagant zwischen Walther von der Vogelweide, Brockes und Klopstock, zwischen Matthias Claudius, Hölderlin und

Heine, läßt die Weisen der lyrischen Tradition auf dem Resonanzboden neuer Erfahrungen gebrochen widerhallen.

Ist dies Parodie, so doch keine, deren Sinn im komischen Effekt aufgeht. Es werden ja auch Wendungen – die von der Untreue der Liebsten oder vom Todeswunsch – wörtlich übernommen; ganz aus dem Kopf und aus dem Herzen sind die »alten rührenden Weisen« – so Rühmkorf in einem Kommentar – nicht verdrängt. Aber es überwiegen doch die Verfremdungen, die das Empfinden und das Wünschen des Eichendorffschen Gedichts umpolen.

Mit Anspielungen auf das Industriezeitalter, mit Kollergang (Zerkleinerungsmaschine) und Bessemerbirne (Anlage zur Stahlerzeugung) hebt Rühmkorf in der ersten und der letzten Strophe die idyllische Welt des Mühlentals aus den Angeln. Die Sehnsucht des Enttäuschten, in Eichendorffs Gedicht auf das Leben des Spielmanns und des Reiters gerichtet, auf Schlacht und Lagerfeuer, wird ironisiert im Wunsch nach dem Reise- und Heldenabenteuer Karl Mays und nach einer menschlichen Primitivform, wie sie in Swifts »Gulliver« die Yahoos verkörpern.

Mit Romantik füllt die alte Weise den Kopf, aber was durch diese Romantik inspiriert wird, gerät nur noch zu gedanklicher Spreu. Der hier spricht, ist kopflastig und zugleich des Kopfes überdrüssig. Da mischt sich in die Eichendorff-Parodie ein Echo auf Gottfried Benn, von dem Rühmkorf eine Zeitlang fasziniert war, ein Nachhall seines Abgesangs auf das zerebrale Ich.

Durch alle Verfremdungen aber schlägt der Mollton der »alten rührenden Weise« hindurch. So enthüllt die Eichendorff-Parodie, was Peter Rühmkorf auch ist, nicht nur Ironiker und Provokateur, Vagant und Straßensänger,

Virtuose des Reims und Akrobat auf dem »Hochseil« der Poesie, sondern auch ein Zweifler und Melancholiker – Dichter aus dem Geblüt Shakespearescher Narren.

PETER RÜHMKORF
AUF WAS NUR EINMAL IST

Für Heinrich Maria Ledig-Rowohlt

Manchmal fragt man sich: ist das das Leben?
Manchmal weiß man nicht: ist dies das Wesen?
Wenn du aufwachst, ist die Klappe zu.
Nichts eratmet, alles angelesen,
siehe, das bist du.

Und du denkst vielleicht: ich gehe unter,
bodenlos und fürchterlich –:
Einer aus dem großen Graupelhaufen,
nur um einen kleinen Flicken bunter,
siehe, das bin ich.

Aber dann, aufeinmalso, beim Schlendern,
lockert sich die Dichtung, bricht die Schale,
fliegen Funken zwischen Hut und Schuh:
Dieser ganz bestimmte Schlenker aus der Richtung,
dieser Stich ins Unnormale,
was nur einmal ist und auch nicht umzuändern:
siehe, das bist du.

WALTER BUSSE
ICH UND DU UND ICH

Wer es sein will, wird über das lyrische Ich Peter Rühmkorf stets gut, gewiß ausführlich unterrichtet, von eben jenem Ich und zumeist mit einem kleinen Vorbehalt zum Entkommen: »ich rühme Korff« – mit zweimal f. Die gründlichsten Kommentare über seine Produktionsweisen hat Rühmkorf, zur Sicherheit des Ungesicherten, selber geschrieben und die Zweifel nicht ausgelassen, um sie, aus intimerer Kenntnis, zu sänftigen: seine Verse – ein »renitentes Weder-Noch«, »Gegengesänge«. Was Wunder, daß unser lyrisches Ich mit gespaltenem Bewußtsein aufwacht – war das alles, »ist dies das Wesen?« – und der Widerpart in der Pyjama-Brust die Frage stellt, »bodenlos und fürchterlich«, ob man nur »einer aus dem großen Graupelhaufen« sei, »nichts eratmet, alles angelesen«? Gemach.

»Vergessen Sie nicht: die edle einfältige Lyrik faßt das Heute in keiner Weise«, schrieb Gottfried Benn 1950 seinem geduldigen Sammler Oelze. »Selbst Wiegenlied, selbst Orplid wären, ins Heute projiziert, nicht ehrlich u. echt. Wir sind böse u. zerrissen u. das muß zur Sprache kommen.« Das weiß Peter Rühmkorf von früh an und pflasterte sich daraus seinen höchst eigenen Pfad. Er nahm und nimmt Homer und Horaz, die Merseburger Zaubersprüche, Paul Gerhard, Klopstock, Goethe, Hölderlin und Heine, Claudius und Eichendorff und viele sonst in Anspruch. Er parodiert sie nicht, er benutzt sie nicht einmal (oder doch nicht immer) als Vehikel, er läßt einige Erkennen-Sie-die-Melodie-Wörter stehen. Er modifiziert weniger die Versformen, um so drastischer deren Inhalt, staffiert sie mit Alltag, Jargon und Schlagwort, mit schlagenden Worten.

»Alles angelesen«? fragt das verkaterte lyrische Du scheinheilig im Morgengrauen, und es ist wahr: zum ganzen Verständnis dieser Gedichte gehört die genaue Kenntnis der Originale, auf die angespielt (für Nachgeborene: abgehoben) wird; die Differenzen, die Entfernungen wollen mitbegriffen sein. Ohne Rücksichten nannte Rühmkorf seinen ersten Gedichtband »Irdisches Vergnügen in g«, und da soll einer wissen, daß im achtzehnten Jahrhundert der Gründer der »Teutsch übenden Gesellschaft«, Brockes, eine Sammlung frommer Verse »Irdisches Vergnügen in Gott« hat drucken lassen, dessen letztes Titelwort der Agnostiker Rühmkorf gegen das Physikerzeichen g für gravitas, für Schwerkraft auswechselte. Rühmkorf braucht, entgegen aller proletarischen Gestik, den sehr gebildeten Leser und mußte deswegen auch mit jenen jungen Germanisten Schwierigkeiten bekommen, die Klopstock für ein Instrument der Isolationsfolter und den Zuckmayer für eine Schüttellähmung halten.

Das schafft ein mulmiges Erwachen. Dennoch bleibt beim morgendlichen Ich-und-du-Abzählen Müllers Kuh – sie gehört in Rühmkorfs eigentümlicher Sammlung zum »Volksvermögen« – nicht auf dem Eise. Sind sie, die lyrischen Dioskuren ich und du, erst einmal aus dem Bett und im freien Schlendern, dann »begibt« sich etwas zwischen Hirnschale und Schuhsohle, »fliegen Funken« sogar, gibt es den »ganz bestimmten Schlenker«, der aus dem Zitat ein ganz anderes Gedicht macht, der einen anderen Blick riskiert. Etwa so: Rühmkorf nimmt seinen Heidegger unter den Arm, schlendert mit ihm durch Kalau und bringt von dort unterm Mantel eine kleine Wahrheit mit, die er – Nietzscheaner ist er nicht – gleich flattern läßt: »ein Gedicht ist immer nur so frei, als die Not es wendig macht.«

PETER RÜHMKORF
BLEIB ERSCHÜTTERBAR UND WIDERSTEH

Also heut: zum Ersten, Zweiten Letzten:
allen Durchgedrehten, Umgehetzten,
was ich, kaum erhoben, wanken seh,
gestern an- und morgen abgeschaltet:
Eh dein Kopf zum Totenkopf erkaltet:
Bleib erschütterbar – doch widersteh.

Die uns Erde, Wasser, Luft versauen
(Fortschritt marsch! mit Gas und Gottvertrauen)
Ehe sie dich einvernehmen, eh
du im Strudel bist und schon im Solde,
wartend, daß die Kotze sich vergolde:
Bleib erschütterbar – und widersteh.

Schön, wie sich die Sterblichen berühren –
Knüppel zielen schon auf Herz und Nieren,
daß der Liebe gleich der Mut vergeh ...
Wer geduckt steht, will auch andre biegen
(Sorgen brauchst du dir nicht selber zuzufügen;
alles was gefürchtet wird, wird wahr –)
Bleib erschütterbar
Bleib erschütterbar – und widersteh.

Widersteht! im Siegen Ungeübte;
zwischen Scylla hier und dort Charybde
schwankt der Wechselkurs der Odyssee ...

Finsternis kommt reichlich nachgeflossen;
aber du mit – such sie dir! – Genossen!
teilst das Dunkel, und es teilt sich die Gefahr
Leicht und jäh – –
Bleib erschütterbar –
Bleib erschütterbar – doch widersteh.

ALBERT VON SCHIRNDING
LEICHTFÜSSIG GEGEN GEWALT

Mit diesem Gedicht bleibt man ungern allein. Eine fortreißende Bewegung ist darin, die über die bloße Lektüre hinaustreibt, zur Mitteilung drängt. Wo ich es vorlas, in Schulklassen oder vor den Gästen einer Geburtstagsgesellschaft – mühelos bahnte es sich die Schneise der Stille, in der es lautwerden, Laut werden konnte. Es ist zart, es ist schwierig und verträgt doch, ja verlangt Öffentlichkeit. Die polaren Eigenschaften von Sensibilität und Widerstandskraft, zu denen es auffordert, sind auch Eigenschaften des Gedichts selbst.

Es ziert sich nicht. Unmittelbar wendet es sich an die zweite Person, die bald im Singular, bald im Plural steht – weil Erschütterbarkeit nur Sache dessen sein kann, der sich als einzelner bewahrt, und weil Widerstandskraft nur der Solidarität von Leidens-Genossen entspringt.

Widerstand wogegen? Die Sklavenhalter von gestern sind verschwunden. Spartakus hat keine Zukunft mehr. Was Zukunft hat in diesem Staat, ist freilich immer noch die Polizei – jedoch als Verwaltungsorgan. Liebende, Zögernde, Widerspenstige werden vernommen und einvernommen im Namen des Volkes, im Namen einer Welt, die blind vertrauend unterwegs ist in der einen Richtung, die der Fortschritt vorzeichnet. Die dich biegen wollen, stehen selbst unter seiner Knute geduckt.

Nicht nur im Gedicht also, auch in der Wirklichkeit, von der und gegen die es spricht, herrscht eine reißende Bewegung. Sie wird immer schneller und stärker und treibt einem Punkt zu, an dem es für niemanden mehr ein Entrinnen gibt. Zwischen dem Angeschaltetwerden von gestern und dem Abgeschaltetwerden von morgen droht das Heute zu verschwinden; hier setzt das Gedicht mit seinem Einspruch an. Leichtfüßig stellt es sich der Gewalt entgegen: die Trochäen seiner Strophen gegen die Jamben des marschierenden Fortschritts; Zorn, Trauer, Erinnerung einer Solostimme gegen die »Aktion«, die im vollen Gange ist – die Versteigerung des einzelnen »zum Ersten, Zweiten, Letzten«.

Aber die Knüppel des Zeitgeists, der die Liebe nicht duldet, weil sie ein Aufenthalt wäre im kurzgeschlossenen Kreis von Produktion und Verbrauch, sind nicht alles, dem es zu widerstehen gilt. Hinter den aktuellen Ungeheuern, mit denen Odysseus sich herumschlagen muß, tauchen die mythischen auf: die immer wiederkehrenden Zumutungen der Natur an das sterbliche Ich. Durch alle Strophen des Gedichts geht dieser Zwieklang von Jetzt und Immer. Im »Strudel«, der dich in den Abgrund ziehen wird, sind beide zu einem Bild verdichtet: Das ist die saugende Gewalt der Epoche und der stygische Fluß des Totenreichs ineins. Und noch einmal am Schluß in den »Genossen«: hier die politischen gegen die Finsternis der Stunde, dort die Gefährten, die schon mit Odysseus fuhren, gegen die Schatten des Nichts.

Such dir Genossen; mit diesem Gedicht wirst du sie finden.

PETER RÜHMKORF
DE MORTUIS ODER: ÜBLE NACHREDE

Langsam schließen sich die Wunden der Jugend, und
nichts will an ihre Stelle treten.
Auch das Leiden an der Menschheit
wird ja mal zum bloßen Routinefall;
nun, dann kokelt die alte Seele wohl so allmählich zu Ende,
es geht immer so weiter mit uns,
und wenn es weiter so weitergeht wie bisher,
ist bald Schluß.

Jetzt, zum Beispiel, haben wir auch die Linden schon wieder
im Rücken.
(Wer spricht noch vom Flieder?)
Man wagt fast gar nicht mehr *Ich* zu sagen bei soviel
Geschäftigkeit.
Bald,
wenn mit unaufhaltsamen Blättern
der Herbst
abwinkt
und auch die Drosseln ihre Lieder einziehn,
heizt du die hohle Brust
– Jetzt Kohlen kaufen! –
mit Nietzschewörtern.

Kein Grund zum Aufgeben, Meister!
Auch das Alter ist noch ein durchaus vollgültiger
Lebensabschnitt,

und solange der Stuhlgang gesichert ist,
der Tag doch nicht unerfüllt –
Ah – natürlich,
und dann noch der Trick mit dem Einerseits-andrerseits,
schleimlösende Dialektik:
das lernt man doch auch erst in, sagen wir, vorgeschrittenen
Jahren.
Wenn die Spannkraft nachläßt.
Und der Mund sich auftut:
grau
und von Liedern leer.

HARALD WEINRICH
KUCK MAL, EIN MENSCH!

Die Bibel weiß es genau: das Leben des Menschen währt siebzig Jahre, und wenn's hoch kommt, achtzig. Also, mit fünfunddreißig, vierzig, da geht das schon los, da hält man plötzlich auf halber Strecke an und kuckt – nach beiden Seiten. *»Nel mezzo del cammin di nostra vita«,* heißt das bei Dante, »Hälfte des Lebens« bei Hölderlin, und auf glattdeutsch heißt es: »unsere besten Mannesjahre«.
Halbzeit also. Bei Hölderlin (den Peter Rühmkorf so gut kennt wie *seinen* Walther, *seinen* Klopstock) sind die gelben Birnen noch da und die wilden Rosen. Sommer. Aber das unausweichliche Ende ist schon sichtbar mit seinen winterkalten Mauern und seinen sprachlos klirrenden Fahnen. Bei Rühmkorf und seinem zweifelnden Ich ist das so: die in der Jugend geschlagenen Wunden (das klingt halb nach Sünden, halb nach Wunder) haben sich spurlos geschlossen, die Flieder- und Lindenzeit ist schon gewesen, es ist also um den Juni herum oder – in Hamburg, wo Rühmkorf lebt, kommt alles ein bißchen später – um den Juli. Hochsommerzeit, hohe Zeit des Jahres, bald wird die Ernte eingefahren. Bald? So bald wie warte-nur-balde?
Nach diesem »Bald« rutscht das Jahr schnell ab. Die Zeit des Peter Rühmkorf geht dahin, und sein fröstelndes Ich, das nicht mehr »das lyrische Ich« sein will, wärmt sich an Brennmaterialien höchst unterschiedlicher Herkunft. Denn diese Kohlen stammen nicht nur aus den Klischees der Alltagssprache (ist das auch Volksvermögen?), son-

dern auch aus einem der wenigen Gedichte Nietzsches: »Ja, ich weiß, woher ich stamme! / Ungesättigt gleich der Flamme / Glühe und verzehr ich mich. / Licht wird alles, was ich fasse, / Kohle alles, was ich lasse: / Flamme bin ich sicherlich!« Dieses Gedicht trägt den Titel »Ecce homo«. Auch Rühmkorfs Gedicht könnte so heißen, so oder ähnlich.

In der letzten Strophe haben die – luthersch gesprochen – leidigen Tröster das Wort, die stehen dann um den Ausgebrannten herum mit ihrer Lebensversicherungssprache, perfekt euphemistisch, fast euphorisch. Und auch die »Einerseits-andrerseits«-Sager sind darunter (die Intellektuellen sind wohl gemeint), die immer schon zwischen den Klassen und zwischen den Stühlen saßen und es nun selber zu merken scheinen. Ist dies nun *auch eine* Dialektik? Oder ist das *die* Dialektik? Das möchte man vielleicht noch etwas genauer wissen, der Trick ist noch nicht ganz aufgeklärt.

Aber was macht's, wo ist da der Unterschied? Die Lieder kommen, wenn ihr Verfasser es auch nicht ganz wahrhaben will, ohnehin aus anderen Antrieben, wenigstens wenn es sehr gute Lieder sind, wie bei Rühmkorf.

PETER RÜHMKORF
HEINRICH-HEINE-GEDENK-LIED

Ting – tang – Tellerlein,
durch Schaden wird man schlau;
ich bin der Sohn des Huckebein
und Leda, seiner Frau.

Ich bin der Kohl- und bin der Kolk-,
der Rabe, schwarz wie Priem:
Ich liebe das gemeine Volk
und halte mich fern von ihm.

Hier hat der Himmel keine Freud,
die Freude hat kein Licht,
das Licht ist dreimal durchgeseiht,
eh man's veröffentlicht.

Was schafft ein einziges Vaterland
nur so viel Dunkelheit?!
Ich hüt mein' Kopf mit Denkproviant
für noch viel schlimmere Zeit.

Und geb mich wie ihr alle glaubt
auf dem Papier –:
als trüg ein aufgeklärtes Haupt
sich leichter hier.

ROLF SCHNEIDER
LINKE NARREN ALLER SÄKULA

Das sagt, was ist. Das sagt, wie es ist. Das will keinen Doppelsinn. Das lebt nicht über seine Verhältnisse, eher darunter. Denn natürlich wird da in einer Fertigkeit geredet und gereimt, die dem Heine der »Neuen Gedichte« und des »Wintermärchen«, bloß mal verstechnisch gesehen, ziemlich überlegen ist. Heine war gerne ein schlampiger Reimer und holperiger Skandeur; diesen Heine-Ton doch noch zu treffen, wird zum Beispiel im letzten Vers der zweiten Strophe »halte« statt »halt« geschrieben; letzteres hätte den Rhythmus glatt gemacht, zu glatt.
Die Heine-Nähe zielt infolgedessen mehr auf den Gehalt als die Sagweise, aber wo im lyrischen Text läßt sich das schon trennen? Ting – tang – Tellerlein: so hebt Heine nicht an, bloß Rühmkorf, der mit dem Volksvermögen. Der Abzählreim zählt den Vers ins Ungeheuerliche, geschlechtliche Ferkelei, politische Obszönitäten, beides; Leda wird statt von Zeus, dem Schwan, von Hans, dem Unglücksraben, begattet, und statt Helena gebiert sie bloß wieder einen Raben.
Den Kohl- und Kolkraben, schwarz wie Priem, Nahrung der See- und Schauerleute. Den Kohlraben gibt es nicht. Er existiert hier ausschließlich als biologisch unbekannter Träger der Farbe kohlrabenschwarz. Bei der handelt es sich um eine volksetymologische Ableitung von kolkrabenschwarz, der Farbe des größten aller Rabenvögel.
Rabe zeugt Rabe, weiß wird schwarz und schwarz bleibt

schwarz. An Dunkelheit ist in diesem Gedicht kein Mangel, zur Hälfte besteht es aus Beschwörung und Umschreibung von Finsternis. Das Licht, wenn es aufscheint, ist dreimal geseiht, da wird Helligkeit, die Farbe der Aufklärung, bloß zur ächzenden Abwesenheit von Schwärze. Die Raben fliegen um den Kyffhäuser, wo, nicht allein bei Heine, der schlafende Barbarossa sitzt, altdeutsch-altbakkenes Symbol für Spaltung und Elend im Vaterland. Was hilft dagegen? Denkproviant. Bei Heine heißt das Konterbande und wurde viel weniger resignativ vorgetragen; die Aufklärung war noch näher und die Revolution noch nicht vertan; hundert Jahre mehr Vaterland sind hundert Jahre mehr Verschleiß am Prinzip Hoffnung.

Wenn aber der Ton nicht heinisch ist, was ist dann der Rühmkorf-Ton? Der hier in Heine zu schlüpfen gewillt ist wie anderwärts in Hölderlin und Klopstock, aber auch Eichendorff, Claudius, Walther von der Vogelweide, der den Hofmannswaldau edierte, weil er den schätzt, der muß sich Nähe zum volkstümlichen Manierismus des Arno Holz der Dafnis-Lieder nachsagen lassen. Der alliterierend den Kohlraben findet und selber Rühm-Korf heißt, hockt unterm Morgenstern und hat auch den Raben Ralf im Kopf.

Sein Heinrich-Heine-Gedenk-Lied ist abgedruckt, oder wieder abgedruckt, in dem Band »Die Jahre die ihr kennt«, der Autobiographie des damals Dreiundvierzigjährigen. Es läßt sich somit auch die Entstehungszeit bestimmen, die das Jahr 1959 ist: zehn Jahre BRD, zehn Jahre DDR; einhundertzehn Jahre zuvor lag Heinrich Heine ein Jahr in der Matratzengruft, die Revolution war ein Jahr zuvor gescheitert, Rühmkorf trägt wie Heine, auf dem Papier, ein aufgeklärtes Haupt zur Schau. 1959 galt

bei manchen in der Bundesrepublik Heinrich Heine als eine Erfindung ostdeutscher Kommunisten. Der ihn vorzüglich erfunden hatte, Wolfgang Harich, saß das dritte Jahr im Zuchthaus Bautzen.
Unmittelbar vor diesem Gedicht steht in Rühmkorfs Autobiographie ein (natürlich von Holz inspiriertes) »Schäferlied« und hebt an mit den Versen »Der rote Rühmkorf, wie er singt und spinnt / geht ihm das Hirn zutal«. Das ist es. Das ist es geblieben oder wieder geworden. Linke Narren aller Säkula, begreinet euch; die saure Wahrheit steht womöglich in Rühmkorfs zweiter Heine-Strophe: »Ich liebe das gemeine Volk / und halte mich fern von ihm.«

PETER RÜHMKORF
HOCHSEIL

Wir turnen in höchsten Höhen herum,
selbstredend und selbstreimend,
von einem Indivdiduum
aus nichts als Worten träumend.

Was uns bewegt – warum? wozu? –
den Teppich zu verlassen?
Ein nie erforschtes Who-is-who
im Sturzflug zu erfassen.

Wer von so hoch zu Boden blickt,
der sieht nur Verarmtes / Verirrtes.
Ich sage: wer Lyrik schreibt, ist verrückt,
wer sie für wahr nimmt, wird es.

Ich spiel mit meinem Astralleib Klavier,
vierfüßig – vierzigzehig –
Ganz unten am Boden gelten wir
für nicht mehr ganz zurechnungsfähig.

Die Loreley entblößt ihr Haar
am umgekippten Rheine ...
Ich schwebe graziös in Lebensgefahr
grad zwischen Freund Hein und Freund Heine.

HEINZ LUDWIG ARNOLD
ZWISCHEN DER LORELEY UND DEM VERSEUCHTEN RHEIN

In der Mitte seines Lebens hat Peter Rühmkorf sich dieses schöne Gedicht auf den Leib geschrieben, in dem er über die herausgehobene Existenz des Künstlers und insbesondere des Schriftstellers anschaulich nachdachte, der, wie ein Tänzer auf seinem Hochseil, auf die Welt »herab« blickt und dabei ständig in Gefahr ist, auf sie hinabzustürzen.

Das ist ein eingängig tönender, leichtmündig singbarer Text. Doch er steckt voller Vertracktheiten und Spannungen: Ein ungebundenes lyrischen WIR träumt von einem Unteilbaren, einem (noch) unbekannten, unerforschten Individuum, das es mit Worten ergreifen, das es schaffen, ja das es werden möchte. Indem es dies mit handfesten poetischen Mitteln versucht und die Spannungen, von denen es spricht, auf dem Weg vom Vers zur Strophe mit farbigsten Klängen und Reimen ausbalanciert, verwandelt sich das lyrische WIR tatsächlich in das erträumte Individuum, das aus nichts als aus Wörtern besteht und das wir Gedicht nennen.

Rühmkorf hat es ein »Vorführgedicht« genannt, ein »poetisches Exerzitium, das sein eigenes Programm vorzuturnen versucht«. Es artikuliert aber mehr als diese hochartifizielle Selbsterklärung. Seine Spannung gewinnt es aus Gegensätzen und Ambivalenzen. Da ist das Gegenüber von Autor – »wer Lyrik schreibt« – und Leser: Der eine,

der Autor, ist verrückt, der andere, der Leser, der sie wahr-, gar für wahr nimmt, wird verrückt.
Oder da ist der gegensätzliche Blick auf die Wirklichkeit: Aus allzu großer Entfernung betrachtet, erscheint sie armselig und irrgängig; andersherum halten jene, die da unten in dieser armseligen Wirklichkeit herumirren, von den Dichtern, die sie aus so großer Ferne ansehen und beschreiben, nichts, ja sie halten sie gar für unzurechnungsfähig. Da gibt es offenbar nichts mehr zu vermitteln zwischen Wirklichkeit und Kunst.
Der Dichter kann die Wirklichkeit nicht verändern. Aber er beharrt dennoch darauf, mit und in seiner Sprache das Abbild, die Metapher zu versuchen, die der Wirklichkeit, wenn schon nicht beikommen kann, so aber doch ihren Bewohnern zu einer aus der Norm gerückten Anschauung verhelfen möge. Dies ist das Metier, das der Künstler beherrscht: Das Ich spielt (»Klavier«) auf seinem Seelenleib, produziert also Kunst: »vierfüßig – vierzigzehig«, schafft nur bildhafte Vorstellungen von der Wirklichkeit. Für was stehen die? Für kreatürliche Lust, wild Animalisches? Oder für eine krankhaft veränderte Welt?
Die Konfrontation von romantischer Anschauung und realistischer Einschätzung, also zwischen der lockenden Loreley oben und dem verseuchten Rhein unten signalisiert eine aus den Fugen geratene Welt, deren Abbild so eben mal noch im Gedicht, in Rhythmus und Reim, ordentlich verfugt wird. Zwar ist der Dichter bedroht, als Gattung und als Individuum, als Mensch und Künstler – doch dem Künstler erlaubt dieser Schwebezustand zwischen Wirklichkeit und Kunstcharakter, diese Leichtigkeit des gelungenen Gedichts, der Erdenschwere wenigstens für ein Weilchen zu entkommen. Es allein ist seine Legiti-

mation: »aus einem Fast an Nichts nochmals was Schwebendes zu machen«, wie es in Rühmkorfs Gedicht »Nietzsche zur Lehre« heißt; es ist seine Kunst – und sein Leben.

»Hochseil« ist eben nicht nur ein poetologisches »Vorführgedicht«, sondern es artikuliert auch das literarische Glaubensbekenntnis Peter Rühmkorfs, und zwar, typisch für Rühmkorf, als griffige Formulierung und poetische Formel.

PETER RÜHMKORF
SO MÜDE, MATT, KAPUDE

So müde, matt, kapude,
dem Abtritt nicht mehr fern –
Da steht der Abendjude
mit seinem goldnen Stern

Von seinem Schächerorden
fällt ihm ein Licht voraus:
Auf Erden nichts geworden,
im Himmel nicht zuhaus.

Uns Um-und-Umgescheuchten
scheint das vertrauter Schein –
Im Dunkel ist gut leuchten,
am Morgen – was wird sein?

Da ziehen die Sprücheklopfer
zu Felde wie gewohnt,
da sagen die Täter, die Opfer
hätten sich doch gelohnt.

Kommt, laßt uns an den Särgen
die Wahrheit messen bis sie paßt –
Was du hierzuland zu verbergen
ist was du zum Rausschreien hast.

JOSEPH ANTON KRUSE
GEDENKLIED FÜR JEDE TAGESZEIT

Wie ein Abzählvers beginnt dieses Gedicht über eine Endzeit, deren Ausgang nicht abzusehen ist. Die ersten beiden Strophen gleichen einem Bild von Marc Chagall. Aber das Gedicht vermittelt nicht den phantastischen Zauber der liebevollen Erinnerung. Es intoniert die unheilvolle Geschichte vom Ewigen Juden als Abend- und Nachtlied, intoniert sie unsentimental als Gedenken an die Opfer, aber auch an die Täter. Ein Gedenklied, gut und richtig für jede Tageszeit.

Die goldnen Sternlein, die bei Matthias Claudius hell und klar am Himmel prangen, haben sich hier zu einem einzigen Stigma verdichtet. Das gelbe Ausgrenzungssymbol des Antisemitismus als Zeichen tragischer Verheißung, Stern von Bethlehem für die unruhigen Herzen, Licht auf unserem Weg ohne Ziel, Signal für Heimatlosigkeit und Versteck im Dunkeln, gleichzeitig aber auch ein Menetekel dem hochmütigen, kaltschnäuzigen Vergessen bei Tage. Das Gedicht leistet Geschichtsbewältigung, indem wir uns mit den Opfern solidarisieren können. Dennoch bleiben jene Stimmen vernehmbar, die nichts dazugelernt haben. Darum gerät am Ende die melancholische Leier des Bänkelsängers in Unordnung: das Vermessen der Särge ist nicht mehr ins geläufige Versmaß zu bannen. Die Wahrheit braucht mehr als den Dreiheber. Die Strophen beschwören das Golgatha der Verfolgung und stoßen uns mit Emphase in die Notwendigkeit, zu bekennen, zu trau-

ern und den Gang der Ereignisse zum Bessern zu lenken.
Der Abend hat durch Rühmkorfs Kompositum eine neue Dimension erhalten. Wir kennen den »Abendsonnenschein« der goldenen Loreley Heinrich Heines. Daß aus dem Horizont eine mythische Gestalt erwächst, gehört zu den vertrauten lyrischen Variationen. Der »Abendjude«, kurz vor dem so doppeldeutigen »Abtritt«, rührt aber ganz eigene Saiten an. Abend- und Morgenland begegnen sich hier jahrtausendlang. Die deutsch-jüdische Tragödie erhält ihre eindringliche Metapher. Nur der Schrei nach Wahrheit macht uns frei.
Geschichte und Geschick dieses Gedichtes werden in der virtuosen Textmixtur von Rühmkorfs Buch zum sechzigsten Geburtstag »Einmalig wie wir alle« (1989) gleich offen und skeptisch-empfindsam mitgeliefert. Ein kleiner Briefwechsel zwischen dem Autor und Marcel Reich-Ranicki aus dem Jahre 1986: liebenswürdig-entschieden die Ablehnung; das Gedicht sei charmant, aber nicht ganz überzeugend, nicht ganz verständlich, obgleich vier professionelle Literaturredakteure es so aufmerksam wie andächtig gelesen hätten. Rühmkorfs sehr verspätete Replik, die Betrübnis verratend, sein Gegenüber mit diesem Text nicht erreicht zu haben, entwirft in einem langen Postskriptum selbstbewußt genug die eigene Deutung dieser Strophen und schildert die Bedingungen ihrer Geburt mit beredter Anteilnahme: Claude Lanzmanns Film »Shoah« über die Maschinerie der Judenvernichtung, weiterhin und obendrein das »Entschuldigungs- und Rechtfertigungsgeschwätz« bis heute.
Darauf reimten sich dem Dichter nur »Wut und Vanitas«, dazu erschien ihm das Bild vom »immer mitanwesenden

Ahasver und Schmerzensmann«. Ihm wollte dieses Bild am Himmel mit Kaftan und goldenem Stern »dann nicht mehr aus dem Auge«. Die reservierte Haltung der Literaturredaktion betraf die unvermittelte Hermetik des politisch-moralischen Zeitgedichts. Die Erläuterungen Rühmkorfs sind eine willkommene Verständnishilfe. Sie bekräftigen seinen prophetischen Appell, der auch in Zukunft gelten wird. Denn die von ihm berufene Endzeit dauert an. Der kritische Lyriker mahnt, daß sie nicht zur Apokalypse werde.

HORST BIENEK
BERLIN, CHAUSSEESTRASSE 125

Man muß die Schuhe abstreifen,
noch einmal, bevor man eintreten darf.
Der strenge Blick der Aufseherin,
die auch in Bautzen
Dienst tun könnte. Wer fünf Minuten
später kommt, wird nicht mehr eingelassen.
Überhaupt, nur Gruppenführungen. Im Kollektiv.

Dann: die Räume,
aus denen die Zeit entflohen ist. Hier
also hat er gelebt. Hier also
soll er geschrieben haben. Briefe.
Die Bearbeitung des Coriolan. Nichts
Neues mehr. Die Elegien in Buckow, draußen,
unter Sandkiefern.
Dämmerlicht, von einem Raum zum andern.
– Wo er doch die Klarheit liebte!
Der wuchtige Schreibtisch, leer,
kahl, abweisend. Das Holz ist das einzige,
was hier noch atmet.

Leben des Galilei schrieb er auf den Knien
in engen, stickigen Hotelzimmern.

Früher ging der Blick auf den
Dorotheenstädtischen Friedhof. Hegels Grab.
Fichtes Gedenkstein. Früher.
Jetzt verwehrt das eine dicke graue Gardine.
Aus konservatorischen Gründen, sagt die
Aufseherin. Aus was?

Nichts erinnert an ihn. Nicht einmal
die amerikanischen Krimis, oben im Regal,
die er gelesen haben soll.
Nur im Schlafzimmer seine Mütze, die schwarze,
verschwitzte, am Haken, hinter der Tür,
beweist, daß er einmal hier gewesen ist.

WALTER HINCK
DIE VERSCHWITZTE MÜTZE

Gedichte über Dichter sind oft lyrische Telegramme des Autors an ein Vorbild, die vom Leser geöffnet werden. Sie verraten ebensoviel über den Absender wie über den Adressaten. Sie sind das Dokument einer Beziehung.
Horst Bienek war im Jahre 1951 für kurze Zeit Schüler Bertolt Brechts in Ost-Berlin. Nur für kurze Zeit, weil er noch im Herbst desselben Jahres verhaftet und als politischer Gefangener für vier Jahre in Haftanstalten und sibirischen Arbeitslagern festgehalten wurde. Seit seiner Entlassung lebt er in der Bundesrepublik. Das Gedicht beschreibt einen Besuch in der einstigen Wohnung Brechts.
Es gibt noch ein anderes Gedicht gleichen Titels, von Kurt Bartsch, einem Schriftsteller der DDR. »Brecht sitzt wie eh und je / Im Schaukelstuhl«, so beginnt die naiv sich gebende Huldigung. Bieneks Gedicht handelt nicht nur von Brecht, sondern auch von der Verwaltung seiner Hinterlassenschaft.
Noch immer erweist sich Bienek als Schüler Brechts. Nicht nur in der sprachlichen Form, in der Weiterbildung einer »reimlosen Lyrik mit unregelmäßigen Rhythmen«. Bienek hat sich den »verfremdenden« Blick bewahrt, die Fähigkeit, das scheinbar Selbstverständliche nicht einfach hinzunehmen, das scheinbar Logische merkwürdig zu finden, Widersprüche zu entdecken. Solchem verfremdenden und das heißt erkennenden Blick fällt die Gemeinsam-

keit zwischen der Aufseherin und Wärterinnen der Haftanstalt Bautzen auf – in diesen Dingen kennt sich der Autor aus –, so daß unversehens auch die Gruppenführung zu einem Rundgang unter Bewachung wird.
In den Räumen die Stimmung einer Gruft. Der erste Gedanke, »Hier also hat er gelebt«, wird sofort zurückgenommen: »Hier also soll er geschrieben haben«. Das Beste aus jener Zeit, die »Buckower Elegien«, hat ohnehin mit dem hier Gezeigten nichts zu tun. Große Werke wie das Galilei-Schauspiel entstanden im Exil, unter Entbehrungen. Am »wuchtigen« Schreibtisch saß ein Dichter mit geschmälerter Produktivität. Schüler Brechts bleibt Bienek auch als dessen Kritiker.
Brecht liebte die Wohnung wegen ihrer Nähe zum Dorotheenstädtischen Friedhof, er liebte den Blick auf das Grab Hegels, des großen Lehrers der Dialektik. Dem Besucher wird dieser Blick verwehrt. »Aus konservatorischen Gründen, sagt die / Aufseherin. Aus was?« In dieser knappen Frage spitzt sich das Befremden des Besuchers zum baren Erstaunen zu. Nicht nur, daß das Dämmerlicht eine Atmosphäre schafft, die dem Geist eines Künstlers widerspricht, der um der Klarheit willen alle Lichtmystik von der Bühne verbannte – konservatorische Maßnahmen stellen die Form des Andenkens, die Brecht sich erhoffte, geradezu auf den Kopf. »Ich benötige keinen Grabstein!« Er wünschte sich das Weiterleben, die bleibende Wirkung seiner Fragen.
An die Mühen des Alltags, der künstlerischen Arbeit, an den lebendigen Brecht erinnert nur die Mütze. Bezeichnend, daß sie auch in Bartschs Gedicht zum auffälligen Gegenstand wird. Aber was Bartsch bei dem Hang zur Beschönigung, der aller affirmativen Kunst innewohnt,

übersieht, hier wird es wahrgenommen: der Schweiß. Die »verschwitzte« Mütze – ein Bild, ganz würdig der Erinnerung an einen Dichter, dessen Kunst immer dort wahr wurde, wo sie sinnlich war und konkret.
Ist Bieneks Gedicht übertragbar auf andere Gedenkstätten der DDR? Auf das Weimarer Goethe-Haus am Frauenplan sicherlich nicht. Dort schienen mir die Aufseher und Aufseherinnen freundlich. Dort kann man mit einiger Phantasie Goethe noch heute die repräsentative Treppe herunterschreiten und Christiane durch die kleinen hinteren Räume springen sehen. Die DDR hat es offensichtlich leichter mit den großen »bürgerlichen« Dichtern der Vergangenheit.

HORST BIENEK
GARTENFEST

Spät in der Nacht
wenn die Kerzen
in den Lampions abgebrannt sind
wenn die aufgehängten Gesichter
im Dunkel verschwinden
die Musiker mit dem Bus weggefahren sind
die Kellner die Tische abräumen
und die leeren Worthülsen zusammenkehren
wenn die letzten Grillfeuer erlöschen

Stürzen lautlos gefällt
im Park die Bäume
Schatten füllt die Gläser
der Zurückgebliebenen
wir trinken daraus
Gelächter steigt in uns auf
wir gehn ein paar Schritte
wir tanzen

Verwundert schaun die Lebenden uns zu

RUDOLF HARTUNG
DER ANDERE ZUSTAND

Leicht erliegt man der Versuchung, Gedichte als Wiederholung einer Wirklichkeit zu lesen: als Beschreibung dessen, was war oder gewesen sein könnte. Und vielleicht dürfte man sogar behaupten, daß gerade auch dieses Gedicht Horst Bieneks wenig dazu tut, diesem Mißverständnis zu begegnen. Seine Wörter meinen Wirkliches, sie scheinen es abzubilden und ihre Kraft darin zu erschöpfen – Sprache als solche drängt sich nicht auf, um uns an das Diktum Mallarmés zu erinnern, daß ein Gedicht vor allem aus Wörtern gemacht ist.
Übersehen aber wird bei solchem Lesen, daß die Wirklichkeit, soll sie im Gedicht so etwas wie eine Auferstehung feiern, zuvor so im Dunkel verschwunden sein muß wie hier die Gesichter auf den Lampions, deren Kerzen abgebrannt sind. Die Bühne muß leer und die »Worthülsen«, sie vor allem, müssen zusammengekehrt sein, damit eine andere Sprache entstehen kann. Eine Sprache, die vielleicht Wirkliches beschreibt wie in alltäglicher Rede, der man aber doch, auf schwer zu beschreibende Weise, ihre andere Herkunft anmerkt: aus einer Art von Tod, die man auch Schweigen nennen mag. So daß also vorab dieses Schweigen erfahren werden müßte, dem sich die im Gedicht wiederauferstandene Sprache verdankt.
Zu beweisen ist's nicht, daß in das Gedicht »Gartenfest« diese Erfahrung vom Tod und der Auferstehung der Sprache eingegangen ist; aber viel spricht dafür. Das Gedicht

formiert sich, indem es in der ersten Strophe mit ihrem dreimal wiederholten »wenn« die »Posten« eines Endes – hier eines Gartenfestes – aufzählt. Kein Tod, jedenfalls nicht der definitive, von dem es bei Dylan Thomas heißt: »After the one death there is no other«; aber ein Sterben, und als solches ausführlich. Diesem Vordersatz mit seinen fallenden Kadenzen folgt, so scheint es, dann die endgültige Nacht: das Sichtbare versinkt im Dunkel, »Schatten füllt die Gläser«.

Die Erfahrung dieses anderen Zustandes kommt im vieldeutigen Wort von den »Zurückgebliebenen« zum Bewußtsein ihrer selbst. Das Wort meint gemeinhin und auch hier den schlichten Sachverhalt, daß einige geblieben sind. Aber von der Tiefe wächst dem Wort noch eine andere Bedeutung zu: die Zurückgebliebenen sind, in Relation zu den Fortgegangenen, auch Hinterbliebene wie jene, die einen Verlust zu betrauern haben. Und drittens sind sie, die hier aus leeren Gläsern Schatten trinken, selber in die Nacht eingegangen und Bewohner des Totenreichs. So wird in diesem Gedicht Leben als Tod, Tod als Leben erfahren, und diese zweite »Sehweise« wird in den letzten Versen der zweiten Strophe zur dominierenden: ein anderer Lebenstanz hebt an, den man, bei am Ende wiederum jäh veränderter Perspektive, auch einen Totentanz nennen könnte: »Verwundert schaun die Lebenden uns zu.«

Indem das Gedicht Horst Bieneks den Weg ins Schattenreich geht und dabei erfährt, daß es in ihm ein anderes, ein zweites Leben gibt, ›handelt‹ es auch von der Sprache, vom Gedicht. Wenn mit dem Ende des Fests die kommunikative Sprache verstummt ist, kann eine andere beginnen: »Wenn wir alles gesagt haben werden / wird immer noch etwas zu sagen sein«, heißt es in einem anderen Gedicht.

Bieneks Sprache in dem Band »Die Zeit danach« scheint sich mit ihrer Einfachheit von der gewöhnlichen nicht sehr zu unterscheiden. Daß sie gleichwohl eine »Schattensprache« ist (dies der Titel eines der Gedichte), abgeschieden von der Sprache des Festes (wenn anders Leben ein Fest ist) und dennoch wahrer als jene, so daß die Lebenden staunen: daran erinnert das Gedicht Horst Bieneks.

ADOLF ENDLER
DES FREUNDES WETTLAUF MIT DEM SCHNEEMANN

1
Den Schneemann dort im Hof, den lückenhaften Stumpf,
Du sahst ihn kurz vorm Sterben – ich trank immer weiter –,
Die rote Möhrennase und den schmutziggrauen Rumpf:
»Der überlebt mich ...« Und du sagtest es fast heiter.

2
Obwohl du selten pünktlich warst und niemals streng
Mit Zeigern, weshalb wolltest du die Uhrzeit wissen?
Ich Dritter Stock, du Meter unterm Souterrain,
Ich überlegs und trink, vor mir das leere Kissen.

3
Du unterm grün gestriemten Schnee im Totendreß,
Der Schneemann hat dich überlebt. Ich bin betrunken,
Da ich verwirrt die Strecke eures Wettlaufs meß.
Ich seh den Schneemann zu drei Vierteln abgesunken.

4
Der Schneemann schmilzt in meinen Augen, eh er schmilzt,
Der graue Sieger schmilzt – kein Grund zum Trinken? Bitte!
Ich hab, als keiner da war, deine Uhr gefilzt.
Ihr Zifferblatt zerfließt. Laut ticken deine Schritte.

PETER RÜHMKORF
EINE BALLADE VOM SCHNEE UND VOM SCHNAPS

Was steht auf der Stelle und läuft? fragt der Volks- und Kindermund, und die allgemein bekannte Lösung des Scherzrätsels lautet: Ein Schneemann in der Sonne. Andererseits, was ist der Mensch, das Leben, »die Welt und ihr berühmtes gläntzen?« Und es antworten uns mit dem gesammelten allegorischen Ernst der Barockepoche die Dichter Andreas Gryphius, Georg-Rudolf Weckherlin und Georg Philipp Harsdörffer: »Ein bald verschmeltzter Schnee und abgebrante Kertzen«, »ein schnee der frühlingszeit abgehet«, »Ein Schnee der in dem Nu vergehet«.

So zwischen Sub- und Hochliteratur verwegen interpolierend und eigenwillig vom Gewöhnlichen aufs Erhabene und Serene zusteuernd beziehungsweise vom erlesen Allgemeinen aufs trivial Faßliche bewegt sich ein Gedicht des DDR-Lyrikers Adolf Endler (Jahrgang 1930): ein Vanitaspoem im Gewand einer Trinkerballade. Das Sinnbild vom zerrinnenden Schnee (mit dem die Alten gern das verrinnende Leben malten) konkretisiert sich in der Jammergestalt des hinfälligen Schneemanns, wobei – und das ist neu hier – haltloses Zerlaufen zu einer Art von paradoxem Wettlauf wird, in dem der Schnellere den kürzeren zieht.

Obwohl es mir schwerfällt, angesichts eines mich ergreifenden Gedichtes von Technik und Fertigungsweise zu reden, möchte ich doch gleich anfügen, daß die Ballade hier genau den richtigen Ton herleiht, um ein Geschehen wiederzugeben. Mit der heiter-gefaßten und gleichermaßen sterbenstraurigen Sentenz »Der überlebt mich ...« kommt außerdem so etwas wie eine dramatische Disposition ins anstehende Trauerspiel.

Haltlos um den Preis der geringeren Vergänglichkeit kämpfen ein Mensch und ein Schneemann, eine Wettbewerbsgroteske, die dadurch gewiß nicht weniger grotesk wird, daß in der zweiten Strophe dann eine Uhr als Zeit-, ein Haus als Höhen- oder Längenmesser eingeführt werden. Freilich – und das scheint mir wichtig – besitzt der Autor genügend Takt und Sensibilität, uns den Todeskampf nicht am lebenden Modell vorzuführen. Als das Gedicht einsetzt, sind die Würfel bereits gefallen, ist der Streit entschieden, und was geblieben ist, ein weißer Schreckensfleck, ist einzig »das leere Kissen«.

Damit verlagert sich die Tragödie gleichzeitig auf eine uns bislang verborgen gebliebene Bühne, auf die Anschauungs- und Empfindungsebene des sentimentalischen Berichterstatters. War uns bereits in der ersten Strophe mitgeteilt worden, daß er weitertrinkt, so mochte vielleicht der Eindruck naheliegen, daß er unverdrossen weitermacht, weiterlebt.

Allein, wo ohnmächtiges Zerfließen mehr und mehr zum eigentlichen Leitmotiv der Ballade wird, sehen wir den Reporter plötzlich sympathetisch mit in die laufende Zerlösung einbezogen. Mit der Zeile »Der Schneemann schmilzt in meinen Augen, eh er schmilzt«, gibt eine scheinbare Säuferballade dann ihr wirkliches geheimes Wesen preis und der unaufhörlich rinnende Schnaps seine übertragene Bedeutung zu erkennen.

Wie der Schnee für die Vergänglichkeit des Lebens steht, so der Schnaps für das triefende Elend des Beobachters und Unparteiischen, der eben alles andere ist als gerade dies: ein Aufgelöster nämlich er selbst und, in einem makabren Zweikampf, der heulende Dritte.

REBECCA LUTTER
MEIN PLATZ

I

Im Traum
geh ich in Kinderschuhen
Sommerwege.
Seh das verbrannte Haus
schön aufgerichtet
unter seinen Bäumen.
Meine Zeit
ohne Angst
am Hügel hingebreitet.
Mein lachender Morgen
im Land der Füchse.

II

Böses
liegt unterm Septembermond,
wächst heran
mit Augen und Zungen.
Über die Grenzen
kriecht es
und frißt im Feuersturm
die alten Bilder.
Begräbt das Haus
mit seinen Bäumen
im Berg der Füchse.

III

Zittergras
wächst aus Aschespuren
und der geduldige Wind
sät neue Saat.
Manchmal
in Sommerwinkeln
hört man noch
Kinder und Mutterrufe,
Jägerschritte in der Dämmerung.
Hörner blasen:
›Fuchs tot!‹

HANS JOACHIM SCHRIMPF
SPURENSUCHE

Dies ist ein sehr zartes Gedicht von der unschuldsvollen Kindheit und von dem schuldigen Feuersturm im Land, das einmal Heimat bedeutete, vom Traum einer angstfreien Jugendzeit, die doch ein Albtraum war der Angst vor dem aschenen Tod, dem Meister aus Deutschland. Im Zwielicht der Erinnerung einer doppelten Wahrheit treten drei Zeitebenen nacheinander ins Bild: davor – dann – danach.
Doch die assoziative Spurensuche des Traums verwandelt das zeitliche Nacheinander in ein zeitübergreifendes Nebeneinander. Das Dann ist gegenwärtig auch im Davor und Danach, einen unbetroffenen Freiraum kann es nicht geben. Die zurücktastende Erinnerung verbindet das Vorgestern mit dem Gestern und Heute zur untrennbaren Einheit.
Die geheime Identität der drei Versgruppen bekundet sich an der Gedichtform auch darin, daß der Brandgeruch durch jede zieht, daß die freirhythmische Wortfolge in allen Strophen jeweils auf elf Zeilen gebracht ist und stets wie in einem Fluchtpunkt am Erinnerungsplatz der gestörten Idylle endet: dem *Berg der Füchse.*
Die Träumende erfährt, daß die Zeit der Unschuld – *Mein lachender Morgen* – verloren ist und für immer vergiftet vom Einbruch des Bösen und daß die Zeit danach dies Unerträgliche für immer aushalten muß, auch wenn *Zittergras* wieder wächst aus *Aschespuren* und *der geduldige Wind sät neue Saat.*

Mein Platz – das ist nicht nur der wiedergesuchte Lieblingsort der Kindheit, an dem *das verbrannte Haus / schön aufgerichtet / unter seinen Bäumen* war, es ist auch unser Platz zwischen Vergangenheit und Zukunft. Er ist es für alle, die es noch miterlebt haben, wie jung sie waren. Was geschah, ist für immer gewesen.

Der *Septembermond* ist die einzige Realitätspartikel im Traum des Gedichts, ein Datum, das auf Deutschland im Jahr 1939 weist. Man muß nicht wissen, daß das Haus der verlorenen Heimat in Hinterpommern stand: auf dem Voßberg (dem *Berg der Füchse*) bei Stolp. Aber es ist gut, daß man von der Wirklichkeit des gelebten Lebens – von den Sommerwegen der Jugend und von der Flucht durch den Schnee – jetzt auch in ebenso zarter Prosa in Rebecca Lutters Erinnerungsbuch lesen kann: »Sommerwege unterm Schnee. Eine Kindheit in Pommern«, 1989 erschienen.

Die Verfasserin, 1930 geboren, erlebte als Vierzehnjährige zusammen mit Mutter und jüngeren Geschwistern im Januar 1945 die Flucht nach Westen. Sie studierte Germanistik und Altphilologie und wurde Lehrerin im Ruhrgebiet, später in Bonn, wo sie heute lebt. Seit Beginn der achtziger Jahre veröffentlichte sie poetische Arbeiten zuerst in Zeitschriften und Anthologien, darunter den Prosatext »Ratlose Heimkehr«. Der Gedichtband »Die Taube ruft morgens den Regen« erschien 1984.

In einem anderen Gedicht ihrer Lyriksammlung, das den Titel *Stolp-Slupsk* trägt, hat Rebecca Lutter den Zweiklang dieses Doppel-Namens das *Fremdvertraute* genannt, in das sie *über die Spinnwebbrücke der Erinnerung* zurückgekehrt sei. Im Prosaband wird von der Heldin Anna erzählt, wie sie auf ihrer Spurensuchen lange nach dem Krieg polnische Kinder an den alten Plätzen spielen fand: »Sie waren in dieser Stadt geboren worden, lebten mit Eltern und Großeltern schon länger in Slupsk, als Anna in Stolp gelebt hatte.«

Und der Leser sieht sich behutsam zu der Einsicht hingeleitet, daß man fremde Wege gehen muß, um zu Hause anzukommen, daß Heimat kein Anspruch ist, sondern wie die Liebe ein Glück, das geschenkt wird oder versagt nach Wohlgefallen, einem rätselhaften Gesetz zufolge, dessen Erkenntnis auch den Weisesten verschlossen bleibt.

Das Gedicht *Mein Platz* berührt so schmerzhaft, wie es leise dahergeht, aber es beschwört zugleich aus Staub und Aschespuren den Gegenzauber.

EVA STRITTMATTER
DER AMSEL

Wie sehr bewundere ich
Die nach Regeln gebauten Gedichte.
Das Metrum bezaubert mich,
Und die richtig gesetzten Gewichte

Machen mich immer versucht,
Die Zeilen nachzuzählen,
Und ich denke: Ei verflucht,
Mußte der Dichter sich quälen!

Wie kann er das leisten: zu fühlen
Und die Gefühle so einzuteilen,
Daß sie das Sonett nicht zerwühlen
Und heilen in vierzehn Zeilen?

Zum Teufel mit den klassischen Formen,
Wenn der Junigrünwind weht
Und der Amsel zersingt mir die schönsten Normen,
Weil er nichts vom Singen versteht!

Er pfeift und eifert vor Sonnentollheit,
Weil er grad pflichtlos ist.
Noch muß er nicht die Zweitbrut füttern,
Die bald sein Lied auffrißt.

Wie heiter und herzlich ist dieser Morgen!
Und ich bin gesättigt von Licht.
Was soll ich mich da um Sonette sorgen?
Ich mach einfach ein Gedicht.

STEFANA SABIN
EIN ANTI-SONETT

Seit Mitte der fünfziger Jahre lebt die Dichterin Eva Strittmatter, 1930 in Neuruppin geboren, auf einem Gehöft im märkischen Land: Die Birken und Kiefern rund um den »Schulzenhof«, die Wiesen und Bäche, die Raben und Tauben kommen immer wieder in ihren Gedichten vor. Konventionelle Naturbilder, die der klassischen Lyrik ebenso vertraut sind wie dem Volkslied, verbunden mit Versatzstücken des Alltags: ihre Poesie ist Gebrauchslyrik im besten Sinn. Rhythmus und Reim, Ironie und Sentiment charakterisieren die Verse, mühelos und spielerisch verweben sie das Eigene und Private mit dem Gesellschaftlichen und Allgemeinen. *Wer hat den Drang mir eingezwungen, / Die Welt in Worten nachzubauen?*: »Frage« heißt das Poem, in dem sich diese Zeilen finden.
In Kinderbüchern, Essays und erzählender Prosa hat Eva Strittmatter denn auch die »Welt in Worten« nachgebaut. Vor allem als Lyrikerin aber trat sie aus dem Schatten ihres vor gut drei Jahren verstorbenen Mannes Erwin Strittmatter, des wohl populärsten Schriftstellers der DDR. Von Lew Kopelew ermutigt, trug sie 1965 ihre Gedichte erstmals öffentlich vor – ausgerechnet bei einem Schriftstellerkongreß in Tiflis. Eine Vielzahl von Lyrikbänden hat sie seither publiziert. Im Westen eher wenig bemerkt, ist sie in ihren östlichen Stammlanden nach wie vor erfolgreich und beliebt.
»Ich wundere mich immer wieder darüber«, hat Eva Stritt-

matter einmal geäußert, »daß Gedichte, die wehrlosen Gebilde, die oft aus Schwäche gemacht sind, soviel Stärke haben können und weite Wege bewältigen.« Ihre Stärke heißt Einfachheit – und Einfachheit kann auch selbstbewußten Trotz bedeuten gegenüber den geadelten Formen und den hehren Themen der Poesie. Nicht umsonst heißt es in der »Anti-Ode«: *Ich kann keine Ode schreiben. / ... / Könnte ich aber welche schreiben, / Schrieb ich die erste nicht / Aufs Vaterland, aufs schöne. / Ich schrieb ein Gedicht // Auf den Geruch von Wäsche.*

Mit einer ironischen Verbeugung vor der Tradition beginnt auch das Gedicht »Der Amsel«. Die »richtig gesetzten Gewichte« des klassischen Sonetts werden zugleich bewundert und in Frage gestellt. Das Gedicht wird zum Anti-Sonett. Auf eigene Formen freilich verzichtet Eva Strittmatter keineswegs. Sie nutzt den Zeilensprung ebenso wie den Kreuzreim und spielt ausgelassen mit den Möglichkeiten der Umgangssprache, kleine Flüche eingeschlossen.

Fast programmatisch erscheint der Verzicht auf die Nachtigall, den bevorzugten Naturboten erhabener Oden und Sonette. Dafür darf eine Amsel, mehr noch: »der Amsel« auftreten und »die schönsten Normen« durcheinanderbringen, »weil er nichts vom Singen versteht«. Dem herrlichen Tag und der Heiterkeit des lyrischen Ichs tut dies keinen Abbruch. Amseln übrigens beleben Eva Strittmatters Gedichte immer wieder, sie waren die Lieblinge ihres Mannes.

Daß die Amsel in diesem Gedicht aus den siebziger Jahren zum Männchen mutiert – in einem anderen Poem aus der gleichen Zeit begegnet man »dem Täuber«: auch dies eine Mißachtung der üblichen Normen, ein weiteres lustvolles

Signal gegen das ordentliche Sonett. Gleichwohl besteht Eva Strittmatter nicht nur auf dem Recht, »einfach« zu dichten, sie insistiert in der letzten Zeile und in Anspielung auf Gottfried Benns Postulat auch darauf, daß ein Gedicht eben nicht romantisch erfühlt, seherisch erahnt oder intuitiv empfunden wird: es wird gemacht.

THOMAS BERNHARD
UNTEN LIEGT DIE STADT

Unten liegt die Stadt,
du brauchst nicht wiederkommen,
denn ihr Leichnam ist von Blüten übersät.

Morgen spricht der Fluß.
Die Berge sind verschwommen,
doch der Frühling kommt zu spät.

Unten liegt die Stadt.
Du merkst dir nicht die Namen.
Aus den Wäldern fließt der schwarze Wein.

Und die Nacht verstummt.
Die kranken Vögel kamen.
Und du kehrst nur mehr in Trauer ein.

RÜDIGER GÖRNER
ER LEBT, SOLANGE ER TRAUERN MAG

Daß sich die Städte nach 1945 im eigentlichen Sinne wieder aufbauen ließen, hielt nicht nur der junge, lungenkranke Thomas Bernhard für eine Illusion. Diesen, wie er glaubte, auf immer »ausgebrannten Städten« widmete er Anfang der fünfziger Jahre einen kleinen lyrischen Zyklus, der mit unserem Gedicht schließt. Die Städte dieses Zyklus sind Paris, Venedig und Salzburg, das er seine »Hauptstadt« und sterbende Phantasiestadt nannte; mithin handelt es sich um Städte, die weitaus weniger zerstört waren als Coventry, Warschau oder Dresden. Das wiederum bedeutet, daß dieser angehende Schriftsteller jede Stadt, jede Kapitale der großen Kulturtraditionen für ruiniert hielt, weil tödlich in ihrer geistigen Bausubstanz getroffen.
Mit dem Gedicht »Unten liegt die Stadt« versuchte nun Bernhard, seinem deutlich an Eliots »The Waste Land« angelehnten Zyklus eine an Trakl anknüpfende Schlußkadenz zu geben. Traklhaft klingt etwa der »schwarze Wein«, aber auch die schließliche »Einkehr« in die Trauer. Was die Form angeht, so erinnert Bernhard mit seinem Gedicht an die Terzinen eines Hofmannsthal. Zwar verkürzt er sie und verändert deren Reimschema; bei Bernhard reimen sich nur je zwei Terzinen mit ihren zweiten und dritten Versen, wogegen die ersten Verse allein stehen, auf sich selbst angewiesen sind. Und doch bleibt insgesamt der Eindruck einer gewissen Bündigkeit, ja Folgerichtigkeit der poetischen Aussage erhalten, die für die klassische Terzine so charakteristisch ist.

Trotz dieser offenkundigen Anlehnungsversuche an die große Tradition kann man schwerlich von einem bloß epigonalen Gedicht sprechen. Warum nicht? Weil dieses Gedicht neben anverwandelte, parodierte Sprachformen auch das Erbe entzaubernde Aussage stellt: »du brauchst nicht wiederkommen« – das ist bei Trakl, Hofmannsthal oder Eliot ebensowenig denkbar, wie überhaupt dieses gehäufte »Kommen« den Verdacht erhärtet, daß dieser junge Lyriker, Thomas Bernhard, der in den übrigen, zumeist langen Gedichten seines Zyklus eine erstaunliche Kunstfertigkeit an den Tag legte, mit diesem eher monotonen Gedicht den Leerlauf der zitierten Traditionen zeigen wollte. Das gilt auch für den Vers: »Morgen spricht der Fluß«, nicht wie noch im romantischen Lied Schumanns »der Dichter«, schon gar kein Zarathustra, sondern eine unverständlich werdende Natur. Bernhards Ich schaut auf seine Stadt Salzburg – dieses tieftraurige Ich gestattet sich zwar eine erhöhte Perspektive, aber nicht die des Rednerpultes, sondern jene des einsamen Wanderers auf dem Mönchs- oder Kapuzinerberg, der eine Nekropolis der Kultur betrachtet. Wie zum Schein hat er Distanz gewonnen, rät einem »Du«, wie es sich angesichts dieser zum »Leichnam« gewordenen Stadt zu verhalten habe. Aber dieses Du ist kein wirkliches Gegenüber, kein Partner, kein Freund, sondern das Ich, das sich selbst anredet.

Was hier aus Ruinen aufersteht, ist allenfalls Ratlosigkeit – auch angesichts einer Natur, zu der es kein tröstliches Verhältnis mehr geben kann. Indem die Blüten des Frühlings die tote Stadt übersäen, täuschen sie Leben vor. Aber der »schwarze Wein« des allzu Späten läßt keinen Zweifel daran bestehen, daß sich hier allenfalls der Tod selbst zelebriert. Und die Zeichen der Zukunft zeigen sich nur in Gestalt »kranker Vögel«: Verschwommene Berge, dem Vergessen anheimfallende Namen, das Mißverhältnis der Zeit zur Natur (»der Frühling kommt zu spät«) – nur das selbstvergewissernd sich anredende Ich scheint »bei sich« zu sein, zwar keineswegs mit sich im reinen, aber auch nicht mit sich selbst entzweit. Aber es kann leben, solange es zu trauern vermag.

Zur selben Zeit befand Gottfried Benn in seinem letzten Gedicht, daß wirkliche Trauer nicht mehr sein könne in einer Welt, in der das Ende zum Dauerzustand geworden sei und wir dazu verurteilt sind, zunehmend sprachlos vor den Relikten der geistigen Tradition zu verharren, vor den Betten und Kissen der großen Toten. Demgegenüber klagte Bernhard in seinen ersten Gedichten sein Recht auf Trauer ein, suchte nach betont schlichten Worten, ja, beinahe naiven Bildern, um an den elementaren Sinn des Trauerns zu erinnern, bevor er dann in seinen Stücken und Prosawerken diesen Sinn ins Absurde umschlagen ließ. Auf dem Weg zum Absurden sollte seine Syntax, scheinbar maßlos, komplexer werden, sein Bekenntnis zur Sinnlosigkeit obsessiver, sein Handhaben der Wiederholung auch vermeintlich nebensächlicher Gedanken penetranter, aber auch kunstvoller. Selbst wenn sie burleske Kapriolen schlug, Bernhards Sprache blieb stets dieser abgrundtiefen Trauer um eine zur Selbstauslöschung verurteilte Kultur eingedenk.

FRANZ JOSEF DEGENHARDT
DIE ALTEN LIEDER

Wo sind eure Lieder,
eure alten Lieder?
fragen die aus andern Ländern,
wenn man um Kamine sitzt,
mattgetanzt und leergesprochen,
und das high-life-Spiel ausschwitzt.

Ja, wo sind die alten Lieder,
unsre alten Lieder?
Nicht für'n Heller oder Batzen
mag Feinsliebchen barfuß ziehen,
und kein schriller Schrei nach Norden
will aus meiner Kehle fliehn.

Tot sind unsre Lieder,
unsre alten Lieder.
Lehrer haben sie zerbissen,
Kurzbehoste sie verklampft,
braune Horden totgeschrien,
Stiefel in den Dreck gestampft.

KLAUS-PETER WALTER
VERKLAMPFT UND TOTGESCHRIEN

Am Anfang dieses 1968 entstandenen, vergleichsweise kunstlosen Liedgedichtes steht das Eingeständnis eines Verlustes, denn auf die unvermittelt gestellte Frage *Wo sind eure Lieder, eure alten Lieder?* weiß der Ich-Sänger Degenhardt zunächst keine Antwort. Schnell rettet er sich erst einmal zu vertrauten Formulierungen: *high-life-Spiel* ist ein Eigenzitat, *high-life-Schabernack* heißt es andernorts bei ihm.

Ja, wo sind die alten Lieder? Fast möchte man meinen, Degenhardt geriete, die Frage wiederholend, ins Stottern. Er klaubt einige Fetzen aus deutschen Liedern zusammen, *Heller und Batzen, Feinsliebchen* oder *den schrillen Schrei nach Norden*, findet aber nichts Ganzes mehr.

Zum Schluß entdeckt er ganz unten in der Gruselkiste bewährter Feindbilder die Schuldigen an diesem Verlust: die bösen *Lehrer*, natürlich. Die haben die alten Lieder *zerbissen*, soll heißen: entstellt, bereinigt *ad usum Delphini*, des kritischen Gehalts beraubt.

Hinter dem, was man als ideologisch bedingtes Vorurteil mißverstehen könnte, steht eine ganz richtige Beobachtung: In meiner Grundschulzeit, von der ich jeden einzelnen Tag haßte, habe auch ich sie gespürt, diese künstliche Verniedlichung, diese aufgesetzte Kindertümlichkeit, diese falschen Töne im Schulgesang, die nichts mit falschem Singen zu tun hatten, so daß ich damals beschloß, mir später einmal eigene Lieder zu schreiben.

In meiner Kindheit gab es kein *traditional*, in dem ich mich, in dem ich meine Empfindungen hätte wiederfinden mögen, und kein Lehrer hat mir je erklärt, daß etwa das Lied »Der Kuckuck« vom Volk handelt, welches sich trotz der Unterdrückung durch einen müßigen Jagdadel nicht ausrotten läßt, oder mir die Ironie des zauberhaft klingenden Refrains »Simsalabimbambasaladusaladim« nahegebracht.

Zu den Lehrern treten andere Tümler: die *kurzbehosten* Wandervögel, die Nazis und alle Stiefelträger, seien sie Soldaten oder Pfadfinder. Einer allerdings fehlt noch in der Aufzählung: der große Blonde mit der schwarzen Brille. Wohl nicht zufällig begann Heinos Karriere antizyklisch Ende der sechziger Jahre, als – und hier ist Degenhardts Liedgedicht auf dem linken Auge blind – das Volkslied in fortschrittlichen Kreisen als Relikt aus rückständigen, unaufgeklärten Zeiten verachtet wurde. *Totgeschrien* und gleichzeitig als verstaubt abgetan, schien es zum Ausdruck echter Gefühle auf lange Sicht weder fähig noch berechtigt.

Das Volk sang damals englisch. Britische oder amerikanische Sänger und Gruppen wie die Beatles, die Rolling Stones oder Bob Dylan verliehen dem ungestümen Drang nach *satisfaction* unverblümten Nachdruck: *Let's spend the night together – now*. Deutschsprachige Liedermacher mußten sich gegen solche Direktheit erst durchsetzen: Degenhardt selbst, Reinhard Mey, Hannes Wader und nicht zu vergessen die sogenannten »Blödelbarden« Ulrich Roski, Schobert und Black oder Insterburg & Co., denn sogar Limericks, Kalauer und anderer höherer Blödsinn galten als Waffen zur Gesellschaftsveränderung.

Es war schließlich der Linke Hannes Wader, der als

»Volkssänger« – so der Titel seiner Schallplatte von 1975 – das deutsche Volkslied rehabilitierte. Seine Interpretationen klingen nirgendwo *verklampft* oder heinohaftfeldmarschmäßig *gestampft*. Und *die aus andern Ländern?* Unverkrampft und unbelastet. Nie werde ich einen meiner Russischlehrer vergessen, den Exilrussen Wassilij, einen Sänger von schier unerschöpflichem Repertoire. Einmal sang er uns frohgemut zur Gitarre nichts Geringeres als das Engellandlied. Peinlich? Ihm nicht! »Warum? Wenn Melodie gut ist, fröhlich?!« Beneidenswert.

MANFRED PETER HEIN
LAUFFEUER

Die Veränderungen der Haut
ein Klimawechsel unwiderruflich
darunter die Szenen
Szenen an Szenen
des Abschieds

Die Strähne Licht
an der Absalom hing
Die zerbilderte Einsamkeit eines Manns
mit abgeschlagenen Armen
Die Hände neu aus den Lenden gewachsen
zum März- und Katergequäk
Ein Widerpart

Diese Nachricht ist alt seit je
Lauffeuer überall
den Abraum beschriebener Täler hinauf
Gehenna- und Kidronrauch
Was hier die Stimme fortträgt
geht auf Flügeln
nach Salomos Wort

Gesichter in schwelenden Autoreifen
wechselnde Blindmausvisagen
grämlicher als Saturn
Die einen Abgang graben in Sprüchen
aus Staub geduldig gefräßig

Auf Nimmerwiedersehn Und sag:
Ich sehe Sag: Ich höre Sag
was dorthin geschrieben steht
zum Gedächtnis
der Kommenden Gehenden Toten

MARIE LUISE KASCHNITZ
EIN IRRGEDICHT VON ALTER UND ABSCHIED

In dem Gedicht »Lauffeuer« von Manfred Peter Hein handelt es sich – aber ich kann mich irren, es ist ein Irrgedicht, ein Irrgang, dem man sich hingeben muß blind – um Alter und Abschied und um eine Nachricht, die sich rasch wie ein Lauffeuer verbreitet.

Auf dem Schuttabladeplatz Gehenna bei Jerusalem, dem unheimlichen Ort ehemaliger Kinderopfer, spielt sich alles ab, das unwiderrufliche Altwerden, die ewigen Abschiedsszenen zwischen Lebenden und Sterbenden, auch die Machtlosigkeit eines Mannes, der nicht mehr fähig ist zu lieben und der mit ohnmächtigem Katergeschrei noch immer zu umarmen versucht.

Dort schwelen die weggeworfenen Autoreifen, zeigen sich wechselnde Mausgesichter und lösen sich endlich auf in Staub. Dort leuchtet Absaloms goldene Haarsträhne, dort gilt die uralte Nachricht Salomos, ein Lauffeuer, das auf Flügeln geht, die Nachricht vom Sterbenmüssen, vom Weggehen auf Nimmerwiedersehen, von der Eitelkeit der Welt.

Eine Gedächtnisinschrift gibt es jedoch auch, der Dichter hört sie und sieht sie, auch sie ist aus Staub und von den gräßlichen Blindmausvisagen in den Staub gegraben. Aber sie meint doch alle, die den unheimlichen Ort bevölkern, die kommenden, die gehenden Toten.

Der Band »Gegenzeichnung«, dem das Gedicht entnommen ist, ist der dritte Gedichtband Manfred Peter Heins, der 1931 in Darkehmen in Ostpreußen geboren wurde. Er lebt seit 1960 bei Helsinki und hat finnische Prosa und Lyrik (Paavo Haaviko) kongenial übertragen.

ROLF HOCHHUTH
EINSTEIN

Einstein, den ein Mann
an einer Brücke hatte warten lassen,
gab, als der sich entschuldigte,
zur Antwort: »Keine Eile –
was ich zu tun habe, kann überall geschehen.«

WALTER HINCK
ANEKDOTE VON DER FREUNDLICHKEIT

Lyrik verfügt über mancherlei Möglichkeit zur Darstellung großer Gestalten der Geschichte: die historische Ballade, die ihre Blütezeit im vergangenen Jahrhundert hatte, das historische Porträtgedicht oder die geschichtsphilosophische Lyrik. Gedrängtheit und Kürze des Gedichts haben ihren Preis; im Unterschied zum historisch-biographischen Roman muß sich das Gedicht mit einem beschränkten Blickfeld zufriedengeben, ihm ist weniger der historische Prozeß als der geschichtliche Augenblick gemäß. Bei äußerster Eingrenzung bleibt dem Autor nur die Zuflucht zur Anekdote. In diesem Sinne sind Hochhuths Einstein-Verse ein anekdotisches Gedicht.

Das Lakonische versteht sich bei Hochhuth ja keineswegs von selbst. Seine Dramen neigen eher zu ausladender Beredtheit. Und auch in einigen seiner Geschichtsgedichte erhofft er sich Eindringlichkeit von rhetorischer Sprache, zumal in Texten, die den Gang der Geschichte in den Bildern von Ebbe und Flut oder von Abstieg und Untergang zu fassen versuchen. »Städte, Staaten – ach, wie rasch Ruinen, / welche scharfe Axt führt doch die Zeit. / Du wie ich nur Schwellen unter Schienen / auf dem Irrweg in Verlorenheit«, heißt es im Gedicht »Geschichte«: Zeilen wie diese gehen hörbar auf Schillerschen Versfüßen.

In den meisten Arbeiten Hochhuths richtet sich das Interesse auf die historisch-politischen Ereignisse und Figuren – nicht im Fünfzeiler über Einstein oder in seinem Scho-

penhauer-Gedicht. Daß Geschichtslyriker ihre Helden auch der Kulturgeschichte entnehmen, ist nicht neu. Erst in unserem Jahrhundert aber setzt sich die literarische Methode des Zweifels an überlieferten Heldenbildern durch. Was bei Bertolt Brecht (»Der Schuh des Empedokles«) exemplarisch begann, führt Hans Magnus Enzensberger fort in »Mausoleum«, seinen »Balladen aus der Geschichte des Fortschritts«. An siebenunddreißig Repräsentanten der Wissenschaften und der Kunst beschreibt er die Entwicklung des Fortschritts als eine Geschichte seiner Widersprüche. »Ununterscheidbar der Fortschritt des Schwindels / vom Schwindel des Fortschritts.« Enzensberger erhellt die historischen Gestalten vom Gegenlicht des Heute her.
Hochhuth überträgt die kritisch-polemische Geschichtsbetrachtung seiner Dramen nicht auf das Einstein-Gedicht. Kein Tribunal wird inszeniert. Eher gleicht das Gedicht einer huldigenden Miniatur, einem Votivbildchen. Albert Einstein, das Genie, der Begründer der Relativitätstheorie, rückt uns ganz nahe, als sei er ein Mann aus unserer Nachbarschaft.
Man darf in diesem Gedicht weder nach einer geschichtsphilosophischen Idee noch nach einem wissenschaftlichen Lehrsatz suchen. Wer an den Lippen Einsteins hängt, wird durch keinen geschliffenen Aphorismus belohnt. Die Mitteilung, daß Kopfarbeit überall getan werden und ein Mann der Theorie – hier eben ein Genie der modernen Physik – seine Einfälle auch auf der Straße oder an einer Brücke haben kann, ist nicht eben originell. Für mich hat das Gedicht nur dann einen wahren anekdotischen Kern, wenn man vom Wortlaut der Antwort Einsteins absieht und den Satz als eine zwischenmenschliche Geste begreift, als eine Bezeigung von Freundlichkeit.

Keine gekränkte Diva spricht hier. Der Hinweis auf die Produktivität des Wartens nimmt der Verspätung alle Peinlichkeit, läßt offen, ob sie nicht sogar willkommen war. Derjenige, der am meisten Rücksicht erwarten darf, übt sie selbst auf die uneitelste Weise. »Sagt jetzt: Kann man höflicher sein?«, fragt in Brechts »Legende von der Entstehung des Buches Taoteking« der Erzähler, nachdem der Philosoph seine Sprüche niedergeschrieben und damit die Bitte des Zöllners erfüllt hat. Höflich wie der weise Laotse ist Einstein. Und so macht Güte seinen Satz denn doch zu einer weisen Antwort.

KONRAD BAYER
DIE OBERFLÄCHE DER VÖGEL

sagen sie mir doch
muß man über flüsse setzen?
zu welcher stunde?
wo?
sagen sie mir doch
ist da
das schlachthaus?
die gasanstalt?
sehen sie doch
dort oben
hoch oben
aufgehoben
aufgetrieben
vom lichtdurchlässigen
luftstrom
schweben
die vögel
weder kalt noch warm
weder gesehen noch gehört
weder das eine noch das andere
schweben
die vögel
sehen sie doch
oben
dort
in der höhe ...

URSULA KRECHEL
FRAGEN UND KEINE ANTWORT IN DER LUFT

Frageformen, die nicht zu ihrem Ziel, einer Antwort, führen, bestimmen den ersten Teil dieses merkwürdigen, sich allen direkten historischen Zuschreibungen entziehenden Gedichts Konrad Bayers. Frageformen, schlichteste Bausteine menschlicher Kommunikation, werden mit einer quälenden Beharrlichkeit aneinandergereiht.

Die schöne, volksliedhaft einfache Metapher – durch einen Fluß voneinander geschieden sein – verknappt Bayer zu der formelhaften Wendung: »muß man über flüsse setzen?« Während die Fragen einem Ort zusteuern (»wo?«), sich konkretisieren an einem Punkt, der nach der ersten tastenden Frage der Annäherung nur als ein Ort des Todes, des zivilisierten Verbrennens und Vergiftens begriffen wird (»ist da / das schlachthaus? / die gasanstalt?«), nimmt der zweite Teil des Gedichts eine unerwartete Wendung. Frage- und Antwortteil klaffen auseinander, nicht nur im verwendeten Material, sondern auch in der optischen Perspektive. Das horizontale Band des Flusses muß überwunden werden. In immer neuen Schüben, Ansätzen, die fast an Flugversuche erinnern, lenken die Zeilen des zweiten Teils den Blick in die Vertikale, in eine entfernte Höhe.

Das ist in diesem Gedicht wie auch in der Realität eine schwierige Aktion, eine Überzeugungsarbeit, auf der zweifach bestanden werden muß: »sehen sie doch« (wie im ersten Teil zweifach die Verbindlichkeit einer Antwort eingeklagt wurde: »sagen sie mir doch«). Aber was dann gezeigt wird, wenn der Blick endlich in die Höhe verführt worden ist, ist so unbestimmt, so paradox wie der Titel des Gedichts »die oberfläche der vögel«; denn der in die Luft starrende Betrachter sähe ja allenfalls die der Erde zugewandte Unterseite der Vögel, ein flächiges oberflächliches Bild. Die Grammatik verweigert die Konkretion. Das Prinzip des Ausschlusses wird beim Wort genommen: »weder das eine noch das andere«. Die Vögel wollen für sich sein, ein flüchtiges poetisches Bild, Anlaß, den Blick in die Höhe zu lenken, ins Offene.

Solche rhetorischen Fragesituationen, die in keiner »vernünftigen« Antwort aufgelöst werden, sind im absurden Theater der fünfziger Jahre nicht unüblich; aber auch in Nonsens- und Kinderversen wird mit solchen vertrauten einfachen Formen gespielt. Konrad Bayer schrieb »die oberfläche der vögel« 1957; er war damals 25 Jahre alt.

Sein Leben und seine literarischen Arbeiten sind eine Aneinanderreihung verschiedener Experimente. Er war sechs Jahre lang Bankangestellter, nachdem ihn einem autobiographischen Text zufolge seine Eltern »7 jahre gezwungen (hatten), das geigenspiel zu erlernen«, ihm dann aber ein Studium an der Akademie der bildenden Künste versagten. Bayer beschäftigte sich mit Magie, mit Geheimriten, experimentierte mit seinem Körper, er wollte fliegen können und wunderte sich, daß er sich nicht unsichtbar machen konnte. Seine Einakter, seine kabarettistischen Sketches und Happenings, seine (wenigen) Gedichte und seine Prosaarbeiten sind Zeugnisse einer radikalen ästhetischen Revolte mit der Sprache, in ihr und gegen sie.

Anders als seine literarischen Freunde Artmann, Achleitner, Rühm hat Bayer mit seinen Pfunden nicht gewuchert;

während sie sich mehr und mehr in einer methodischen Equilibristik der Wiederholung erschöpften, versuchte Bayer, das Fragment eines Ganzen oder das Fragmentarische als Ganzes darzustellen: programmatisch paradoxe Weltentwürfe, Scherbengerichte. Er ist ein vielfältiger Anreger, Mitarbeiter, Vorläufer von vielem, ein Nicht-zu-Ende-Denker, ein selbstquälerischer Unruhegeist, mit der gebrechlichen Einrichtung der (österreichischen) Welt, der Funktion der Sprache, den Möglichkeiten der Literatur höchst unzufrieden. Am 10. Oktober 1964 machte er seinem Leben ein Ende. Er drehte den Gashahn auf.

JÜRGEN BECKER
DAS FENSTER AM ENDE DES KORRIDORS

Der Himmel, die Landschaft, der Fluß:
das Bild am Ende des Korridors.
Links und rechts die Appartements;
die Feuerlösch-Anlage. Das Summen des Aufzugs.
Die Zeit nach Büroschluß. Abweisende Gesichter,
kein Wort und keine Zärtlichkeit.
Jemand wird den Anfang machen
und an seiner Tür vorbeigehen
und weitergehen durch das Bild
hinaus in den Raum zum Fliegen.

WALTER HINCK
JEMAND WIRD DEN ANFANG MACHEN

»Das Ende der Landschaftsmalerei«, so nannte Becker seinen Gedichtband von 1974, seine lyrische Topographie einer Natur, in die Industrie und Technik ihre Schneisen der Zerstörung schlagen. Auch in diesem Gedicht des letzten Bandes »Erzähl mir nichts vom Krieg«, eines lyrischen »Tagebuchs«, wird Natur als Natur-Entzug erfahren. Himmel, Landschaft und Fluß sind zwar sichtbar, aber wie stillgestellt in dem Bild, das der Fensterrahmen vortäuscht.

Der Korridor, an dessen Ende sich das Fenster wie ein künstliches Panorama, wie eine Landschaftstapete ausnimmt, gehört zu einem großen Wohnhaus, ja – was viele andere Texte des lyrischen Tagebuchs bestätigen – zu einem Hochhaus (am Südrand der Stadt Köln). Die Gänge des Hochhauses, dieser Stadt unter einem Dach, sind Straßen, in denen aller zwischenmenschliche Kontakt erstorben ist: »es soll / Bewohner geben, die sich im Haus hin und her bewegen, / in der Hoffnung, jemandem zu begegnen und guten Tag / zu sagen, wie früher, zu Hause, in den Dörfern.« Wenn man den Aufzug verläßt, gerät man in die »leere Tiefe des Korridors«.

Das ist das Gefühl der Isolation und wohl auch Angst, das jeden befallen kann, der allein durch die Höhlengänge moderner Wohngiganten geht. Aber unser Gedicht setzt eine andere Situation voraus: die Stunde der überfüllten Aufzüge und der allseitigen Begegnung, die »Zeit nach Büroschluß«. Und selbst sie löst nicht den Bann der Vereinzelung. Der Unwirtlichkeit des Hauses entspricht die Verschlossenheit seiner Bewohner. Keiner gibt und keiner empfängt ein Signal der Freundlichkeit, geschweige denn Zärtlichkeit. Im babylonischen Turm wurde den Menschen die Sprache verwirrt – hier ist sie ihnen abhanden gekommen. In den Türmen aus Stein und Beton versteinert alle Kommunikation. Hier sind die Alpträume Wachträume.

Aber sie wecken auch Wünsche des Traums, den Wunsch, sich diesem Alpdruck zu entziehen, davonzufliegen. Ich mag das Gedicht vor allem seiner letzten vier Zeilen wegen. Nicht nur, weil sie mich erinnern an Bilder von Marc Chagall, auf denen die Gesetze der Schwerkraft aufgehoben sind und Menschen im Raum schweben, sondern weil sie in ihrer Vielsinnigkeit das Gedicht so offenhalten.

Nicht ausgeschlossen scheint der fatale Ausgang: es stürzt sich einer aus dem Fenster. Man weiß, welche Rolle in den Selbstmord-Statistiken die Hochhäuser spielen. Aber solche Lesart würde das Gedicht aus dem Zusammenhang mit anderen Texten des Bandes reißen. Denn Becker erlebt das Hochhaus nicht nur als den Ort der Verlorenheit, sondern auch als die Warte, von der aus der Blick weit über die Stadt und das Land und zu den nahen Höhenzügen geht. Die Vogelperspektive macht den Betrachter frei, die Phantasie bekommt Aufwind und entrückt ihn nicht nur in die Ferne, sondern auch in die Vergangenheit – etwa in die Geschichte der Stadt Köln: »Geschiebe des Himmels, und plötzlich / sehe ich eine silberne Stadt. / Die alten Maler kannten die Engel, / die sie hier malten, / den fröhlichen Flug über den Ebenen / der Dunkelheit ...« Zu einem ähnlichen Flug mag das »Bild« am Ende des Korridors einladen.

Aber man muß den letzten vier Zeilen nicht unbedingt die Wirklichkeit eines Chagallschen Bildes oder des Märchens unterlegen. Als eine uneigentliche, metaphorische Aussage genommen, enthüllen die Verse ihren eigentlichen Sinn. »Jemand wird den Anfang machen« und aus diesem Käfig der versteinerten Kommunikation, aus der Kette alltäglicher Lebensgewohnheiten ausbrechen (»an seiner Tür vorbeigehen«) und beginnen mit einer neuen Weise des Lebens. Der »zum Fliegen« ansetzt, bricht auf. Wohin? Dorthin, wo Natur nicht nur Ersatznatur (»Bild«) bleibt, wo mehr Mitmenschlichkeit ist und wohin man nur gelangt mit mehr Phantasie.

JÜRGEN BECKER
GEDICHT, SEHR FRÜH

In der Frühe um fünf weckt mich
das Geräusch eines einzelnen, kreisenden Flugzeugs;
ich kämpfe noch, an den Rändern
des Schlafs, um den Rest eines Traums;
kreischend die Vögel, ehe zu dröhnen
beginnt mein vollbeschäftigtes Land;
fürchterlich wird der Sommer, glücklich die Nachbarn
auf Grundstücken in der Nähe der Autobahn;
resigniert haben einige, vorbei sei
die schönste Zeit, und das zählt nicht;
gestern abend hörte ich sprechen Leute
in Gärten, Geräusche des Alterns;
vor vielen Jahren erfand ich nach jeder Täuschung
die nächste, dann wußte ich mehr;
so fängt der Tag an, die Volkswagen schnarren,
Wirkliches mit der Zeitung, anderswo noch Schnee.

WALTER HINCK
BRÜCKER ELEGIEN

Festgehalten ist der Augenblick, da mit dem Erwachen die Wirklichkeit ins Bewußtsein drängt: die des Heute, des Morgen und des Gestern, der Nähe und der Ferne. Für einen Moment noch behauptet sich der Traum, das Privateste, gegen den Anspruch der Tagwelt; und vielleicht erinnert sich der Leser des Mörike-Gedichts »An einem Wintermorgen, vor Sonnenaufgang« – wenn auch nur, um die Reminiszenz rasch wieder zu vergessen. Denn hier ist kein Erwachen in die Idylle hinein mehr möglich. Das Flugzeug, dessen Lärm den Schlafenden frühzeitig aufstört, und die Volkswagen, in denen die Frühaufsteher eines »vollbeschäftigten« Landes zum Arbeitsplatz rollen, sie sind Attribute einer Allgegenwart der Technik, aus der es kein Entweichen gibt.

Das Gedicht hat seinen unverwechselbaren historischen Ort. Ziemlich genau sogar ist die Situation, aus der das Subjekt spricht, lokalisiert. Bestimmte Indizien verweisen auf die Wohnung Jürgen Beckers im rechtsrheinischen Kölner Vorort Brück: nicht weit entfernt ist die Einflugschneise des Köln-Bonner Flughafens, der Straßenlärm dringt von der B 55 herüber, und auf der anderen, der nördlichen Seite befand sich jahrelang das Autobahnteilstück zwischen dem Kreuz Köln-Ost und der Abfahrt Refrath im Bau. Die Raum- und Zeitmarkierungen sind nachprüfbar.

Mit den ersten Wahrnehmungen des Subjekts stellt sich

das Bewußtsein der Situation ein, nicht nur der eigenen, sondern auch der Mitmenschen: das dichtere Netz der Verkehrswege nimmt den Wohnsiedlungen Luft; der Autobahnbau im Sommer beendet die – im Rückblick – »glückliche« Zeit der Anwohner, »resigniert haben einige«. Das Verzichtmotiv ruft die Stimmen abendlicher Gespräche in benachbarten Gärten zurück, und deren Signale des Alterns holen die Erinnerung an das eigene Älterwerden herbei, an die Selbsttäuschungen, die sich schließlich zu Wissen ummünzen ließen.
So werden die Gedanken der Morgenfrühe noch bewegt von den Anlässen des Abends und der Vergangenheit. Doch zieht sich das Subjekt nicht in sich selbst zurück. Der Schluß des Gedichts öffnet wieder den Innenraum: der vollends Erwachte wendet sich der Mitwelt, dem Heute zu, den Geräuschen des Werktags und den Nachrichten, die ihn mit dem Weltgeschehen verbinden und mit Gegenden, denen solch Sommer fern ist.
Den Rahmen der Gedichtsammlung bilden zwei lange Gedichte. Doch liegt das Neue gegenüber früherer Lyrik Beckers gerade in einer verstärkten Neigung zur Kurzform, zu Situationsprotokollen, Impressionen und Reflexionen (meist melancholischen Charakters). Einige dieser Gedichte entstanden in Berlin, den größeren Teil aber könnte man die »Brücker Elegien« Beckers nennen. Dogmatiker der aktivistischen und optimistischen Literatur mögen über sie herfallen. Ich mag sie – wie ich die »Buckower Elegien« mag. Und zumal das »Gedicht, sehr früh« ist, wertet man Lyrik mit Max Frisch, ein Gedicht, das »die wirkliche Welt nicht zu scheuen« braucht, »weil es eben diese Welt, ihr nicht ausweichend, sprachlich durchdringt«.

JÜRGEN BECKER
GEDICHT ÜBER SCHNEE IM APRIL

April-Schnee; schnell; noch einmal
ist fünfzehn Minuten
Winter und völliges Verschwinden
der Krokus-Gebiete
und
fünfzehn Minuten, in Zukunft,
sagt Warhol, ist Ruhm. Schnell,
ein Gedicht über Schnee im April,
denn schnell ist weg
Stimmung und Schnee
und plötzlich,
metaphorisch gesagt,
ist Schnee-Herrschaft verschwunden
im Krokusgebiet
und die Regierung des Frühlings regiert.
Nun Frühlings-Gedicht.
Und schnell. Winter ist morgen, wieder,
und neue Herrschaft,
nein,
nicht morgen: in fünfzehn Minuten,
mit Schnee, wie schnelles Leben,
sagt Warhol, metaphorisch gesagt,
wie Schnee, Verschwinden, April.

HARALD HARTUNG
DIE FÜNFZEHN MINUTEN UTOPIE

Jürgen Beckers »Gedicht über Schnee im April« scheint sich auf einen Wettlauf von Realität und literarischer Wiedergabe einzulassen. Das durch Zeichensetzung isolierte »schnell« läßt sich sowohl auf den Vorgang des Schneiens, besser: das plötzliche Vorhandensein und Verschwinden von Schnee, als auch auf den Akt des Schreibens beziehen. Doch die Lektüre macht bald deutlich, daß der Wettlauf – wie im Märchen vom Hasen und Igel – nicht wirklich aufgenommen wird. Der reale Vorgang induziert den artistischen Prozeß, der sich selbst reflektiert. Des Autors auf dem Sprung lebende Sensibilität gilt weniger der Übersetzung eines Naturvorgangs als der Herstellung eines Textes, darin die einzelnen Momente nicht *Abbildungen*, sondern *Analogien* von wirklichen Vorgängen meinen.
Was als sinnliche Reaktion auf Eindrücke erscheint, ist von programmatischer Reflexion bestimmt: »und / fünfzehn Minuten, in Zukunft / sagt Warhol, ist Ruhm«. Der künstlerische Prozeß steht unter dem unbarmherzigen Gesetz der Zeit. Warhols Diktum erscheint als Umkehrung des Horazischen *exegi monumentum aere perennius.* Dem Vergleich dient das flüchtigste Material: Schnee, nicht Erz.
Sowenig Becker klassizistisch den Anspruch auf Dauer erhebt, so nah scheint er dem Klischee von Inspiration. Ironisch setzt sich das Gedicht mit den Bedingungen des Schreibens unter dem Druck literarischer Konvention

auseinander. Es weiß, daß es am Ende einer Tradition von Naturlyrik steht. Es ironisiert die Metaphernsprache der traditionellen Naturlyrik und bestätigt sie dadurch, daß es an die Stelle der alten Topoi keine neuen zu setzen weiß. Indem es den Topos »Herrschaft des Frühlings« aufnimmt, möchte es den Herrschaftscharakter literarischer Konvention treffen und zugleich die Möglichkeit andeuten, wie dem durch die Nutzung des glücklichen Moments zu begegnen ist. Kunstmachen erscheint als schnell vorübergehende Möglichkeit: »Nun Frühlings-Gedicht. / Und schnell. Winter ist morgen, wieder, / und neue Herrschaft«. Und das wird gesagt im April, nicht im tiefsten Winter!

Daß neue Herrschaft droht, weist über die Natur ins Humane und Gesellschaftliche, auf die dürftige Zeit. Nicht ohne Grund bricht der Satz hier ab. Statt den Charakter »neuer Herrschaft« auszuführen, kehrt er – in einer *correctio* (»nein, / nicht morgen: in fünfzehn Minuten«) – zum Motiv der Spontaneität zurück. »Schnelles Leben«: das ist das vergängliche, verschwindende Leben, aber auch das spontane.

Das Gedicht schließt mit dem Wort »April« an seinen Anfang. Formal verdeutlicht solche Zirkelstruktur die Intention, poetische Tätigkeit als etwas Spontanes zu erweisen, als psychische Reaktion, die den Menschen entlastet. *»In the future everybody will be world famous for fifteen minutes«*, hatte Warhol wirklich gesagt. *Everybody* – heißt das nicht: Dichten kann jeder?

Jürgen Becker, vorsichtiger, spart *everybody* aus. Aber in »Umgebungen« animiert er uns, den Wettlauf aufzunehmen: »Versuch mal, versuchen Sie mal schnelles Aufschreiben dessen, was gerade im Moment in der Nähe greifbar, sichtbar und hörbar ist: in jedem Fall werden dabei Wörter und somit Gegenstände und Vorgänge gegenwärtig, die ohne eine besondere Intensität der Sinne meistens nicht wahrgenommen werden; wir sind alle ziemlich unempfindlich geworden.« Nichts, solange wir dieser Fünfzehn-Minuten-Utopie nachhängen.

ELFRIEDE GERSTL
WER IST DENN SCHON

wer ist denn schon bei sich
wer ist denn schon zu hause
wer ist denn schon zu hause bei sich
wer ist denn schon zu hause
wenn er bei sich ist
wer ist denn schon bei sich
wenn er zu hause ist
wer ist denn schon bei sich
wenn er zu haus bei sich ist
wer denn

ELFRIEDE JELINEK
EIN- UND AUSSPERRUNG

Sie bezweifeln nie, daß sie zu Hause sind, denn dort haben sie sich ihr Essen gekocht. Wo die Knochen auf den Boden gefallen sind, diesen bedeckend bis zu den Knöcheln in glänzenden Schuhen, dort, wissen sie, ist der heimische Herd, in dem sie immer wieder andere verheizt haben. Daher gehört ihnen alles mehr als den anderen. Sie sind mehr bei sich, denn nirgends ist es schöner als bei sich, um in sich bei sich zu sein, also doppelt zu sein. Das Eigene müssen sie nicht lernen, denn sie, nur sie haben es ja selbst hergestellt. Und daß sie dieses Eigene vor den Fremden behüten, macht sie, so denken sie, um so heimischer. Je mehr sie das denken, um so fester sitzen sie in sich, wie festgewachsen.
Dieses Land, das der Dichterin das Heimischwerden so lang versagt hat, sie um den Preis ihres Lebens aus dem Boden reißen wollte, ruht so besonders gut in seiner Geschichte, breit thront es da, eingegraben, eingebraten wie Erdäpfel, oder dieser eingeborene Sohn Gottes, auf den es sich fortwährend zornig beruft, denn es hat sich immer schon in sein geschichtliches Wesen gefunden, das Land, indem es dieses Wesen verleugnet, verdrängt hat.
Daß die Gerstl, die 1932 in Wien geboren wurde, mit dem, was sie seit langem und immer wieder sagt, hier nicht heimisch werden durfte, daß ihr jahrzehntelang niemand die Möglichkeit zum Sprechen gegeben hat, bis sie ihr eigenes Sagen nur mehr als Ver-Sagen zu begreifen gezwungen

war, machen das Land und seine Kulturbetriebsamen damit gut, daß sie auch jetzt nicht heimisch werden darf, daß sie in der Öffentlichkeit als Sprechende nicht zählt, wo doch nur die Gebührenzahler der öffentlich-rechtlichen Verunstalter, zur Gebührlichkeit verzerrt, von den Bildschirmen herunter niemanden als sich selbst anglotzen; aber wenigstens in sich, da darf sie brav ruhen, die Gerstl, solang sie ruhig ist. Gehören tut das Land den Machern, den Schaffenden, die in ihm zu Hause sein dürfen, weil sie es unaufhörlich wieder in Besitz nehmen, in einer ununterbrochenen Aktion Landnahme mittels Landwurst und Landpomeranzen, für die auf den papierverklebten Scheiben der Supermärkte geworben wird, nur damit man nicht nach drinnen sehen kann, wo die Waren hocken, diese persönlichsten aller Erlebnisse, die den Ländlern geboten werden können.
Das Draußen, das Aus-sich-Herausgehen ist der Dichterin nicht gestattet gewesen, das jüdische Kind Elfriede Gerstl hat sich in einem abgedunkelten Raum jahrelang vor den Nazis verstecken müssen. Die Wirklichkeit ein Riß in der Verdunkelungsgardine. Das war das einzige Bei-sich-Sein, das ermöglicht war, bei Strafe der Entheimung. Die Bajonette haben hinter dem Kohlehaufen im Keller nach ihr gestochert; sie ist damals doch noch davongekommen. Ist ihre Stimme gerettet worden, nur damit später jeder behaupten kann, er hätte sie nicht gehört? Was für ein geschicktes Vaterland, das die einen in die Geschichte hineinschickt, damit sie verschwinden, nur ja nicht wieder zurückkehren, und die anderen, damit sie immer wieder aufs neue Geschichte zu machen versuchen, in der immer andre umkommen. Das Leben der Dichterin ist eh nur geborgt von damals, da sie es vor diesen Unguts-

Herren verwirkt hatte. Die Türen der Heimat öffnen sich weit und lassen die Darsteller, die sich selbst darstellen und sonst nichts, heraus und verschlucken das Dargestellte, das nicht nur sich selbst meint, weil es kein Selbst sein durfte und darf. Nur das Dargestellte, das sich selbst meint, darf vorgezeigt werden auf den Festspielen in Salzburg und sonstwo, wo nicht jedermann hindarf.
Hier weist die Heimat sich vor und verlangt, daß man sie kaufe. Es gibt sie nicht, die Dichterin, und es gibt, obwohl einige kleine Bände mit Gedichten und Prosa erschienen sind, auch ihre Werke nicht, da es sie einmal schon nicht geben durfte. Was nützt es denn, im Werk zu wohnen, wenn man selbst am Herkunftsort, in Wien also, als unbekannt registriert ist? Hier sind nur die Strick- und Wirkwaren, die wir aus unserer Geschichte hergestellt haben, bekannt, denn sie sitzen fest in uns und auf uns. Die Gerstls dürfen in ihrem Grund, der uns gehört, nicht zu Hause sein. Sie ist wohl nicht ganz bei sich, wenn sie glaubt, sie kann hier was mieten.

HARALD HARTUNG
DAS PAAR

das Hand in Hand über
die Wiese hüpft und nicht
still sein kann weil
es sich Zigaretten
anzündet auf dem
federnden grünen
Trampolin
ist glücklich solang
Musik zu hören ist.
Draußen in den Anlagen
das Grün ist schwarz.
In der Stille riecht
man den Tod.
Er ist die Musik
die man nicht mehr
hört.

KARL KROLOW
EIN FLUGVERSUCH

Immer wieder gibt es Gedichte, die von nichts als von dem Augenblick zu leben scheinen, in dem sie ablaufen, Zeile um Zeile, in dem sie da sind, anwesend für die Dauer des Lesens oder des Sprechens, um sich darauf wieder zu verflüchtigen. Solche Texte geraten durch eine Kleinigkeit in Bewegung. Es ist fast nichts, so scheint es, das sie zum Leben brachte und am Leben erhielt. Aber die Winzigkeit genügt. Sie genügt, um zu einer Art Dauer zu gelangen.
Das Gedicht »Das Paar« von Harald Hartung ist von dieser Art. Eine Momentaufnahme, ein Schnappschuß, etwas, das aus einer Folge von »glimpses« entstanden zu sein scheint. Man muß genau hinhören. Dann wird aus dem Skizzenhaften, aus dem Versuch, aus dem Fast-Nichts ein plötzlicher Lebensabschnitt, ein Geschehen des Vordergrundes, eine Alltäglichkeit, ein fröhliches Spiel, hinter dem ein ernster Hintergrund – auch nur momentan und ganz zum Schluß des Ganzen, während der letzten fünf Gedichtzeilen – auftaucht und – zurückbleibt.
Das junge Paar vergnügt sich, ist lebhaft, raucht seine Zigaretten und hat sein Trampolin zum Zeitvertreib, hört dabei Musik, ist nichts als glücklich, solange es sich geben kann, wie es dazuzugehören scheint. Aber der Vorgang ist differenzierter, so differenziert, daß selbst das Grün der Anlagen, der Wiese nicht grün bleibt, vielmehr schwarz ist. Die Musik bricht ab. Das Leben wird gleichsam mit der Musik – für einen Augenblick oder für länger oder ein

für allemal? – unterbrochen. Das federleichte Vergnügen setzt aus, stimmt von einem Augenblick zum nächsten nicht mehr, verändert jedenfalls sein Aussehen und seine Bedeutung. In der eintretenden Stille ist alles anders: »In der Stille riecht / man den Tod.« Er war wohl von Anfang an dabei. Doch hier wird er erkannt als »die Musik / die man nicht mehr hört«.

Harald Hartung, der bereits vor vier Jahren mit einem Lyrikbändchen (»Hase und Hegel«) debütierte, hat nicht nur in diesem Gedicht Reizbarkeit, Aufnahmefähigkeit von Schnappschußschärfe, obwohl solches Wahrnehmungsvermögen eher leicht erscheint. Es ist freilich eine trügerische und gewiß ein wenig spielerische Leichtigkeit, mit der sich ein Feststellungsernst verbindet, ist eine knapp bemessene Idylle, wie ein Flugversuch und doch unüberhörbar vor einem Lebenshintergrund gruppiert. Was man in dem zitierten Liebesgedicht vorfindet, ist eine knapp bemessene Idylle, eine knapp bemessene Heiterkeit, die ihre Widerrufung sozusagen in jeder folgenden Zeile erwartet. Unter einem derartigen Erwartungsdruck kann man diese wie andere Arbeiten Hartungs verstehen.

Es ist im Grunde das alte Lied vom Spiel, von den Spielenden, denen unversehens mitgespielt wird, die in den Ernst einer anderen Dimension hinübergezogen werden. Der Leichtsinn gerät ganz unerwartet in einen tödlichen Lebensbereich. Doch bleibt alles Mutmaßung, Witterung, Ahnung. Sie genügt, um das Klima zu ändern, um die Lebhaftigkeit umzustimmen, um das Vergnügen – für diesmal – wohl zu unterbinden oder doch es in ein Kräftefeld zu überführen, das – so bleibt zu vermuten – in dem Moment ganz zur Herrschaft kommen könnte, in dem das Gedicht endet, wenn der Autor schweigt, der sich so jugendlich mit dem Augenblick der beiden jungen Leute verbündete. Ein Gedicht wie ein Schubertsches Impromptu, finde ich: leicht, melodisch und zugleich voll Witterung für Daseins-Schwermut und Vergehen.

·

ROR WOLF
AUS DEM NORDEN

Gestern, mit der Eisenbahn,
gestern oder heute,
kam ein Mann, ich weiß nicht wann,
und der Schnee bestreute

seinen Kopf und sein Gesicht,
Schuhe, Hut und Hände.
Ach, der Schnee fiel dick und dicht
über das Gelände.

Ach, der Schnee fiel auf ihn hin
und bedeckte bald
Fuß und Knie und Hals und Kinn,
weiß und weich und kalt.

Ach, er fiel, der Schnee, er fällt
immer noch, der Schnee;
er bedeckt die ganze Welt,
die ich nicht mehr seh.

Gestern sah ich von dem Mann
schwarz gewölbt den Hut,
hart wie Glas wie Porzellan.
Heute, kurz und gut,

heute liegt der Schnee so schwer;
alles ist verborgen.
Nein, ich sehe gar nichts mehr,
heute oder morgen.

HANS CHRISTIAN KOSLER
DER TRAURIGE SPIELER

Die Sonne »zerspritzt«, ein Wald stürzt in die Tiefe, eine Stadt »platzt«: Für die bizarren Auswüchse einer blühenden Phantasie, wenn nicht für puren Unsinn hielt man, was Ror Wolf 1976 in seinem Prosaband »Die Gefährlichkeit der großen Ebene« an »Nachrichten aus der bewohnten Welt« zu vermelden hatte. Heute, wo Umweltkatastrophen zur Tagesordnung gehören, wo wir vor dem Ozonloch fliehen, Gletscher schmelzen und Berghänge abgehen, könnte man diese Bilder als die düsteren Visionen eines grünen Propheten deuten, der – als seine Kollegen gerade ihren Alltag literarisch zu zelebrieren begannen – bereits das Gespenst einer aus ihrem ökologischen Gleichgewicht geratenen Umwelt an die Wand malte.
Doch Ror Wolf ist weder ein Grüner, geschweige denn liegt ihm etwas an der Rolle des Propheten oder selbstgerechten Mahners. Im Gegenteil – kaum einer unserer zeitgenössischen Autoren will so wenig unser Zeitgenosse sein, hat so ingrimmig jedwede Aktualität aus seinem Werk verbannt wie dieser Wortvirtuose, der seinen Lesern zudem kein Quentchen von sich und seinen Emotionen preisgeben zu wollen scheint.
Und dennoch – so unnahbar der Autor Ror Wolf auch zunächst bleiben mag, so erahnbar wird doch mit fortschreitender Lektüre, wer sich hinter dieser hochartifiziellen Prosa verbirgt und was uns dieser vermeintliche Anonymus mit dem nicht weniger artifiziellen Vornamen zu

sagen hat. Das Gedicht »Aus dem Norden«, das ihn uns ein ganzes Stück näherbringt, ist ein solitäres Gelegenheitsgedicht: Es artikuliert jene abgrundtiefe Melancholie, die unausgesprochen über diesem so merkwürdig unzugänglichen Werk schwebt.

Denn Ror Wolf, den uns einige Rezensenten als Humoristen und Erzähler anempfehlen wollen, ist in erster Linie ein trauriger Spieler. Und ein Protokollant des Stillstands. Nicht von ungefähr jongliert er mit Versatzstücken, mit Klischees und Archetypen (zu denen der zugeschneite Mann mit dem schwarzen Hut gehört). Ihr gemeinsames Kennzeichen sind die Austauschbarkeiten, die Paradoxie und das ihnen entwichene Leben. Irgendwann muß sich diesem desillusionierten Betrachter, der 1953 aus der DDR in den Westen übersiedelte, unsere Konsumgesellschaft so eindringlich in ihrer Inhaltsleere und Starrheit eingeprägt haben, daß wir sie in seinen Büchern immer wiederfinden: Bücher, in denen wir nie das Glück, meist aber ein Ende antreffen.

Vom Ende, vom Weltenende, handelt auch dieses Gedicht, eine – ähnlich der »geplatzten Stadt« – ins Banale gekehrte Apokalypse, die hier aber keine bedrohlichen, sondern friedliche Züge trägt. Lautlos wird die Welt eingeschneit, und der Seufzer »Ach, er fiel, der Schnee, er fällt« klingt eher nach Zustimmung als nach einer Klage. Ja, die unfrohe Botschaft kommt auf äußerst leichtem Versfuß, in griffigen Reimen und lockeren Enjambements einher. Ein Gedicht, das in seinem Tonfall an Robert Walser erinnert, der das Traurige meist heiter und sanft, dem Unglück freundlich ergeben gesagt hat. Robert Walser, Ror Wolfs erklärter »Lieblingsdichter«, starb im Alter von 78 Jahren auf einem Spaziergang in der lautlosen Umgebung des Sanatoriums Herisau. Man fand ihn an einem Weihnachtsfeiertag, hingestreckt im Schnee liegend.

ROR WOLF
DER VATER SPRICHT VON DEM FRANZOS

der vater spricht von dem franzos
des kaisers maßkrug schwarzweißrot
steht zugeklappt auf der kommod
der vater spricht der krieg ist groß

der vater mittlerweile spricht
von dem franzos das kind lauscht still
die mutter lauscht es lauscht die magd
es lauscht der knecht der hund lauscht nicht

magd mutter knecht und kind und hund
die sitzen stumm am heißen herd
der vater spricht von dem franzos
tut auf den mund bis auf den grund

und hebt sein langes schießgewehr
der vater hat die zipfelmütz
die mutter hat die haube an
und knecht und magd die atmen schwer

auf dem gestell der gugelhupf
an dem die mutter gestern buk
auf der kommod der maßkrug steht
und der franzos im unterschlupf

der vater sich die pfeife stopft
moment franzos ist noch nicht tot
das zündholz brennt der maßkrug steht
auf der kommod die standuhr tropft

die mutter hat die haube an
der vater spricht der knecht ist stark
die magd ist rund das kind ist klein
der hund hat seine pflicht getan

der schinken in der kammer hat
die maden und am harten käs
macht sich die ratte fett und pfeift
die fliege schwirrt die magd wird matt

die mutter macht die haube los
das kind muß auf den topf und schreit
und knecht und magd die sind zu zweit
der vater spricht von dem franzos

HUBERT SPIEGEL
DER BLICK IN DIE SPEISEKAMMER MACHT DEM IDYLL EIN ENDE

Ein ländliches Sittenbild, ein Abend auf dem Bauernhof: das lange, eintönige Ende eines langen, eintönigen Tages. Abwechslung gibt es nicht, die Requisiten – Maßkrug und Pfeife, Zipfelmütze des Vaters und Haube der Mutter, Standuhr, Gugelhupf und heißer Herd – kennen die Variation ebensowenig wie die Dialoge. Der Vater raucht die Pfeife. Er tut, was er immer tut und sagt, was er immer sagt: Der Vater spricht von dem Franzos.
Es ist ein Monodrama, das Ror Wolf in seinem Gedicht inszeniert. Hier redet nur einer. Sein Text ist allen im Auditorium nur allzu gut bekannt. Magd, Mutter, Knecht und Kind und Hund sind zum Schweigen verdammt: »die sitzen stumm am heißen Herd«. Alles lauscht, und wie um die Bedeutsamkeit des Vorgang zu betonen, wird jeder Zuhörer einzeln aufgezählt. Nur der Hund lauscht nicht.
Wolfs Wohnstuben-Patriarch ist ein Veteran des Ersten Weltkriegs, der seine Kriegserlebnisse glorifiziert: »der krieg ist groß«, heißt es am Ende der ersten Strophe, und also sind es seine Teilnehmer. Es ist geborgte Größe, die selbstgefällig schwadronierend vorgeführt wird. Aber Wolfs Verse sind kein Antikriegsgedicht, der Krieg ist zum Anekdotenstoff, auf Stubenformat geschrumpft. Die Materialschlachten in den Ardennen sind wie der Maßkrug in den Farben des Kaiserreichs oder die Pfeife Zutaten zu jener bleischweren, sauerstoffarmen häuslichen Gemütlich-

keit, die noch in den fünfziger, sechziger Jahren als typisch deutsch gelten konnte.

Gegen diese familiäre Gemütlichkeit ist Wolfs Gedicht gerichtet. Es zeigt den langsamen Verfall der väterlichen Autorität, gar der ganzen Familiengemeinschaft. Denn die Situation, die die ewige Wiederkehr des Immergleichen beschreibt, wird bald ein Ende finden. Noch geht alles den gewohnten Gang, Knecht und Magd atmen schwer unter dem Joch des altbekannten Sermons, der keine Ungeduld erlaubt: »moment franzos ist noch nicht tot«. In der nächsten Zeile scheint das Bild wie eingefroren: »das zündholz brennt der maßkrug steht«. Die Zeit fließt nicht mehr, sondern sie tropft aus der Standuhr wie das Wasser aus dem undichten Wasserhahn: zäh und mit einem nervtötenden Geräusch verbunden. Die folgende, siebente Strophe hält noch einmal das Idealbild fest: Der Vater spricht, die Mutter hat sittsam das Haar unter der Haube verborgen, der Knecht ist stark, das Kind klein, die Magd rund und auch der Hund, eben noch Vorbote drohenden Ungehorsams, hat jetzt seiner Pflicht entsprochen. Alles ist, wie es sein soll.

Nun erfolgt abrupt der Szenenwechsel. Ein Blick in die Speisekammer macht dem falschen Idyll ein Ende und offenbart den Verfall: Im Schinken sitzt die Made, am Käse nagt die Ratte. Mit einem Mal ist alles in Auflösung begriffen: Mutters Haube löst sich, das Kind schreit, Magd und Knecht vergnügen sich miteinander. Der Veteran, Verkörperung des Stillstands und der Gestrigkeit, hat das letzte Wort, dem niemand mehr lauscht. So endet die Familienmoritat des 1932 geborenen Ror Wolf mit dem Schreckbild einer alten, preußisch geprägten Welt, der Disziplinlosigkeit.

ROR WOLF
RAMMER & BRECHER
3. SONETT

Der Meister wirbelt hungrig übers Feld
Und füttert seine Spitzen sehr geschickt.
Er tanzt durch alle Sperren, quirlt und zwickt.
Vom Flutlicht ist der Rasen jetzt erhellt.

Der Rammer zugedeckt und kaltgestellt.
Der Brecher auf der Linie, ganz geknickt.
Das Leder hängt im Netz, hineingenickt.
Im halben Lande stöhnt die Fußballwelt.

Der Trainer auf der Bank, man sieht ihn fluchen.
Sein Kopf sitzt locker und eventuell
Beißt man im Herbst schon in den Abstiegskuchen.

Der Rammer steht herum und ganz speziell
Den Brecher muß man mit der Lupe suchen.
Da muß sich vieles ändern und zwar schnell.

KARL RIHA
FUSSBALL IM GEDICHT

Petrarca schrieb seine Sonette an Laura und setzte damit ein Muster für tief empfundene und gleichwohl höchst artifizielle Liebeslyrik, das bis heute nach ihm benannt ist; auch Shakespeare dichtete neben seinen Dramen zahlreiche Liebessonette – mit formaler Neuerung im Strophenbau, die ihrerseits Wirkung hatte –, und von Rainer Maria Rilke kennen wir die »Sonette an Orpheus«: eine klassische Gattung also, in jeder Hinsicht. Wie konnte sie so auf den Fußball herunterkommen?

Ror Wolf nimmt Elemente der banalen Fußballsprache auf – die Umschreibungen für Sturmlauf und Torschuß basieren ja auf bildhaften Umschreibungen, um die man bei der Schilderung einer fußballerischen Auseinandersetzung auf dem Rasen nicht herumzukommen scheint – und transponiert sie in die Kunstform des Sonetts. Dem Lauf des Textes ist zu entnehmen, daß der Meister der vergangenen Saison zu einem Flutlichtspiel angetreten ist: er zeigt auch zunächst Biß und setzt sich dynamisch in Szene. Doch dieser erste Eindruck täuscht! Die beiden entscheidenden Positionen – »Rammer« und »Brecher« – versagen, und schon liegt man im Rückstand: »das Leder hängt im Netz, hineingenickt«.

Alles übrige ergibt sich da von selbst: die Fußballwelt »im halben Lande« stöhnt auf, ist sie doch per Fernseher mit von der Partie, der Kopf des Trainers beginnt zu wackeln, eben nicht nur realiter auf der Trainerbank am Rande des

Spielfelds, schier verzweifelt über so viel Unvermögen – »Der Rammer steht herum und ganz speziell / Den Brecher muß man mit der Lupe suchen« –, sondern auch im übertragenen Sinn, was den Job angeht.

Mit Blick auf die dargestellte Situation und ihr Vokabular ist Wolf ein »Fußballdichter«, der sich sachkundig gemacht hat: er literarisiert eine ausgesparte Schicht der Wirklichkeit. Indem er sie jedoch ins Sonett zieht, setzt er sie auch auf Distanz, bricht sie, spiegelt sie ums Eck. Die dem Fußballjargon abgelauschten Phrasen stehen isoliert und wollen keinen rechten Zusammenhang gewinnen: sie schließen sich ja zu keiner glatt ablaufenden, emotionale Spannungen ausbeutenden Reportage zusammen, sondern werden lediglich zitiert – und montiert. Insofern überträgt sich die beobachtete Störung des Spiels, wie sie im abrupten Wechsel vom ersten zum zweiten Quartett faßbar wird, ins Formale und setzt sich hier als gesteigerte Irration frei. Das ist ein surrealistisch-subrealistischer Vorgang, der den Fußball-Wirklichkeitsausschnitt seltsam destruiert und in eine fremdartig-neue Berichtsform à la Samuel Beckett bringt.

Das parodistische Glanzlicht, in dem der Rekurs auf die Sonettform als solche mit dem ganz spezifischen Reflex auf einen bestimmten Autor der Geschichte des Sonetts und einen ganz bestimmten Text beziehungsweise Textausschnitt zusammenfließt, liegt in der allerletzten Zeile des Fußball-Sonetts von Ror Wolf und der dort formulierten Forderung. Wer erinnert sich da nicht – per Anklang – an Rainer Maria Rilkes Sonett »Archaischer Torso Apollos«, das der »Neuen Gedichte Anderer Teil« eröffnet und zu den bedeutendsten, vielzitiertesten Gedichten des Autors gehört? In der Schlußstrophe, der eigentlichen

Schlußformulierung heißt es: »(...) denn da ist keine Stelle, / die dich nicht sieht. Du mußt dein Leben ändern.«

Die große poetische Geste, deren zwingende Gewalt Rilke als Betrachter des klassischen Apollotorsos auf den Leser lenkt und dort aktualisiert, profaniert sich bei Ror Wolf, verliert an Intimität, banalisiert sich, gewinnt aber andererseits gerade auf diese Weise eine neue ironisch-lakonische Dimension: »Da muß sich vieles ändern und zwar schnell«. Eben!

UWE GRESSMANN
KOSMOS

Und wer kennt nicht die Behörden
Und die Rennereien mit dem Schein?

Und du gehst da bis zum letzten;
Von Stock- zu Stockwerk,
Daß du die Angelegenheit erledigst,
Wenn du nur immer willst; und: mutig bist.

Und du weißt nicht, Gott, wo findest du die Stelle?
Und keine will zuständig sein.
Und wie das hier aussieht:
Alles zieht sich lang hin
In Strecken, Simsen, Perspektiven, Sprechstunden ...
Die reinsten Korridore sind das.
Und Bänke, darauf zu sitzen, gibt es da.
Und wohin du kommst, auch Wände –
Zwischen denen Leere ist und Nichts –
Und Winkel, Flächen; und Räume, Türen, Räume ...
Und Sterne, Sonnen, die an geweißten Himmeln strahlen.

Und du fragst die ewige Frage:
Was mag wohl hinter diesen Himmeln sein?
Und ich seh kein Ende.
Doch das soll sich ändern, sagt man hier,
Wenn man ruft: Der nächste bitte.

Und sinkst du nun auch erdewärts,
Wie du vorher himmelwärts gestiegen bist,
Als wärest du ein Paternoster,
so stehst du, als gäbest du den Passierschein ab,
Im nächsten Augenblick auch schon;
Und:siehst dann draußen in dem Raum ein Haus,
Das kleiner wird, je mehr du dich entfernst.

Und so gehst du von Raum zu Raum,
Die Angelegenheit zu erledigen,
Und betrachtest das alles.

GÜNTER KUNERT
DER ALTE UND DER NEUE GOTT

Ist die Rede vom modernen Gedicht, fallen sofort bekannte Namen. Kaum ins Blickfeld gerät eine andere Modernität, die, abseits ausdrücklicher Ideologien, bedeutende gesellschaftliche Veränderungen metaphorisch reflektiert und von weniger bekannten Dichtern stammt. Oft enthält gerade solche Lyrik etwas Besonderes und Außerordentliches, wie es sich beispielsweise in dem Gedicht »Kosmos« abzeichnet, mit seiner ins All expandierenden Bürokratie, die alle Räume, selbst jene einst den Göttern und dem technisch-utopischen Hoffen vorbehaltenen, unaufhaltsam besetzt hat. Sein Autor Uwe Greßmann, sechsunddreißigjährig an Tuberkulose gestorben, ist fast vergessen. Das »Lexikon deutschsprachiger Schriftsteller« (Leipzig 1974), sonst großzügig in der Aufnahme von Dilettanten, kennt weder seinen Namen noch seine Vita. Sie ist auch kaum beispielhaft: Aufgewachsen in Kinderheimen, Volksschüler, ohne Ausbildung, schließlich in der Poststelle der HO-Gaststätten Berlin-Mitte: Keine Förderung, keine Preise, keine Sinekuren.

Weil das Bezugssystem seiner Gedichte verdeckter ist, als es politisch gefärbten Leser-Erwartungen entspricht, geriet sein schmales, ungleichartiges Werk ins Abseits: Der Dichter einer spezifischen und ihn überwältigenden Gegenständlichkeit, der Blumen, Tiere, Planeten, Naturerscheinungen wurde mit dem Adjektiv »naiv« abgestempelt und in die literatur-ökologische Nische der Unge-

fährlichen abgeschoben. Aber ganz so harmonisch-unverbindlich sind seine Gedichte nicht, weil sie voller Widerborstigkeit stecken und ihre Intention mit keinem geheiligten Schema übereinstimmt. »Kosmos« beweist das.
Schon am Anfang stoßen wir auf Gott, abgesunken zum Bittsteller, für den keiner zuständig ist: Als Absolutum von seinem Platz vertrieben, ohne daß an dieser frei gewordenen Stelle sich ein anderes auf Dauer zu halten vermochte. Der sogenannte Mensch, demzufolge nichts Gewaltigeres lebt als er selber, mit seinen Ersatzgottheiten gescheitert, hat am Ende aller Visionen und glückverheißenden Träume den abgeräumten Fleck der totalen Verwaltung überlassen. Und wer die ewige und häretische Frage fragt, was hinter diesen »Himmeln« sein mag, weil die existentielle Nichtigkeit für alle Ewigkeit installiert scheint, dem wird zwar Abhilfe zugesagt (»das soll sich ändern«), aber eine von bedenklicher Sorte! Denn das Versprechen der Änderung bezieht sich nicht auf das System selber, das den Frager umschließt, sondern auf dessen Person. Die Änderung des sich selbst vollstreckenden Universums soll, »sagt man hier«, geschehen, wenn man ruft: »Der nächste bitte!« Anstatt der Behörde, so steht zu fürchten, werde der einzelne, der Hineingerufene, besagter Veränderung unterworfen: sobald sich die Tür hinter ihm geschlossen hat. Verschiedene solcher gedanklichen Falltüren sind in diesem Gedicht listig versteckt.
Und weil die Überwältigung des Individuums durch den Apparat kein befürwortbarer Akt ist, wehrt Greßmann sich dagegen auf seine Weise. In den letzten Zeilen schrumpft die monströse Verwaltung zum Haus, »das kleiner wird, je mehr du dich entfernst« – wobei diese Formulierung unterschiedliche Lesarten gestattet. Wird die

Verkleinerung durch den Angesprochenen selber vollzogen und indem er sich entfernt? Oder ist die wachsende Distanz zwischen Subjekt und Objekt nur eine vom Subjekt empfundene, eine innerliche Befreiung, da es gegen die umgebende Allmacht sich selbst setzt? Und wer ist eigentlich dieses »Du«? Akzeptiert man, das »Du« sei bis zum Schlußpunkt identisch mit dem ihm verliehenen Namen »Gott«, der nirgendwo widerrufen wird, bietet sich die Lösung an. (Übrigens heißt es ohnehin von dem »Du«, es sei »himmelwärts« gestiegen, bevor es »erdewärts« sinke: »Als wärest du ein *Paternoster*«!) Gezeigt wird damit die Begegnung des alten mit dem »neuen Gott«, des individualisierten Abstraktums mit einem entpersönlichten, durch seine Praxis irrational gewordenen Ordnungsprinzip. Kein harmloses Thema, meine ich.

PETER HÄRTLING
UNREINE ELEGIE

Wenn mir die Zunge aus dem Mund fällt,
alt und wortverschlissen,
wenn ich dir, Liebste, den Fluß schenke,
die Straße meiner Jugend, den Neckar,
samt einer Brücke, die unter
meinen Schritten brach,
wenn ich dir die geronnene Luft
eingieße in einen weißen Emaillebecher
mit blauem Rand,
wenn ich die Spiegelbilder der Weiden
aus dem Wasser fische und trockne,
wenn ich den zu dir schicke, der
ich war, ehe ich ans andere Ufer schwamm,
wenn ich wiederkehre, ohne den
Fluß und ohne die Stimme von damals –
wie empfängst du mich? Legst du
die weißgewaschnen Knöchlein
auf die Schwelle,
um mich zu warnen
vor meinem Tod?

WALTER HINDERER
OB BLEIBEN KANN, WAS DIE DICHTER STIFTEN?

Die Gedichte, die Peter Härtling in den lyrikfreundlichen fünfziger Jahren schrieb, lagen mir nicht. Sie waren mir zu verspielt und preziös. In der idyllischen Poetik mit dem kriegerischen Titel »Mein Gedicht ist mein Messer« meinte der junge Lyriker auf die selbstgestellte Frage, was eigentlich Gedichte aus- oder anrichten, ebenso bescheiden wie selbstbewußt: »Ich kenne ihre Wirkung nur bei dem, der sie geschrieben hat. Den verändern sie. Daß sie auch den verändern, der sie liest, wünsche ich mir in verwegenen Augenblicken.«

Wie kommt es nun, daß seit den achtziger Jahren in Härtlings Gedichten solche Augenblicke nicht mehr so selten sind? Hat der inzwischen erfolgsgewohnte Romancier über seine Prosaexerzitien neue lyrische Ausdrucksmöglichkeiten entdeckt? Oder haben gar seine romanhaften heimatlichen Erkundigungen über Hölderlin und Mörike diese poetischen Leistungen inspiriert? Seine »Unreine Elegie«, scheinbar im Parlandoton geschrieben, in Wirklichkeit die ingeniöse Umbildung einer vorgegebenen Form, knüpft produktiv an elegische Strophen der beiden schwäbischen Dichter an. Hier wie dort herrschen die Antithesen von Jugend und Alter, Liebe und Tod, Erinnerung und Vergessen und versöhnt sich der epigrammatische Inhalt in der Musikalität der Form.

Härtlings Elegie setzt sechsmal mit der gleichen Konjunktion (»wenn«) ein, als handle es sich um ein Gedankenexperiment. Doch der Eindruck täuscht. Der schreitende Rhythmus, deutlich die einzelnen Worte skandierend, evoziert die Elemente der Jugendzeit: den Neckar, den Fluß, die Brücke und die Spiegelbilder der Weiden. Man erwartet nichtsdestoweniger jeden Augenblick mit Spannung die Auflösung der hypothetischen Sätze. Schließlich, nach der fünfzehnten Zeile, erfolgt die grammatikalische Wende, markiert durch den Gedankenstrich: sie besteht aus zwei Fragen, gibt aber keine Antwort, keine Erklärung.

Die Fragen sind an die Adressatin der Elegie gerichtet, an die »Liebste«, deren zentrale Stellung im Gedicht schon in der dritten Zeile veranschaulicht wird. Wer sie jedoch ist, verrät der Kontext nicht. Sie scheint einem anderen Bereich anzugehören, zu dem keine Sprache mehr reicht. Deshalb kann sie sich offensichtlich mit dem Dichter nur über magische Zeichen verständigen. Doch wären die »weißgewaschnen Knöchlein« auf der Schwelle nicht sofort wieder Mißdeutungen ausgesetzt gleich den Orakeln in der Antike? Außerdem: Was könnte dem Dichter, der seine Todesverfallenheit (»alt und wortverschlissen«) deutlich genug artikuliert, in diesem Zusammenhang die Warnung vor seinem Tode überhaupt noch nützen?

Das Mißverständnis klärt sich schnell auf, wenn man das Mittelstück der Elegie näher betrachtet. Dort entwirft das lyrische Ich die Wirklichkeit zweier Existenzen, die eben von höherer Warte aus beurteilt und bewertet werden sollen. Die erste verkörpert die Kindheit und Jugend am Neckar, die zweite das Leben am »anderen Ufer«, die spätere Lebensphase. Wie wird aber der Dichter von der »Liebsten« empfangen werden, wenn er wiederkehrt, »ohne den Fluß und ohne die Stimme von damals«? Vor allem diese Frage ist es, die ihn beschäftigt. Es zeigt sich hier, wie in der elegischen Sorge unterschwellig die heimliche Hoffnung keimt, daß vielleicht die Bilder der Jugend wie die »geronnene Luft« im »weißen Emaillebecher / mit blauem Rand« auch im anderen Bereich bestehen könnten.

Die beiden Teile der Gedichte, der längere Anfang (15 Zeilen) und der verhältnismäßig kurze Schluß (5 Zeilen) verhalten sich formal wie Auf- und Abgesang der antiken elegischen Ode. Härtling verschiebt allerdings kunstvoll die Proportionen: er verändert und öffnet die alte Lyrikform einfallsreich für ein modernes Bewußtsein, das in der Spannung der Frage lebt. Für dieses Bewußtsein gibt es keine absolute Gewißheit mehr, ob bleiben kann, was die Dichter stiften.

ECKART KLESSMANN
E. T. A. HOFFMANN BEIM FENSTER

Berlin wird ihm Rom.
Der Blick auf Venedig
Geht über die Spree.
Vom Eckfenster sieht er
Prinzessin Brambilla.

Vor den Augen des Äpfelweibs
Maskiert sich Undine
Mit der Stimme der
Niemals erkannten Geliebten.

»Mein mütterliches Grün.«
Aber das Rückenmark trocknet.
Nur die Zunge bewegt sich
Unterm Diktat. – Im Sterben
Dreht er sich wortlos zur Wand.

WULF SEGEBRECHT
TOD EINES DICHTERS

»Italia« – mit Riesenbuchstaben hat E.T.A. Hoffmann dieses Sehnsuchtswort in sein Tagebuch geschrieben. Aber die Sehnsucht blieb ihm lebenslang unerfüllt. Reisten nicht alle Künstler damals nach Italien? Er jedoch blieb eingekerkert in enge Verhältnisse, im juristischen Staatsdienst, in Berlin, bedrängt von vorschußmüden Verlegern, von preußischen Zensurmaßnahmen und von einer Rückenmarkerkrankung zuletzt, die zum Tode führen sollte.

Bedrängt aber ebenso von den Gestalten seiner Einbildungskraft, von einer unbedingten Leidenschaft zur Kunst. Sie allein konnte im Alltag das Wunderbare, aber auch im Anheimelnden das Unheimliche sichtbar machen. Sie gewann dem Profanen das Poetische ab: »Berlin wird ihm Rom« – Hoffmanns Poetik der Umwandlung ist in dieser Eingangsformel des Gedichts enthalten.

In Berlin war es, wo Hoffmann im Vexierspiegel des turbulenten römischen Karnevals eine freiere Lebensform ersehnt hat. Hier entwarf er die Schicksale der römischen Bürger und der venezianischen Dogen. Hier auch – gleichsam vor seinem Fenster mit Blick auf die Charlottenstraße, das neue Schauspielhaus und den Gendarmenmarkt – erschien ihm »Prinzessin Brambilla«, die »köstliche Schöne« (so nannte sie Heine), Sinnbild einer heiteren, weiten, uneingeschränkten Phantasiewelt.

Doch während der Spielraum der Phantasie anfangs

unendlich weit zu sein scheint, wird der reale Bewegungsspielraum des Dichters zunehmend eingeengt: Zuerst hat er noch ganz Berlin im Blick, dann muß ihm die Spree und am Ende gar sein Eckfenster genügen, um die Welt zu poetisieren. Ganz so ergeht es auch dem gelähmten Dichter in Hoffmanns später autobiographischer Erzählung »Des Vetters Eckfenster«. Auch er verwandelt, sehnsuchtsvoll aus dem Fenster blickend, das Naheliegende in Poesie.

Dann aber, in der zweiten Strophe, scheint dem Kranken selbst der Blick aus dem Fenster nicht mehr zu gelingen. Er ist allein mit den Figuren seiner Phantasie, mit dem häßlichen Äpfelweib aus dem Märchen »Der goldne Topf«, mit der liebreizenden Meerjungfrau Undine aus seiner Oper und mit der »niemals erkannten Geliebten«, der er, an seine einstige Musikschülerin Julia Mark denkend, lebenslang nachträumte.

Über Augen, Masken und Stimmen (von ihnen geht in Hoffmanns Werk stets eine besondere Suggestion aus) treten diese Figuren in eine neuartige Beziehung zueinander, lösen sich von ihrem Urheber ab und beginnen ein Eigenleben zu führen. Die Kunstgestalten des Dichters verbinden sich mit den Phantasien des Kranken zu einem neuen, phantastischen Kunstreich.

Noch einmal findet die Sehnsucht nach der Außenwelt zur Sprache: »Mein mütterliches Grün«. Mit diesem Zitat aus seiner letzten, schon vom Krankenlager aus diktierten Erzählung »Die Genesung« setzt der kranke Künstler alle Hoffnung auf die ursprünglichen, heilenden Kräfte der Natur.

»Zu dieser Erzählung«, so berichtet Hoffmanns Freund Hitzig, »hatte ihn die unbeschreibliche Sehnsucht veranlaßt, die er nach dem Grünen, was ihm in gesunden Tagen ziemlich gleichgültig war, empfand und in dem Monate seines Todes einigemal befriedigte. Ganz entzückt kehrte er immer von diesen Jammerfahrten, wobei vier Menschen ihn in den Wagen tragen mußten und er oft die heftigsten Schmerzen litt, heim.« Das Grün der Natur wird zum Inbegriff konkreter Genesungshoffnungen und zum utopischen Ort einer mit der Krankheit fortschreitenden Phantasietätigkeit des Dichters, die sich neue Räume erschließt.

Bis zuletzt stand er »unterm Diktat« der Phantasie. Noch an seinem Todestag wollte er »weiter diktieren und verlangte, man solle ihm die Stelle vorlesen, wo er stehen geblieben« (Hitzig). Erst im Sterben wandte er den Blick vom Fenster ab. »Er ließ sich im Bette umdrehen; mit dem Gesicht gegen die Wand gekehrt«, ist er am 25. Juni 1822 gestorben. Kleßmanns Gedicht formuliert die gewiß nicht nur romantische Sehnsucht nach Weite und fortgesetzter Erweiterung des Phantasiereiches am Beispiel des sterbenden Dichters E. T. A. Hoffmann.

REINER KUNZE
BITTGEDANKE,
DIR ZU FÜSSEN

Stirb früher als ich, um ein weniges
früher

Damit nicht du
den weg zum haus
allein zurückgehn mußt

GABRIELE WOHMANN
FROMMER WUNSCH

Ehe ich die Zeitungsseite mit den Todesanzeigen umschlage, prüfe ich, ob einem der Verfasser die pure Annoncierung seines Toten nicht genügt hat. Bisher habe ich noch jedesmal weltliche Trostversuche untauglich gefunden und – um die Ewigkeit selber – weit hinterher allem, womit Bibelzitate Zuversicht spenden: den Lebenden für die Gestorbenen. Bis ich neulich diesen Fund machte, rechts oben in der Anzeige, Reiner Kunzes »Bittgedanke«. Hier ist eine Liebesgeschichte verdichtet und dem Tod konfrontiert. Ich suchte nach der längst weggelegten Zeitungsseite und schnitt die Anzeige aus: ein kurzes Gedicht mit langer Wirkung.

Wie in einem Film macht eine Szene als Standbild halt. Ich sehe jemanden, der, von einem Begräbnis zurückkehrend, die Witwe beobachtet. Die Aura ihres Verwaistseins erleuchtet ihn: So soll seine Frau nicht eines Tages »den weg zum haus / allein zurückgehn« müssen. Beide sind dem Tristan-und-Isolde-Stadium entwachsen, ihre Zusammengehörigkeit ist erlaubt, ihre Liebe ist fortgeschritten, der Gedanke an die Vergänglichkeit hat sich eingeschlichen. Sie haben den Liebeszustand der Fürsorglichkeit erreicht. Der Tod, ihrer oder seiner, wird nun immer mitbedacht. Keiner von beiden überschätzt sich, wenn er seinen Tod für die schmerzlichste Zumutung an den andern hält. Es geht nicht um ein Endlosband der Höhepunkte, sondern um das Existenzsystem.

»Stirb früher«: Was für eine, auf den ersten Blick, tabuverletzende Bitte. Ungeheuerliche Liebesumsicht, denke ich aber sofort, denn hier will jemand den geliebten Menschen schützen. Traditionell verkünden wir und erkennen auch gar nicht den Denkfehler: Ich will vor dir sterben! Kunze hat genauer nachgedacht, und deshalb ändert er die pathetische Reihenfolge gänzlich unpathetisch. Denn »laß mich früher sterben«, die herkömmliche Bitte, offenbart den Wunsch, sich vor Seelenqual und, alltäglich betrachtet, Unbequemlichkeit zu drücken.
Kunze hebt den Weg nach Haus aus dem Leidsyndrom, das anschaulicher nicht wiederzugeben wäre. Ich betrachte das ältere Paar. Ihr Zusammenleben ist Glücksfall und Strapaze zugleich. Sie müssen leider Angst umeinander haben. Iß genug! Zieh dich warm an! Hast du auch deine Medikamente nicht vergessen? Paß an der Kreuzung auf! Und geh nicht zu spät ins Bett! Klingt nicht alles ständig nach: Lebe länger? Und es ist auch so gemeint, heißt aber nicht: Überlebe mich. Gleichwohl ist »stirb früher« eine völlig neue Epiphanie. Konzentriertes, vorausempfindendes Mitleid.
Wer tot ist, macht Erfahrungen, die wir nicht kennen; ich will unterstellen: Er ist erlöst. (Diese Hoffnung läßt mir das Gedicht.) Wer weiterlebt, ist das ganz und gar nicht. Hinterbliebene erklären, die erste Zeit nach dem Tod des Partners sei weniger schlimm gewesen als die Ruhe nach den Scherereien mit Formalitäten. Ich kann mir das sowenig vorstellen wie Kunze, der mich hier lehrt, am Beispiel Tod alles Gewohnte umgekehrt zu denken. Tat mir denn nicht, bevor ich diesen wahrhaft frommen Wunsch kannte, doch am meisten der Tote leid? Diesen Kaffee jetzt kann er nicht mehr trinken. Er kann nicht mehr mit

nach X fahren, er verpaßt diese Nachricht, etwas, worauf er sich gefreut hat, entgeht ihm, dieser Artikel hätte ihn interessiert. Lauter lebensanhängliche Gedanken aus lauter Todesangst. Nun setzt aber der mit der Liebesbitte voraus, der Tod sei weniger zu fürchten als das Leben. »Stirb früher«, empfiehlt Kunze so sanft, als gehe es um den harmlosesten aller Zusprüche. Schlaf vor mir ein, ich warte so lang, beruhigt der Mann seine Frau, die Angst hat vor seinem Schnarchen.

REINER KUNZE
DAS KLEINE AUTO

Seufzer gibt's die
absplittern von der seele

So
seufzte die mutter

Fremd wie die welt eines tiefseefischs
ist das bücherschreiben des sohnes

Auf einer radiowelle
kommt sein name geschwommen

Doch:
was bringt das ein

Andre söhne holen ihre eltern ab
im auto

WERNER ROSS
LYRIK GEHT ZU FUSS

Goethe hat gelehrt, daß das Gedicht der Gelegenheit entstammt, nicht noch so achtbaren Ideen. Darum läßt sich Dichten nicht als Beruf ausüben (ich bin versucht hinzuzusetzen: oder, noch schlimmer, als Berufung), so wenig wie Angeln, wo auch der Fisch erst anbeißen muß, also die Gelegenheit schafft.

Reiner Kunzes Gedicht macht dies ganz deutlich: Ohne die wirkliche Enttäuschung der Mutter über den ungeratenen, nämlich Lyrik schreibenden Sohn wäre das Gedicht nicht zustande gekommen. Die beiden anderen Gedichte der Trilogie »Das kleine Auto« ergänzen die Konstellation: »Sieben jahre warten / Sieben jahre den schatz mehren / Sieben jahre befürchten müssen, die eltern / könnten es nicht mehr erleben«, heißt das eine, und das andere, das an die karge Existenz der Mutter erinnert, schließt: »Was blieb übrig als einen sohn / zu gebären / und zu hoffen, daß er alle / bedingungen erfüllt.«

Eine andere Vorbedingung der alten Dichtungslehre ist, daß sich ein Affekt, Freude oder Schmerz, im Gedicht verkörpert und durch das Gedicht fortpflanzt, daß es rührt, bewegt, erschüttert. Das Thema dieses Gedichts ist nicht der Schmerz der Mutter, sondern das Leid des Sohnes über den Schmerz der Mutter. Oder doch: auch und gerade der Schmerz der Mutter. Mit einer Maxime über den Schmerz beginnt ja das Gedicht: Seufzer gibt es sehr verschiedener Art, manche fallen bloß so, belanglos, von den

Lippen. Der Seufzer der Mutter splittert von der Seele ab, von der Tiefzone der Lebensschmerzen. Dem »So« des folgenden Satzes wird ein ganzer Vers überlassen wie nachher dem »Doch«. Das Unverständnis der Mutter ist nicht kurz und verkümmert, ach, daß Genies solche Mütter haben, sondern umgekehrt: Sie erleidet die wahre Trauer, dem Nah- und Nurmenschlichen entfremdet ist der Sohn, der Tiefseefisch. Daß sein Name auf der Radiowelle geschwommen kommt, ist eine kleine Annäherung, eine Garantie, daß es ihn gibt, aber doch: was bringt das ein? Diese andere Welt der Leute, die es zu etwas bringen, denen ihr Beruf etwas bringt, stellt Gemeinsamkeit her: Das Auto, hierzulande gern verteufelt, ist ja doch auch ein Gemeinschaftsvehikel, ein buntbewimpelter Nachen, und auch – in der einfachen Welt der Eltern – das Signal für die Nachbarn: Der unsere hat's geschafft. Was immer auch heißt: wir haben es in ihm geschafft.

Der Schmerz des Sohnes ist vielleicht nicht der geringere, aber der gestaltete: in einem scheinbar dahingesprochenen, aber tatsächlich so exakt wie ein Sonett gebauten Gedicht. Er wirkt um so eindringlicher, als ihm zum Ausdruck nicht einmal ein Adjektiv, eine Interjektion gegönnt ist.

Reiner Kunze lebt und schreibt in der DDR. Er hat Schwierigkeiten, aber nicht die Absicht überzusiedeln. Sein letzter Gedichtband heißt »Zimmerlautstärke«. Im Titel drückt sich die Art seiner Begabung aus: nicht laut werden, auftrumpfen, sondern den kleinen Anlässen in einer stillen Sprache gehorchen, welche Eindringlichkeit aus der Sache und aus der Kürze gewinnt. Daß er nicht verwöhnt, nur geduldet wird, ist gewiß eine der Voraussetzungen seiner lyrischen Tonsicherheit. Ich fürchte, daß unter unseren bundesdeutschen Verhältnissen dieses Gedicht zum Beispiel gar nicht hätte entstehen können. Der erfolgreiche Autor Kunze hätte seine Eltern längst im Auto abgeholt.

REINER KUNZE
ERSTE LIEBE

Sprechen mit dem Fahrer
während der Fahrt verboten!
Der Stadtdirektor

Herr Fahrer, Herr Fahrer,
wohin fährt Ihr Bus?

Wohin meine Arme ihn lenken
und Gas ihm gibt mein Fuß.

Herr Fahrer, Herr Fahrer,
lenkt ihn hinaus aus der Stadt!

Ich will aus der Stadt ihn lenken,
weil sie viel Schatten hat.

Herr Fahrer, Herr Fahrer,
der Schatten ist es nicht.

Dann sind es die vielen Menschen
mit dem fremden Gesicht.

Herr Fahrer, Herr Fahrer,
die eine ist es nur.

Die eine, mein Junge, die Feine,
die mit dem andern fuhr?

Herr Fahrer, Herr Fahrer,
wohin bringt mich Ihr Bus?

Er fährt im Kreis das Herzeleid,
das man ertragen muß.

GERTRUD FUSSENEGGER
DER RÜCKSPIEGEL IST NICHT BLIND

Jede Zeit hat ihre Kinderverse: Im Dreißigjährigen Krieg sang man vom schlimmen Christian und vom Pommerland, das abgebrannt. Im bürgerlich gezähmten Neunzehnten von den »wilden Beinchen Hampelchen und Strampelchen«, die sich erfrechten, in Sumpf und Lacken zu patschen. Unser Jahrhundert hat's mit der Mobilität und »fährt mit dem Schnellzug nach Addis Abeba / und wäscht dort dem Negus die Füße mit Fewa«.
Manche dieser Gebilde sind unsterblich, wie die Auszählverse von Müllers Kuh oder der spannenlange Hansel, obwohl es weithin keinen Müller mehr gibt, der noch eine Kuh hält, und auch pflaumenschüttelnde Kinder eher zu Raritäten geworden sind.
Nun hat uns Reiner Kunze ein Buch mit »Gedichten für Kinder« beschert. Der poetische Titel »Wohin der Schlaf sich schlafen legt ...« könnte auf eine Wendung zurückgehen, die aus Kindermund stammt, denn sie macht mit echt kindlicher Logik den Umstand dingfest, daß Schlaf und Schläfer zu unterscheiden sind: Was tut der Schlaf (mit mir), wenn ich schlafen muß? Muß nicht auch er einmal – wie ich allabendlich – kapitulieren, zu Bett gehen, verschwinden?
Nun aber das Gedicht: »Erste Liebe«. »Herr Fahrer, Herr Fahrer / wohin fährt der Bus?« Als ich das las, dachte ich: Erlkönig. Freilich reitet da kein Vater durch Nacht und Wind; ein Omnibusschaffner dreht seine Touren, einer,

mit dem zu sprechen verboten ist. Nach der Vorschrift des Stadtdirektors hat er nichts zu sein als ein Teil der rollenden Apparatur, ein Stück Mechanik. Allerdings: So leicht ist es nicht, den Mann zur Sache zu reduzieren. Obwohl er stumm und wie angebunden hinter seinem Lenkrad sitzen muß, weiß er Bescheid. Sein Rückspiegel ist nicht blind. Er kennt seine Fahrgäste, wie sie kommen und gehen, die Alten, die Jungen. Er liest in den Mienen, er deutet sich Blicke; er ist ein Menschenkenner.

Da hat sich ein Junge von seinen Kameraden abgesondert und neben den Schaffnersitz gestellt. Hinten lärmen die anderen; er, der eine, schweigt, nicht nur, weil es diese Vorschrift gibt, sondern auch, weil, was er zu sagen hätte, nicht laut gesagt werden kann. Sein Schweigen ist beredt, es ist schwer von Kummer. In dem jungen ratlosen Gesicht steht die Sinnfrage: »Wohin fährt Ihr Bus?« Wohin sind wir unterwegs?

Der Schaffner antwortet, ebenfalls wortlos, aus seiner Sicht: Aus dem Schatten der Stadt ins Lichtere der Vorstadt, aus dem Gedränge der »vielen Menschen mit dem fremden Gesicht« dorthin, wo du aussteigen wirst, dort wird dir wohler sein. Aber dem Jungen setzt weder die düstere Stadt noch das Gedränge dort zu. Endlich erfolgt, vielleicht in einem wortlosen Seufzer, das Geständnis: »die eine ist es«, nur die eine. Auch darüber weiß der Schaffner schon Bescheid. Sein Rückspiegel hat es ihm verraten. »Die eine, mein Junge, die Feine, / die mit dem anderen fuhr?« So ist es: Erste Liebe. Erster herzdurchbohrender Schmerz. Aus ihm formt sich der bange anklägerische Ausruf: »wohin bringt mich Ihr Bus?«, wohin rollt und schwankt diese Welt, die ich nicht mehr verstehe? Ja, wohin? Der Schaffner, lebenserfahren und selbst vom Leben gegerbt, zuckt die Achsel. Auch er hat einmal solche Fragen gestellt, auch er hat einmal gedacht, das Unerträgliche nicht ertragen zu können. Jetzt fährt er »im Kreis das Herzeleid, / das man ertragen muß«. Eine kleine Ballade, ein Gedicht der nicht gesagten Worte. Es ist das vorletzte in dem Buch. Der Autor entläßt seine kindlichen Leser ins Erwachsenwerden.

REINER KUNZE
ERSTER BRIEF DER TAMARA A.

Geschrieben habe dir
Tamara A., vierzehn jahre alt, bald
mitglied des Komsomol

In ihrer stadt, schreibe sie, stehen
vier denkmäler: Lenin
                           Tschapajew
                           Kirow
                           Kuibyschew

Schade, daß sie nichts erzähle
von sich

Sie erzählt
von sich, tochter

HANS MAYER
VOLLSTÄNDIGER LEBENSLAUF

Dieses Gedicht ist ein Brief über einen Brief. Das erste Schreiben stammt von der Tamara A. Sie schrieb an die Tochter dessen, der hier im Poem zu einer »Tochter« spricht. Dann sprach die Adressatin über das Schreiben der Unbekannten mit dem Vater. Er antwortet mit einem Brief, der ein Gedicht ist.
Ein erster Brief der Tamara A. Ihm folgten offenbar später, nach dem Gespräch zwischen Vater und Tochter, noch weitere. Wie es zu dem Brief der Unbekannten aus der Sowjetunion an das deutsche Mädchen kommen konnte? Das ist unschwer zu rekonstruieren. Die vierzehnjährige Tamara ist Mitglied der sowjetischen Organisation junger Pioniere. Sie war offenbar bei allen Aufgaben »immer bereit«, wie das Losungswort lautet. Nun darf sie hoffen, in den kommunistischen Jugendverband, den Komsomol, aufgenommen zu werden. Die Losung des Jugendverbandes aber heißt »Freundschaft«: mit all denen natürlich, die eines Geistes sind, einer Gesinnung und einer Organisation. Ihnen hat man in die Ferne dann Freundschaftsbriefe zu schreiben. Von Pionier zu Pionier. Die Tochter im östlichen Deutschland ist wohl im Alter der Tamara A. Sie dürfte Mitglied sein im Verband der Ernst-Thälmann-Pioniere. Da tauscht man Briefe aus mit den anderen Organisierten irgendwo in Polen oder Bulgarien oder irgendwo an der Wolga.
Tamara A. nämlich wohnt irgendwo im Bereich der gro-

ßen Wolgaschleife. Daher das Denkmal für Kuibyschew, den 1935 gestorbenen Mitarbeiter Stalins. Nach ihm wurde die Stadt Samara an der Wolga benannt. Im Bezirk Kuibyschew gibt es auch eine Stadt Tschapajewsk, benannt nach dem bolschewistischen Helden des Bürgerkrieges. Die Denkmäler für Tschapajew und Kuibyschew, neben den obligaten für Lenin und Kirow, situieren den Wohnort der Tamara A. Zugleich auch ihren Lebenslauf.

Das mag dem vierzehnjährigen deutschen Mädchen noch nicht klargeworden sein. Sie beklagt sich beim Vater, daß das russische Kind nicht von sich erzähle. Der Vater jedoch kennt sich aus. Was hat Tamara A. von sich berichtet? Daß sie Pionier ist und wohl ein guter. Als solcher verschickt sie Freundschaftsbriefe. Sie wird sicher als Komsomolzin aufgenommen werden. Das bedeutet, wenn nichts dazwischenkommt, sichere Anwartschaft auf einen Platz in der Partei der Bolschewiki. Die vier Denkmäler für Lenin, Kirow (den Stalin, nach Chruschtschows Aussage, ermorden ließ), für Tschapajew und Kuibyschew erfüllen die Schreiberin ersichtlich mit Stolz. Da wird nichts angezweifelt. Kuibyschew wird neben Lenin genannt, denn er hat ein Denkmal wie jener.

Dieser »Erste Brief der Tamara A.« enthält einen vollständigen Lebenslauf: den vergangenen wie den zukünftigen. Alles ist vorgezeichnet und alles verläuft planvoll. Was sonst noch hätte sie berichten sollen, diese kleine Tamara A.

Dies ist ein Gedicht in der Sklavensprache. Ein genauer Leser der Lyrik von Brecht hat es geschrieben. Auch Reiner Kunze arbeitet mit dem dialektischen Kunstmittel einer Auslassung, die vom Leser verstanden und insgeheim ergänzt werden kann.

Die weiße Stelle des Nichtgesagten und doch Gesagten findet sich zwischen der dritten und der vierten Versgruppe. Wie kann der Vater die Behauptung wagen, jene Tamara A. habe »von sich erzählt«? Der geschulte Leser irgendwo in Thüringen oder Mecklenburg kann mühelos ergänzen. Auch er kennt sich aus: wie der Dichter. Auch er kann den Lebenslauf der Tamara A. beurteilen und voraussehen. Zustimmend oder traurig? Das kommt darauf an.

REINER KUNZE
FAHRSCHÜLER FÜR LASTKRAFTWAGEN

Ich spiele es das
dreipedalige klavier ihn den
dreitonnenflügel sie die
sechsregistrige orgel (jeder
ein solist an der kreuzung
    der's kann, noch
lächelt der dirigent)

Ich spiele, leicht
blaß (nicht
leichenblaß frau, noch
verreckt nur der motor)

Der doch der
sich nicht findet in simplem
    vierviertelakt kann
unter die räder geraten
mit seinen gedanken

Ein requiem üb ich für sie und
werde gelobt für
richtiges einordnen

HANS MAIER
VERSTUMMENDE MUSIK

Es tuckert, dröhnt und lärmt ganz schön in diesem Stück aus dem stillen Gedichtband »zimmerlautstärke«. Fast martialisch wirkt der Auftritt des Fahrschülers am Steuer seines Lastkraftwagens. Freilich, so munter und aufgekratzt, wie er daherredet, ist der Mann gar nicht; er macht sich nur Mut. In Wahrheit hat er Angst. Wie jeder Novize im Straßenverkehr zieht er den Kopf ein, blinzelt nach dem Fahrlehrer und denkt an seine Frau, leicht blaß, wie man bei dieser Gelegenheit erfährt. Und seine Kraftsprüche (»noch verreckt nur der motor«) können kaum verbergen, daß er alle Kraft zusammennehmen muß, um das Riesending mit den ungewohnten Abmessungen sicher vor der Keuzung zu postieren. Zum Glück gelingt es.
So weit diese ganz gewöhnliche Geschichte – aber weil der Mann am Steuer irgendwann Klavier oder Orgel spielen gelernt hat, redet er in der Fahrerkabine seines Lasters plötzlich nicht von Gaspedal, Kupplung und Gängen, sondern von einem dreipedaligen Klavier, einem Dreitonnenflügel, einer sechsregistrigen Orgel. Schier üppig entfalten sich die musikalischen Bilder, während die Fahrschülersituation nur mit sparsamen Markierungen angedeutet wird (»kreuzung«, »räder«, »motor«, »einordnen«).
Ein gebildeter Lastwagenfahrer? Bilddraperien um Pleuelstangen und Dieselmotoren? Nichts weniger als das. Denn von Anfang an verschränkt der Autor zwei Bild- und

Sprachwelten, eine technische und eine künstlerische, so konsequent miteinander, daß der Gedanke an bewußtes Verkleiden und Ästhetisieren gar nicht aufkommen kann. Der Fahrschüler verkleidet sich nicht als Klavierspieler – er spielt wirklich auf den Pedalen seiner verschiedenen Instrumente.

Freilich, ganz geht die Rechnung nicht auf; und daß sie nicht aufgeht, darin liegt die leise, nachdrückliche Pointe des Stückes. Es beginnt spielend, spielerisch, mit Lärm und Lustigkeit, ein richtiges Probierstück an drei Instrumenten; dann wird die Sache rasch ernster; die Peripetie liegt in der stockend vorgebrachten Zeile »der doch der sich nicht findet« mit dem hart warnenden, »unter die räder geraten«; und am Ende steht das richtige Einordnen – das Requiem für die Gedanken, in dem Lärm und Technikfröhlichkeit ebenso verstummen wie die spielerische Musik am Anfang.

Reiner Kunze hat im Gespräch oft darauf hingewiesen, daß Worte wie »lenken«, »umlenken«, »ablenken«, »einordnen« beim Publikum eines sozialistischen Landes – in einer rundum gelenkten Welt also – andere, sensiblere Resonanzen hervorrufen als im wortverzehrenden, berührungsstumpfen Westen. Daher beruht die große Wirkung des lyrischen Wortes in solchen Ländern gerade auf der unscheinbaren, fast tonlosen Präsenz im privaten und intimen Bereich (»zimmerlautstärke«).

So bleibt zwar der munter dahinrollende Dreitonnenflügel schneller als erwartet vor der Kreuzung stehen – wohleingeordnet, nachdem sich sein Fahrer der gefährlichen Fracht schweifender Gedanken entledigt hat. Aber der Leser darf sich vorstellen, daß es mit der Einordnung in technische und politische Rationalitäten doch nicht sein

Bewenden hat: neue Fahrschüler könnten kommen, die im Lastkraftwagen die Orgel entdecken, und neue Leser, die das Gedicht von vorn zu lesen beginnen. Beide könnten erfahren, daß ein Lastkraftwagen nicht immer ein Lastkraftwagen sein muß; und beide könnten in Reiner Kunzes Lyrik etwas entdecken, was zu entdecken bleibt: die Freiheit des Bildes in einer von Zwängen beherrschten Welt.

REINER KUNZE
HALLSTATT MIT SCHWARZEM STIFT

Halb hängend am gestein halb
ins Wasser gepfählt

Todüber todunter

Vom fels der abschlägt erzählt
das beinhaus

Im türstock steigt der see auf
und die seelen der ertrunkenen
wohnen über der schwelle

Der bach reißt mauer und mensch
und bleibt im recht, das
beugt

GERTRUD FUSSENEGGER
MIT GENAUEM STIFT

Wir haben hier einen Fall konkreter Ortsbeschreibung, der Ort ist genannt, Hallstatt, Mehrdeutigkeit ist ausgeschlossen. Der Dichter hat ihn genau vermessen, diesen eigenartigen Uferstreifen zwischen Berg und See, malerische Idylle für den, der ihn als Postkartenlandschaft genießt, unbequem-anspruchsvoll für den, der sich als Bewohner auf ihn einläßt. Der Raum ist eng, der Winter hart, der Sonnenbogen kurz, immer tost der Wasserfall von dem »fels der abschlägt«.

So lebt man da »todüber todunter«, denn von oben droht Absturz des brüchigen Gesteins, unten dunkelt der See, der fjordartig tiefe, kalte Salzkammergutsee mitten in einer von Erosion gestrählten Landschaft, die sich seit Jahrhunderttausenden in Lawinenstrichen, Muren und Felsstürzen in die eiszeitlich geschürfte Wasserrinne entleert, ohne sie doch ausfüllen zu können. Da klebt dann Hallstatt am Steilhang, die schmalen Gäßchen und getreppelten Wege mit den kleinen, manchmal puppenhaft kleinen Häusern; neben der Kirche das Beinhaus, in das die Toten jeweils schon nach wenigen Jahren aus dem viel zu engen und überfüllten Friedhof evakuiert werden müssen.

Und doch liegen nicht alle da in dem kleinen Geviert, »halb hängend am gestein«, denn viele der Hallstätter Toten sind unten im See geblieben, in diesem See, der die winzigen Fenster füllt, »im türstock aufsteigt«, ein tiefgelagerter Spiegel, der »die seelen der ertrunkenen« zu den

Wohnungen der Noch-Lebenden heraufhaucht. Alles atmet Drohung und Unerbittlichkeit, von reißender Schwerkraft dominiert, da kommt kein menschlicher Anspruch auf, da ist kein Recht auf Glück und jedes Recht gebeugt.
Ja, so ist Hallstatt, mit dem schwarzen Stift der Melancholie gezeichnet. (Es könnte sein, daß man es auch einmal anders sähe, laubgrün, silbergrau, wolkenblau.) Aber die Zeichnung könnte kaum genauer sein.
Die topographische Rasterung durchstößt Reiner Kunze freilich erst in einem anderen Gedicht: »Auf den schädel einer salinenarbeiterfrau«. Da heißt es: »Hallstatt, beinhaus/ Ausgeschwemmt/ der salzstock in ihr/ Wie oft wohl fehlte/ zum salz das Brot.« Diese Zeilen ergänzen das erste Gedicht, sie erweitern es in die historische und deshalb auch menschliche Dimension, erinnern an graue Vorzeit, Hallstatt-La Tène, erste Besiedlungsphase dieses Raumes, und an den uralten Salzbergbau droben hinter dem Rudolfsturm, der die Gegend berühmt gemacht und die hier Ansässigen beschäftigt hat, unter wieviel Mühsal und Not.
Hier findet der Dichter das großartige Bild, daß Salz den Körper des Menschen füllt, Salz, das heißt Bitternis. Da klingen Metaphern an wie »Salz der Tränen« und »zur Salzsäule erstarrt«, die Salinenarbeiterfrau wird damit zum Sinnbild der Leiden. »Wie oft wohl fehlte/ zum salz das brot« bei gebeugtem »recht« in dieser Landschaft »todüber todunter«: ein Stück Menschheitsgeschichte, abgelesen von einem Totenschädel.

REINER KUNZE
LITERATURARCHIV IN M.

Unterkellert bis zum Styx

An die wand gelehnt
ein ruder: Charon
liest

Ob er, ehe er den toten übersetzt,
einsicht nähme in das manuskript ...

Nicht noch die nicht gedruckten irrtümer, sagt er

Die lieder liest er
des Orpheus

Er trage sie bei sich seit damals

Wie die liebe, so das lied, sagt er. Das aber sei's
weshalb den tod
keines mehr wendet

Eurydike würde nicht folgen, sagt er

Sagt's
beim ruder an der wand

Und warum lese er des Orpheus lieder hier?

Ein ort der schatten sei's
mit dem licht der oberwelt.

GERTRUD FUSSENEGGER
SCHATTENWELT MIT OBERLICHT

»Literaturarchiv in M.« kann selbstverständlich nichts anderes heißen als Literaturarchiv in Marbach, Marbach am Neckar, eine eindeutige Adresse, und das Gedicht setzt auch gleich mit handfest topografischem Tatbestand ein: »Unterkellert ...« Richtig! Unterkellert ist das Archivgebäude, mehrere Stockwerke tief, so vermied man einen störenden Hochbau und konnte die Hanglage nutzen. So geht es abwärts von Magazin zu Magazin, alle vollgestopft mit archiviertem Material, Büchern, Briefen, Manuskripten, vielleicht auch Mikrofilmen: eine unabsehbare Masse literarischer Hervorbringungen, die alle irgendwann einmal von irgend jemandem durchleuchtet, bearbeitet und dem Schicksal des Vergessenwerdens entrissen werden sollen. Den Dichter, der in diese Unterwelt hinabsteigt, weht ein Schaudern an; er glaubt zu fühlen, daß diese Masse nicht mehr auflichtbar, dem Heute und Morgen nicht mehr aktualisierbar ist. Er fühlt sich selbst schon beinah als Toter, für ihn fließt hier der »Styx«.
Mit diesem Bild stößt der Text in einer jähen Wendung ins Mythische vor, und in diesem Bild ist auch schon fast das ganze Gedicht enthalten. Denn zum Fluß, der nach dem Glauben der Alten das Reich der Lebenden vom Hades schied, gehört Charon, der Fährmann, der die Abgeschiedenen überzusetzen und ihnen Lethe, den Trunk des Vergessens zu reichen hatte. Für gewöhnlich stellen wir uns Charon in Tätigkeit vor, seinen Nachen führend, sein Ru-

der schwingend. Hier aber ist Charon müßig. Er hat sein Ruder an die Wand gelehnt, steht dabei – und liest. Ein schönes Bild, in dem sich die Stille geistiger Versenkung darstellt. Was aber mag dieser Charon lesen?

Er liest immer dasselbe. »Die lieder liest er / des Orpheus«; das Manuskript, das ihm der tote Dichter schüchtern hinhält, weist er mürrisch zurück. In unlängst Geschriebenem vermutet er nichts als schwächliche Irrtümer. Charon verachtet die Gegenwart, ihre Weise zu lieben, ihre Weise zu singen. Hier ist Reiner Kunzes Gedicht eine (fast schon zu geläufig, wenn auch sublim formulierte) Klage über die fehlende Lebensmacht unserer Zeit.

Dann aber, in den letzten drei Zeilen, öffnet sich eine neue Dimension. Auf die Frage, warum Charon gerade hier des Orpheus Lieder lese, antwortet der Unterirdische mit unnachahmlicher Kürze und Tiefgründigkeit: »Ein ort der schatten« ist's »mit dem licht der oberwelt«. So kennzeichnet Kunze Ort und Art geistiger Begegnung, geistiger Arbeit, ja, von Dichtung überhaupt. Dichtung ist für Kunze der Bereich, der dem grellen Tagesschein entrückt ist und damit dessen Unruhe, dessen Betriebsamkeit, doch wohl auch dessen Vergänglichkeit.

Immerhin bedarf auch diese Zone des »lichts der oberwelt«. Hier ist das Ahnungsvermögen des Lesers aufgerufen; ihm bleibt es überlassen, sich diese »oberwelt« zu deuten und damit zu entgrenzen, möglicherweise bis ins Numinose.

REINER KUNZE
TAGEBUCHBLATT 74

(für Karl Corino)

1
Das waldsein könnte stattfinden
mit mir

(Nicht mehr bedroht sein
von allen äxten

Eine wasserader
unter den wurzeln)

2
Ich aber will nicht einstimmen
müssen

(Lieber immer neue äste treiben
zu wehren der axt

Lieber die wünschelruten der wurzeln
wieder und wieder verzweigen)

VOLKER HAGE
GEGEN VERLOCKUNGEN

Ein einfaches Gedicht. Die zwei Anfangszeilen, die beim ersten Lesen Verwirrung stiften könnten, erschließen sich nach Kenntnis der übrigen. Ein Gedicht für jene, denen es nicht leichtfällt, sich gegen Widerstände durchzusetzen, die aber zur Anpassung nicht (nicht mehr oder noch nicht) bereit sind. Kämpfernaturen hingegen, denen Verweigerung und Protest nicht Mühe, sondern Spaß bereiten, dürften diese Verse nur ein Lächeln kosten.
Es ist ein Gedicht, das Mut macht. Gemeint ist nicht Gratismut, nicht das laute Wort, das auf der Welle der Übereinkunft schwimmt. Gemeint ist Mut zum Risiko: der Wille, vor Hindernissen nicht zu kapitulieren, die Bedrohung der eigenen Person einzukalkulieren, unter Umständen sogar den Verlust scheinbarer Freunde, der Heimat oder der ökonomischen Existenz auf sich zu nehmen. Die Axt, die im Gedicht den Baum bedroht: sie steht für jene Werkzeuge, mit denen Menschen, die sich querlegen, entwurzelt, und das heißt vernichtet werden können.
Vom Kampf spricht das Gedicht in seinem zweiten Teil. Die Absicht, neue Aste zu treiben, ist der Wunsch, zum Widerstand fähig zu werden und für diesen Widerstand immer wieder einen Ausdruck zu finden – mag dieser Ausdruckswille auch hilflos sein. Hilflos, wie es möglicherweise der Versuch der Wurzeln ist, sich »wieder und wieder« zu verzweigen, das heißt: Fuß zu fassen durch Weitertreiben. Wünsche und Hoffnungen sind angesprochen.

Sie, »die wünschelruten«, stecken tief (in der Erde, im Menschen), sie lassen sich nicht kappen.

Doch dies ist kein heroisches Gedicht. Auch wenn es heißt: »Ich aber will nicht einstimmen / müssen«. Der zweite Teil des Gedichts ist ja eine Antwort auf den ersten. Und dieser erste Teil zieht das Gedicht völlig aus der Gefahrenzone von Durchhalteparolen. Kunzes Verse gestehen dort nämlich ein, wie gefährdet der Schwache, der Freundliche, der Verbindliche ist. Erst dieses Eingeständnis macht das Gedicht wahr.

Seine erste Hälfte beschwört die Versuchung zur Anpassung, zur Konformität, zum Opportunismus. Sie verweist auf die Verlockungen des Mitmachens, des Mitschwimmens, des Einverstandenseins. Aus ihr spricht der Wunsch, nicht länger bedroht zu sein »von allen äxten«, von Angriffen, von Widerspruch und Schuldspruch, von Einsamkeit und Entwurzelung. »Eine wasserader / unter den wurzeln« – so einfach drückt sich hier die Sehnsucht nach Sicherheit der Existenz aus, nach Versorgung und Entfaltung.

Und jetzt erst wird der Anfang klar: die wichtigste Zeile. Das Ich des Gedichts benennt darin sein Anfälligkeit. In diesem Eingeständnis der eigenen Schwäche und Verführbarkeit liegt die Stärke des Gedichts. So verstanden, bedeutet »waldsein« das Unterkriechen im Mehrheitswillen oder – schlimmer noch – in dem der tonangebenden, der normbildenden, der herrschenden Gruppe. »Das waldsein könnte stattfinden / mit mir« – es könnte! Das Gedicht aber hat eine andere Reihenfolge. Der zweite Teil stößt den ersten um.

Reiner Kunze hat durch seine Biographie bewiesen, daß dies keine leeren Worte für ihn sind. Er kam aus der DDR erst in die Bundesrepublik, nachdem er jahrelang Angriffe und Anfeindungen ertragen hatte. Doch macht es sich mit diesem Gedicht leicht, wer darin allein Zustände in der DDR beschrieben wähnt. Anpassung und Leisetreterei werden nicht nur dort gefordert und gefördert. Um ein Beispiel gefragt, läßt sich eine scheinbare Bagatelle nennen. Sie trug sich in Hamburg zu. Dort wurde einem Fahrer der U-Bahn nahegelegt, während des Dienstes seine Ansteckplakette »Atomkraft? Nein danke!« abzunehmen. Er weigerte sich, obgleich er mit seiner Entlassung rechnen mußte, die dann auch ausgesprochen wurde (inzwischen von einem Arbeitsgericht zurückgewiesen). Die Aufforderung zum Nachgeben, die Verlockung zum »Waldsein« lauern in jedem Alltag.

RAINER KIRSCH
DIE DIALEKTIK

Juni 1987

Zupackend tändeln, tändelnd fassen: Lassen
Durch Tun, und kein Tun lassen – ist,
Klagreich Zuhandene, da du mich küßt,
Unwirklich denn, was wir zart fingernd passen
In schmalste Spalte zwischen Augenblicken,
So daß sich der Sekunden Strecke beult
Und sich, mäandernd, ernst zu Schlingen knäult,
In die wir uns umfangen heiter schicken?
»Des Bleibens ist kein Ort.« »Wir sind der aber.«
»Er geht mit uns.« »So tauch den Blick derweil.«
»Das Licht schmilzt hin.« »Sein wir die Kandelaber.«
»Tod spaltet die.« »Ja, stumpfen wir sein Beil.«
»So sehr, sagst du, gefalln dir meine Brüste?«
»Ich sagte es, wenn ich zu reden wüßte.«

HARALD HARTUNG
ER WEISS ZU REDEN

Ist dies nun ein Liebesgedicht an die Dialektik oder ein dialektisches Liebesgedicht? In jedem Fall scheint der Sprechende ein merkwürdig umständlicher, skrupulöser Liebhaber zu sein – dazu noch besitzstolz und unhöflich. Denn welcher Kavalier nennt die Geliebte eine »klagreich Zuhandene«, das soll wohl heißen: eine Frau, die immer verfügbar ist und sich ständig beklagt?
Vielleicht ist es aber nur gebremste Liebesenergie, die sich so aggressiv wie unentschieden gibt. Da formuliert der Liebende die schönsten Maximen, was zu tun und zu lassen sei. Doch anstatt nun auszuführen, was er sich vorgesetzt hat, und zupackend zu tändeln oder tändelnd zuzugreifen, scheint er von des Gedankens Blässe angekränkelt und verstrickt sich in einen merkwürdig mäandernden Satz, der nur zu gut zu seinem Schwanken paßt. Doch Vorsicht: Die Ungeschicklichkeit hat Methode. Sie zieht listig die Schlinge zu einer rhetorischen Frage, die auf die bare Zustimmung aus ist.
Wer so fragt, hat Zweifel oder will sie beschwichtigen. Aber woran zweifelt er? Doch nicht an der Geliebten. Sie ist »zuhanden« und küßt ihn, was will er mehr? Er möchte, daß sie ihn von der Angst befreit, all die schönen, der Zeit abgelisteten Liebesaugenblicke könnten unwirklich und hinfällig sein. Sie soll ihm sagen, daß der Versuch nicht vergebens war, der Zeit eine andere, eine mäandernde, verschlungene Gestalt zu geben, die das Vergehen

hinauszögert. Wie bescheiden man geworden ist. Denn alle Lust will nun nicht mehr »Ewigkeit«, sondern bloß jene Nische in der ernsten Zeit, in die man sich heiter schickt. Doch die Zeit läßt nicht mit sich handeln. Über dem Satz unseres Freundes ist sie weitergegangen. Auch die Gedichtzeit: Acht von den vierzehn Zeilen des Sonetts sind verbraucht. Ist die Überredung geglückt?

Die Frau bescheidet ihn abschlägig, aber so sibyllinisch, daß das Gespräch weitergehen, ja eigentlich erst beginnen kann. Endlich, im Dialog, ist er der Lage gewachsen. Er nimmt die Frau beim Wort und bleibt keinem ihrer illusionslos scheinenden Sätze die Antwort schuldig. Dreimal verweist sie auf Vergänglichkeit und Tod. Dreimal setzt er die Liebe der Liebenden dagegen. Und die Frau, aufs schönste und willkommenste in die Enge getrieben, gibt selbst das sinnlichste Argument: »So sehr, sagst du, gefalln dir meine Brüste?«

Jetzt, im letztmöglichen Moment, in der Schlußzeile des Sonetts, darf er zustimmen. Aber das einfache aufatmende Ja genügt nicht. Zu sehr hat er sich im Reden und Spekulieren verfangen. Nur noch die Kapitulation kann helfen, das Eingeständnis: »Ich sagte es, wenn ich zu reden wüßte.« Und merkwürdig. Nun, da er sein Unvermögen gesteht, hat er Sprache – die Sprache der Liebe. Versagen schlägt um in Gelingen.

Also ist Dialektik im Spiel, das zum guten Ende führte. Auch so etwas wie freundliche Nötigung. Sei es durch die Bescheide der Frau. Sei es durch die ablaufende Uhr des Sonetts. Zu lang hat unser Freund philosophisch getändelt. Schließlich hat er's doch gepackt. Wo er nicht reden konnte, tat es der Dichter für ihn – und für die Liebenden überhaupt.

Rainer Kirsch, aus Sachsen, hat Petrarca, wie er selbst sagt, »nördlich versetzt«. Das meint auch: aus dem Idealistischen ins Materialistische. Liebe gilt ihm als »oberste Bewegungsweise der Materie«. Das schließt – wie man sieht – Poesie nicht aus. Der Dichter verneigt sich, außer vor Petrarca, auch vor Rilke und Brecht. Den Reim »aber/Kandelaber« versteht er als Reverenz vor Rilkes berühmtem Sonett über den »Archaischen Torso Apollos«. Und der Dialog der Liebenden erinnert an Brechts wunderbare Verse von den Kranichen und der Liebe, die den Liebenden ein Halt scheint.

RAINER KIRSCH
SONETT

Und als die siebente Stunde Frühe schlug
Erwachten wir sehr blaß in ihrem Bette.
Ich fragte, ob ich sie genügend hätte.
Sie sagte: nein. Und wie ich sah, mit Fug –

Genug, sprach sie, ists nie. Selbst sieben Male
(Ich will nicht lügen, fünf, doch gut für sie)
Sind nichts, wenn sie vorbei sind, d.h. fast nie
Mehr als Erinnerung, und was soll die: male

Den Mund mir mit den Lippen rot, und laß
Die Sonn (sie sagte: Tags Stern) mir am Bauch
Allein nicht, sie könnt friern, ich denke, Rauch
Geraucht,wird kalt,wir sind nicht Rauch: nur daß

Du mich jetzt faßt, beweists, komm laß uns wippen.
Da fing mirs an. Sie hat geschickte Lippen.

PETER MAIWALD
IN GUTER GESELLSCHAFT

Als ich von meinem Vorhaben, der Frankfurter Anthologie von Rainer Kirschs Sonett Bescheid zu geben, den Dichter Martin Opitz unterrichtete, befand der, dies sei ja schon wieder ein »klincgeticht«, erbot sich aber dennoch, mich in den Salon am Main zu begleiten »wiewol es mir nicht gefallen wil«.

Derart ermutigt, wenn auch zweischneidig, begab ich mich zum angegebenen Ort und erwartete nichts mehr als das lasche Abwinken der Jüngeren, von denen ich wußte, daß sie mit Sonetten soviel am Hut haben wie die modernen Mafiosi mit der Hühnerfeder des Räuberhauptmanns. Allein die Älteren hatten sich in respektabler Menge zur Begutachtung eingefunden. Ich verteilte rasch den Text und sparte nicht mit Hinweisen auf die Herausforderung des alten Themas (Vergänglichkeit! Vergänglichkeit!), lobte die spielerische Ausführung und die egomane Behandlung und erinnerte, daß wir mit erotischen Bildern derzeit nicht eben reich bedacht seien. Man bat um Ruhe. Man wollte sich, völlig unzeitgemäß, vom Gedicht belehren lassen und nicht umgekehrt. Nur Schiller und Hölderlin verzogen sich in eine Ecke. Sie hatten nie etwas mit Sonetten zu tun gehabt und wollten es auch dabei bleiben lassen.

Schließlich brach es aus Johann Heinrich Voß heraus. »Grillenhafte Reimkünstelei« schrie er, »galante Schellentracht, altfränkischer Klingelschuh«, und wir konnten schon froh sein, daß er nicht noch mehr Schaum vor den Mund brachte. »Na und«, schrie der dicke Franz Werfel zurück, »im Deutschen müssen sich die Sachen reimen«, erntete aber nur schallendes Gelächter von allen, die sich reimlos ausgewiesen hatten. Und inmitten des Lärms skandierte Alfred Lichtenstein, als sei die Kenntnis der Klassiker Kirschs einziges Vergehen, unentwegt fünfhebige Jamben auf die Tischplatte: »Wer trillert nun die imitierte Flöte: Verlogner Shakespeare und erborgter Goethe.« Der wiederum, offensichtlich geniert, murmelte etwas wie: die Sache sei »aus ganzem Holze«. Im übrigen verrate das Vorliegende ein großes Herz, zu dem auch die Liebe zur strengen Form gehöre, beides geeignet, selbst ein Sonett – »Das Allerstarrste«! rief Voß, Goethe imitierend, dazwischen – mit Feuer aufzuschmelzen. Wenn dies auch nicht mit der von ihm gewohnten Kraft, sondern mit der Sparflamme der Lakonik geschehe, so sei dies einzig dem Energiegeiz, der zur Zeit des Autors herrsche, zuzuschreiben.

Nun hielt es auch August Wilhelm Schlegel nicht länger – das Präsidium des Sonettenkränzchens war ihm vorbehalten, wenn auch nicht unumstritten, aber von den Jüngeren wollte keiner, selbst Törne, Endler und Mickel nicht; Brecht hatte vormals schon mürrisch abgewinkt – und Schlegel erhob sich von seinem Sitz und begann seine gezählten Erbsen abwechselnd in die eine oder die andere Waagschale zu werfen. Zwar habe der Autor unziemlich gegen ziemlich alle Regeln verstoßen, die er, Schlegel, für die Herstellung von Sonetten aufgestellt habe – so in der Sorglosigkeit des Reims, so beim geradezu lausbübischen Hang zu Enjambements (an dieser Stelle begann Rilke vornehm zu lachen), und es sei »ganz bestimmt fehlerhaft,

Partikeln, die gar nicht für sich allein bestehen können, zu Reimwörtern zu wählen« –, aber es sei doch unverkennbar, daß durch die Kunstfertigkeit des Autors sein Thema (Lob der Gegenwart oder: Was man hat, hat man!) »aus den Regionen der schwebenden Empfindung in das Gebiet des entschiedenen Gedankens gezogen wird«.
Daraufhin ließen es die Dichter gut sein und gingen zusammen auseinander. Mir und Opitz blieb das Weinhaus, wobei mir Opitz nach dem fünften Glas versprach, sich das Sonett noch einmal anzusehen. Aber man weiß ja nie, was man von Dichterworten halten kann.

RAINER KIRSCH
STERBELAGER PREUSSISCH

Merkbare Sätze, hör ich, sind vonnöten.
So daß, wenn du schon ahnst, daß du bald kippst,
Du immerhin vor Schluß die Zeichen übst,
Die andern ohne dich an Auskunft böten,
Was die, träg lallend, eignen Blicks nicht finden:
Der Stumpfsinn ihre Brunst. So aber bleibt
Was Stachelndes, das sie zum Blinzeln treibt:
Die Mücken, doch noch, tanzen um die Linden,
Mittage wehn, Handwerker kaufen Schnaps,
Systeme blühn und reifen zum Kollaps,
In ferner Landschaft schießt man sich um Reis,
Der Tod hebt an im Mund, sein Farb ist weiß;
Und schneller drehn sich in der Welt die Dinge,
Um die es, ginge es um noch was, ginge.

KARL MICKEL
DER ZITIERBARE KERN

Das Sonett dankt seine Existenz zwei Anregungen, und es enthält vier Gedichte, die einander durchdringen. Hier die Anregungen:
Erstens: Der Titel deutet auf Christian Ewald von Kleist. Kleist hatte einem Kameraden aus seinem Kreis dringlichst geraten, Sex statt Waffenruhm zu erstreben, aber der Rat war adressiert an den Toten; die außerordentliche Elegie »An Hrn. Rittmeister Adler« ist Nekrolog. Wie Adler 1746 bei Landshut endete Kleist 1759 bei Kunersdorf. Mit dreizehn *starken Kontusionen* führte er sein Bataillon zum Angriff, die vierzehnte Wunde warf ihn vom Pferd. Während des Verblutens philosophierte er stoisch. Das »Sterbelager preußisch« ist der Ort zwischen Wissen und Tun; wir können ihn auch Stalingrad nennen.
Zweitens: Vor wenigen Jahren wurde Kirsch gebeten, er möchte Petrarca-Kanzonen übertragen. Seither steht ihm petrarkistisches Denken zu Gebote. Wilhelm Heinse hat schlüssig bestimmt, was Petrarkismus sei: Wollust und Metaphysik, zu reinster Form amalgamiert. Oder, poetologisch gesagt: der unmittelbar sinnlichen Großstruktur werde mindestens eine autonome symbolische Evolution eingefabelt. Das Verfahren säkularisiert die hochscholastische Bibelexegese: die Interpretation der Mehrfachbedeutungen gleicher Wortlaute.
Das erste Gedicht im Sonett fragt, ob ein Testament oder letztes Wort sinnvoll und möglich sei. *Merkbare Sätze,*

hör ich, sind vonnöten. Was spräche für sie? *Die andern ohne dich an Auskunft böten, / Was die, träg lallend, eignen Blicks nicht finden:* Weitergabe des Wissens also.
So aber bleibt / Was Stachelndes, das sie zum Blinzeln treibt: Blinzeln ist visuell, was Lallen akustisch ist. Danach setzt Gedankenflucht ein; Allerweltsfloskeln bilden ihr fragmentarisches Mosaik. *Mücken/Schnaps/Reis.* Derart faseln die Lebenden auch, der Sterbende lallt und blinzelt wie sie.
Das zweite Gedicht im Sonett stellt das Sterben von innen vor. *So daß, wenn du schon ahnst, daß du bald kippst, / Du immerhin vor Schluß die Zeichen übst:* das Bewußtsein ist helle; der Moriturus ist privilegiert zu Segen oder Fluch; aber der Geist verliert die Schärfe, ehe er die Formel gepackt hat. Rudimentäre Bilder spuken. *Mücken/Linden/Mittage/Handwerker/Schnaps.* Die Sinne wirren: *Der Tod hebt an im Mund, sein Farb ist weiß.* Schmecken und Sehen fallen in eins. *Und schneller drehn sich in der Welt die Dinge:* das schwindende Subjekt registriert den letzten Eindruck.
Das dritte Gedicht im Sonett erörtert eschatologisch, inwiefern etwa der geargwöhnte Tod der Gattung im individuellen Sterben trösten könne? Tatsächlich haben ja hundertfünfzig Jahre Industrie die Biosphäre an den Rand des Kollapses gepowert. *Und schneller drehn sich in der Welt die Dinge, / Um die es, ginge es um noch was, ginge.* Der Ort zwischen Wissen und Tun ist allgemein geworden: Gemeinplatz. *Die Mücken, doch noch. /.../ In ferner Landschaft.* Meine Sinne trüben mich nicht, der Strudel existiert objektiv, die Welt schlingt sich. *Systeme* (Plural!) *blühn und reifen zum Kollaps.* Sie mästen die Todeslust.
Das vierte Gedicht im Sonett prüft sich selbst. *Merkbare*

Sätze, hör ich, sind vonnöten. /.../ Um die es, ginge es um noch was, ginge. Die Interjektion *hör ich* scheint Brecht geschuldet, jedoch Kirsch hört Kirsch. Andernorts hatte er dargetan, das gute Gedicht berge einen zitierbaren Kern; dieser sei Qualitätskriterium. Der atemraubende Zug von Vers 1 zu Vers 14 erfüllt es formell, indem er es verbal verneint. Klare Form widersteht dem Nichts, zugleich spricht sie den Bann über nichtswürdiges Dichten. Wir können nun die Verse 2 bis 13 lesen als einen polemisch-parodistischen Themenkatalog modischer Poesie.

WULF KIRSTEN
DIE ACKERWALZE

meiner eltern gedenkend

mein vater, perfekter steinmetz
und nebenher landmann, mit sinn
fürs praktische, sah in einer gestürzten grabsäule,
aus dem block gehauen
und poliert für die ewigkeit,
eine ackerwalze über das feld rollen,
erdklumpen zerdrücken, das saatbett bereiten.
wenn sich zwei vorspannen,
in die kopfseile stemmen,
ersetzt der sparsame starrsinn
das zugvieh im joch.
jahre um jahre zogen die walze
steinzeitlich
am eisengestänge über eignen grund
und reformierten boden
bergunter, bergauf,
vater und mutter, ohne zu murren und aufzustecken,
immer mit letzter kraft in den sielen.
längs der starren deichsel
zum gespann treulich vereint,
walzten sie mit jeder umdrehung
des rollierenden grabsteins
in altmodischer schnörkelschrift,
zur spirale gedreht, in den lehm:
geliebt, beweint und unvergessen.

HEINZ CZECHOWSKI
GEDÄCHTNISPROTOKOLL

Welche Maßstäbe soll man an ein Gedicht legen? Der über den Autor Informierte erschließt sich seinen Zugang über dessen Biografie. Wulf Kirstens Gedicht ist ebenso leicht zu lesen, wie sein historischer Hintergrund nicht ohne weiteres offenliegt. Kirsten, 1934 in Klipphausen bei Meißen geboren, entstammt einer »Häuslerdynastie«, die im Schatten einer Reußschen Gutsherrschaft an der Peripherie des Dorfes dahinlebte. Erst die 1947 in der damaligen Ostzone vollzogene Bodenreform unter der Losung »Junkerland in Bauernhand« brachte auch Kirstens Vater in den Besitz eigenen Landes.
Klipphausen, am Eingang zum Saubachtal gelegen, ist ein auf den ersten Blick romantisches Dorf. Die Nähe bedeutender geschichtsträchtiger Orte wie Meißen oder Batzdorf – unweit dieses Ortes befindet sich das »Totenhäuschen«, das Novalis bewohnte und in dem er am »Ofterdingen« schrieb – muß Wulf Kirsten schon als Kind beeindruckt haben. Hinzu kam später Kirstens Interesse an der »meißnischen Sprache«, einem Dialekt, der an der Wiege der deutschen Hochsprache stand (Meißnisch oder Missingsch war die Sprache, die uns von Luther zu Lessing führte). Kirstens Wortsuchertum ließ ihn mit der Epigonalität früher Gedichte brechen, die noch an Volker Braun und Johannes Bobrowski erinnerten. So kam er zu einer Lyrik, die sich freilich nicht immer der Überlast vergessener oder entlegener Wörter entziehen konnte. Nicht

so in dem Gedicht »die ackerwalze«, das auf einem Schwerpunkt ruht, der mit dem Stichwort des »reformierten boden(s)« im Gedicht selbst bezeichnet wird.

Der Text offenbart die Zwiegestalt gesellschaftlicher Entwicklung, in der es trotz aller Verheißungen auch weiterhin ein »Oben« und »Unten« gegeben hat. Aber dieses Gedicht macht nicht nur aufmerksam auf eine historische Zäsur, sondern auch auf die Überlebensfähigkeit von bedeutender Lyrik über alle historischen Veränderungen hinweg. Was sich nämlich heute auf den Leser überträgt und das Gedicht »verständlich« macht, ist mehr als seine historische Beziehung auf ein Schlüssel- und Grundwort schlechthin.

Kirsten hat die historischen Erinnerungen nicht aus seinem Bewußtsein gestrichen. Im Gedicht »die ackerwalze« besinnt er sich auf Erfahrungen, deren Einmaligkeit nach einer Gestaltung verlangt, die nur abseits der plakativen und damit von einer neuen Sprache unberührten »Abrechnungsliteratur« zu finden sein wird. Kirsten »überführt« – und das macht auch die Qualität seiner Lyrik aus – die konkreten historischen Ereignisse in eine existentielle Dimension, die sich nicht lösen muß von der Konkretheit seiner Schreibweise. Der Chance der DDR-Lyrik, die Gebote der Kulturpolitik zu umgehen und das Affirmative zu meiden, wird Kirsten auch noch in diesem Gedicht gerecht (es entstand 1988), indem er es auf dessen eigentliche Domäne beschränkt. Es beschreibt nichts, das über den »eigentlichen Gegenstand« hinausweist, und beschränkt sich ganz auf eine den Menschen und Dingen verpflichtete Sachlichkeit, die nur andeutungsweise einen metaphysischen Aspekt enthält.

Auch dieses Gedicht ist, wie die meisten bedeutenden, ein

Text vom Leben und Sterben einfacher Menschen. Plage und Mühsal sind hier ganz im alttestamentarischen Sinn die Komponenten eines Lebens, das auch durch die Bodenreform keine Erlösung finden konnte.

Die Ackerwalze selbst, einst Bestandteil eines Grabmales, versinnbildlicht nicht nur die Verwendung eines anscheinend für alle Zeiten gemachten Gegenstandes für die profane Landarbeit, sondern auch eine im Angesicht der Ewigkeit »steinzeitliche« Tätigkeit: die Bestellung des Ackers. Der Abdruck der der Säule und dann der Ackerwalze eigenen Aufschrift »geliebt, beweint und unvergessen« im Boden des durch Kirstens Eltern bearbeiteten Akkers, auf dem sie sich wie »zugvieh im joch« bewegen, markiert einen stummen Fortschritt, der zwar ein geringes Eigentum schuf, jedoch damit noch nicht die angemessenen Produktionsmittel zur Verfügung stellte. Die Erfindungskraft von Kirstens Vater allein hat es möglich gemacht, die zugeteilte Ackerfläche zu bearbeiten.

Im Unterschied zu vielen anderen von Kirstens Gedichten, die durch äußerste Sprachanstrengung ihre Existenz sichern, ist es ihm hier anscheinend mühelos gelungen, ein Gedicht ganz auf dessen Sinnfälligkeit hin zu schreiben. Die in den Boden von »vater und mutter, ohne zu murren und aufzustecken« hineingewalzte Inschrift ist mehr als eine Metapher. »mit letzter kraft in den sielen« plagten sich Kirstens Eltern, »zum gespann getreulich vereint«, um eine Zukunft, die letztlich nur noch aus diesem Gedicht besteht.

WULF KIRSTEN
GOTTFRIED SILBERMANN

hof- und landorgelbauer im generalbaßzeitalter,
meißnischer daedalo.
geboren zu Kleinbobritzsch, erdnah und himmelweit,
zu füßen Frauensteins als wäldner.
kein bild, kein grab blieb nach.
ein menschenalter stur und still
am flußlauf der Bobritzsch, der Mulde
orgeln gepflanzt.
Sächsisch-Sibirien verakkordiert.
der rauhen köhlerlandschaft
blies er seinen atem ein.
sorgsam gesetzt
jeder registerknopf und jede pulpete.
zinnblätter ausgehämmert.
den baß gekröpft und akkurat gelötet.
mensuren berechnet, windfragen geklärt,
nicht gewohnt, zu sparen
das seinige und seinen fleiß.
mit haarzirkel, zinnschere und fausthobel,
mit schrägmaß, stimmdistel und windprobe hantiert
werk- und wundertätig an werken für die dauer.
nie stand die arbeit still.
sich keiner mühe überhoben,
die letzte silberne posaune angeblasen,
gestimmt und intoniert.
gestorben an bleigicht, erdnah und himmelweit.

ein meister aus Sachsen, still und stur.
vollkommner Silbermann,
kein bild, kein grab blieb nach.
eine orgellandschaft gestiftet.

GERHARD SCHULZ
SÄCHSISCHER HIMMELSFLUG

Nicht Poesie war es, was mich zuerst zu diesen Versen hinzog, sondern Erinnerung. Ich habe jahrelang in einer Stadt gelebt, der Gottfried Silbermann eine seiner reichsten, schönsten Orgeln gebaut hat, und die »rauhe köhlerlandschaft« am Fuße des Erzgebirges bis hinauf nach Frauenstein mit seiner alten Burgruine ist mir gut vertraut. Viel von der Musik des »generalbaßzeitalters« habe ich auf der Orgel des Freiberger Doms gehört, gespielt »zur Ehre Gottes und zulässiger Ergötzung des Gemüths«, wie Bach es selbst verlangt hat für die auf dem Generalbaß als dem »vollkommensten Fundament der Musik« errichteten Klänge. Gottfried Silbermann wurde zwei Jahre vor Bach geboren und starb drei Jahre nach ihm.

Zusammen mit seinem Bruder Andreas und seinem Neffen Johann Andreas gilt er als wichtigstes Mitglied der Familie: die erzgebirgischen Silbermanns verkörpern die hohe Schule des Orgelbaus im achtzehnten Jahrhundert. »Sächsisch-Sibirien verakkordiert«, das haben sie gewiß, aber auch weit über dieses Sachsen hinaus gewirkt. Zu ihren Haupt- und Meisterwerken in Freiberg und Dresden gesellen sich mächtige Orgeln im Straßburger Münster, in Basel oder der Abtei St. Blasien. Kraft und Gravität hat man ihren Arbeiten bescheinigt, zugleich die abgeklärte Reife und die Weichheit des Orgelklangs.

Für gefühlvolle Rückschau auf eigene Erinnerungen ist Kirstens Gedicht allerdings nicht das rechte Instrument.

Dazu gibt es sich von Anfang an zu spröde, ja rauh wie die Landschaft selbst, von der es spricht. Von allen Wörtern, die ein lyrischer Vers beherbergen kann, scheint »Kleinbobritzsch« das störrischste, untauglichste. Aber auch die Wörter aus der Technik des Orgelbaus stehen solcher scheinbaren Poesielosigkeit nicht nach. Pulpete, Mensuren, Haarzirkel, Zinnschere, Fausthobel, Schrägmaß, Stimmdistel, die Windprobe und die Windfragen, deren Klärung erst den guten Klang möglich machen – das alles ist Wissensstoff, nicht leicht zu eruieren und vorstellbar zu machen, wenn man sich nicht zufällig im Orgelbau auskennt.

Daß der Autor Bescheid weiß, zeigen die Verben, die von der Anwendung dieser Dinge sprechen, also das Hämmern, Kröpfen, Löten und Hantieren, das in der Werkstatt dieses Gedichts vor sich geht. Mögen aber diese Wörter im einzelnen schwierig sein – in ihrer Gesamtheit und Kompaktheit produzieren sie eine eigentümliche Musik. Abgegriffenem, abgenutztem Ausdruck, diesem Erbfeind aller guten Literatur, wird hier auf eine höchst sachliche Weise aus dem Wege gegangen, indem von nichts als konkreter Arbeit in einer genau erfaßten vergangenen Zeit und einem ebenso genau bestimmten geographischen Raum gesprochen wird.

Der eigentliche Reiz und letztlich wohl der Gedanke dieser Verse liegt in der Tat darin, daß aus dem Produkt der Arbeit, aus dem gehämmerten und geformten Metall Musik entsteht. »Erdnah und himmelweit« ist die bündige Formel am Anfang und Ende des Gedichts. Die eine Sphäre ist faßbar und beschreibbar, die andere aber liegt weit entfernt von solcher Konkretheit, jenseits von Raum und Zeit im Freien und Unendlichen. Es bezeichnet den ganzen fruchtbaren Widerspruch der geist-leiblichen Existenz des Menschen, daß er nur in diese andere Sphäre gelangen kann, wenn er nicht den Boden unter den Füßen verliert. Dädalus war in griechischer Sage der Baumeister und Erfinder, der seinem Sohne Ikarus die Flügel baute, mit denen dieser dann zu hoch hinaus wollte.

Von Enge und Weite, von menschlicher Doppelexistenz – »erdnah und himmelweit« – und von dem Medium Kunst zu Verständnis und Vollzug dieser Doppelheit spricht also dieses Gedicht. Am Ende steht neben dem Tod an »bleigicht«, der Gliederlähmung durch die stete Vergiftung mit dem Metall, die »letzte silberne posaune«, die, gut gestimmt und intoniert, zur Erhebung aufruft.

Kirsten hat seine Heimat, die »erde bei Meißen« – so heißt der Gedichtband, für den er 1987 den Peter-Huchel-Preis erhielt –, in Verse eingeführt, aber er ist gewiß kein Heimatkünstler. Das verbindet ihn mit dem Orgelbauer Gottfried Silbermann aus Kleinbobritzsch.

WULF KIRSTEN
GRABSCHRIFT FÜR MEINEN GROSSVATER

Gustav Moritz Leberecht Kirsten
(1873-1907)

ein handwerksbursche aus Sachsen
unterwegs nach Berlin
mit zwei talern im hosenbund.
gegenläufig der frost,
eben noch laubscherer,
der wird seiner habhaft,
legt sich ins mittel,
fährt mit der rauhbank
waldkundig unter den sternorten
im winterdunkel hin,
heftet dem schläfer die mürben sohlen
fest an den Walterschen forst
vor Teltow in der Mark,
maßregelt leib und leben
unterm bettelmantel,
nimmt noch zu Protokoll das stiefelmaß,
ruht jäh auf einer silbe,
erwartet so die sprachfindung
des amtsvorstehers von Groß-Beeren.

HEINZ PIONTEK
DER GROSSVATER EINES DICHTERS

Wulf Kirsten (geboren 1934 in Klipphausen, Kreis Meißen) gehört in der DDR zu den begabtesten Lyrikern der mittleren Generation, also zu Reiner Kunze, Sarah Kirsch, Volker Braun, hat aber später als diese angefangen zu veröffentlichen. Die Bundesrepublik muß ihn erst noch entdecken.

Die »grabschrift« Kirstens gilt seinem Großvater, der nur 34 Jahre alt wurde. Wenn wir das Gedicht für bare Münze nehmen – und das sollten wir, meine ich –, dann ist der Großvater des Autors ein Handwerksbursche aus Sachsen gewesen, der sich eines Tages »mit zwei talern im hosenbund« auf den Weg nach Berlin gemacht hat, dort aber nicht angekommen ist. Warum nicht? Nun, vermutlich ist er zu spät im Jahr aufgebrochen, in den dunklen Winter geraten und dann an seinem Gegenspieler, dem Frost, gescheitert.

Der Frost tritt buchstäblich ins Bild. Keineswegs als das leutselige »Väterchen Frost«, also als Weihnachtsmann, sondern als eine Gestalt von schneidender Kälte. Bei Kirsten hat diese Naturerscheinung etwas Magisches, kein Wort über Celsiusgrade, leibhaftig sieht man den »laubscherer« vor sich: nun Widerpart eines armen Schluckers, der, »auf der Walz«, nicht genug zu essen hat und mit den Zähnen klappert.

Der Frost als Täter. Er wird tätlich. Deswegen charakterisiert ihn der Schreiber des Gedichts mit Tätigkeitswörtern. Ungebräuchliche, ja, geraunte Wendungen kommen zustande: der Frost packt den Burschen, »wird seiner habhaft, / legt sich ins mittel, / fährt mit der Rauhbank / waldkundig unter den sternorten / im winterdunkel hin … / maßregelt leib und leben«. Gerade, daß das Gedicht nicht »ausgeschrieben« ist, einiges im Dunkeln bleibt, kommt ihm zugute.

Denn was hier vorgeht, läuft schließlich auf den Tod durch Entbehrung und Erschöpfung hinaus. Es ist von Halluzinationen begleitet. Mitten »im Walterschen forst / vor Teltow in der Mark« kann der Mann nicht weiter, bleibt er im Schnee stecken. Was nützt ihm sein »Bettelmantel«? Er schläft ein und erfriert. Eine Weile sieht man noch die Stapfen seiner Stiefel und das Bündel Kleider im Schnee. Der Frost kommentiert seinen Sieg einsilbig: »Tot!« Welche Wörter aber wird man von Amts wegen benutzen, um den Fall zu den Akten legen zu können?

Kirsten hat die düstere Geschichte in einem hellen Ton erzählt. Keine Larmoyanz. Keine große Klage. Der Enkel kann den Großvater nicht mehr gekannt haben, lang liegt die Sache zurück, fast schon ein Märchen. So schlägt Kirsten also diesen hellen Märchenton an, der zwar manches dunkel läßt, aber das Sterben des armen Mannes für nicht weniger beschreibenswert hält als das des reichen. Ganz zart ist die Ironie, eigentlich spüren wir sie erst am Schluß, wo deutlich wird, daß das Epitaph auf einen Handwerksburschen zugleich auch eines auf den Großvater eines Dichters ist. Denn Sprache hat das letzte Wort.

Gibt es angemessene Worte für das Sterben, den Tod? Mit Sicherheit ist es nicht die Amtssprache, die uns die

»Letzten Dinge« ins Bewußtsein rufen dann. Aber vielleicht ein Gedicht, das die Fragen offen läßt? Vielleicht dieses hier?

WULF KIRSTEN
WÜSTGEFALLENER JÜDISCHER FRIEDHOF IN MÄHREN

wer auch sollt noch verharren
vor den ausgedörrten steinen
zur lichtzeit in andacht
außer der erdrebe, der vogelwolke,
die ein windstoß aufhebt
und davonbläst wie spreu?

wo grab um grab überwuchs
das schnellebige jahrhundert,
findest du nicht tür mehr noch tor,
bruchstücke von steinmetzarbeiten
im gras, zerschmetterte vokabeln
unter thuja und wilder kirsche.

das los ist uns gefallen aufs lieblichste.
wohin rollte der in honig getauchte apfel?
wer spricht den lichtsegen nach?
alle nach euch wie vieh ausgetrieben
und wohin?
auf der triumphstraße der barbaren?

der säemann säet das wort
in die verwölkten abendweiten,
und seine wahrheit

so weit die wolken gehen.
komm, o komm, gestirnte messiaszeit!
der wind säet unkraut.

neben dem grabstein Rosa Knöpflmachers
stehn hochkant an eine zypresse gelehnt
zwei sarglange schiebböcke.
im speichenkranz, bis zu den holmen hinauf
rankt ein profanes grün.
die abgüsse ortsabständiger stimmen:
kürbisblütengelb.

der sabbat wird wie eine braut empfangen.

ECKART KLESSMANN
IN MEMORIAM ROSA KNÖPFLMACHER

Ein Friedhof ist eher ein Ort der Lebenden denn der Toten. Er ist ein *Memento mori,* eine Stätte des Gedenkens, der Trauer, der verlassenen oder verlorenen Liebe. Wer an einem Grab verweilt, erinnert sich der Toten, als sie noch lebten und mit uns umgingen. Wenn aber die Lebenden nicht mehr da sind, der Toten zu gedenken, dann haben wir die Toten wirklich aus dem Leben ausgestrichen.

Viele jüdische Friedhöfe sind »wüstgefallen«, das meint: der Verwüstung anheimgefallen zwischen 1933 und 1945, als nicht nur die Lebenden, sondern auch die Toten geschändet wurden. Nicht immer mußte man die Gevierte gewaltsam planieren; es genügte, die Hinterbliebenen in den Tod zu schicken. Und mit der physischen Vernichtung ging einher das Verlöschen von Brauchtum, von Tradition.

Denn »der in honig getauchte apfel«, jüdische Sitte an Neujahr, um dem neuen Jahr Süßigkeit zu verheißen – ja, wohin ist er gerollt? Und »wer spricht den lichtsegen nach«, wenn niemand übriggeblieben ist, den Sabbat fromm zu begehen? Wir sollten uns erinnern, daß die Pflege der Tradition, daß die Geborgenheit im Glauben und frommes Bewahren die Wurzeln gewesen sind, aus denen die Juden in den Jahrhunderten ihrer tagtäglichen Gefährdung die Kraft gewonnen haben: Kraft, zu überleben, Kraft, geistig zu überdauern in einer Welt, die sie schmähte, verhöhnte, haßte und schließlich mordete. Und daß ihre unendliche Leidensfähigkeit – von den Pogromen des Mittelalters bis zu den Gaskammern – nicht zu begreifen ist, wenn man von der Kraft des Glaubens nichts weiß. Das Kreuz, von dem es heißt, es sei den Christen auferlegt, wurde von den Christen nur zu oft den Juden auferlegt.

Als Wulf Kirsten 1974 den wüsten, verwüsteten, wüstgefallenen Friedhof im mährischen Loschitz (Losiče) besuchte, rankten dort Kürbisse in der Einöde. Im Gedicht aber, ein Jahr später entstanden, assoziiert das »kürbisblütengelb« jene Farbe, mit der Juden schon im Mittelalter optisch gebrandmarkt wurden, und auch der »Judenstern« der grausamsten Verfolger trug jenes Gelb, das keiner vergessen wird, der es mit eigenen Augen auf der dunklen Kleidung der Gezeichneten, der Todgeweihten gesehen hat.

Der Schlußvers erinnert an eine Stelle in den »Hebräischen Melodien« von Heinrich Heine mit dem Titel »Prinzessin Sabbat«: »Komm, Geliebter, deiner harret / Schon die Braut ...« Das Begrüßungslied für die Braut Sabbat wurde und wird freitags abends in der Synagoge gesungen. Das war und ist Realität, Realität wie die Schiebböcke für die Särge, die verlassenen, Realität, die auch Rosa Knöpflmacher heißen konnte, die hier ins Grab gelegt wurde, während man die Spätergeborenen durch den Schornstein schickte. Niemand hat Rosa Knöpflmachers Gedächtnis behütet, deren Name nur noch im Vers verwahrt bleibt. Der Dichter »säet das wort«.

Ein Friedhof kann wüstfallen, ein Glaube nicht, solange es Menschen gibt, die in ihm beten, solange es Menschen gibt, die noch gedenken und nicht wollen, daß Gras über die Geschichte wächst.

JOHANNES KÜHN
ZEITUNG AM KAFFEETISCH

Riesenschmetterling in der Hand,
meine Zeitung,
damit fliege ich weit. In die Gegenden auch,
welche häßlich sind
von Kriegsleichen,
und zum Schornstein,
von dem der Putzer fiel,
und das Blut wischte Ruß von den Kleidern.

Riesenschmetterling in der Hand,
meine Zeitung,
damit fliege ich weit. Zum Hochzeitsbett
einer Königin,
wir haben sie noch in Europa,
und in einen Saal komm ich,
wo man Titel verteilt.

Viel, viel weiter als Australien
flieg ich am Kaffeetisch,
Riesenschmetterling in der Hand,
meine Zeitung.

LUDWIG HARIG
AUF SCHMETTERLINGSFLÜGELN

Es gibt Gedichte, die mich zur Besinnung bringen, und solche, die mich die Besinnung verlieren lassen; Gedichte, bei denen ich zu mir selbst komme, und Gedichte, die mich emporheben und ins Weite entführen, so daß ich für eine Weile außer mir und für die Welt verloren bin. Ein solches Gedicht ist Johannes Kühns Zeitungsgedicht, ein schlichtes und doch tiefgreifendes Gedicht mit dem Charme aller Gedichte, die auf Flügeln kommen und sanft wieder entschweben.

»Riesenschmetterling in der Hand, meine Zeitung«: dreimal taucht das Bild auf, und zweimal fügt der Dichter hinzu: »Damit fliege ich weit.« Was ist das für ein Bild, von dem ich im Moment der Lektüre verzaubert bin, doch schon nach Augenblicken des Nachsinnens in Zweifel geraten könnte, es sei ein unzutreffendes Bild, wenn nicht diese Verwandlung in luftigster Weise, in spielerischer Flüchtigkeit geschehen wäre. Kaum Zeitung gewesen, ist sie schon Schmetterling geworden; in der Formulierung des Dichters hat sich die Metamorphose schon ereignet, bevor ich mich fragen kann: »Wer hält einen Schmetterling in der Hand und fliegt zugleich damit auf?«

Bei diesem Bild bleibt es. Dieses Bild genügt, die Phantasie zu erregen. Das Bild trägt weit. Denn nun hat die Vorstellungskraft Flügel bekommen, das Spintisieren bewegt sich mit Schwingen. Die Zeitung, zum Schmetterling geworden, fliegt auf und nimmt Dichter und Leser mit in die

Ferne, wo die Sensationen geschehen, zu den Orten seiner Wünsche und Ängste. Zeitung lesend verharrt er nicht mehr am Kaffeetisch, klebt nicht auf dem Teppich der Realität, wenn die Phantasie Boden unter die Füße kriegt und die Tatsachen sich auf Flügel schwingen. Nur der Kaffeetisch steht noch an seinem Platz, er allein bewegt sich nicht.

Alle Dichter sind Märchenerzähler, sie fliegen gern, und sie ergötzen sich am Fliegen: Auf dem Wasserdampf reitet der Daumerling, im fliegenden Koffer sitzt der Kaufmannssohn. Was bei Andersen die dänischen Schwäne und die ägyptischen Störche sind, ist bei Johannes Kühn der Schmetterling. Die Schmetterlingsflügel, auf denen er reist, erschließen ihm die ganze Welt. Der Falz, der den Leib suggeriert, ist ein unbedeutendes Nichts, geschrumpft auf eine ätherische Linie, die keine Körperlichkeit besitzt. Nur die Blätter, als Flügel ausgebildet, haben Ausdehnung und feste Gestalt. Auf ihnen sind sogar die Weltgeschehnisse in skurrilen Hieroglyphen aufgezeichnet; aus dem bunten Liniengeflecht erschließt sich das Alphabet der Sensationen.

Johannes Kühn, ein Mittfünfziger, aus dem saarländischen Dorf Hasborn stammend, in dem er heute noch lebt, schreibt längst nicht mehr. Er konnte nicht leben in der rauhen Luft der Verhältnisse, fühlt sich von den Menschen gekränkt, von der Gesellschaft mißachtet, und so sitzt er in seinem Elternhaus, krank an Leib und Seele, und schweigt. Dorfpoeten hat man die Dichter seiner Art mit Vorliebe, aber auch mit Spott genannt. Sie sind kaum aus dem Dorf, nicht über die Nachbarschaft, geschweige denn aus dem Land hinausgekommen. Sie haben die Welt im Kopf. Johannes Kühn genügt die tägliche Lektüre der Zeitung, um sich vom Dorfpoeten zum Weltbürger aufzuschwingen. Seine Saarbrücker Zeitung ist als Schmetterling nicht nur das Flügel-, das Schwingentragende als solches; die geflügelten Wörter, die beschwingten Geschichten holt er sich als Neuigkeiten an den Kaffeetisch.

Das gibt ihm eine Idee von Freiheit ein. Die Zeitung ist keine Eintagsfliege, als was sie landläufig gilt; sie ist ein Schmetterling, der noch übers Jahr die Gedanken lenkt und die Träume bringt. »Leben ist nicht genug«, sagt der Schmetterling in Andersens Märchen, »Sonnenschein, Freiheit und eine kleine Blume muß man haben.«

RICHARD LEISING
DER SIEG

Das ist der Sieg: Lautsprecher! Organ, machtvolles
Sprich uns über die Zeiten. Keine Wolke im Stadion
Ideale Bedingungen; diese Weiten, diese Höhen, viele
Im Faltenwurf des Rekords. Die Kugeln sind alle
Gestoßen, die Geher gekommen, einige Springer noch
Werden beworfen mit Speeren vom andern Ende des Felds
Worauf die Welt blickt. Wie ist die Zeit? Bestzeit
Ist ausgerufen ausdrücklich, auf drehenden Tafeln
Lichte Ergebnisse, die wie Schalmeien blitzen
In ein herrliches Publikum. Wir zählen eins zwei
Drei Podeste, aufs höchste klettert der Sieg, belaubt
Und ernsthaft; einige Kämpfe dauern noch an, Abend
Trifft schräg die Traversen. Ungültiger Sprung dort!
Zu den tiefern Podesten starten frisch die Niederlagen
Mit Blumen Mädchen tanzen über die Tartanbahn quer
Durch den Einlauf im Marathon, Herren in sportlichem
Anzug verhängen Medaillen. Erfrischungen, Andenken
Abzeichen, Gesundheit und Vaterland; mit schwerem Kranz
Dreht ein Läufer die ehrende Runde. Wer Sieger ist
Dessen Hymne wird gespielt und Fahne gehisst.

KARL MICKEL
BESTZEIT, ENDZEIT

Richard Leising ist 57 Jahre alt. Als Dramaturg in Magdeburg und DDR-Berlin war er ein entschiedener Anwalt der Bühnen-Dichter gewesen; nun ist er in den Vorruhestand versetzt worden. In der Gewißheit, daß er jederzeit makellose Verse schreiben könne, schrieb er äußerst selten, publizierte kaum und hielt so manche Widerwärtigkeit sich vom Leibe. Sein Gedicht-Werk umfaßt 76 Seiten; er ist ein eschatologischer Autor. Eschatologie heißt: die Lehre von der Endzeit und den Letzten Dingen.

Leising schreibt nicht Gedichte: er schreibt immer das Gedicht. Sobald die letzte Hand angelegt ist, entläßt es seinen Urheber, da es Widerruf nicht zu fürchten hat. Verstummte der Autor, hätte er seiner Pflicht genügt, kein Stachel bliebe. Das Dictum ist autoritativ.

Nicht jeder Vorwurf taugt. Das Material muß lange prozessiert und sich das Urteil letzter Instanz verdient haben; der eschatologische Dichter vollstreckt es, indem er es formuliert. Sein Reich beginnt dort, wo der Weltstoff selber poetisch geworden, nämlich zum Beschluß gekommen ist.

Die modernen Olympischen Spiele, wie die klassischen, stellen mehr dar, als sie vorstellen. Was vor zweieinhalb Jahrtausenden das Dasein eines gemeinsamen Heiligtums benachbarter Stämme, also deren zusammentreffende Interessen bekundete, repräsentiert heute die Allgegenwart

der sogenannten Medien. Insofern deuten die Spiele symbolisch auf ein Übergreifend-Ganzes.
Aber auch das interne Geschehen der Wettkämpfe ist bereits zeichenhaft; Goethe nennt derlei: bedeutend. Der Kannibalismus ward gemildert zum Menschenopfer; der Ritualmord wich dem Gladiatorengefecht, welches den Kombattanten die Überlebenschance öffnete; die pöbelhafte Arena nobilitierte sich zum ritterlichen Turnierplatz, wo streitsüchtige Elite exklusive Fairneß einübte; die gestumpfte Waffe und der Feind in Gestalt der Sportkameraden möblieren unsere zeitgenössischen Anlagen; die Atavismen lauern. Ein und dieselbe Disziplin kann ihren Sinn wandeln; Tennis war noch vor fünfzig Jahren Herrensport (sentimentalisches Mittelalter), der Ball war weiß. Der gelbe Ball heute meint das *missile*; höchstspezialisierte Professionelle dirigieren ihn/es mit mikrochirurgischer Präzision. Leising erkennt das Stadion als das, was es, vor aller Augen ungesehen, ist: Nachbild des Weltrunds.
Die metrische Gestalt des Gedichts ist unregelmäßig, jedoch so geformt, daß sie den idealen Hexameter (Vers 6) bruchlos integriert. (Der Fachmann weiß, wie ungern reguläre Metren offenen Strukturen sich einfügen.) Der Versbau nimmt derart, sehr zart und fest, Kontakt mit den drei klassischen poetischen Bildern des Weltkreises: Achills Schild, Homers Gottes-Werk, faßt ihn naiv; der Schild des Aeneas, Vergils Auftrags-Werk, reflektiert das Bild des Vor-Bildes; Reinekes Toiletten-Artikel, Goethes Blend-Werk, denunziert den ideologischen Dünkel. Im Spiegel erscheint das Konterfei des Betrachters; es dünkt ihn Welt, und der pseudoheroische Rahmen umschnörkelt seine Eitelkeit.

Wie ist die Zeit? Bestzeit / Ist ausgerufen ausdrücklich; daneben aber steht geschrieben: *Abend / Trifft schräg die Traversen*, und: *Die Kugeln sind alle / Gestoßen, die Geher gekommen.* Die Wörter, bei der Sache genommen, kollidieren und sprechen aus: die Nichtigkeit der Sache. Bestzeit heißt Endzeit. *Lichte Ergebnisse, die wie Schalmeien blitzen / In ein herrliches Publikum:* Alles ist eitel.

Der *Sieg* schließt mit einem Couplet, welches buchhalterisch nüchtern piano die Summe zieht. *Wer Sieger ist / Dessen Hymne wird gespielt und Fahne gehisst.* Leising schrieb das Gedicht 1971; der DDR-Sport-Kult hat es provoziert. Die Verse, nach zwanzig Jahren, stehen unbeschadet.

HEINZ CZECHOWSKI
EWALD CHRISTIAN VON KLEIST

Ohne Hoffnung, daß der Frühling wiederkehre,
Sah er sich im Märzfeld noch im Schnee,
Spürend in den Schultern seine Schwere,
War er eingekreist vom Tode jäh.
Und er wußte: jetzt wird nichts mehr bleiben,
Wie das Eis, das schmilzt auf schmalem Bach,
Wie die Apfelblüten, die im Mai drauf treiben –
Und so ritt er sich aus Träumen wach.
Wie im Wind sie ihre Säbel schliffen –
Pulverschwaden trieben um ihn her –,
Fühlte er es plötzlich: abgegriffen
Wie sein Lederzeug war auch sein Leben: leer.
Der bei Landshut fiel und die Erkenntnis
In ihm weitertrieb, wie er es ja erkannt,
War sehr nah, doch blieb ihm kein Verständnis
In der blutlos-leeren, abgetrennten Hand.
Jetzt zum Sterben war er spät geboren,
Die Signale überm weiten Feld
Waren nicht die späte Huld der Horen.
Klirrend brach sein Blick und kalt die Welt.

PETER MAIWALD
DICHTERGEDICHT

Wenn Dichter sich poetisch über Dichter äußern, findet sich Lob häufiger als Tadel. Das hat weniger damit zu tun, daß eine Nachtigall keiner anderen ein Auge aushackt, sondern mehr damit, daß eine Nachtigall sich gern in einer anderen erkennt. Daraus entstehen lyrische Doppelkopfspiele, Dichtergedichte, in denen eine verkappte Form des Ich-Gedichts zu sehen ist.

Der poetische Bruder, den sich Heinz Czechowski zum Gedicht gewählt hat, Ewald Christian von Kleist, ist heutigen Lesern weitgehend unbekannt. Thomas Mann hat über ihn unnachsichtig gerichtet – »... ich kenne ihn nicht, und man braucht ihn nicht zu kennen« –, und Conradys umfangreiches »Deutsches Gedichtbuch« enthält kein Gedicht dieses Autors und Vorfahren des berühmteren Heinrich von Kleist. Man muß schon eine ältere Literaturgeschichte, etwa die von Robert König von 1879, zu Rate ziehen, um mehr über Czechowskis Vorbild zu erfahren. Das Gedicht selbst geizt mit historischen Auskünften.

Dann erhalten wir von Kleist das Bild eines von Pflicht und Neigung, Wirklichkeit und Ideal zerrissenen Menschen, eines Feingeists unter Grobianen, eines Dichters unter Soldaten, eines Melancholikers, der, Widerspruch in sich selbst, zugleich ein zupackender Kerl war. Kleist, 1715 in Zeblin geboren, hatte in Königsberg das Studium der Rechte abgeschlossen, mußte aber statt der erhofften zivilen eine militärische Laufbahn einschlagen. Er hat es darin zum Major gebracht, aber es scheint, daß er sich, trotz aller soldatischen Anerkennung, lieber unter Dichtern aufgehalten hat. Mit Lessing und Wieland, Gleim, Bodmer und Breitinger war er befreundet und wurde von ihnen zum Schreiben ermutigt und belobigt. Sein Ende, das Czechowskis Gedicht zum Vorwurf nimmt, erzählt die Chronik so: »Als er an der Spitze seines Bataillons eine feindliche Batterie stürmte, wurde er an der rechten Hand verwundet, sofort nahm er den Degen in die Linke und setzte seinen Sturmlauf fort, da zerschmetterte ihm eine Kartätschenkugel das rechte Bein und warf ihn zu Boden. So schwer verwundet, wurde er von Kosaken all seiner Kleider beraubt und in einen Sumpf geworfen.« Erst am nächsten Tage aufgefunden, ist Kleist seinen Verletzungen sechs Tage später, am 24. August 1759, in einem Lazarett erlegen.

Czechowskis Gedicht versagt sich dem Heldentum und dem Heldenton der Chronik. Seine Sympathieerklärung ist leise und gilt der Haltung eines Mannes, der sich und seinen Soldatenstand als unzeitgemäß empfand, der in Natur und Landleben Gegenbilder zu Gesellschaft, Krieg und Gesellschaftskrieg sah und der sich mit dieser Haltung auf verlorenem Posten fühlte und wissend in den Untergang ging. Und es ist, je nach Geschichtsverständnis, nicht ohne Tragik oder Ironie, daß ein Dichter und Bürger im ehemaligen Arbeiter- und Bauernstaat sich mit einem Bürger und Dichter der Feudalzeit im Lebensgefühl und in der Außenseiterrolle zutiefst verwandt fühlte.

Als »Rückwendungen« und »Suche nach Ursprüngen« hat Czechowski einmal seine Gedichte bezeichnet und hinzugefügt: »Dieses Ahnungerhalten ist durchaus etwas polemischer Natur.« Das kann man wohl sagen, wenn man an Kleists »Grablied« denkt, das den melancholischen Trost hat: *Du wirst nicht sehn, daß ein Tyrann / Die Ferse freigebornem Volk / Hochmütig in den Nacken setzt ...*

HEINZ CZECHOWSKI
NOTIZ FÜR U. B.

Versehen
Mit guten Ratschlägen
Geh ich im Kreis.

Keiner spricht
Wie ihm der Schnabel
Gewachsen ist:
Kahler Nominalismus!

Ja.
Auch die Abfallberge,
Die Autowracks,
Der alte bärtige Mann,
Der vor sich hinspricht, die Uhr
Ohne Zeiger.

Die Welt ist verändert,
Aber das Leben
Läßt sich nicht korrigieren.

GÜNTER KUNERT
EINES JENER SIGNALE

Dieses Gedicht des DDR-Autors Heinz Czechowski, der 1935 in Dresden geboren wurde, ist für den Gedichtband, dem es entstammt, eigentlich nicht typisch, und ich habe es aus anderen Gründen gewählt. Der Gedichtband »Schafe und Sterne« – Czechowskis dritter in rund vierzehn Jahren – ist insgesamt eher für eine Haltung bezeichnend, die einer großen Anzahl von Lyrikern in der DDR eigentümlich ist, weil sich in ihr die Bewältigung ihrer Herkunft manifestiert; eine ambivalente Evokation der Provinz, der Kleinstädte, Dörfer (man ist zu sagen versucht: Weiler), jedenfalls einer eng begrenzten Landschaft.
Dieses Gedicht hier ist jedoch typisch in anderer Hinsicht: nämlich für die permanente innere Verfassung des Lyrikers, eine Mischung aus seelischer Notwehr, Polemik, Betrübnis, Verzweiflung, Hoffnung, Einsicht, Resignation. Jenseits vom gedichtauslösenden Anlaß (eine nichtige Diskussionsbemerkung jenes unwichtigen U. B.) konstituiert sich erst das Gedicht: durch Sprachwerdung dauernder eigener Grunderfahrung: daß zum Beispiel die Versorgung mit »guten Ratschlägen« – eine überhaupt nur noch in Gänsefüßchen denkbare Formel – den Zirkel, der den Dichter respektive Leser-Stellvertreter umfängt, nicht durchbrechen hilft, ihn vielmehr begründet. Darin zeigt sich, simpel, wie sie immer ist, eine Lebenserfahrung, historisch nicht fixierbar, sowenig wie das Leben eben fixierbar ist.

Schlußfolgernd aus dem zweiten Vers, meinen wir, daß die »guten Ratschläge« vermutlich von der Scholastik erteilt wurden, deren Begriffe innerhalb ihres eigenen Systems eine Bedeutung, außerhalb desselben aber keine Realität besitzen. Hier tritt ans Licht des Gedichtes das alte Leiden an der Diskrepanz zwischen Schein und Sein, verschärft durch ein modernes Phänomen: das neue Leiden an der fungierenden Sprache, die nichts enthält und alles ersetzt. Äußere Wirklichkeit, keine terminologisch vorgetäuschte, erscheint in der dritten Strophe. Bis zu diesem Gedichtpunkt hat sich, was man etwas lax das »lyrische Ich« nennt, selbst und seinen unsichtbaren Widerpart reflektiert, nun weitet sich die Szenerie und bezieht die Umwelt, die Welt mit ein, als (scheinbar) periphere Realität, gar als Gegen-Realität, weil sie Vereitelung, Nutzlosigkeit, Sinnverlust spiegelt, womit sie jedoch zum Gleichnis wird, das sich von der letzten, fast sprichwortartigen Strophe her verstehen ließe. (Ich wähle den Konjunktiv, um das Subjektive dieser Interpretation kenntlich zu machen.)

Durch vorhergehende Aufzählung überflüssig gewordener oder zerstörter Dinge, wie Abfall und Autowracks, bekommt die Konklusion ihr negatives Vorzeichen, welches wiederum Positives einschließt. Das zerstörerische Moment der Veränderung ist betont und steht damit polemisch gegen blinde, undialektische Affirmation: Veränderung heißt auch Vernichtung, und das ist eine, selten so knapp und eindringlich durch das Gedicht vollzogene Erkenntnis. Die der These folgende Antithese: »Aber das Leben / Läßt sich nicht korrigieren« bestätigt die obige Deutung, weil der Satz meint: es ist nicht anzupassen. In dieser Antithese von der Korrekturunfähigkeit versteckt

sich dann letztlich der geheime Optimismus des Gedichts, das seine Hoffnung auf die Kraft und Dynamik des Lebens selber setzt.
Zerstörung und Vernichtung (und auch das ist eine erst späte Erfahrung) sind keine ausschließlichen Kennzeichen des Krieges mehr: »Ihr Friede zerstört, was ihr Krieg übriggelassen hat.« Falls wir gewillt sind, die Brechtsche Formulierung, um sie zu erhalten, auszuweiten auf Natur, Empfindungsfähigkeit, Lebensgenuß, Mitmenschlichkeit, Hoffnung, Zukunft, Utopie, Traum – dann ist das kleine Gedicht Czechowskis eines von jenen winzigen Signalen, die die Völker immer zu überhören pflegen.

ROLF HAUFS
BAUM UND HIMMEL

Das Glück stellt sich wohl selten ein
Was man so sieht das reicht so hin
Um nicht verrückt zu werden
Man müßte Baum und Himmel sein

Ich weiß das eine schließt das andre aus
Was Himmel ist wird niemals grün
Und wem genügt das auch
Man möchte endlich aus dem Elend raus

Vielleicht hat man zuviel versprochen
Wer prüft das heute wohl schon nach
Wir fingen an und dachten nichts dabei
Wir hatten ziemlich harte Knochen

Allmählich ging das Glück kaputt
Und mancher ist gleich mitgegangen
Wir andern folgen wohl bald nach
Nicht Baum nicht Himmel nur noch Schutt

GERT UEDING
IM WIRKLICHEN DAS MÖGLICHE

Mit einer gewissen Genugtuung sagt man, es sei schon dafür gesorgt, daß die Bäume nicht in den Himmel wachsen. Das Sprichwort richtet sich gegen Selbstüberhebung und Anmaßung, doch der vermeintliche Realismus, der daraus spricht, besteht aus Spießerressentiment, aus der Prätention der Niedrigkeit, die alles zu sich in den Staub ziehen möchte, und aus dem Neid gegen das Leben, wie es sein könnte.

Die Tragik in dieser Alltagserfahrung, vom Sprichwort fatalistisch zugedeckt, macht Rolf Haufs zum eigentlichen Thema seines Gedichts. Die Wünsche schießen weit über die graue Wirklichkeit und deren kleines Glück hinaus, der Traum vom besseren Leben, von Erfüllung und Freude, wird mit jugendlichem Überschwang zum Lebensziel. Doch dann melden sich die unmittelbaren Bedürfnisse, man möchte aus dem Elend raus, fängt tatkräftig an, ohne viel zu überlegen, und dabei kommt nun das Gegenteil des gewünschten Zustandes heraus, das Glück wird immer weniger, die Arbeit frißt die Menschen auf. Zurück bleibt ein ausgebrannter Fall und die Einsicht, daß Baum und Himmel ewig getrennt bleiben, niemals identisch werden.

Das Gedicht bringt eine ganz offenkundige Erfahrung zum Ausdruck, doch auf durchaus vertrackte Weise. Es beginnt mit einer beiläufig-üblichen Alltagsrede (»Das Glück stellt sich wohl selten ein ...«), die sich resignativ ausbreitet, doch dann jäh unterbrochen wird durch ein verwegenes Wunschbild: »Man müßte Baum und Himmel sein«. Aus dieser Wechselrede von Gleichnis und Alltagserfahrung besteht nun das Gedicht, und sie kehrt auf verschiedenen Ebenen wieder, in der Wendung vom Allgemeinen zum Besonderen, vom unspezifischen Man zum konkreten Ich oder Wir, in der Antithese von Glück und Elend. Der Schlußvers bringt die Gegensätze zusammen, treibt sie im Mißton auf die Spitze.

Das kleine Gedicht faßt eine verzweiflungsvolle Erfahrung, die Erinnerung daran und den schmerzhaften Prozeß der Selbsterkenntnis in eins. Das Erleben des alltäglichen Elends provoziert den inbrünstigen Wunsch nach Veränderung und lenkt den Blick auf die eigene Vergangenheit, das einmal gewesene Glück und wie es verschwand. Die Erinnerung führt auf gefährliche Pfade; noch gelingt es zunächst, alles Angsterregende zu bagatellisieren (»Vielleicht hat man ...«), doch dann wird die Einsicht unausweichlich, Schuld und Schuldige werden namhaft gemacht: Gedankenlosigkeit, Härte, Gleichgültigkeit haben das Glück zerstört und dem alltäglichen Elend Raum geschaffen.

Rolf Haufs hat ein detektorisches Gedicht geschrieben, und siehe: Nicht die Seltenheit des Glücks an sich, nicht die existentielle, unaufhebbare Trennung der Sphären, auch nicht die prinzipielle Fatalität des menschlichen Lebens, sondern die Individuen, die Klagenden und die Beklagten, sind verantwortlich für ihre Glücklosigkeit. Alles andere sind bequeme Ausreden, die keiner Prüfung standhalten.

Entgegen dem ersten Eindruck bleibt das Gedicht nicht bei dieser heute immer noch anstößigen Erkenntnis stehen. Es benennt nicht nur eine allgemeine Erfahrung und geht ihr bis ans bittere Ende nach, sondern bringt sie in Bild und Gleichnis – aber nicht bloß, wie alle Poesie es ganz natürlich tut, sondern als Aufgabe des Lebens selber. Denn eben im bildlosen Alltag »ging das Glück kaputt«. Die Bäume müssen in den Himmel wachsen, und wenn es uns nicht mehr gelingt, unser Alltagsleben im bedeutsamen Bilde zu sehen, im Gewöhnlichen das andere, im Wirklichen das Mögliche zu erblicken, und wir den »Zauberstab der Analogie« (Novalis) verloren haben, der das Getrennte vereinigt, dann werden wir glücklos sein und öde unser Leben: »Nicht Baum nicht Himmel nur noch Schutt«.

ROLF HAUFS
DAS HÄLT WER AUS

Das hält wer aus. Das Lügen
Her von Ost nach West und hin nach Ost.
Rechtfertigungen aller Kriege. Tote viel
In farbiger Umgebung. Danach
Die Kunst.

Das hält wer aus. Das
Kommstdunicht dann Holichdich.
Halt ein. Lauf weg. Die
Predigt mach dir selbst und glaub
Sie nicht.

Das hält wer aus. Das
Blei im Hirn den Schwamm
Im Auge. Wir wecken jetzt
Die Zeugen auf. Vielleicht
Sie reden.

GÜNTER KUNERT
DER VERBORGENE ZEUGE DER ZEIT

Obgleich als Behauptung formuliert, handelt es sich bei dem Titel des Gedichts und dem jeweils jede Strophe einleitenden Satz um die bange Frage: Wer hält das aus?! Nämlich das, was anfangs unmetaphorisch, dann jedoch bildhaft benannt wird, ohne daß sich deswegen ein Bruch ergäbe: den stechenden Widerspruch, den wir erleben, in dem wir leben. Den täglichen Ohren- und Augen-»schmaus«, der einem auf allen Ebenen eingetrichtert wird und an dessen Giftigkeit nicht zu krepieren von einer abgehärteten Konstitution zeugt.

Die Vermittlung der Welt durch ihre Medien findet sich solchermaßen in der ersten Strophe nackt und direkt thematisiert – wie es überhaupt ein Kennzeichen (und Vorzug) der Gedichte von Haufs ist, über ihre Vielschichtigkeit und ihren Bedeutungsreichtum durch sprachliche Einfachheit (soll man sagen:) hinwegzutäuschen? Charakteristisch für seine Schreibweise ist das »Understatement«. Als fürchte er ständig, einen umfassenden Gedanken als solchen zu erkennen zu geben: zum Beispiel das Verhältnis von Kunst und Wirklichkeit, oder Kunst und Wirklichkeitswiderschein, in den nahezu kargen Sätzen der ersten Strophe, wo es nach der Aufzählung bekannter Trostlosigkeiten heißt: »Danach die Kunst«. Drastischer und lakonischer ist die oft zwielichtige, eben »affirmative« Rolle der Kunst weiß Gott nicht zeigbar. Nach jeder historischen Enttäuschung, nach der immer wiederkehrenden einmaligen Erfahrung: Kunst, auf fatale Weise versöhnend.

Doch trotz unserer Einsicht können wir diesen Widerspruch, den wir selber produzieren, an dem wir leiden, durch den wir existieren (und nicht nur materiell), nicht aufheben, sondern nur reflektieren: wie die zweite Strophe die Angst zwischen Fremdbestimmtsein und Eigenwollen, zwischen Einhalten und Wegrennen, zwischen eigener Überzeugung und ihrer unausweichlichen Relativierung. Denn die beschriebene Position, zwar als jedermanns denkbar, hier aus dem betroffenen Bewußtsein des Intellektuellen gezeichnet, ist die unserer Ambivalenz, unter deren Naturgesetzlichkeit die Versuche, im Tun, auch im literarischen, noch einen Zweck zu entdecken, fragwürdig wurden. »Die Predigt mach dir selbst« – weil jede öffentliche längst alle Überzeugungskraft verlor; so wird Zielsuche zum privaten Unternehmen und das Ergebnis unglaubhaft.

Doch noch über die Gefangenschaft im gemütlichen Schrecken und in intellektueller Gebrochenheit hinaus geht die bereits biologisch gewordene oder werdende: Das »Blei im Hirn«, Symbol mühsamer Denkarbeit, bewirkt außerdem heute Assoziationen wie: den tödlichen Schuß; wie »aktuelle Beeinträchtigung durch Schadstoffe«. Auch der »Schwamm im Auge« verdeckt es nicht nur beißend, er durchwuchert es ebenso und zersetzt den lebendigen Blick bis zum Absterben: Alles Stufungen gestörter oder aufhörender Anteilnahme an der Umwelt. Auf jeden Fall Signale, die uns ahnen lassen, jene Zeugen, die, was für Lebende ungewöhnlich wäre, erst geweckt werden müßten, um vielleicht zu reden, seien Tote, vordem auf ihre Weise an den genannten Umständen beteiligt, und von de-

nen wir annehmen, daß sie diese eben nicht ausgehalten haben. So oder so.
Aber, und damit schließt das Gedicht sich unterhalb seiner Wörtlichkeit zum Kreis zusammen, ob sie aussagen werden, ist so unsicher wie in den vorhergehenden Strophen das Verhältnis von Realität oder Realitätsabbild zur Kunst, wie das von Selbstgewißheit und Selbstzweifel. Doch auch wenn die Zeugen schweigen sollten, es ist bereits alles gesagt und die Spekulation auf ihr mögliches Reden nur noch rhetorisch. Einer hat für sie stellvertretend ihre Rolle übernommen, obwohl er seine Zeugenschaft sorgfältig verbirgt und sein Ich aus dem Gedicht heraushält, das doch so und nicht anders keiner sonst geschrieben haben könnte als er.

ROLF HAUFS
DREI STROPHEN

Mein Leben ist in Stücke ich will
auch keine Ruh
ihr könnt zu Ende stechen
ich werde mich nicht rächen
was immer ich jetzt tu

Die Taten sind begangen ich will
auch keinen Trost
schreibt sie an alle Wände
und richtet eure Hände
auf mich den traf das Los

Die Fäden sind gerissen ich will
daß immerhin
noch einmal jemand käme
und mich verändert nähme
daß *du* es wärst gäb Sinn

ELISABETH BORCHERS
WENN ALLES VORBEI IST

Inmitten vieler einander zugehöriger Gedichte eines Gedichtbuchs findet sich eines, das ausweicht: es schmückt sich mit Verzicht, mit Reim und Rhythmus eines Liedes. Nur dieses. Sonderbar. Sonderbar auch, daß es auf so unauffällige, so stille, geradezu lautlose Weise geschieht, als habe es das Gedicht darauf abgesehen, überhört und überlesen zu werden. Kaum aber hat man es – wie zufällig – wahrgenommen (das weiße unter den schwarzen Schafen), nimmt man es wieder und wieder auf. Was sich bescheiden hält, ist mehr.
Um glaubwürdig zu gestehen: *Mein Leben ist in Stücke*, bedarf es nicht nur eines in Stücke geratenen Lebens, auch der Annahme dieser Tatsache und der Fähigkeit, sich abzufinden. Wer dermaßen erkannt und sich abgefunden hat mit allem, was geräuschvoll zu Bruch und in Scherben gegangen ist – jenseits von Schuldzuweisung und Mitleidsforderung, von Klage- und Hoffnungskunst –, der bedarf der Schonung nicht mehr, die ein Kranker oder Rekonvaleszent braucht. Diejenigen, die zugeschlagen haben, dürfen weitermachen, das Ende hat längst stattgefunden, und nichts mehr ist reparabel. Sie dürfen *zu Ende stechen:* sie haben nichts zu befürchten. Er wird gelassen bleiben. Die Zeit des Widerstands oder des Rachegelüsts oder des Wunschs, getröstet zu werden – das alles ist vorbei.
Auch *Die Taten sind begangen*. Die eigenen und die der anderen: sie sollen kundgetan werden, damit jeder sie

erfahre, an alle Wände seien sie geschrieben, als öffentlich zu machende Hinterlassenschaft. Mit dem Finger darf auf ihn gewiesen werden, nein, schlimmer noch: die Hände (die zu Ende stechen) dürfen es sein, damit jeder erfahre, wie es dazu kam: *den traf das Los*. Der Zufall hat sich der Sache Leben angenommen, das Los, das blindlings trifft, hat entschieden, *Die Fäden sind gerissen*.

Und ein drittes Mal: *ich will*. Zweimal schon hätte es schrill und schnell und aufbegehrend tönen können und war doch nur Abglanz, Reminiszenz. Beim dritten Mal *ich will* aber scheint sich das Tempo zu beschleunigen, durch den Anflug einer denkbaren Möglichkeit, gerettet zu werden. Rettung, wo alles längst zu Ende ging? Wer aber bist *du*, dem dieses gelänge? – *daß du es wärst gäb Sinn*. Ein Mensch der nächsten oder der einmal gewesenen nächsten Nähe? Daß er zurückkäme, die durch Leid bewirkte Veränderung erkenne, zu einem Neubeginn?

Oder sollte dieses klein, doch kursiv geschriebene *du* ein Glaubensbekenntnis sein? Eine Paraphrase auf das »Wer so stirbt, der stirbt wohl«, die letzte Zeile des Kirchenliedes »O Haupt voll Blut und Wunden«? Das Lied, das sich des die Sonne verfinsternden menschlichen Elends annimmt. Wären die »Drei Strophen« ein dreimaliges Kreuz und die Rede des einen der Schächer am Kreuz?

»... gedenke an mich, wenn du in dein Reich kommst!«
daß du es wärst gäb Sinn. Sollte dies der wahre Grund der Strophen sein, müßten wir von vorn beginnen. Oder jeder für sich.

ROLF HAUFS
JEDEN TAG

Fällt hin der Mann. Steht auf
Kriegt Fresse voll. Ein Fotograf macht Geld
Mit seinem Blut. Bescheid weiß man
In vieler Welt: weit weg das Sterben
Hier der Duft Jasmin. Die Juniorgel
Wiegt in Schlaf die Neugeborenen
Laß. Laß. Es müßte sonst
Etwas geschehen.

FRIEDRICH CHRISTIAN DELIUS
TÜCKISCHE STILLE

Acht schlichte Zeilen, ein Augenblick des Nachdenkens über die zum Überdruß bekannten täglichen Nachrichten. Wenige Sätze, die sich sperren gegen das, was wir als objektive Informationen und als Politik zu verbuchen gewohnt sind. Gebrochene Zeilen, deren stille Dynamik durch die Titelzeile gesteigert wird, die unsichtbar vor jeder folgenden Zeile steht: *Jeden Tag*. Auf die Umstände des skizzierten Ereignisses, eine Tötung mit den üblichen Mitteln, kommt es weniger an als darauf, daß es sich in ähnlicher Weise täglich wiederholt.

Zwischen *Sterben* und *Hier* ist das Gedicht geteilt in zwei Blöcke, zwei Welten. Die ersten vier Zeilen weisen auf das ferne Ereignis. In denkbarer Kürze wird die übliche Spirale der Gewalt samt ihrer medialen Verwertung umrissen: da fällt einer, kann nicht entkommen, liegt in seinem Blut, sterbend – und schon beobachtet, erfaßt vom Fotografen. Nur dessen Anwesenheit deutet auf Krieg oder eine soziale Auseinandersetzung, denn zu gewöhnlichen Morden werden keine Fotografen geschickt. Das Opfer, *der Mann ... mit seinem Blut*, der Gefallene, Geschlagene, Getötete, wird weiter verwertet, katalogisiert, gezählt, abgehakt von denen, die Bescheid wissen oder Bescheid zu wissen meinen über Täter und Opfer *in vieler Welt*.

Die letzten Zeilen umreißen das *Hier*, die weniger gefährliche Welt, einen Garten im Juni, ein Neugeborenes in der

Nähe. *Hier* stößt das ferne Opfer vielleicht das Gewissen an – oder auch nicht. Was kommt an gegen die *Juniorgel?* Der Schlaf der Neugeborenen darf nicht gestört werden. Die Anrede, die heftige Bitte *Laß*. *Laß* ist das einzige Signal der Unruhe, ein Hinweis auf die gedankliche Verbindung zwischen *weit weg* und *Hier*, gleichzeitig ein Hinweis auf zwei oder mehr Menschen, denen das Zeitungsfoto zum Thema wird. Der oder die Angesprochene will irgend etwas tun, um die Verbindung zwischen dem, was das Foto meldet, und dem *Duft Jasmin* erträglicher zu machen, eine Geste, ein Einspruch.

Dann der Schlußsatz *Es müßte sonst / Etwas geschehen*, wie die anderen Sätze als Enjambement gebaut. Auch dies Zeilenende schließt nicht mit einem Punkt. Darum verliert der Satz einiges von seinem resignativen Klang. In dem Konjunktiv und dem punktlosen, offenen Schluß finde ich die eigentliche Provokation des Gedichts; es müßte wirklich etwas geschehen, mit einer Geste, die nur das Gewissen beruhigt, ist es nicht getan.

Rolf Haufs benennt den Widerspruch, in dem sich mitfühlende, »gute« Menschen befinden, die keine Zyniker sein wollen. Er deutet an, daß dieser Widerspruch zwischen fernem Elend und nahem Glück oder Unversehrtheit nicht gelöst werden kann, sondern auf die oder andere Weise auszuhalten ist. Das Gedicht, ja die Kunst zehrt von diesem Widerspruch. Ganz nebenbei wird hier auf den alten Streit angespielt, der die Debatten zur Ästhetik seit der Antike ebenso belebt wie in bekannte Sackgassen geführt hat: wie reagiert die Kunst auf den Jammer der Welt?

Das kleine Gedicht gibt auf bescheidene Weise Antwort. Es versöhnt nicht mit diesem Widerspruch, es reißt ihn weiter auf. Es überfällt nicht mit versteckten moralischen

Appellen. Anders als die Meinungslyrik, die den Ruf des politischen Gedichts ziemlich ruiniert hat, zeichnet sich Haufs' Gedicht gerade dadurch aus, daß weder ein konkreter Anlaß genannt noch eine Meinung verkündet wird. Es bleibt auf kunstvolle Weise offen, ein politisches Gedicht ohne politische Aussage, aber voll tückischer Stille und Unruhe. Ein Zeitgedicht, das zu allen Brennpunkten paßt: Sarajevo oder Sivas, Solingen, Somalia und zur Schlägerei an der Ecke. Die Bilder stören, die Gestörten behelfen sich mit der Formel vom »unfaßbaren« Geschehen. Aber dieses Gedicht faßt es, die Irritation ist nicht mehr rückgängig zu machen, der Boden schwankt, *jeden Tag*.

ROLF HAUFS
PEPPINO PORTIERE

Er erfand Blätter, die er
Mit einem Strohbesen vom Kies-
Weg fegte.

Er hatte eine Mütze.
Er hatte eine Tasche.
Er hatte ein Fahrrad.

Gegen Mittag bestellte er
Die Sonne, damit er
Im Schatten sitzen konnte.

Er gab Ratschläge.
Er sprach mit seinen Hühnern.
Er telefonierte in alle Welt.

Um Alter und Weisheit wett-
Eiferte er mit einem
Eukalyptusbaum.

PETER RÜHMKORF
DER PORTIER UND DIE POESIE

Um es vorwegzunehmen, ich stehe dem Gedicht nicht gänzlich unbefangen gegenüber, ich kenne den Beschriebenen. Der Herr Peppino war einige Jahrzehnte lang der Türhüter jener deutschen Künstlerherberge in Rom, die als »Deutsche Akademie Villa Massimo« firmiert, und ich wage zu bezweifeln, ob das einprägsame Faktotum jemals ernsthaft, das heißt als durch sich selbst bemerkenswertes Individuum zur Kenntnis genommen wurde.
Auf jeden Fall unterscheidet es die poetische von der bloß passantischen Wahrnehmungsweise, daß diese für einen nützlichen Grüßaugust nimmt, was sich in jener vielleicht als eine geheimnisvolle Existenz malt. Das Gedicht von Rolf Haufs hat es denn auch darauf angelegt, die beiläufige Erscheinung zum Anlaß von Verwunderung zu nehmen. Mit exakt flaumleichter Hand werden einige charakteristische Verhaltensmerkmale des ruhmlos Verblichenen vorgeführt, wobei sich die scheinbar unscheinbaren Genreszenen plötzlich als bedeutungsvolle Äußerungen eines merkwürdigen Geheimlebens entpuppen.
Bereits die Eingangsstrophe zieht ziemlich unvermutete Analogien zwischen den Geschäftsobliegenheiten eines Portiers und dem Tätigkeitsbereich von Poeten oder Artisten oder – bitte! – Tausendkünstlern; denn wenn uns jemand ohne großen Umschweif als Erfinder von Blät-

tern vorgestellt wird, erscheint er uns doch augenblicklich als einer der unsern, als ein Verfertiger von Sinnentäuschungen nämlich, ein Mensch, der planvoll Illusionen in die Welt setzt. Daran ändert auch nichts, daß sich der schöne Schein bei genauerem Hinsehn als schlau inszenierte Notwendigkeit enthüllt. Was ein Strohwisch von Hexenbesen hier so demonstrativ zusammenkehrt, sind ja nichts anderes als Schutzbehauptungen und, letztlich, Daseinsrechtfertigungen.

Da das geschilderte Subjekt weder über eigene Produktionsmittel verfügt (sein geringer Besitz läßt sich an drei Fingern herzählen, und das Gedicht tut es), noch auf seine Unabdinglichkeit in wichtigen Produktionsprozessen verweisen kann, klammert es sich an seinen Besen wie an einen Zauberstab, und – siehe da! der Wunsch bewirkt das Wunder – hinter der bloßen Pantomime von Tätigkeit schimmert so etwas auf wie eine Aureole von Lebenszweck und Alltagsnutzen.

Nun geht es dem Gedicht freilich nicht bloß darum, zu zeigen, wie sich einer in einem Land der chronischen Unterbeschäftigung hinter Scheinhandlungen verbirgt und vielleicht verbergen muß. Was zur Disposition steht, ist vielmehr eine Lebenshaltung oder auch Glückseligkeitsauffassung, die unter dem Namen *Dolcefarniente* zunehmend in Mißkredit gerät und die sich ständig vor dem höchsten Zeitideal eines leistungsbetonten Selbstverbraucherdaseins zu verteidigen hat.

Um reuelos in Ruhestellung verharren zu können, bedarf es der beschwörenden Zitation von wahrhaft höheren Mächten, zum Beispiel der Sonne, die zwar gewiß nicht auf Anruf erscheint, die aber dennoch täglich kommt wie bestellt und auf die man sich jederzeit hin-

ausreden kann. Sie liefert dem süßen Müßigsein ganz natürliche und unwiderlegbare Argumente. Sie breitet aber auch den schönen Schatten hin, in dem sich, was man eine idyllische Lebenseinstellung nennt, erst richtig entfalten kann.
Spätestens an dieser Stelle wird nun allerdings auch der Grund der Wahlverwandtschaft zwischen dem lyrischen Idylliker und seinem Modell offenbar. Ähnlich wie sich die Poesie, von allen möglichen und unmöglichen Seiten her auf ihre Brauchbarkeit befragt und im Hinblick auf Wirkungsmöglichkeiten und Erfolgsaussichten ausgehorcht, immer wieder zur Entschuldigung ihres unschuldsvollen Daseins veranlaßt sieht und dennoch nicht viel mehr als schönen Schein zu ihrer Legitimation vorbringen kann, sehr ähnlich sieht sich auch das Harmonie-Ideal der Selbstgenügsamkeit ständig zur Camouflage seines Wesens gedrängt.
Daß es das eigentlich gar nicht nötig hätte, wer glaubt es ihm aber außer dem Poeten? Und wer bestätigt wieder diesem eine Existenzberechtigung abseits vom Wettkampf der Verwertungskräfte? So sehen wir denn den einen Nichtsnutz den anderen, den Dichter nämlich den Türhüter und Tausendkünstler wie eine höhere Inkarnation seiner selbst vor sich herschieben, eine Person, die die Sprache der Vögel versteht, gleichwohl Drähte in alle Welt unterhält und füglich wohl auch Ratschläge erteilen kann.
Welche Ratschläge und was für Lehren? Sagen wir es in Übereinstimmung mit der Abschlußstrophe so: dem betriebsamen Eifer der Welt gelassen zu entsagen und vielleicht in einem – auf Tugendbelege und Wachstumsideologien nicht angewiesenen – Eukalyptusbaum ein Bei-

spiel zu sehen. Nebenbei, ich kenne den eigensinnigen Baum, und wer ihn passieren wollte, hatte sich höflich zu verneigen.

SARAH KIRSCH
AM WALFJORD

Die Schafe am Walfjord sahen
Wie meine Moorschafe aus
Überlebenkünstlerinnen und Künstler
Und als der Eiswind die Vliese kämmte
Die Tiere über die Klippen des
Felsjochs sprangen bis an den
Flutsaum geschah es daß ich ihre
Sprache verstand: Der Sommer ist
Kurz der Sommer ist
Schön wenn wir im Schafspelz
Spazierengehn. Darnach
heulten sie daß mir das
Herze rotierte. Hast du was
Neues gehört? fragte ich meinen
Ausgeblichenen Übersetzer der jedenfalls
Nichts von meiner verborgenen
Bösartigkeit ahnte er warn
Hübscher einäugiger König tippte
Auf seinen Taschencomputer sagte:
Noch einen Winter dann gibt es
Bier für Islands furchtlose
Söhne! Ähnliches sprachen die
Bauern als sie die
Schafe und Schäfchen im Lenz
Ausschwärmen ließen. Die letzten

Kehren niemals zurück sondern werden
Von Trollen als lebende Öfen in
Unterirdische Kammern gestellt.

HANNE F. JURITZ
AUCH TROLLE WOLLEN ES WARM HABEN

In einer völlig fremden Umgebung benehme ich mich wie ein Kind. Aufmerksam abwartend suche ich nach Vertrautem, Vergleichbarem zumindest. Ich stehe zwischen dem Erfahrenen und dem Erfahrbaren im Niemandsland – bis der Erfahrungsdrang die Erwartungshaltung, den Zustand, der einem Schockzustand gleicht, beendet.
Vermutlich ist es Sarah Kirsch ähnlich ergangen, als sie in die gigantische Küstenwelt Islands kam. Beim Anblick der Schafe am Walfjord wollte sie augenblicklich bei ihren Moorschafen sein, aber nun war sie hier der bizarren Schönheit des Nordens ausgesetzt. Da gab es Unheimliches zu bestaunen, Gewaltiges, Sagenhaftes. Da mußten, damit es vertrauter wurde, Vergleiche her, Besitzanspruch auch. Das Wort »mein« wurde gebieterisch den fremden Tieren am Felsjoch entgegengesetzt. Die Rückversicherung der heimischen Tiere war nötig, um der Sehnsucht nach Hause Herr zu werden. Der Sommer ist kurz und schön. Nach der Idylle das Elend. Das spöttisch provozierende, Erhabenheit suggerierende »Darnach« stellte das »rotierende Herze« schon wieder in Frage. Schließlich heulen Schafe nicht, sie blöken, wie jedermann weiß, aber ihr »Heulen« leistete dem Heimweh der Autorin Vorschub, es war das Heulen der Schafsfreundin selbst über den eisigen Sommer am Nordmeer – fern von mitteleuropäischer Informationsflut.
»Hast du was Neues gehört?« fragte sie ihren »ausge-

blichenen« Übersetzer – was ausgeblichen ist, wird niemals mehr Farbe annehmen, ausgeblichen ist bleicher als blaß. Einäugig war dieser fahle »König« obendrein, auf einem Auge blind, beantwortete er sämtliche Fragen mit dem Taschencomputer, der als Neuigkeit immerhin den Winter als Zeiteinheit zu bieten hat.

»Noch einen Winter« steht für ein Weilchen. So lange wird es dauern, bis der Bedarf an Bier »für Islands furchtlose Söhne« gedeckt ist – und so ein Weilchen ist tröstlich überschaubar, ein Winter eben, ein Dauertrost, eine dauernde Hoffnung wie die Hoffnung der Bauern in jedem Frühling, daß den Schafen übers Jahr nichts zustoßen möge. Nur ist der Winter die längste Jahreszeit hier, wo auch die Trolle es warm haben möchten. So müssen ihnen die kleinsten, die verlorenen Schäfchen als lebende Öfen in verborgenen Kammern dienen.

Schafe sind in ihrer Genügsamkeit bewundernswerte »Überlebenskünstlerinnen und Künstler«, die den Unbilden trotzen. Und in ihr Fell ist die Autorin geschlüpft, denn sie versteht ihre Sprache. Aber Schafe sind alles andere als bösartig. Sie sind im Gegenteil völlig wehrlos jeder Bösartigkeit ausgesetzt. Womöglich ist sie, die Autorin, wenn sie von ihrer »verborgenen Bösartigkeit« spricht, augenzwinkernd als Wölfin in den Schafspelz gekrochen?

Mich beeindrucken die Kontraste in diesem Gedicht. Das muß ein mächtiger Fjord sein, ein riesiges zerklüftetes Becken, wo sich die Wale einfinden, die Kolosse der Meere, und wo sich die Schäfchen wie Winzlinge über die Klippen bewegen, »spazierengehn«, wie es die Autorin nennt, obwohl ihnen der Eiswind durch die Vliese fährt und der Sommer zum Heulen kurz ist. Die nordische Saga ist hier zu Hause, Naturgewalten werden zum ehrfurchtgebietenden Spuk, hier leben die Trolle, die Geister und des Königs von Thule furchtlose Erben, die freilich mit Taschencomputern hantieren. Mir scheint, als versichere sich die Autorin neuzeitlicher Requisiten, um nicht befürchten zu müssen, in ein Märchen gefallen zu sein.

SARAH KIRSCH
BEGINN DER ZERSTÖRUNG

Unbegehbar von Mooren umschlossen
Niemals hat ein Mensch ein vierfüßiges Tier
Diese verhexte lockende Wiese betreten
Die Rinde der schwarzen Bäume, Säulen
Des Himmels, berührt, die vielstimmigen Vögel
Auffahren sehen aus geschüttelten Blättern
Wunderschöne Vögel mit Hauben, Spechte
In sehr großer Menge, blaugefiederte Tauben
Und noch die Kühe, stumpfsinniges Vieh
Benachbarten Graslands versuchen mitunter
Den Saum zu erreichen, es heißt sie mißachten
Den eigenen Zaun und zerreißen
Sich Brust und Kopfschild versinken.
Die rostbraunen Wasser betrügerischen Moose
Werfen uns alle zurück. Wir sehen
Die Wiese vom Tau beglänzt Tag und Nacht
Ihre Blumen, die nie eine irdische Hand
Fällte, Sterne, weitverzweigter Halme
Schwebende Kronen, und sind
Von aller Freude abgeschnitten durch
Unser Wünschen, wir in gewöhnlichen
Kuhweiden stehend voll Sehnsucht.

PETER VON MATT
SCHÖNER ORT MIT HEXE

Schon die Droste hielt es mit dem Moor. Und wie erst Gertrud Kolmar! Beiden waren die Kröten lieb, die Sumpfwesen. Für beide war das Moor mit der Nacht verwandt und mit den Frauen und mit der Dichtung. Die Droste versteckte ihre Faszination hinter Gesten der Abwehr: *Da birst das Moor, ein Seufzer geht / Hervor aus der klaffenden Höhle; / Weh, weh, da ruft die verdammte Margret: / ›Ho, ho, meine arme Seele!‹* »Ho, ho« ist gut. Nicht eben ein Ruf der Zerknirschung. Die hält an ihren Sünden fest. Auch ist sie auf kleine Kinder aus, wie man in der berühmten Ballade nachlesen kann. Ähnlich die »Troglodytin« der Kolmar. Sie wohnt »im Geröhr an Sumpf und Seen« und fängt von Zeit zu Zeit einen Mann, den sie sich dann »zu Willen zwingt«. Die Auswahlbände pflegen das Gedicht nicht aufzunehmen.

Aus Bachofens Studien über das Mutterrecht wissen wir, daß zum alten Frauenreich das unermeßliche Sumpfland gehörte, die Welt vor dem Ackerbau, wo noch niemand seinen Vater kannte: »Darum wird Artemis und Aphrodite ›im Schilf‹ und ›im Sumpf‹ verehrt.« Und weil die gewässerte Erde schwarz ist und aus ihr allein einst alle Nahrung kam, ist Schwarz die älteste Frauenfarbe. Schwarz war die arkadische Demeter, schwarz ist heute noch die Madonna zu Einsiedeln.

Schwarz sind auch die Bäume in diesem geheimnisvollen Gedicht. Als »Säulen des Himmels« bilden sie ein Heiligtum, das nicht betreten werden darf von den Gewöhnlichen. Um das profane Pack fernzuhalten, braucht es hier keine Tempelwächter, keine patrouillierenden Amazonen. Der schöne Ort schützt sich selbst. Aus Mooren und gefährlichen Wassern taucht er auf, in ihnen schwimmt er, schwebt er, abgerückt vom »benachbarten Grasland« des »stumpfsinnigen Viehs«, des Packs eben, der Profanen – »wir in gewöhnlichen Kuhweiden«.

Wohnt wirklich niemand an dem schönen Ort? Die schwebende Insel ist »verhext«. Es muß also jemand den Spruch über sie gesprochen haben. Jemand muß über sie regieren. Jemand muß das Schlimme gewollt haben, muß wollen, was hier geschieht: daß alle in Verzückung geraten, die diese Insel erblicken. Und daß dann die Sehnsucht sie packt, eine erotische Verfallenheit, die das eigene Leben nicht mehr in Rechnung stellt über dem wilden Begehren, dorthin zu gelangen. Die Bauern wissen es. Sie haben Stacheldraht um das Moor gezogen. Aber immer wieder zerreißt ein Tier sich die Brust daran und dringt durch und ersäuft im tückischen Wasser. Den Menschen scheint es ähnlich zu gehen. »Von aller Freude abgeschnitten« kommen sie sich vor, kaum ist ihr Blick auf die leuchtende Stätte gefallen. Ein furchtbarer Satz ist das. Die bisherige Welt, besagt er, das harmlos vergnügte Leben, erlischt. Was bewegt und farbig war, verödet, versteppt, dorrt ab. Nur noch diese Sehnsucht ist da, und wer ihr nachgibt, kommt um.

»Beginn der Zerstörung« – man könnte den Titel als ökologischen Schluchzer lesen: auch dieses Idyll wird noch dran glauben müssen; wir machen ja doch alles kaputt. Damit würde das Gedicht sofort harmlos, eine Belehrung für die ohnehin Belehrten. Vor allem aber müßte diese Deutung in Konflikt geraten mit der Tatsache, daß der schöne Ort selbst mit Zerstörung droht.

Um sie geht es. Was hier lauert, ist die alte Gefahr, die einst von der Insel der Sirenen ausging. Auch einer Blumeninsel übrigens, benannt nach ihren schönen Gewächsen: Anthemoissa. Da wollten alle hin, sobald sie den Gesang der Vogelfrauen einmal gehört hatten, und alle kamen dabei um, ausgenommen ein einziger ausgepichter Schlaukopf.

Die Verse der Sarah Kirsch spielen mit diesem Mythos. Die »wunderschönen Vögel«, die »vielstimmigen«, sind die einzigen sichtbaren, hörbaren Bewohner des magischen Landstücks. Sie sind aber nicht selber Zauberinnen. Vielmehr deuten sie auf eine unsichtbare Hexe hin, die wahre Herrin des Orts. Diese versteckt sich unter den Kühen, tut so, als könne auch sie nur hinüberglotzen, mit Kugelaugen. Wer sie kennt, entdeckt sie jedoch bald. Ist sie doch ausgezeichnet unter den Sängerinnen, vielstimmig, wunderschön.

SARAH KIRSCH
BEI DEN STIEFMÜTTERCHEN

Bei den weißen Stiefmütterchen
im Park wie ers mir auftrug
stehe ich unter der Weide
ungekämmte Alte blattlos
siehst du sagt sie er kommt nicht

Ach sage ich er hat sich den Fuß gebrochen
eine Gräte verschluckt, eine Straße
wurde plötzlich verlegt oder
er kann seiner Frau nicht entkommen
viele Dinge hindern uns Menschen

Die Weide wiegt sich und knarrt
kann auch sein er ist schon tot
sah blaß aus als er dich untern Mantel küßte
kann sein Weide kann sein
so wollen wir hoffen er liebt mich nicht mehr

ULLA HAHN
NACH VORNE LEBEN

Wie kein anderes hielt mich dieses Gedicht von Sarah Kirsch fest, seit ich es Mitte der siebziger Jahre zum ersten Mal las. Ich verstand es nicht, genauer, ich begriff die letzte Zeile nicht. Das mußte doch heißen: so wollen wir hoffen, er liebt mich noch. Jahrelang blieb mir der Sinn dieses »nicht mehr« verschlossen, erst seit kurzem glaube ich, das ganze Gedicht zu verstehen.
Ohne Mühe erschließen sich die ersten Zeilen. In knappen Bildern erzählen sie von einer Frau, die im Park auf ihren Geliebten wartet. Nichts wird verrätselt, aber alles geht wie verhext. Der Mann kommt nicht, dafür verwandelt sich die Weide zum Weib, mißgünstig, alt: »Siehst du er kommt nicht.« Aber die Frau nimmt den Abwesenden in Schutz, beschwört alle möglichen und unmöglichen Hindernisse und muß doch schließlich diesen harten Brocken Wirklichkeit herauswürgen, sei er auch noch so salopp verpackt zwischen gebrochene Füße, Gräten, verlegte Straßen: »er kann seiner Frau nicht entkommen«. Ironisch, philosophisch-abgeklärt sucht der nächste Satz den Ernst des vorangegangenen zurückzunehmen. Vergeblich.
Wir kennen nun den Tatbestand und wissen um die Traurigkeit, die er unaufhaltsam mit sich bringt für alle, die in Mitleidenschaft gezogen sind. Niemand glaubt, daß er »schon tot« ist, wie die Weide, die die heimliche Liebe schon lange kennt, stichelt, das wäre zu einfach, ganz wie

im Märchen. Die Wirklichkeit ist trivialer, dafür weniger dramatisch: er wird seiner Frau die Einkaufstüten nach Hause tragen, weiße Stiefmütterchen pflanzen, eine Weide fällen.
Kann sein, kann sein. Alles mögliche kann sein. Weil das Erwünschte nicht wirklich sein kann.
Und nun hofft die Frau, die so einsam ist, daß sie gemeinsame Sprache spricht mit einem Weidenweib, »er liebt mich nicht mehr«. Hofft das gerade Gegenteil von dem, was alle Liebe begehrt: Gegenliebe. Will die Frau diese nicht? Oh, doch, sonst hätte sie ihn nicht, »wie ers mir auftrug«, ein ums andere Mal erwartet. Aber sie will diese Liebe nicht um jeden Preis. Lieber gibt sie den Geliebten frei, als daß ihm Böses widerführe, alles Ungemach, das in der zweiten Strophe aufgezählt wird.
Wer so selbstlos lieben kann, muß sehr selbstbewußt sein. Die Frau vermag den Geliebten loszulassen, weil sie sich an sich selber halten kann. Freiwillig ist sie zu ihm gekommen, freiwillig kann sie ihn freisprechen und sich. Sie muß sich nicht an einen Geliebten klammern, dem »die Straße verlegt« ist.
Die Frau unter der Trauerweide steht auf eigenen Füßen, sie steht allein, aber ohne Angst, allein zu bestehen. Ehe die Weide zum dritten Mal knarrt, hat die Frau den Bann gebrochen, ist auf und davon.
Traurig und trotzig ist dieses Gedicht, wie so viele von Sarah Kirsch. »Man muß nach vorne leben und nicht nach rückwärts«, hat sie in einem Interview gesagt. Mit ihrem Gedicht »Bei den weißen Stiefmütterchen« bin ich ein Stück vorwärtsgekommen.

SARAH KIRSCH
DATUM

Der kam am 28. Februar, stellte
Sich mir vors Fenster in einem Bärenfall sagte
O wie mir schwindelt. An diese Höhe
Könnte ich dich gewöhnen, Schöner
Lerne mich tragen und ich
Mache mich leicht. Auch soll dir dafür
Manches Wunder passieren: mein Haar
Wird dir durch die Finger wachsen dein Mund
Der Abdruck des meinen du hörst mich fortan
Wenn ich nicht da bin. Sprichst meinen Namen
Hin in die Winde: alles gelingt.
Herzschöner wollen wir Julia und Romeo sein?
Der Umstand
Ist günstig, wir wohnen
Wohl in der gleichen Stadt, aber die Staaten
Unsere eingetragenen Staaten gebärden sich, meiner
Hält mich und hält mich er hängt so an mir wir
Könnten sehr unglücklich sein ach du sprachest
Eben noch mit mir

WALTER HINCK
ROMEO UND JULIA IN BERLIN

In der Lyrik hat am ehesten Liebesdichtung einen autobiographischen Hintergrund. Sarah Kirschs Gedicht »Datum« stammt aus der Zeit ihrer engeren Freundschaft mit dem Schriftsteller und Grafiker Christoph Meckel. Während Meckel in West-Berlin lebte, wohnte sie in einem Hochhaus in Ost-Berlin. So wird der Schwindel, der Höhenschwindel des Mannes am Fenster, verständlich. Auf den autobiographischen Kern verweist auch die genaue Datumsangabe. Doch warnt die Wahl der lyrischen Bilder den Leser vor der Fixierung auf lebensgeschichtliche Details. Auch will bedacht sein, daß an diesem 28. Februar eine Liebesgeschichte allenfalls ihren Anfang nimmt, mit dem Angebot von Möglichkeiten der Liebe.

Aus der Vorstellung des Höhenschwindels entfalten sich die Bilder der folgenden Verse: der Wunsch, getragen zu werden, das Versprechen, sich leicht zu machen. Wunder werden verheißen: das Ineinanderwachsen der Liebenden, der Kuß, die Gegenwärtigkeit auch der nicht anwesenden Geliebten, die Verzücktheit der Liebenden. Diese märchenhafte Liebe steht im Zeichen des Gelingens, des Glücks.

Nun wechselt die Szenerie. »Herzschöner« hält noch an der Sprache des Verzücktseins fest. Dann aber werden die Liebenden in neuen Rollen gedacht, in den Rollen Romeos und Julias. Vergleichbar ist die Situation. Wie in der Tragödie Shakespeares die Liebenden durch den Streit der Patrizierhäuser, so werden sie hier durch den Kalten Krieg zwischen Ost und West getrennt. Verse aus dem Umkreis des Gedichts variieren das Thema in den Klagen, daß »der Freund mir / Abgetrennt ist und in fremder Welt« (»Dem Mai«), daß sie »zerrissen sind« (»Der Milan«).

Sarah Kirschs Sprache kommt in dem Gedicht »Datum« ohne den Gestus der Anklage aus. Statt dessen hier das bewußte Understatement, die nur scheinbar beschönigende Ironie: »Der Umstand / Ist günstig«; die Staaten »gebärden« sich, ihr eigener »hängt« so an ihr. Nur so ließ sich durchhalten, was Sarah Kirschs Schriftstellerkollege und politischer Antipode in der DDR, Peter Hacks, den »Sarah-Sound« genannt hat: »Es geht widersprüchlich her, ohne daß es immerzu knirscht ... die Sprünge ihrer Einbildungskraft haben guten Grund.« »Das Weiterschwebende wird dem Abschließenden vorgezogen.« Auch dieses Gedicht setzt keinen festen Schlußpunkt, läßt die Antwort des Geliebten offen; das Gespräch ist abgebrochen worden.

Sarah Kirschs Gedichtband »Rückenwind«, in dem das Gedicht steht, erschien 1976 in der DDR und im Jahr ihrer Übersiedlung nach West-Berlin, 1977, auch in der Bundesrepublik. Von poetischer Doppel-, ja Mehrbödigkeit ist das Gedicht. Nur in der Möglichkeitsform wird vom Gelingen und Scheitern der Liebe erzählt, die Alternative ist ein Spiel der Imagination. Und doch bringt das Gedicht durch den Schleier poetischer, gleichnishafter Verhüllung eine zerspaltene Welt zum Vorschein, in der erfüllte Liebe ein Glücksfall bleibt oder nach dem Muster der großen Tragödie zu enden droht. Ein Beispiel hoher lyrischer Kunst.

SARAH KIRSCH
DER SÜDEN

Wenn es nach mir ginge, ich säße den Tag
Angelehnt auf dem Faulbett, den Himmel
Vergleichend und Bilder vor Augen.
Über der Straße flattert ein Landhund;
Die alten Papierfabriken! Das grüne reine Wasser.
Mein Arm drinnen, der andere
Zugereicht. Höchstens vier Grad die Sorgue.
Petrarca kommt mit Laura den Weg uns entgegen
Auf einem Maultier. Beide über siebzig und Laura
Rauchte Zigarrn. Der Maler Klapper holt aus einem
Schuhkarton
Fünfundzwanzig angefangene Bilder. Ein Ockertagebau
Ein Schwemmsystem um den Farbstoff zu fangen – alles
Unterm Mont Ventoux eines Tags im September, der
Währt schon ein Jahr

LUDWIG HARIG
DAUER DES AUGENBLICKS

Chiron, der weise, menschenfreundliche Kentaur, erklärt Faust die Macht der Poesie. Er hat die schöne Helena auf seinem Rücken getragen; seitdem verteidigt er den großherzigen Dichter, der überschwenglich ihre Alterslosigkeit rühmt, gegen den Philologen, der pedantisch die Jahre zählt – und sagt zu ihm: »Den Poeten bindet keine Zeit.« Dieses Wort gilt unverbrüchlich. So lautet auch die poetische Quintessenz des Gedichts »Der Süden« von Sarah Kirsch: *eines Tags im September, der / Währt schon ein Jahr.* Eine Beschwörung der angehaltenen Dauer, eine Anrufung des ewigen Augenblicks! Mitte der siebziger Jahre hatte die Dichterin sich »aus dem Ländchen gemogelt«, war für kurze Zeit aus der DDR ausgereist, einer Einladung nach Südfrankreich gefolgt und bei ihrer Ankunft in den lieblichen Gärten der Provence sogleich dem Reiz des Mediterranen verfallen. An der Südflanke des Mont Ventoux, in Weinhängen und Zypressenhainen, in lichtübergossenen Bezirken, wo für die aus den nördlichen Nebeln Kommenden ein unwiderstehlicher Zauber zu wirken beginnt, empfand sie wohl zum erstenmal in ihrem Leben die Leichtigkeit des Seins – und sie singt davon.
Der Lobpreis des Südens hat Tradition. Schon vor Sarah Kirsch haben wortkräftige Dichter wie René Char und Philippe Jaccottet das Land besungen, ihm Schwerkraft und Zeitlichkeit genommen. Petrarca, der den »Windigen Berg« vor sechshundertsechzig Jahren bestieg, schwang

sich »auf Gedankenflügeln vom Körperlichen zum Unkörperlichen hinüber«, beschritt die beschwerlichsten Wege am sichersten und erfolgreichsten im Kopf, »ohne jede Fortbewegung im Nu des Augenwinkels«. Jede Aufgeregtheit ist vermieden, jede körperliche Anstrengung gemindert.

In Sarah Kirschs Gedicht sind die abgegriffenen Redensarten von Muße und Nichtstun, vom süßen, heiteren Leben in blitzblanke Bilder gewendet: Sie hockt auf dem Faulbett, vergleicht den Himmel, nimmt die überraschenden Eindrücke wahr. »Den Himmel vergleichend«, sagt sie; aus dem unscharfen grammatischen Bezug lesen wir eine genaue Aussage heraus: Sie vergleicht den südlichen mit dem nördlichen Himmel; er lädt nicht zum Faulenzen und auf ganz andere Weise zum gedankenverlorenen Betrachten ein.

Mit ihrem Begleiter am Ufer der Sorgue unterwegs, begegnet sie Laura und Petrarca, die vom Gipfel des Mont Ventoux zurückgekehrt sind, alt und grau geworden –, doch unsterblich geblieben. Fünfundzwanzig Bilder hat Herr Klapper zu malen begonnen; er kann keins beenden, denn immer neue Motive bedrängen ihn, und auch die nahen Ockergruben liefern ihm mehr Farben, als er zu vermalen imstande ist. Maler und Dichterin brauchen sich nicht zu beeilen, ihre Wahrnehmungen in Bilder und Metaphern zu verwandeln, die Zeit ist stehengeblieben, der Raum zur Wunschgegend geworden: *Wenn es nach mir ginge, ich säße den Tag / Angelehnt auf dem Faulbett.*

Raum und Zeit sind aufgehoben. Das provenzalische Idyll erstreckt sich über die ganze nördliche Halbkugel und entfacht ein Glücksgefühl, wie es der kleine Marcel Proust in Swanns Welt empfand – Geborgenheit im Imaginären, worin die festgeschriebenen Naturgesetze ihre Geltung verloren haben. Er »kehrte zu dem Weißdorn zurück wie zu einem Kunstwerk, von dem man meint, man werde besser sehen, wenn man es einen Augenblick inzwischen nicht angeschaut hat« – »und als sei es dort immer und ewig sieben Uhr abends gewesen«.

SARAH KIRSCH
DIE HEIDE

Die Sonne blendete mich ich ging
Auf irischer Heide
Schnepfenvögel eilige klappernde Flügel
Trugen Herzklopfen ein
Birken schlugen mir grob auf den Rücken
Von weitem hörte ich
Äxte stürzende Bäume
Eine Zeitung die ich nicht lesen konnte
Trieb im Wind, aus den Dünen
Kamen Gestalten mit lichten Haaren
Augen wie Sterne schwebenden Füßen
Wie sie in alten Büchern
Beschrieben werden schossen sich nieder.

JOACHIM KAISER
GRIMMIGE SYMPATHIE-LENKUNG

Wolfgang Clemen, der große Münchener Anglist, wies seine Studenten gern darauf hin, wie Shakespeare nicht nur Monologe strukturiere, Szenen-Rhythmen entwerfe, Figuren charakterisiere – sondern auch »Sympathie-Lenkung« betreibe. Nun gut: Daß es im dialektischen Genre des Dramas, wo Menschen und Mächte einander spannungsvoll konfrontiert werden, eine solche Technik mehr oder weniger raffinierter Sympathie-Lenkung gibt, braucht nicht zu überraschen.

Bei einer Lyrikerin wie Sarah Kirsch indessen – die doch für ihren lakonischen »Ton« berühmt wurde, für den »Sarah-Sound«, der »Sarah-Suchtkranke« zur Folge habe – dürfte man Technik und Taktik der unauffälligen, am Ende um so effektvolleren lyrischen Sympathie-Lenkung kaum erwarten. Aber sie kommt durchaus vor. Mehrere Gedichte des 1984 erstmals erschienenen Bandes »Katzenleben« sind so gemacht. Musterbeispiel: »Die Heide«.

Sarah Kirschs lyrisches Ich geht auf irischer Heide spazieren. Was ihm dabei begegnet, ist lästig, unangenehm, widerwärtig und mit unerquicklichen Assoziationen verbunden. Zunächst fällt es noch nicht so sehr auf. Sicherlich könnte man ganz konkret-zeitgeschichtlich an die gegenwärtigen kriegerischen Konflikte Irlands denken, welche die Autorin vielleicht sogar primär im Sinne hatte. Aber die Sache scheint doch noch vertrackter zu sein. Die Sonne blendet – was vorkommt, aber lästig sein kann. Eilige

»klappernde Flügel« bewirken Herzklopfen, als ob dieses Geklapper die Dichterin nicht nur störe, sondern verfolge. Dann mehren sich die Unannehmlichkeiten beim irischen Spaziergang. *Birken schlugen mir grob auf den Rücken.* Da spielt offenbar mit, daß »Birkenreis« keineswegs etwas holdselig Edles ist, sondern, so wußte und dichtete der junge Goethe, den Steiß reinigt.

Blendung, Geklapper, grobe Schläge: das könnte genügen. Doch Sarah Kirsch fügt dann noch das scheußliche Geräusch von Äxten hinzu, die Vorstellung gefällter, stürzender Bäume. Wer hätte alles das nicht im letzten Akt des Tschechowschen »Kirschgarten« hassen gelernt? Dabei sind wir in trivialer Gegenwart: *Eine Zeitung die ich nicht lesen konnte / Trieb im Wind.*

Abscheuliche Heide-Szenerie. Nun aber ändert sich der Ton. Ins Positive und Romantisch-Verklärende. Figuren mit »lichten Haaren« erscheinen, mit Augen »wie Sterne« und auf »schwebenden Füßen«. Die stammen anscheinend aus erhabener Vergangenheit. Welch Kontrast zur häßlichen Gegenwart! Zweimal lenkte die Dichterin unsere Sympathie und Antipathie ebenso eindeutig wie vorsätzlich. Und zwar einer hintergründigen Schlußpointe wegen. Denn: Was taten die Heroen aus edleren Jahrhunderten? *schossen sich nieder.* Und wir ahnen verwirrt: Unsere unedle bürgerliche Neuzeit hat auch einiges für sich.

SARAH KIRSCH
DIE LUFT RIECHT SCHON NACH SCHNEE

Die Luft riecht schon nach Schnee, mein Geliebter
Trägt langes Haar, ach der Winter, der Winter der uns
Eng zusammenwirft steht vor der Tür, kommt
Mit dem Windhundgespann. Eisblumen
Streut er ans Fenster, die Kohlen glühen im Herd, und
Du Schönster Schneeweißer legst mir deinen Kopf in den Schoß
Ich sage das ist
Der Schlitten der nicht mehr hält, Schnee fällt uns
Mitten ins Herz, er glüht
Auf den Aschekübeln im Hof Darling flüstert die Amsel

HORST BIENEK
LIEBE UND SCHNEE

Es heißt, es werden wieder Liebesgedichte geschrieben, man findet neuerdings sogar Versbücher, die mutig das Wort Liebe im Titel tragen; ja, und es erscheinen Anthologien, die ungeniert »Liebesgedichte aus unserer Zeit« versammeln. Doch ich glaube, das alles täuscht. Wahrhaftige Gedichte der Liebe werden kaum noch verfaßt – und schon gar nicht von Männern. Die Handvoll überzeugender Liebesgedichte, die in den letzten zehn, zwanzig Jahren in deutscher Sprache geschrieben wurde, stammt von Frauen, von Marie Luise Kaschnitz, von Ingeborg Bachmann, von Rose Ausländer, von Sarah Kirsch.
Genau besehen, ist das nebenstehende Gedicht ein Gedicht des Abschieds von der Liebe, auch wenn im Titel und in der gleichlautenden ersten Zeile eine Erwartung verkündet wird. Es spricht von der Zeit der schönen Täuschung. Denn wenn die Luft nach Schnee riecht, ist der Sommer vergangen, die hohe Zeit der Liebe, der Begierden, der Ekstasen, wie es einst aus den alten Versen klang.
Doch trotzig und gegen das Überlieferte wird hier dafür der kommende Winter reklamiert, ach, der Winter – ohne einen Seufzer geht das nicht ab. Der schöne Parlandoton, der die Sprache so geschmeidig macht, die Wörter fluten läßt, er kann uns über das Verhängnis, das in der Luft liegt, nicht hinwegtäuschen, oder höchstens nur so lange, wie die Zeit der Wörter reicht. Beschwörend wird dieser

Winter angerufen, er soll die Liebenden zusammenführen, sie zusammenwerfen, er soll die Gemeinsamkeit enger, die Liebe größer, gewaltiger machen.
Die Autorin scheut sich nicht, in den Bildern und Metaphern der Kindheit zu träumen: die Eisblumen am Fenster, die glühenden Kohlen im Herd und das Windhundgespann, lautlos, vor der Tür. Es ist die Sehnsucht nach Geborgenheit, die uns im Märchenton von »Schönster Schneeweißer«, von der Zeitlosigkeit der Gefühle erzählen will – doch dahinter lauert das Ende, die Einsamkeit, die Kälte.
In einer eindringlich schönen Geste bettet die Frau den Kopf des Geliebten in ihren Schoß, zärtlich, und weiß doch, daß es keinen Aufschub gibt, daß in ekstatischen Augenblicken der Liebe die Luft schon nach Schnee, nach Kälte riecht und in der Hitze der Leiber sich bereits der Frost des Abschieds ankündigt. Der Schnee fällt mitten ins Herz. Ein Wort bleibt, vielleicht; dahingeworfen: Darling. Ganz äußerlich, banal. Und auch das ist bald Asche, wird in den Kübeln fortgetragen wie jeglicher Müll.
Ein Gedicht der Halluzination, das mit Hitze beginnt und in Vereisung endet. Liebe und Schnee. Ein Schlitten, der mit allen Sehnsüchten und Träumen vorbeifährt.
Doch tröstlich: das Gedicht redet nicht vom Tod. Am Schluß flüstert die Amsel. Vom nächsten Sommer, von der nächsten Liebe? Der Geliebte trägt langes Haar. Sulamith ist allein.

SARAH KIRSCH
DIE VERDAMMUNG

Weil ihm zu sterben verwehrt war
Angekettet an den heimischen Felsen der Blick
Auf die ziehenden Wolken gerichtet und immer
Allein die Bilder im Kopf stimmlos
Vom Rufen Anrufen Verdammen
Das Leben fristen war nicht zu bedenken
Göttliche Hinterlist nährte ihn so gewöhnte
Er sich langsam ins Schicksal nach Jahren
Sah er den Adler gern wenn er nahte und sprach
Stotternd mit ihm bei der Verrichtung

Oder mit entzündeten Augen verrenktem Hals
Weil der Flügelschlag ausblieb die niederen Wälder
Aufschub ihm angedeihn ließen um Tage
Harrte er des einzigen Wesens und glaubte
In der Leere des Winds der glühenden Sonne
Wenn der Fittiche Dunkel fürn Augenblick
Erquickung schenkte geborgen zu sein
Liebte den Folterer dichtete Tugend ihm an

Als die Ketten zerfielen der Gott
Müde geworden an ihn noch zu denken
Der Adler weiterhin flog weil kein
Auftrag ihn innezuhalten erreichte
Gelang es ihm nicht sich zu erheben den
Furchtbaren Ort für immer zu verlassen
In alle Ewigkeit hält er am Mittag
Ausschau nach seinem Beschatter.

RUTH KLÜGER
PROMETHEUS BESCHATTET

Zäh sind die alten Sagen, zum Beispiel die von Prometheus, der den Menschen das Feuer brachte und dafür von den Göttern an den Kaukasus geschmiedet und von einem Adler gefoltert wurde, der seine immer nachwachsende Leber fraß. Im aufgeklärten achtzehnten Jahrhundert liebte der junge Goethe nicht den leidenden, sondern den rebellischen, aktiven Prometheus, der den schöpferischen Geist schlechthin verkörperte und für dessen »heilig-glühend Herz« keine anderen Autoritäten als »die allmächtige Zeit und das ewige Schicksal« galten. Im neunzehnten Jahrhundert, damals, als man noch Utopien entwarf, feierte Shelley in seinem *Prometheus Unbound* einen erlösten, geläuterten Wohltäter, der ein neues Zeitalter der Humanität heraufbeschwört.

Dagegen war Kafkas Prometheus ein Besiegter und sinnlos Duldender. Nach Kafka »wurde in den Jahrtausenden sein Verrat vergessen, die Götter vergaßen« und »wurden müde, die Adler wurden müde, die Wunde schloß sich müde«. Hier knüpft unser Gedicht an, das in der letzten Strophe den müde gewordenen Gott ausdrücklich erwähnt. Doch Sarah Kirsch geht über Kafka hinaus. Sie zeichnet einen willenlosen, innerlich gebrochenen Helden, der die Befreiung nicht übersteht und der »göttlichen Hinterlist« samt seinem Peiniger ausgeliefert bleibt.

Es gibt ein Phänomen, das die Psychologie das »Stockholm-Syndrom« nennt, nach einem Fall, bei dem Verschleppte sich mit ihren Kidnappern identifizierten und deren Partei ergriffen. Unser Gedicht beschäftigt sich mit einer solchen Psychopathologie des vereinnahmten Gefangenen, der sich an das »einzige Wesen«, das mit ihm verkehrt, klammert. Doch ist er kein Durchschnittsmensch, dessen Urteilsfähigkeit sich bis zur Selbstverleugnung vermindert, sondern ein Titan, und das Gedicht ist keine Fallstudie, sondern geht von einer uralten Tradition aus, ist also eine poetische, überdimensionale Gestaltung geistiger Labilität.

Die flüchtig skizzierte Landschaft – heimischer Felsen, ziehende Wolken, niedere Wälder – könnte aus einem ausgewogenen Naturgedicht des Biedermeier stammen, wenn der Wahrnehmende nur keinen verrenkten Hals und entzündete Augen hätte. Sarah Kirschs berühmte Enjambements (man ist versucht, sie »Super-Enjambements« zu nennen), die, zusammen mit fehlenden Satzzeichen, die Leser zwingen, sich in jeder Zeile neu zu orientieren, vermitteln das fließende, nur halbwache Bewußtsein des Gefesselten. Teils sind es Konstruktionen, die sowohl auf den vorhergehenden wie auf den folgenden Satzteil Bezug nehmen, eine gleitende grammatische Technik, *Apokoinu* genannt, die in der mittelalterlichen Dichtung häufig vorkommt und sich, wie man sieht, auch für die Ambivalenzen moderner Lyrik eignet. So kann sich das Wort »stimmlos«, am Ende des vierten Verses, auf die stummen Bilder im Kopf ebenso wie auf den heiseren Protagonisten beziehen; »nach Jahren«, im achten Vers, paßt ebenso auf Prometheus' Gewöhnung ins Schicksal wie auf seine Begrüßung des Adlers.

Der Sonne ausgesetzt, ist ihm dieser Vogel ein Folterknecht und ein Schattenspender, weshalb das Wort »Beschatter« seine zweite Bedeutung als Spitzel, Überwacher, beibehält. Ohne Stilbruch gewinnt das Dargestellte so seinen furchtbaren politischen Sinn: Prometheus »liebte den Folterer dichtete Tugend ihm an«, gesteigert bis an die Grenze des Erträglichen in dem einseitigen Gespräch zwischen Vollstrecker und Gefoltertem *während* der Folter: *Sah er den Adler gern wenn er nahte und sprach / Stotternd mit ihm bei der Verrichtung*. Das verharmlosende Wort »Verrichtung« für Tortur entlarvt die zynische Sprache der Machthaber.

Wir erkennen diesen Helden, weil er seit ein paar Jahrtausenden von sich reden macht; doch sein beruhigend klassischer Name bleibt im Gedicht ausgespart. So wird er uns zum zeitlosen Zeitgenossen – man spürt's in der Magengrube –, dem »zu sterben verwehrt war«.

SARAH KIRSCH
EINÄUGIG

Wie Ölbäume schimmern die Weiden
Blaugrün und zitternd, die Pappeln
Ahmen Zypressen nach (dunkler
Dunkler! Vertieft eure Schatten!). Der Wind
Übt Fall und Flug seines Bruders Mistral

HARALD WEINRICH
LANGSAM GELESEN

Die neuere Poesie hat für gewöhnlich mit der Landschaft (außer der »Stadtlandschaft«) nicht viel im Sinn, und von Bäumen zu reden ist seit Brecht schon gar nicht erlaubt. Auch Vergleiche, zumal solche mit »wie«, gelten bei vielen zeitgenössischen Autoren als unmodern. Sarah Kirsch hat sich nicht angestrengt, ihr Gedicht nach den neuesten Regeln der Modernität zu schreiben. Nur die Form der Verse, auffällig durch die Stellung der Satzsubjekte an der hinteren Versgrenze, läßt das Gedicht als modernes Gedicht erkennen. Man kann sagen, daß dieses Formmerkmal, von dem viele neuere Lyriker Gebrauch gemacht haben, ein prosodischer Ausgleich für den in der Neuzeit abhanden gekommenen Reim ist.

Das Gedicht »Einäugig« beruht auf einem dreifachen Vergleich. Weiden werden mit Ölbäumen, Pappeln mit Zypressen und der nicht näher bezeichnete Wind wird mit dem Mistral verglichen. Die Weiden, Pappeln und der Wind sind Elemente einer Landschaft, die nördlichen Lesern vertraut ist. Sie bilden die Basis des Vergleichs. Von dieser Basis aus soll sich die Phantasie des Lesers nach den Anweisungen des Vergleichs entfernen, um sich in eine andere Landschaft zu begeben, die durch Ölbäume, Zypressen und den Mistral als südliche, mediterrane, provenzalische Landschaft gekennzeichnet ist. Das Gedicht ist also insgesamt ein Landschaftsgedicht, jedoch sehen wir eine doppelte Landschaft vor uns.

Die erste Zeile hat die einfache Form eines Wie-Vergleichs. Indes: die ferne Landschaft (»Ölbäume«), zu der der Vergleich hinführt, ist an erster Stelle genannt, so daß der Leser, wenn er die Anweisung des Vergleichs ausführen will, sein Verständnis einen Augenblick in der Schwebe halten muß, bis die Vergleichsbasis (»Weiden«) genannt ist. Die gemeinsame Eigenschaft beider Vergleichsglieder (das »tertium commune«) liegt im Verb »schimmern«. Die Adjektive »blaugrün« und »zitternd«, die ohne Flexionsmerkmale am Anfang des zweiten Verses stehen, könnten von der Grammatik her auch den beiden zuerst genannten Bäumen zugeordnet werden; von der Bedeutung her müssen sie aber auf die (Zitter-)Pappeln und die dunklen Zypressen bezogen werden. Daß die Autorin nach diesen Adjektiven entgegen den Regeln der deutschen Grammatik auf eine Inversion des Subjekts verzichtet, ist eine »poetische Freiheit«.
Die zweite Stufe des Vergleichs, die nun einsetzt, ist dynamischer als die erste Stufe; das ausdrückliche »wie« ist jetzt verschwunden und in das Verb »nachahmen« hineingezogen. Die Pappeln scheinen sich selber Mühe zu geben, zu beweisen, daß sie mit Zypressen vergleichbar sind. Es muß ihnen wohl ziemlich schwerfallen, denn die Autorin, die wir uns als parteiliche Beobachterin dieses Landschaftsspiels vorstellen dürfen, hilft mit gutem Rat nach, ruft der Natur mithelfend zu.
Auch der Wind strengt sich an, daß der Vergleich gut zustande kommt, er »übt« Fall und Flug. Denn der Mistral, so wissen die Wetterkundigen, ist ein Fallwind, und darin gleicht ihm nicht jeder schlichte nördliche Wind. Aber es wird ihm schon gelingen, darf der Leser hoffen, denn der Mistral ist der Bruder dieses Windes. Hier kommt zum

Schluß ein freundlich-franziskanischer Ton in das Gedicht. Immerhin heißt auch der Band, in dem dieses Gedicht steht, »Rückenwind«.

Als das Gedicht entstand, im Jahre 1976, erhielt Sarah Kirsch, zusammen mit Ernst Meister, den Petrarca-Preis. Er wurde auf dem Mount Ventoux, den Petrarca als erster bestiegen hatte, verliehen. Dieser Berg liegt in der Provence. Nach dieser Preisverleihung ist das Gedicht »Einäugig« in der DDR, wo Sarah Kirsch damals noch lebte, geschrieben worden. Zwischen der einen und der anderen Landschaft liegen also Staatsgrenzen, die für viele Menschen unüberwindbar sind. Nur die Phantasie ist frei, diese Grenzen zu überspringen. So ist dieses nord-südliche Landschaftsgedicht gleichzeitig ein politisches Gedicht.

SARAH KIRSCH
EINE SCHLEHE IM MUND
KOMME ICH ÜBERS FELD

Eine Schlehe im Mund komme ich übers Feld
sie rollt auf der Zunge stößt Zähne an wenn ich geh
mein Kopf eine Schelle klappert und macht
einen traurigen Mund
                                        meiner mit einer Schlehe
deiner Sand schon und Kieselstein
ich drüber du drunter
Ebereschen blutrot samtrot liegts auf dem Weg
Drosseln freßt freßt
den Herbst lang euch Vogelfett an

2.9.66

REINER KUNZE
POESIE

Ihr Kopf ist eine Schelle, die nur sie selbst hört, und sie schüttelt ihn. Über wen, worüber? Und warum macht sie einen traurigen Mund? In ihm rollt auf der Zunge eine schwarzblaue Beere. *Sein* Mund dagegen ist »Sand schon und Kieselstein ...« Wer ist *er*? Richtiger: Wer *war* er? Einer, dessen Mund schon Sand und Kieselstein ist, muß vor langer Zeit gestorben sein. Und warum entsinnt sie sich seines *Mundes*? Kann sie seine Küsse nicht vergessen? Warum aber ist dann ihr Kopf mit der Schlehe im Mund eine Narrenschelle? »... ich drüber du drunter«. Kein Zweifel – die Rede ist vom Geliebten. Aber der Ton ist eher triumphal, und so spricht man nicht von einem Toten. Der Geliebte ist nicht gestorben. Nur für sie ist er's. Ihre Liebe ist tot.

Sie schüttelt den Kopf über sich selbst. Sie war eine Närrin. Sie hatte geglaubt, ohne ihn werde das Leben nicht weitergehen, und auch er hatte wohl geglaubt, das Leben werde ohne ihn nicht weitergehn für sie. Er war wohl allzu sehr davon überzeugt gewesen, daß das Drüber ihm, das Drunter ihr zustehe. Bis es drunter und drüber gegangen war. Nun geht sie drüber hin und redet sich ein, darüber hinweg zu sein. Sand sei sein Mund schon und Kieselstein. Doch sie ist eine Närrin und weiß, daß sie's ist: Ihr Kopf ist eine Schelle. »Ebereschen blutrot samtrot liegts auf dem Weg«. Ihre Seele liegt bloß, und ihr graut vor der Zeit, die nun kommen wird. Ihr graut vor der Einsamkeit, vor der Kälte.

»Drosseln freßt freßt / den Herbst lang euch Vogelfett an«. Ihr bleibt nichts anderes, als auf der Zunge die Schlehe zu rollen. Als Schelle sorgt ihr Kopf dafür, daß sie ihn nicht verliert.

Die alte, uralte Geschichte vom Liebesleid – keine dürfte öfter erzählt worden sein als diese –, und Sarah Kirsch erzählt sie, wie sie noch nie erzählt worden sein dürfte. Einen Kirschkern hat jeder schon im Mund gehabt, im Kopf aber nicht den Einfall, dieser sei nun eine Schelle. Und der Einfall ist nur das eine. Das andere ist, nicht mehr zu brauchen als dieses eine poetische Bild, um die ungezählte Male erzählte Geschichte unvergeßlich neu zu erzählen.

Und so zu erzählen, daß jeder eine etwas andere Geschichte erzählt bekommt – die, für die er geschaffen ist. Das Bild hält bereit, was jeder für seine Geschichte braucht. Das, was das eigene Gedicht der Dichterin erzählt, weiß vielleicht nur sie selbst. Falls nicht auch sie es erst zu einem Teil weiß. Und das ist Poesie.

SARAH KIRSCH
ERDREICH

Nachrichten aus dem Leben der Raupen
Der Kuckuck stottert und die gebackenen Beete
Zerreißen sich wenn ich Gießkannen schleppe
Die mir überantworteten Gewächse verlausten Gemüse
Hilflos betrachte, als ich vor Jahren
In meines Vaters Garten ging
Gab es die siebfachen Plagen
Höllisches Ungeziefer nicht und der Boden
Tat noch das Seine, der hier
Ist ein Aussteiger niederträchtig und faul
Ihn muß man bitten den Dung
Vorn und Hinten einblasen sonst bringt er
Nicht maln Pfifferling vor was müssen die Menschen
Das Erdreich beleidigt haben, mir erscheint
Siebenundzwanzig Rosenstöcke zu retten
Ein versprengter Engel den gelben Kanister
Über die stockfleckigen Flügel geschnallt
Der himmlische Daumen im Gummihandschuh
Senkt das Ventil und es riecht
Für Stunden nach bitteren Mandeln.

HERMANN LENZ
VERWANDELTE GARTENARBEIT

Nach einer Reise in die DDR erzählte mir eine Kollegin bannenden Blicks von ihrer Begegnung mit Sarah Kirsch und nannte deren Gedichte phänomenal. Ein junger Schriftsteller, der mit mehreren ostdeutschen Literaturkennern befreundet war, widersprach und ließ mich wissen, er habe zu denen da drüben gesagt, was die mache, sei der reine Eskapismus.

Das war 1971, wenn mir recht ist. Ich kannte damals kein Gedicht von Sarah Kirsch. Inzwischen sind mir ihre Verse so nahe wie die von Annette von Droste-Hülshoff, weil sich bei ihr Alltägliches in einen großen Zusammenhang einfügt.

Mich freut's, wenn ich neben dem Erstaunlichen etwas Augenzwinkerndes entdecke wie hier in »Erdreich«, wo jeder Vers mit präzisen Beobachtungen gefüllt ist und eine starke Empfindung alles durchleuchtet. Dabei wird nur von der Gartenarbeit erzählt.

Unter »Nachrichten aus dem Leben der Raupen« stelle ich mir das Stadium der Verpuppung vor, in dem die Raupe starr wird oder am dünnen weißen Faden hängt. Daß der Kuckuck »stottert«, verrät, wie froh Sarah Kirsch ist, daß auch der mal nervös wird. Und sie ist der ausgedörrten Erde und den Pflanzen nah, als verflüchtige sie sich zwischen ihnen und leide mit ihnen am Verlaustsein. Der Boden tut ihr weh, als wär's ihr Leib, und sie weiß, warum er nicht mehr das Seine tun will. Wie ein »Aussteiger, nieder-

trächtig und faul« läßt er sich von seiner Geliebten aufpäppeln.
So wird, was im Garten geschieht, mit der eigenen Erfahrung durchtränkt, und der Boden verwandelt sich für sie in einen Erschlafften, der ihr leid tut und dem sie vorn und hinten was reinschieben muß, damit er wieder hochkommt. Das Saloppe in diesen Versen (»sonst bringt der nicht maln Pfifferling vor«) kräftigt das Rhythmische des Gedichts. Nach dem habhaften Dung-Vergleich wird der Vers mit der schmerzhaften Überlegung durchtränkt: »... was müssen die Menschen / Das Erdreich beleidigt haben«.
Die poetische Verwandlungskraft läßt alles Kreatürliche erneuert hervorsteigen. Beständig wechseln die Bilder und legen neue Empfindungsschichten bloß. Der gelbe Kanister mit der Lösung, die das »höllische Ungeziefer« bekämpft, gehört zum »versprengten Engel mit stockfleckigen Flügeln«. Der vertreibt die »siebfachen Plagen« der Gewächse, die Sarah Kirsch auf der Haut spürt und den Leser in ihre Haut verzaubert.
Die stockfleckigen Flügel des versprengten Engels aber werden wohl an den fleckigen Gärtnerkittel eines Freundes von Sarah Kirsch erinnern, dem sie dankbar ist, weil er im Gummihandschuh die nach bitteren Mandeln riechende Lösung versprüht, damit die Gewächse gesunden; wobei der Geruch nach bitteren Mandeln daran erinnert, daß die heilende Flüssigkeit ein Insektengift ist.
So wird nichts verharmlost und aus Erfahrungen, die jeder kennt, der im Garten arbeitet, das Gedicht zusammengefügt. »Die gebackenen Beete zerreißen sich, wenn ich Gießkannen schleppe« erinnert an die hitzetrockene Erde, die zertreten wird; denn durch solche kaum merkbaren

Bedeutungsverschiebungen und Widersprüche wird das, was jeder kennt und was nichts Besonderes ist, zu etwas Besonderem.

SARAH KIRSCH
IM JUNI

Gott mit uns! Der Herr Pastor
Sah Rübezahl ähnlich und fuhr wie der Teufel.
Überholte die vornehmsten Wagen, indem er
Sich an die Stoßstangen hängte und wild übersprang.
Weißen Haares glaubte ich die Stadt zu erreichen, da begann
Die Gegend lieblich zu werden; manche Allee
Aus Linden Kastanien, ein und der andere Weiher
Zeigten sich her; die blaue Chaussee
Ward ein buckliges hüpfendes Schlänglein.
Wie leicht mir der Mut war. Ich grüßte ein schönes
Zweifarbnes Pferd auf der Weide, mein Kind
Zählte an fünfhundert Bäume. Der Pastor
Sagte, was glauben bedeutet, so fuhrn wir
Hin auf die Insel, wo Caspar David
Einst in die Kreide gestiegen war. In grüner
Dann blauer Farbe lag nun das Meer
Mit Muscheln und zitterndem See-Stern zu Füßen.
Ich saß auf einem Wegstein und sah
Die dunkle, die weggleitende Sonne, dich
Auf der anderen Seite der Welt. Ich schlief
Und fror die ganze Nacht. Der Pastor aus Dranske
Las in der Schrift von Jakob und Rahel.

ROLF SCHNEIDER
ZWISCHEN AUFGANG UND UNTERGANG

Jemand reist mit seinem Kind ans Meer; es ist nichts Außergewöhnliches. Straßen werden benutzt, Bäume gehen vorbei, ein weidendes Pferd gerät ins Bild, schließlich das Ziel: zweifarbenes Wasser, Sonnenuntergang, Muscheln, ein Seestern. Es ist nichts Außergewöhnliches? Am Steuer des Wagens sitzt ein geschwindigkeitsbesessener Pfarrer, langhaarig, langbärtig; beim Rasen meditiert er über sein ureigenes Geschäft, den Glauben. Der Zielort ist Dranske. Das liegt am nordwestlichen Rand der Insel Rügen, und die Insel Rügen liegt weit östlich der Darßer Schwelle, wo das Ostsee-Wasser ausgesüßt ist und keinen Seestern mehr leben läßt.

Die Verfasserin, als sie mit Vornamen noch Ingrid hieß, war eine Studentin der Biologie. Sie wird sich gerade in diesem ihrem Fach keine unbedachten Freiheiten einräumen. Der »zitternde See-Stern« ist freilich auch kein maritimer Stachelhäuter, sondern, ausgewiesen schon durch die Schreibweise, ein optisches Zeichen und ein metaphorisches Zeichen außerdem: es will Verheißung, Verzükkung, Unerreichbarkeit assoziieren, auf dem Untergrund von ozeanischer Kälte. Und die Sonne, Urheberin solcher Reflexe und Reflexionen, wandelt sich alsbald in ein menschliches Du: »auf der anderen Seite der Welt«.

Dieses Gedicht erzählt in Wahrheit von Liebe, von Trennung, von Sehnsüchten. Der beschriebene Ortswechsel ist gleichermaßen Suche und Flucht. Die Erinnerung an Caspar David Friedrich soll nicht bloß denen, die den Ort Dranske auf Landkarten nicht finden, die Orientierung erleichtern; es wird auch an ein bestimmtes Bild erinnert, das manieristischste dieses Malers, es zeigt ihn gemeinsam mit seiner Braut. Stubbenkammer, Ort dieser Verlobten, befindet sich auf der Dranske genau gegenüberliegenden Seite der Insel Rügen. Die ist nun Osten gegenüber jenem Westen, wo das Du und die Sonne entgleiten. Dem Verlöbnis des romantischen Malers antwortet die Gedichtzeile einer, die eine ganze Nacht hindurch frierend liegt. Dem aber antwortet die Erinnerung an Rahel und Jakob, an die rührendste Liebesgeschichte des Alten Testaments. Sie handelt von Sehnsüchten und von Trennung. Sie endet glücklich. Aber die Bibel ist ein Mythos und weit fort von der Gegenwart.

»Im Juni« stammt aus dem Bande »Rückenwind« der Sarah Kirsch. Es steht in der zweiten Abteilung des Bandes, die fast durchweg Liebeslyrik enthält: verstellte und unverstellte, Strophen der Glückseligkeit, des Verlustes, der Trauer, angesiedelt in Topographien, die können auch städtisch sein oder auch mediterran. Vorspruch ist dieser Zweizeiler: »Freundbruder aus Wolfsland wir wollen / Unsere Blicke anzünden an etwas glauben«.

Dazu ist »Im Juni« fast schon wieder der Abgesang. Glauben wird zu einem Thema, das ein Pfarrer beim Autofahren abhandelt, womit wohl auch gemeint ist: vorübergehend und endlich wie jegliche Fahrt.

Zwei Seiten vor diesem Gedicht steht eines, das heißt »Ende Mai«, und schon die Titel korrespondieren miteinander. »Ende Mai« schließt mit diesen Versen: »Wenn mein Leib / Meine nicht berechenbare Seele sich aus den Stäben / Der Längen- und Breitengrade endlich befreit hat.«

Glauben ist eine Dimension der irdischen Liebe, auch jener himmlischen, die Religion heißt; es ist eine Dimension jeder menschlichen Entscheidung. Glauben, wer wüßte es denn nicht, kann genährt und beschworen und gestärkt werden; man kann ihn auch zerstören, er kann vergehen. Zwischen Aufgang und Untergang der Sonne, das sind Osten und Westen, liegen die Stäbe der Meridiane: unsichtbar oder aus Stahl und Beton.

Sarah Kirsch hat sich aus ihnen befreit, einen Augenblick lang. Sie hat sich in andere begeben. Vielleicht holen Kälte und Traurigkeit sie dort nicht mehr ein.

SARAH KIRSCH
KLOSTERRUINE DSHWARI

Die braunen Mönche gehn im Gänsemarsch
Sie sind sehr alt, nur ihre Stimmen
Sind kunstvoll auf ein Band gebracht
Sie psalmodiern, ein Knopfdruck macht sie stille.

Da harren sie, die Füße starr erhoben
Bis ihren Mund der Bauer wiedersingen läßt
Die Hände in die Ärmel eingeschoben
Gehn sie der Schwalbe durch das achte Nest.

Bis Abend kommt, die Zeit des Weins
Sie schlafen in der vollen Spule
Der Abt auf seinem hohen Stuhle
Zählt die Kopeken in die Höhlung eines Steins.

EBERHARD LÄMMERT
STIMMENZAUBER

Wer sich nicht täuschen läßt beim Lesen und sie nicht ziehen sieht, die Reihe kahler Köpfe über braunen Kutten, und hört, wie unter ihrer Litanei Sandalen ab und an den Boden schleifen, den lassen die zwölf Verse nicht ein in ihre kleine Geschichte. Wer wiederum nicht stutzt und nachliest, was es mit »Band« und »Knopfdruck« auf sich hat, wenn alte Mönche ihren Gebetsgang tun, der hat kaum die Chance, noch zu erfahren, was hier vor sich geht.

Die alten Mönche singen längst nicht mehr, und leicht wäre es, lakonisch zu berichten, daß nun ein Tonband seine Dienste tut, wenn ein Besucher sie zitieren will. So hat die Technik einmal mehr dem Umgang von Menschen miteinander seine Unmittelbarkeit genommen und am Ende einen Flecken Erde entseelt, an dem bis dahin sogar Gott, auch in der Sowjetunion, noch seine Stundengebete hatte und dazwischen seine Ruhe.

Die DDR-Autorin Sarah Kirsch, Jahrgang 1935, schrieb ein Gegenwartsgedicht, das mit der List der Poesie erzählt, wie wenig diese alte Rechnung stimmt. Die List besteht, nicht anders übrigens als die List der Vernunft im besten Falle, darin, daß die Poesie in der Geschichte vom Kloster Dshwari selber ruht und ihr nicht erst aufgesetzt ist.

Der erste Vers macht einen Zug von Mönchen gegenwärtig, doch schon der zweite springt, als wäre nichts natürlicher, um zu der Nachricht, es gebe nur noch ihre präparierten Stimmen; zwischenhinein psalmodieren sie. Vorstellungen und die Vorrichtungen, sie zu erzeugen, werden in diesen vier Versen gleich indikativisch vorgeführt: die Illusion wird so erzeugt, wie sie jedem Besucher angeboten wird, um ihn anderes und mehr von diesem Ort wissen zu lassen, als das stumme Gemäuer ihm noch sagen kann.

Was anders machen eigentlich – heute wie je – Gedichte, wenn sie etwas taugen? Sie sind eine der menschlichen Vorkehrungen, um Vorstellungen so deutlich gegenwärtig zu machen wie Gegebenheiten, mithin einer unserer Kunstgriffe, mehr Leben einzufangen als das bloß vorfindliche.

Doch Vorsicht, wenn die Vorstellungen ihr Eigenleben beginnen! Da stehen die konservierten Mönche nun auf Abruf und sehr unbequem, bis einer da ist, der sie singen macht. Sarah Kirsch erlaubt ihren Versen den Übergang zum vollen Reimklang in dem Augenblick, in dem die künstliche Vorkehrung ganz durchschaubar wird. Wer es nun genauer weiß, der kann nicht nur die Mönche nach ihrer Regel weiterziehen sehen, sondern auch belächeln, wie ein Lautsprecher im Gebälk ihnen alle Erdenschwere nimmt und sie durch Schwalbenlöcher schlüpfen läßt.

Die letzte Strophe läßt das Spiel mit den frommen Stimmen gewesen sein; doch ist von seinem Nutzen nun die Rede, und da umarmen die Reime sich am innigsten. Der Abt, der die Spenden eines Tages bedächtig einstreicht, mag mit den Seinen der Verdiener sein – doch ist womöglich auch er selbst »auf seinem hohen Stuhle« nur ein heraufbeschworenes Bild, und andere verdienen nun an der

Macht, die auch vergangene Frömmigkeit noch über die Gemüter hat.

Von Mallarmé stammt die Einsicht, daß zwischen den alten Praktiken und der in der Poesie wirksamen Zauberei eine geheime Verwandtschaft bestehe. Der »Zauberspruch« von Sarah Kirsch praktiziert sie unbefangen. Er gibt Rätsel auf, löst sie und läßt doch das meiste offen. Doch zeigt er auch, wovon die Künste leben: Ein bißchen Zauberwerk, um anderen den Sinn zu trüben oder auch zu weiten, ist heute so begehrt wie in den Zeiten, als die Technik erst die Bambusflöte hervorgebracht hatte.

In diesem kleinen Gedicht, das nicht von Weltbegebenheiten handelt und nicht vom Labyrinth der eigenen Brust, läßt sich lesen, daß Poesie nicht nur in Büchern, sondern auch im Leben ziemlich unverwüstlich ihren Sitz hat, jedenfalls in Dshwari.

SARAH KIRSCH
MOORLAND

Erst springe ich über die Gräben
Die seidenen Unterröcke leuchten
Im rostbraunen Wasser der Wind
Bläst mich von Sode zu Sode im Kreis
Roter niedergeschlagener Gräser
Blasen steigen auf aus den Tümpeln
Grünfunkelndes Moos es keuchen
Die zerbrochenen sinkenden Erlen
Speckige Pilze Koboldkanzeln
Bedecken flatternde Maste
Wie Patronen glänzt der Kot wilder Tiere
Der blitzgespaltene kopflose Stamm
Stellt sich mir in den Weg
Mit ausgebreiteten flehenden Armen
Die Ratte die ehdem mein Gutsherr war
Läuft voran auf befestigten Boden.

KERSTIN HENSEL
BLUTENDES GRAS

Das Gedicht beginnt harmlos. Wer über das Moor läuft, scheint einem dänischen Märchen zu entstammen. Die seidenen Unterröcke verraten das zarte elfische Geschöpf. Es könnte Erlkönigs Tochter sein. Aber schon in Vers 3 tritt Merkwürdiges ein: Die Seide leuchtet *Im rostbraunen Wasser.* Eine Lufttäuschung auf eisenhaltigem Wasser? Oder ist da wer zwischen Schrott versunken?
Mit dem Wind wird der leichte Sprung, von dem wir noch nicht wissen, für welches Ziel er ausgeführt wird, zum Flug. Das Ich verliert den ohnehin unsicheren Boden unter den Füßen, die Soden (so nennt man in der beschriebenen Landschaft ausgestochene Rasen- oder Torfstücke) geben keinen Halt mehr: *Im Kreis* weist auf die Verstärkung des Windes zum Wirbelsturm hin, aber folgender Vers meint auch den Kreis *Roter niedergeschlagener Gräser,* die das Ich regelrecht umstellen. Ein genau beobachtetes Naturbild. Oder ahnt das Ich (und damit der Leser) nicht schon die dem Moor eigene, jedes Leben in den Abgrund ziehende Gefahr, die ins grausig Menschliche reicht? Rote Gräser können vom Wind niedergedrückte Sumpfpflanzen, es kann aber übernatürliche Gewalt darin verborgen sein, von deren Angriff das Gras blutet. Nun beginnen die Tümpel zu »leben«: Faulgase steigen auf, Stoffe leuchten aus sich heraus, *keuchen* deutet auf tierische Not und – was als Hüpfen über das Moor begann, ist zur Flucht vor der angreifenden und gleichzeitig sterbenden Natur geworden.

Kopflos wird das Ich weitergetrieben durch *kopflose* Natur. Immer bedrohlicher, ganz wie Papa Erlkönigs Regierungsmethoden, wird alles, was das Kind umgibt. Uralte monströse Vegetation, Nebel predigende Kobolde und zu Fahnen zerweichte Maste verhindern die Flucht aus dem Chaos.

Ab Mitte des Gedichtes wird nun deutlich: *die Gräben* sind Schützengräben, und was unter dem *rostbraunen Wasser* verborgen liegt, keine metallischen Spurenelemente, sondern Patronen. Auch wenn der *Kot wilder Tiere* nur so scheint. Es ist etwas anderes Wildes, was diese Landschaft in seinen Untergang getrieben hat. Das Ich prallt vor dem toten *Stamm* zurück, der sich ihm in den weglosen Weg stellt. *Stamm* kann neben Baumstamm auch altgediente Militärmannschaft oder Sippe bedeuten. Die Flucht der Prinzessin hat ein Ende und die Angst ihren Höhepunkt erreicht. Angst herrscht auf beiden Seiten, denn der fluchtverhindernde *Stamm* wird ebenso als ein um Bleiben *flehender* gezeigt.

Das Moorland-Bild wird schließlich vom unerwarteten Auftritt einer *Ratte* durchbrochen und das Flehen auf sie übertragen. Der Schrecken über den Versuch des *Stammes*, die flüchtende Landstochter zurückzuhalten, wird zum Schrecken über die Erkenntnis, daß die Flucht nur der *Ratte* gelingen wird. Der *Gutsherr*, sowohl rattenhafter Verwalter von Erlkönigs Reich als auch verwandelte Ratte, verläßt die verrottete Gesellschaft auf sicherem Boden. Das Ich, von reiner Seele, aber aller Macht beraubt, hat keine Chance, dem Sumpf zu entkommen. Erlkönigs Tochter bleibt das Zusehen, wie der Verrat Land gewinnt.

Das 1983 geschriebene Gedicht von Sarah Kirsch handelt

von vergeblicher Flucht aus fiebrig-krankem Land. Dieses Land ist der Vortod, ein archaisches Gebiet verkommenden Lebens. Der daktylische Rhythmus gleicht dem Tanz der Irrlichter über faulendem Gebiet. Die Verse stehen ohne Interpunktion, weil es für die Umhergetriebene nirgendwo einen Halt gibt. Der Punkt am Schluß *befestigt* nur den *Boden* der mächtigen Feiglinge.

SARAH KIRSCH
NACHRICHT AUS LESBOS

Ich weiche ab und kann mich den Gesetzen
Die hierorts walten länger nicht ergeben:
Durch einen Zufall oder starren Regen
Trat Wandlung ein in meinen grauen Zellen
Ich kann nicht wie die Schwestern wollen leben.

Nicht liebe ich das Nichts das bei uns herrscht
Ich sah den Ast gehalten mich zu halten
An anderes Geschlecht ich lieb hinfort
Die runden Wangen nicht wie ehegestern
Nachts ruht ein Bärtiger auf meinem Bett.

Und wenn die Schwestern erst entdecken werden
Daß ich leibhaft bin der Taten meines Nachbilds
Täterin und ich nicht meine Schranke
Muß Feuer mich verzehren und verberg ichs
Verrät mich bald die Plumpheit meines Leibs.

HEINZ POLITZER
VERHOHLENE LEIDENSCHAFT ALS POLITISCHE METAPHER

Genossen unserer Zeitläufte werden nicht umhin können, zu den drei ersten Wörtern dieses Gedichts das Wort »Parteilinie« zu assoziieren. Politische Links- oder Rechtsabweichungen haben sich in den monolithischen Gesellschaften der Moderne für die Abweichenden als ebenso schicksalsträchtig erwiesen wie für die Berichterstatterin die Hinwendung vom weiblichen zum männlichen Geschlecht.

Der Grundkonflikt, mit dem sich diese konfrontiert sieht, liegt in der inneren Widersprüchlichkeit ihrer Erfahrung. Den Wechsel von Frauen- zu Männerliebe verteidigt sie als intellektuelles Abenteuer, das sich in den »grauen Zellen« ihres Gehirns vollzogen hat, als einen Willensakt, als Willkür im eigentlichen Verstande.

Von Seele oder Gefühl ist zunächst nicht die Rede. In der Inversion »wollen leben«, den beiden letzten Wörtern der ersten Strophe, führt nicht das Leben, sondern das Wollen, obgleich das Leben das einzige Reimwort des Gedichtes bildet. Es reimt mit dem »nicht ergeben«, das den »hierorts« (welches Amtsdeutsch!) waltenden Gesetzen gilt. Bewußt zweideutig wird die Phrase von den »grauen Zellen« ihres Hirns hingesetzt; sie verweist unterschwellig auf den Kerker, in dem sich die Schreiberin unter ihren »Schwestern« schon lange gefühlt haben mag. Diese aber, die »Schwestern«, die zweimal im Innern der Verse auftre-

ten, verschränken sich in einer Art von ausgedehntem Binnenreim mit dem »ehegestern« am Ende der vorletzten Zeile in der zweiten Strophe. Zumindest andeutungsweise gehören die Schwestern schon der Vergangenheit an.
Der »Bärtige«, der all dieses Wandels Anlaß war, bleibt anonym; er hat nichts zu melden; lediglich der unbestimmte Artikel »ein« ist ihm gegönnt. Nur sie, die Frau, ist leibhaft; leibhaft in einem Ausmaß, das den sonst kühlen und ebenmäßigen Fluß der Verse in den Zeilen »Daß ich leibhaft bin der Taten meines Nachbilds / Täterin« unterbricht, eine Stockung erzeugt und den Vers selbst stolpern läßt. Der »Bärtige« ist dazu verurteilt, ein schattenhaftes »Nachbild« zu bleiben, dessen Tat, die Umarmung, die Abgewichene allein unternommen zu haben behauptet.
Sie allein übernimmt auch die Verantwortung für die Folgen der Tat, die sie über sich herabgerufen hat. Das »muß« in »Muß Feuer mich verzehren« hat normativen Charakter: Noch immer untersteht sie den Gesetzen, denen sie mit vollem Wissen und Willen zuwidergehandelt hat, und nennt noch jene, die die Fackel an den Scheiterhaufen legt, »Schwester«. Daß sie jedoch mit einem Kinde schwanger geht, will besagen, daß sie sich ebenso wissentlich wie willentlich einem anderen Gesetz unterstellt hat, dem Gesetz der Natur.
»Durch einen Zufall oder starren Regen« ist die Wandlung ausgelöst worden, die Entscheidung eingetreten. Wieder verrät jedoch die Zweideutigkeit ihrer Sprache das Unbewußte der Frau: »Ich sah den Ast gehalten mich zu halten.« Der Ast ist ein anthropologisches Sexualsymbol und steht für das primäre männliche Geschlechtsmerkmal, wie die Bezeichnung des Mannes als »Bärtiger« für das sekundäre steht.

»Ich [bin] nicht meine Schranke.« Intellektuelle Entscheidungen sind ihrer Natur nach selten schrankenlos, Gefühle sind es oft. Hier bricht die Berichterstatterin das Schweigen, unter dem sie ihre Leidenschaft verborgen hat. Die Schrankenlose ist mitgenommen. Die politische Metapher, der hochbewußte Bruch eines Gemeinschaftsprinzips, das aber, so gesteht's die Übeltäterin, wider die Natur geht, und, wie die Welt nun einmal beschaffen ist, nicht ausschließlich *ihre* Natur, tritt zurück hinter diesem unwillkürlichen Bekenntnis zu einem Umschwung des Gefühls, das die Abgewichene buchstäblich bis zum letzten Wort ihres Gedichtes wahrzunehmen sich nicht gestattet. Von diesem Widerspruch, diesem Konflikt, will das ganze Gebilde zum Bersten gespannt erscheinen, wie eine Saite.

SARAH KIRSCH
NATURSCHUTZGEBIET

Die weltstädtischen Kaninchen
Hüpfen sich aus auf dem Potsdamer Platz
Wie soll ich angesichts dieser Wiesen
Glauben was mir mein Großvater sagte
Hier war der Nabel der Welt
Als er in jungen Jahren mit seinem Adler
Ein schönes Mädchen chauffierte.
Durch das verschwundene Hotel
Fliegen die Mauersegler
Die Nebel steigen
Aus wunderbaren Wiesen und Sträuchern
Kaum sperrt man den Menschen den Zugang
Tut die Natur das ihre durchwächst
Noch das Pflaster die Straßenbahnschienen.

CHRISTOPH PERELS
GESCHICHTE, DIE NICHT VERGEHT

Werden mir meine Enkel glauben, wenn ich erzähle, daß einst am Potsdamer Platz zu Berlin angesichts weiter, nebliger Wiesen Reminiszenzen an Matthias Claudius aufkommen konnten, wo sich schon bald wieder Hochhäuser erheben und Geschäftsviertel hinziehen werden? Seit der S-Bahnhof wieder eröffnet ist, betritt der Besucher die Wiesen, und wo gestern noch Mauer und Grenzstreifen das Niemandsland als »Naturschutzgebiet« den »weltstädtischen Kaninchen« vorbehielten und man die »Mauersegler« als Metapher las, strömt über die Kreuzung Potsdamer/Leipziger Straße und Stresemann-/Ebertstraße schon heute ein endloser Verkehr.

Sarah Kirschs Gedicht gliche einem veralteten Stadtführer, Redaktionsschluß Oktober 1989, wenn es nur etwas von der Geschichte dieses Platzes zu erzählen hätte, vergangen wie die Automarke »Adler« aus Großvaters Zeiten. Es spricht aber, indem es Vergangenes und Gegenwärtiges aneinander mißt, zugleich vom wechselhaften Ineins von Natur und Geschichte.

Unter dem unheimlich-leichten, etwas atemlosen Parlando-Ton entwickelt der Text ein konsequentes Modell: eine erste siebenzeilige Versfolge, vorwiegend einem vergangenen Zustand zugewandt, und eine zweite, ebenso lange, vorwiegend mit einem gegenwärtigen Zustand befaßt, so wahr und so wunderbar wie ein Märchen, kein liebliches freilich, und jede der zwei Versfolgen teilt sich wieder in zwei Gruppen zu drei und vier Versen. Drei Eingangszeilen konstatieren kopfschüttelnd, was doch der Augenschein beglaubigt: Kaninchen bevölkern den einst verkehrsreichsten Platz Berlins, den »Nabel der Welt« für ein halbes Jahrhundert.

Drei Schlußverse ziehen ein Resümee von sarkastischer Dialektik: *Kaum sperrt man den Menschen den Zugang/ Tut die Natur das ihre* – an dieser Stelle im Gedicht und an diesem Ort in Berlin ein tief ironischer Satz, denn jedermann weiß, daß den Menschen am bestbewachten Abschnitt des »Schutzwalles«, wie die Grenze in der Propagandasprache der DDR hieß, der Zugang nicht in naturschützender Absicht versperrt wurde und daß die »Mauersegler« mehr als eine Vogelart, daß sie ein Bild der Freiheit sind.

So kehren sich die Verhältnisse um: im Bereich des Menschen und der Geschichte, wo Freiheit herrschen sollte, stehen die Sperren; und wo alles determiniert ist, im Bereich der Natur, findet der Text die Erinnerung an Spiel, Ungebundenheit und kraftvolles Leben.

Die Zukunft des Potsdamer Platzes mag aussehen, wie sie will, nachdem nur noch ein »Mauerbasar« von der Mauer übrig ist. Die Menschenwelt bleibt dennoch verschattet und tut eben nicht »das ihre«. Sie läßt keinen Atem, der anarchisch und frei durch einengende Ordnungslinien hindurchströmte wie der Atem der Sprechenden durch die strenge Versfolge dieses Gedichts. Im melancholischen Spiel seiner Bilder lebt eine andere Geschichte weiter, länger als die, die im Oktober 1989 zu Ende ging, die Geschichte unserer Sehnsucht.

SARAH KIRSCH
REISEZEHRUNG

Ich mußte eine Menge Zaubersprüche lernen
Mit großer Kühnheit im preußischen Wald
Pentagramme kritzeln das kleine Land
Bei Nacht und Nebel verlassen die Könige auch
Und wieder frei sein.
Die grauen Feldjäger die fleißigen Flurhüter
Hatten das Nachsehn. So halten sie mir
Heute und morgen den Schlagbaum geschlossen.

Ich gedenke nicht am Heimweh zu sterben.
Unauslöschlich hab ich die Bilder im Kopf
Die hellen die dunklen. Ich kann in Palermo sitzen
Und doch durch Mecklenburgs Felder gehn
Auf gelben Stoppeln schwenkt mir der Bauer den Hut.
Die Schwalben stürzen und steigen vorm Fenster
Vertraute Schatten, sie finden mich
Wo ich auch bin und ohne Verzweiflung.

GERHARD SCHULZ
OHNE HEIMWEH

Gedanken über die Dauer des Exils? Inzwischen sind es andere Zeiten als die des Emigranten Brecht, da man öfter die Länder als die Schuhe wechselte und an der Grenze auf den Tag der Rückkehr wartete. Jetzt sind mitten durch das Land und die eine Stadt Mauern gezogen, deren Existenz nicht vom Stehen oder Fallen eines einzelnen Regimes abhängt. Ein Schauplatz für das Machtspiel der Weltgeschichte ist aus dem Lande geworden, so daß mit den alten Kategorien von Heimat und Fremde, Exil und Heimkehr wenig anzufangen ist.

Sarah Kirschs Verse bilden das letzte von acht Gedichten des kleinen Zyklus »Reisezehrung« aus dem Jahre 1982. Jemand fährt über die Transitstraße nach oder von Berlin, von West nach West, wie es in der kuriosen politischen Geographie unserer Tage heißen muß, aber es ist eine Fahrt durch märkische Landschaft, in der man einstmals zu Hause war. Literaturlandschaft ist es mit dem Landsitz des Herrn Ribbeck zu Ribbeck von Fontanes Gnaden oder dem Wiepersdorf der Bettine. Märchenlandschaft auch, denn »wir sollen den Weg nicht verlassen, keine Blumen abpflücken, den müden Wanderer im Wagen nicht aufnehmen, sonst schnappt uns der Wolf«. So steht es im ersten der acht Gedichte. Nur wird der Jäger nicht kommen als Befreier, um dem Wolf den Bauch aufzuschneiden: die grauen Feldjäger sind fleißige Flurhüter im preußischen Walde.

Da ist also ein Mensch – eine Frau, ein Mann, Sarah Kirsch, irgendwer – davongegangen aus diesem Land bei Nacht und Nebel, um frei zu sein, unter anderem von der Not, Zaubersprüche zu lernen und zu schreiben, geheime Zeichen, um Wahres zu sagen. »Zaubersprüche« hieß ein Gedichtband Sarah Kirschs von 1973, als sie noch im kleinen Lande lebte. Daß ihre Verse auch später Zaubersprüche geblieben sind, Verse, die verzaubern durch die Kraft ihrer Bilder und entzaubern durch die Klarheit ihrer Gedanken, ist eine andere Sache. Der Weg hinaus jedenfalls ist ein Weg ohne Rückkehr geworden. Aber keine Rührseligkeit kommt auf über Heimat und Heimweh. Rom sei nicht mehr in Rom, sondern nur dort, wo er selbst sich befinde, sagt der Feldherr Sertorius in einer Tragödie von Corneille. Es ist eine Erfahrung, die ihm in diesem Jahrhundert Tausende bestätigen werden wie denn auch dieses Gedicht.
In der äußersten Kondensation von zwei Zeilen hat sich das Ich in ein starkes Bild der Erinnerung hineingemalt, sich in Beziehung setzend zu dieser fernen, verlorenen Wirklichkeit durch den Gruß des Bauern und durch die Schwalben, die Zeit und Raum durchbrechen, wie das Fenster zwei Sphären verbindet. Ein faksimiliertes Manuskriptblatt Sarah Kirschs verrät etwas von dem Mutationsprozeß zwischen diesem Ich und den Schwalben auf dem Wege zu den vertrauten Schatten: »antreffen, erfahren, finden, stoßen auf, entdecken, begegnen, ausfindig machen, ermitteln, auffinden, nicht entgehen« sind da notiert vor der endgültigen Fassung. So mühelos und selbstverständlich erscheint sie, als hätte sie nie anders lauten können, geht es doch darum, die Vögel zu nehmen als Bürgen für die Unverlierbarkeit des Erinnerten, ohne sie erstarren zu lassen im Gleichnis.

»Vertraute Schatten« einer vergangenen Welt, denn es gehört ebenfalls zu den Kuriositäten unserer Zeit, daß sich bei ihren politischen Konstellationen der Raum in die Zeit verwandelt, daß geographische Gegenwart zugleich persönliche Vergangenheit zu sein hat. »Vertraute Schatten«: das Gedicht bewahrt das Vergangene, es artikuliert Erinnerung, macht sie mitteilbar und damit teilbar.

Aber freilich ist alle Entfernung ein Schritt in der Zeit. Es ist freies Selbstbewußtsein in diesem Gedicht statt der Klage. »Zwischen Weimar und Palermo hab ich manche Veränderung gehabt«, schreibt Goethe in seiner *Italienischen Reise*. Auch wir sind andere geworden und sitzen in unserem Palermo ohne Verzweiflung, Schmerz und Ungeduld.

SARAH KIRSCH
SCHÖNER SEE WASSERAUG

Schöner See Wasseraug ich lieg dir am Rand
Spähe durch Gras und Wimpern, du
Läßt mir Fische springen ihr Bauchsilber
Sprüht in der schrägen Sonne die Krähe
Mit sehr gewölbten Schwungfedern
Geht über dich hin, deine Ufer
Wähltest du inmitten heimischer Bäume
Kiefern und Laubwald Weiden und Birken
Rahmen dich, kunstvolle Fassung
Deines geschuppten Glases, aber am nächsten Morgen

Ist die Sonne in Tücher gewickelt und fern
Das andere Ufer verschwimmt, seine Hänge
Sanft abfallende Palmenhaine
Erreichen dich, du
Einem langsamen Flußarm ähnlich
Birgst Krokodile und lederne Schlangen
Seltsame Vögel mit roten Federn
Fliegen dir quellwärts, ich komm zur Hütte
Rufe mein weißgesichtiges Äffchen und will
In dir die bunten Röcke waschen

Wenn der Rücken mir schmerzt wenn
Die Sonne ganz aufgekommen ist
Liegt der See in anderer Landschaft
Er weiß alle jetzt hat er das Ufer der Marne

Ein Stahlbrückchen eckige Häuser Büsche
Mein schöner Bruder holt mich im Kahn
Fischsuppe zu essen er singt das Lied
Vom See der zum Fluß wurde
Aus Sehnsucht nach fremden Flüssen und Städten

SABINE DOERING
SEEN-SEHNSUCHT

Am Beginn ein idyllisches Bild: Im Licht der schrägstehenden Nachmittagssonne ist der See ein Gesprächspartner für vertrauten Umgang. Ich dir – du mir, lautet die schlichte Grammatik des innigen Zwiegespräches, das Grenzen verschwimmen läßt. Schon sind Wimpern und Gras um Menschen- und Wasserauge nicht mehr zu unterscheiden. Eine mystische Feier der Auflösung in der Natur, wie man vermuten könnte. Aber bleibt dieses um sich blickende Ich schließlich nicht doch es selbst? Denn Schönheit wahrzunehmen und Worte dafür zu finden ist Sache des urteilenden Verstandes, sie erfahrbar zu machen und anderen mitzuteilen seit je Aufgabe der Dichtung.

Kein Zweifel, im Blick der Betrachterin wird das Alltägliche schön. Die Schuppen der Fische glänzen silbern und wirken wie ein kostbares Geschenk; der See und selbst das Krähengefieder werden als Kunstwerk erlebt. Doch taugen bei aller Aufmerksamkeit für das unscheinbare und zarte Detail die Gedichte der Sarah Kirsch nicht als Indizienbeweis für den Rückzug in weltflüchtigen Ästhetizismus. In keiner Zeile vergißt sie, wo dieser See sein kunstvolles »Wasseraug« öffnet. 1967, als das Gedicht in der Sammlung »Landaufenthalt« im Ost-Berliner Aufbau-Verlag erschien, waren die Orte für die Erfahrung von Seen mit Wäldern aus Kiefern, Weiden und Birken strikt vorgegeben. Mitten in karger märkischer Landschaft also liegt der See, der sich seine Ufer »wählt« und dem zugestanden wird, was für die Dichterin und ihre Leser damals wie ein ferner Traum klingen mußte: freie Entscheidung über den Aufenthaltsort.

Wenn das Reisen verboten ist, macht sich die Phantasie auf und versucht, das Vertraute mit fremden Augen zu sehen. So ist auch über den schönen See noch nicht das letzte Wort gesprochen, wie das Ende der ersten Strophe zeigt. In einem kühnen Zeilensprung – ein Stilmittel aus Kirschs poetischem Grundinventar – entsteht eine Spannung, die der Idylle eigentlich fremd ist. Von wundersamen Verwandlungen erzählt die zweite Strophe. Aus Kiefernwäldern werden exotische Palmenhaine, Krähen mutieren zu bunten Vögeln, und der See wird im Bewußtsein der Beobachterin ein träger Fluß in tropischen Landstrichen. So verlockend diese Metamorphosen auch sein mögen – ein Paradies erschaffen sie nicht, denn statt der Fische leben nur offenbar viel gefährlichere Tiere im Traumgewässer. Nur mögen sie in der Enge des streng reglementierten Alltags als akzeptabler Preis für die Verheißung freierer Existenz erscheinen.

In ein farbenprächtiges Abenteuer sieht sich die Träumerin im Grase versetzt, imaginiert sich in ein Leben an südlichen Gestaden. Alltagsarbeit freilich bleibt überall dieselbe, auch die buntesten Röcke müssen eines Tages gewaschen werden, und abwechslungsreich wirkt Routine erst, wenn sie in die Ferne verlegt wird. Sarah Kirsch hat sich später einmal als »ich, Crusoe« porträtiert, doch ihren Traum von der grenzenlosen Freiheit träumt sie hier nicht als moderne Robinsonin. Zunächst leistet ihr ein »weißgesichtiges Äffchen« Gesellschaft – eine exotische Spielart des Idylls von Herr und Hund. Bald aber kommt ein

»schöner Bruder« gefahren, der seine Fischsuppe mit der Sprecherin teilen wird. Die Schönheit ist vom naturhaften Gegenüber nun auf den menschlichen Partner übergegangen, und die Naturinnigkeit findet ihre Steigerung in der angekündigten gemeinsamen Mahlzeit, was in der poetischen Bildersprache auch ein erotisches Versprechen meint. Der Sprung der silberglänzenden Fische freilich endet prosaisch in der Suppenschüssel. Wie so oft behält die studierte Biologin Kirsch ihren nüchternen Blick gegenüber aller sentimentalen Verklärung.

Unterdessen hat sich der heimische See ein weiteres Mal verwandelt, denn er kennt viele Landschaften; ja, »er weiß alle«. Märkische Seen scheinen da über geheimnisvolle Kräfte zu verfügen, hatte doch schon Theodor Fontane seinen Stechlin-See in erstaunliche Verbindung zu entferntesten Weltgegenden gebracht. Sarah Kirschs See kehrt allerdings aus den Tropen zurück auf europäischen Boden, der zugleich nah und fern ist. Der »schöne Bruder« nämlich kommt aus Frankreich, vom Ufer der Marne. Der geschichtsträchtige Ort steht auf seine Weise für eine Vision neuer Harmonie, in der selbst das kalte Metall seine aggressive Bedrohlichkeit verliert, wo ein fast zärtlich genanntes »Stahlbrückchen« die Ufer vebindet.

Die Spannung, die die drei Strophen durchzieht, wird nicht vollständig aufgelöst. Bis zum Schluß verschweigt Kirsch, wie die Begegnung mit dem »schönen Bruder« ausgeht. Werden auch diese beiden Aug in Auge, Wimper an Wimper zusammenliegen? Die Sehnsucht nach einem Gegenüber, fremd und vertraut zugleich, bestimmt als Grundton das gesamte Gedicht. Davon erzählt am Ende das »Lied« des Bruders, das die Sehnsucht »nach fremden Flüssen und Städten« ins Unendliche steigert. Es ist eine zutiefst romantische Figur, der Sarah Kirsch in ihrem Gedicht vom wandelbaren See überraschend neue Gestalt gibt.

SARAH KIRSCH
SCHWARZE BOHNEN

Nachmittags nehme ich ein Buch in die Hand
Nachmittags lege ich ein Buch aus der Hand
Nachmittags fällt mir ein es gibt Krieg
Nachmittags vergesse ich jedweden Krieg
Nachmittags mahle ich Kaffee
Nachmittags setze ich den zermahlenen Kaffee
Rückwärts zusammen schöne
Schwarze Bohnen
Nachmittags ziehe ich mich aus mich an
Erst schminke dann wasche ich mich
Singe bin stumm

MARCEL REICH-RANICKI
LIEBE UND REBELLION

Ich leide. Oder: Ich bin unglücklich. Oder: Ich bin verzweifelt. Das ist alles, was uns Sarah Kirsch in diesem Gedicht zu sagen hat. Wirklich nicht mehr? Nein. Wozu auch? Ich weiß schon, es gibt viele großartige philosophische Poeme, politische Oden, geistreiche Epigramme. Und so weiter. Aber wer Gedanken mitteilen möchte, der kann ja Artikel schreiben oder Interviews erteilen oder Essays verfassen. Das Gedicht hingegen sollte, ich bin davon überzeugt, nur das ausdrücken, was sich auf andere Weise nicht ausdrücken läßt. Also zunächst und vor allem Gefühle und Stimmungen, Leiden und Hoffnungen, die Sehnsucht und die Verbitterung.

Von Gedankenlyrik will Sarah Kirsch nichts wissen, das Pädagogische ist ihre Sache nicht, der Gestes des Agitators ist ihr so fremd wie der Ehrgeiz des Aufklärers. Ihre Poesie ist Selbstbekenntnis und Selbstdarstellung, ihr wichtigstes Thema nichts anderes als die Liebe, als der Liebe Elend und Fluch, als der Liebe Segen und Glück.

Das Gedicht »Schwarze Bohnen« wurde zuerst 1968 in der DDR gedruckt und im folgenden Jahr auf dem Schriftstellerkongreß in Ostberlin in Abwesenheit der (bis 1977 in der DDR lebenden) Autorin scharf kritisiert. Zu düster sei es, zu pessimistisch. Offensichtlich wurde das Gedicht politisch aufgefaßt. Hat man es mißverstanden? Nicht unbedingt. Große Lyrik – und damit haben wir es hier zu tun – kann jeder auf seine Weise begreifen.

Ich lese diese elf Verse als ein Liebesgedicht. Freilich ist von ihr, der Liebe, hier überhaupt nicht die Rede – und doch ist von nichts anderem die Rede. Eine Frau ist allein. Sie ist unruhig, ungeduldig. Sie nimmt ein Buch in die Hand, aber sie kann sich nicht konzentrieren. Sie legt es wieder weg. Sie erinnert sich daran, daß nicht nur sie Sorgen hat, nicht nur sie leidet, daß es irgendwo Krieg gibt. Aber sie kann nicht daran denken, denn sie ist unentwegt mit sich selber beschäftigt.

Sie bereitet Kaffe vor, für ihn und für sich selber. Er kommt nicht, allein braucht sie den Kaffee nicht. Ihre Ungeduld wird immer schlimmer, was sie tut, hat keinen Sinn mehr, was sie möchte, ist unmöglich, zermahlene Bohnen lassen sich nicht wieder zusammensetzen, das Rad der Geschichte läßt sich nicht rückwärts drehen. Sie zieht sich aus, wohl für ihn, der nicht da ist, sie kann die Einsamkeit nicht ertragen. Sie zieht sich wieder an. Sie schminkt sich, gewißt für ihn. Sie wäscht die Schminke wieder weg. Sie versucht zu singen. Nichts kann ihr helfen. Sie bleibt allein, verlassen, einsam, sie bleibt »stumm«. So schließt ein Paukenschlag dieses Gedicht ab.

Alles ist hier knapp, karg und schmucklos. Kein einziges Wort ist ungewöhnlich, kein einziges überflüssig. Beschrieben wird nur Alltägliches. Gleichwohl ist es ein hochdramatisches Gedicht voll Trübsinn und Melancholie, voll Pathos. Nur findet sich dies alles zwischen den Zeilen, zwischen den Worten. Sarah Kirsch hat eine dunkle, eine bittere Idylle geschrieben.

Doch mußten die Kulturpolitiker der SED, denen das Gedicht »Schwarze Bohnen« nicht gefiel, keineswegs Dummköpfe gewesen sein. Sie mißtrauten der Autorin. Sie spürten sehr richtig: Wer sich so nach Liebe sehnt, wer so die Trauer besingt, wer so die Einsamkeit beklagt, der ist für den Aufbau dessen, was sie »Sozialismus« nannten, der ist für den Staat, der »deutsch«, »demokratisch« und »eine Republik« zu sein vorgab, nicht geeignet, wenn nicht gefährlich. Recht hatten sie, die wachsamen Funktionäre: In ihrer Welt war der Gesang von der Liebe auch ein politisches, ein rebellisches Gedicht.

Diese schwermütige Hymne gehört zu den Höhepunkten der deutschen Poesie nach 1945. Ich verneige mich vor Sarah Kirsch respektvoll und dankbar.

CHRISTOPH MECKEL
AN WEN AUCH IMMER ICH MICH WENDE

Mein Kriegsherr, mein Friedefürst,
mein großer Bruder, mein Goldkind,
        es spielt keine Rolle,
mein guter Stern, mein schlechter Stern,
        es spielt keine Rolle,
du machst mir was vor.

An wen auch immer ich mich wende,
wenn mich der Stiefel drückt, der goldene Stiefel,
der schwarze Stiefel, es spielt keine Rolle,
dein Laden hat immer geschlossen,
dein Diener hat immer Ausgang,
dein Telefon ist immer besetzt.

Wann kriege ich dich dran, wann reichst du mir
den kleinen Finger, den kleinsten nur,
wann zeigst du dein Gesicht, dein schönes Gesicht,
dein häßliches Gesicht, es spielt keine Rolle,
dein Gesicht?

Du bist sicher, daß ich dir nachlaufe,
du bist sicher, daß es nicht ohne dich geht,
das kann sich ändern.
Was wird dann aus dir, mein Kriegsherr, ohne
meinen Ruin, von dem du dich nährst,

was fängst du dann an, mein Hofnarr,
    es spielt keine Rolle,
mein großer Häuptling, mein Goldkind,
    es spielt keine Rolle,
ohne mich?

HARALD WEINRICH
ANRUFUNG EINES UNBEKANNTEN

Mit Schuberts Choral »Wohin soll ich mich wenden« im Ohr werden wir schon durch den Titel dieses Gedichtes geistlich eingestimmt. Auch der Friedefürst in der ersten Gedichtzeile hat geistlichen Klang; Friedefürst – in der sprachlichen Form an Luther anklingend – ist nach dem Propheten Isaias einer der biblischen Namen des verheißenen Messias. Im Kontext dieser Zeile kann dann auch der Kriegsherr als Herr der Heerscharen gelesen werden. So liegt es nun nahe, das ganze Gedicht als eine Gebetsanrufung aufzufassen, der unser Autor die besondere Form einer Litanei über die Namen Gottes gegeben hat. Daß dabei der Gottesname selbst nicht auftaucht, braucht den Leser nicht zu wundern. Es hat in der jüdisch-christlichen Theologie eine Tradition gegeben, in der es als sündhaft und vermessen galt, den Jahve-Namen als den »eigentlichen« Namen Gottes auszusprechen.

Wenn dies der geistliche Hintergrund unseres Gedichtes ist, so steht der Autor nicht als frommer Beter vor diesem Horizont.

Kein Schubertsches »Zu Dir, zu Dir, o Vater« kommt über seine Lippen. Aber auch kein titanisch-trotziges »Bedecke Deinen Himmel, Zeus« wie bei Goethe, von dessen Prometheus unser Autor jedoch das listige Argument behalten hat, daß die von Opfersteuern sich nährenden Götter elend darben müßten, »wären nicht Kinder und Bettler hoffnungsvolle Toren«.

So bleibt der Autor hin- und hergerissen zwischen Ehrung und Schmähung, zwischen Hörigkeit und Aufsässigkeit, dem Nietzsche der Dionysos-Dithyramben verwandt, der gleichfalls (in der Rolle der Ariadne) den »unnennbaren Gott« zornig einen Jäger, Dieb, Feind, Folterer, Henker-Gott und Narren schilt und dennoch ihn anfleht: »Nein! Komm zurück! Mit allen Deinen Martern!« Ganz anders als bei Nietzsche finden wir jedoch bei Meckel nicht mehr diesen quälend-gequälten, ekstatischen Klang, sondern statt dessen die forcierte Ohne-mich-Gleichgültigkeit (»es spielt keine Rolle«), wie man sie von der skeptischen Generation jener fünfziger Jahre kennt, in denen dieses Gedicht entstanden ist.

Es gehört jedoch zu den Vorzügen unseres Gedichtes, daß es auch ganz anders gelesen werden kann. Manche Bilder dieser Anrufungen – beispielsweise der goldene oder schwarze Stiefel, das schöne oder das häßliche Gesicht, das Goldkind – legen eher nahe, dieses Gedicht als ein Liebesgedicht zu lesen. Dann wäre Christoph Meckel, ähnlich wie in seinem letzten Gedichtband »Säure« (1979), ein moderner Troubadour, der sich in bildhafter Sprache an eine geliebte Frau »wendet«, deren Huld freilich keineswegs gewiß, vielmehr höchst zweifelhaft ist. Daß in den Anrufungen nur männliche Namen auftauchen, braucht uns wiederum nicht zu wundern: so haben sich auch die Troubadours schon ausgedrückt, um die »Herr«-schaft der besungenen Dame deutlicher zu bezeichnen. Und überhaupt ist der Geschlechtertausch ein beliebtes Reizmittel der erotischen Sprache. Aber in unserem Gedicht wirkt auch dieses Mittel nicht, die spröde Herrin neigt sich ihrem flehenden Vasallen nicht zu, so daß dieser es vielleicht einmal mit der List und einer versteckten Drohung

versuchen wird: was ist denn diese Herrin ohne ihren Knecht?
Schließlich, wenn man Meckels unbarmherziges »Suchbild« seines Vaters (1980) gelesen hat, ist noch die Lesart zu erproben, in diesem frühen Gedicht die erste poetische Bannung einer zugleich lockenden und abweisenden Vaterfigur zu lesen, geschrieben zu einer Zeit, als dieser sich dem Sohn noch nicht in der entlarvenden Offenbarung seiner Kriegstagebücher gezeigt hatte. Da Christoph Meckel sich später die schwere Last auferlegt hat, das Bild seines Vaters nur noch durch äußerste Aufrichtigkeit zu ehren, muß dieses Bild einstmals große Macht über ihn gehabt haben. So haben wir vielleicht in unserem Gedicht das Vorzeichen eines Zeugnisses vor uns, von dem ich glaube, daß es in der deutschen Literatur bleiben wird.

CHRISTOPH MECKEL
ES WAR DER ATEM IM SCHNEE

Es war der Atem im Schnee und der Wein am Morgen
die Autopanne im Flußbett, der Fuchs im Gebirge
es war die Maus, die durchs Gras einen Scheitel zog
und es war das von Regenschauern triefende Haar.
Jetzt ist es das Reden über den Schnee und den Atem
den Fluß, den Wein, das Haar. Der Rest ist Gerede.
Und die Maus, das Gras, die Maus – was war mit der Maus.

HARALD HARTUNG
DIE FRAGE NACH DER MAUS

Ein Titel, sagt Lessing, müsse kein Küchenzettel sein. Aber er stimuliert den Appetit. *Souterrain* – Titel des Lyrikbandes, in dem dieses Gedicht steht –, das läßt Untergründiges, vielleicht auch Abgründiges vermuten. Doch auch Ironie scheint im Spiel. Dichten selbst ist schon Verrat. Womöglich verzichten darum die Gedichte des Buches auf Überschriften. Zudem hängen sie alle miteinander zusammen: kurze Gedichte, aber lange Zeilen; einfache Strukturen, doch komplizierte Beziehungen. Apropos Beziehungen: Auch die älteste Thematik ist im Spiel, Liebe und ihre Vergänglichkeit. Namen kommen und gehen, Julia und ein gewisser Mr. Hopkins, Babylon und die Naumannstraße, auch sie sind Schall und Rauch. Und so kommt unser Gedicht ganz ohne sie aus.
Es beginnt mit Vergangenheit, Vergangensein, beginnt mit seiner einfachsten Formel: Es war. Und damit kein Märchen daraus wird, zählt es lauter Vergangenes auf und kommt so doch zu etwas wie einem Bestand, dessen man sich vergewissern kann. Was also war alles? Oder was alles gab es? Es beginnt sehr poetisch, und das könnte verführen. Atem, Schnee, Wein – aber das Leuchten der Bilder ist ohne Wärme. Sie wirken wie Zitate, poetische Versatzstücke. Wessen Atem war da im Schnee? Wer trank am Morgen den Wein – wenn er überhaupt getrunken wurde? Und selbst vom Abenteuer einer Flußdurchquerung – wie bereitwillig stellt man sich ein südliches, ausgedörrtes

Flußbett vor? – blieb nur die Panne, ein Versagen. Auch der Fuchs im Gebirge ist bloß Erinnerungsreflex.
Aber was ist mit der Maus? Auch sie war, auch sie hatte es gegeben. Doch wohl auf eine andere Weise: »es war die Maus, die durchs Gras einen Scheitel zog«. Wir stocken, müssen den Satz umdenken, möchten ihn ergänzen. So wie wir, mit Shakespeares Julia, ergänzen: »Es war die Nachtigall, und nicht die Lerche.« Auch Meckel ergänzt – so merken wir, indem wir weiter lesen –, aber nicht durch Verneinung, sondern durch Setzung, Hinzufügung: »und es war das von Regenschauern triefende Haar.« Plötzlich schießen die beiden Vorstellungen – das Doppelbild von Gras und Haar – zu einer Epiphanie zusammen.
»Die Seele des gewöhnlichsten Objekts«, erläutert James Joyce seinen Begriff von Epiphanie, »scheint uns zu strahlen.« Das Doppelbild leuchtet uns ein, ohne daß wir recht zu sagen wüßten, warum. Die Präzision und leise Komik der durchs Gras zirkelnden Maus paßt auf merkwürdige Weise zum Bild des von Regenschauern triefenden Haars: Pedanterie zur Auflösung.
Das »Jetzt« schneidet scharf und desillusionierend ein. Was ist vom erinnerten Bestand geblieben? Nichts als das Reden darüber. Und in diesem Reden reduziert er sich noch mehr, verschwindet der Fuchs, bleibt von der Autopanne nur der Fluß oder bloß das Wort »Fluß«. Aber was meint diese wegwerfende Wendung vom Gerede? Ist ihr Mut nicht gekauft, eine Abwehr aufkommenden Gefühls? Hinter ihr erscheint eine Beunruhigung, die der Redende zu verdrängen sucht. Aber schon ist das Verdrängte da, unruhig zwischen Maus und Gras und Maus hüpfend – die unabweisbare Frage: »was war mit der Maus.«
In der Tat, was war mit ihr? Aber der Fragende setzt kein

Fragezeichen: Weiß er die Antwort oder verzweifelt er an jeglicher Antwort? Die Maus hat etwas ausgelöst; es *war* die Maus, die in ihm aufrief, was ihn unruhig macht. Und das *Gras* kommt noch einmal in den Blick, nicht »das von Regenschauern triefende Haar«. An das Gesicht darunter mag er nicht rühren, Erinnerung würde schmerzen. Das treibt ihn um, das läßt ihn fragen. Aber er weiß eigentlich längst, wo Antwort zu holen wäre.

CHRISTOPH MECKEL
GEDICHT FÜR MEINEN VATER

Lebenslang
lebendig begraben
in einem grauen Grab Melancholie,
dort wirst du nicht verlangt, und bist allein
eingerichtet mit zerbrochenen Glocken
Sonnenblumen, Laub und nächtlichem Wind
dort gehst du umher, einen kleinen verklingenden
Donner hauchend in eine Flasche Wein
und hältst ein Lachen
vor dein zersprungenes Gesicht.

Der dir den Vers schreibt, besucht dich
in einer Nacht, da Tau und Nüsse fallen
aufsteigend aus Räumen voll Bläue, worin Gebirge
kommen und gehn, und meerentstiegenes
felsenspaltendes Licht verschwendend raucht in den Himmel
und schenkt dir Strophen aus Salz, ein Lachen
teilend mit dir, und Schweigen
dein tägliches Grab.

Alleingelassen, träumst du gern
weltreisende Engel
die sich niederließen zur Nacht
im märzlichen Weinberg nahe deinem Haus;
der warme Wind weht Steine auf deinen Tisch

und zu der Zeit, da Tau und Nüsse fallen
besucht dich, der dir schreibt den Vers
Kirschwasser mit dir zu trinken
im Schwarzwälder Herbst.

Eine Hand voll
verwelklicher Verse hältst du
gegen den großen Untergang. Dein Herrgott
schlägt sein Wasser ab an deinem Sarg
er spuckt in dein Schweißtuch
und kennt deine Verse nicht.

Einmal
herab von den Hügeln
wird wandern der Kirschbaum, funkelnd
Einzug halten in dein verfinstertes Haus
und herabschnein Blüte Schneeglanz
auf dein im Schlaf noch ruheloses Gesicht,

einmal verklingen werden deine Strophen
im kirschenweißen Mittag, und der vergebliche
Vers, deine Marter
macht dich gelassen am Ende.

HILDE DOMIN
EINE BESONDERE TOTENKLAGE

Am 15. 7. 1969 hatte ich dies Gedicht von Christoph Meckel in der F.A.Z. gelesen und mir ausgeschnitten. Den Adressaten habe ich noch ein Jahr zuvor getroffen, bei einem Freiburger Colloquium. »Ich bin der Vater von Christoph Meckel«, hatte er sich vorgestellt. Davon, daß er selber schreibe, kein Wort. Kurz darauf brachte die »Zeit« ein Protestgedicht gegen das Morden in Biafra, von Meckel: dem *Vater* Meckel, was aber unbemerkt blieb, obwohl das Gedicht einiges Aufsehen erregte. Es war das einzige Biafra-Gedicht, neben Hunderten für Vietnam, und galt ohne weiteres als ein Meckel: Meckel-Christoph, natürlich. Derartige politische Gedichte sind ja fast anonym. Meckel hat meines Wissens keine produziert.

Diese Totenklage ist eine sehr besondere: Ein erfolgreicher und von vielen geliebten Autor beklagt seinen Vater, dem die Gabe des Worts versagt blieb. Ein solcher Sonderfall, wieso bewegt er uns, was ist das Exemplarische daran? Denn nur das exemplarische Gedicht hat die Kraft, den Leser anzurühren. Was nicht durch das Nadelöhr der Einzelerfahrung hindurchgeht ins Allgemeine, das bliebe privat und ginge nur den Betroffenen an. Hier spricht der Sohn, der erreicht hat, was dem Vater das ganze Leben nicht gelungen ist, und beide wußten es, beide haben darum Kummer gehabt.

Wie der Vater sich gefreut hat an der größeren Begabung des Sohnes, wenn auch vermutlich nicht ohne Traurigkeit, so identifiziert der Sohn sich zärtlich mit dem Mißlingen, das ihm selbst erspart blieb. Die Klage um den toten Vater ist der Schmerz um die lebenslängliche Vergeblichkeit, an der der Sohn teilnimmt, als würde die Bürde dadurch für den Toten leichter. Keine Spur von Rivalität, wenn es sie je gegeben hätte, nur liebende Identifizierung mit dem Scheitern des Gescheiterten. In diesem Akt der Selbstentäußerung, des Schmerzes über den nicht gelungenen Vers des andern, gelingen ihm – und dies Paradox ist noch dazu typisch für das Wesen der Poesie – einige seiner stärksten Verse überhaupt. »Strophen aus Salz.« (Kein Mißverständnis: diese Strophen »passieren« ihm nicht. Sprachbegabung *und* handwerkliches Können gehören zu diesem Gelingen, Emotion *und* Ratio, *beides.* Die »Geschenke« (Valéry) lassen sich nachträglich beim guten Gedicht nicht mehr herausfiltern aus dem Arbeitsprozeß.

Im Hineingehen in die Vergeblichkeit sind Meckel äußerste Demutsformeln geglückt, die an die des Mittelalters erinnern, wo sich einer im Boden an der Kirchentür begraben ließ, »damit alle gleich meine Knochen mit Füßen treten«. »Dein Herrgott«, sagt Christoph Meckel zu seinem Vater, »schlägt sein Wasser ab an deinem Sarg / er spuckt in dein Schweißtuch / und kennt deine Verse nicht.« Und der Sohn trinkt auf dem Grab (Schwarzwälder Kirschwasser), wie es die Menschen in der Antike taten und wie es, Meckel vermutlich unbekannt, noch heute manche Völker auf den Gräbern ihrer Familie tun.

Ein Vertrauensverhältnis zwischen den Generationen, wie das seines Altersgenossen Reiner Kunze (DDR) zu seiner Tochter, der Adressatin so vieler zärtlicher Gedichte. Es ist also möglich, auch heute und hier, wo die, »die Nase rümpfen, ehe sie sie schneuzen« (Lichtenbergs Definition der Deutschen), lautstark den Ton angeben und wo Väter, die nicht ins Schienbein getreten werden, fast dankbar sein dürfen.

Dabei ist Meckel mitnichten ein unkritischer Autor: »In die menschenleere Menge sprech ich, ohnmächtig und mit dem Verlangen zu lieben: dich, mich und alle.« Der so spricht, wird nächstes Jahr [im Jahr 1975] vierzig.

CHRISTOPH MECKEL

Geerntet der Kirschbaum, der Juni zu Ende,
aber im Traum trug ich Kirschen zurück in die Bäume,
hängte sie zwischen die Blätter und rief:
Die Kirschenzeit ist gekommen, bring Körbe und Leitern
und flieg in den Kirschbaum zu mir, wir träumen nicht
lange!

GERT UEDING
DIE ZEIT ZURÜCKDREHEN

»Ich denk daran / Daß wir nutzlose Dinge liebten, wo immer wir waren«, heißen die Schlußverse eines anderen Gedichts aus dem Zyklus, den Christoph Meckel »Säure« überschrieben hat. Die Dinge spielen eine so wichtige Rolle darin, daß sie manchmal vor das eigentliche Ziel der Erinnerung, die verlorene Geliebte treten und es verdrängen. Auch der Einfall, den Kirschbaum gleich nach der Ernte wieder mit Früchten zu bestücken, im Raum also die natürliche Reihenfolge umzukehren wie einen Film, den man rückwärts laufen läßt, dieser Einfall verselbständigt sich, weitet sich aus zu der Allegorie des allgemeinen und allezeit populär gewesenen Wunsches, die Zeit zurückdrehen zu können. Der Bezug zur geliebten Frau, um deretwillen doch diese Verkehrung geschehen soll, geht dabei fast verloren.

Oder genauer: Er wird ersetzt durch die Beziehung zu den Dingen, und das ist möglich, weil diese Dinge eine sehr intensive Beziehung zu den beiden Liebenden hatten, die mit ihnen umgegangen sind. Die Suche nach der verlorenen Zeit kann die Dinge nicht entbehren. Proust hat eindringlich beschrieben, wie das gesamte Gebäude der Erinnerung in unscheinbaren Gegenständen gleichsam verschlossen ist, sich aber öffnet, wenn wir sie berühren, schmecken, riechen. Auch das in Tee aufgeweichte kleine Stück Madeleine dreht in einem einzigen Augenblick die Zeit zurück, vermittelt jenes unerhörte Glücksgefühl, das

aber schon wieder mit der Wehmut des Vergangenseins, die gleich nachher folgt, seltsam vermischt ist.
Für den Liebenden, der die Geliebte verloren hat, ist seine ganze verbliebene Welt angefüllt mit Gegenständen, an denen die Erinnerungen hängen, weil sie Teile eines glücklichen Stück Lebens waren. Ja er findet seine schmerzliche Wollust darin, sich ganz in den Anblick, die Empfindung solcher Dinge zu vertiefen, sie in der Einbildungskraft wieder zu ergänzen, also etwa zum »Gürtel ihres roten / Bademantels« (in einem anderen Gedicht) all die Figurierungen, die sich durch ihn einst verbinden oder auflösen ließen. Danach bleibt zwar nur wieder die Erfahrung »Anfangen zu leben mit nichts / und einem Gürtel«, aber auch sie hält auf Dauer den Erinnerungen nicht stand.
Der Traum von der wiedergekehrten Kirschenzeit ist natürlich auch ein erotischer Wunscherfüllungstraum. Unser Sprachgebrauch zeigt, daß die Kirsche, dem Kirschrot, der Kirschform oft eine erotische Bedeutung zukommt, daß jemandem nachsteigen eine Redensart ist, die ebenso einen sexuellen Sinn hat wie die alte Vorstellung, daß Mann und Frau gemeinsam die Früchte des Liebesbaums genießen. Aber das sind eher beiläufige Anspielungen, die den eigentlichen Zweck des Gedichts, die elegische Erinnerung und seine eigentümliche Wirkung nur verstärken. Der Bildakzent liegt doch auf dem jahreszeitlichen Wechsel von Werden und Vergehen, und er knüpft an eine Naturerfahrung an, der wir dauernd ausgesetzt sind und die schon immer sehr gemischte Empfindungen hervorgerufen hat, weil sie als Gleichnis des menschlichen Lebens, seines unabänderlichen Ablaufs, begriffen wurde.
Im Traum freilich ist auch das anders, läßt sich die Zeitenfolge umkehren, wird unerfüllt gebliebene Vergangenheit

zu Zukunft. Meckel hat hier nicht nur ein besonders schönes Liebesgedicht geschrieben, sondern auch eine treffende Metapher für die lyrische Gattung gefunden, die es vertritt. Wie die Liebe in ihren Relikten zuzeiten gleichsam über die Ränder der Vergangenheit in die gelebte Gegenwart tritt, so wird sie im Gedicht aufbewahrt und zu neuer Wirksamkeit freigesetzt. Es ruft verlorene Zeit zurück und bringt, der natürlichen Chronologie widersprechend, die unerfüllt gebliebene Liebe zur Nachwirkung und Nachreife.

Im Gedicht wird damit die Vergangenheit zur Zukunft, es korrigiert das abstrakte Nacheinander unserer Wirklichkeitserfahrung, demonstriert, daß nur Abgelebtes auch endgültig und unwiderruflich vergangen ist. Dieser Liebe, so lehrt es, steht eine solche Vergangenheit erst bevor, so unerschöpft ist sie geblieben, so ungelungen und fragmentarisch. Möglich allerdings, daß auch das nur ein Wunschtraum ist. Das Gedicht endet mit einer Warnung: auch die poetische Kirschenzeit währt nicht ewig, die ästhetische Erfüllung sprengt zwar unsere übliche zeitliche Erfahrungsweise, aber nur für den Augenblick, und danach müssen wir immer wieder aufs neue lernen, mit nichts und einem Gürtel zu leben.

CHRISTOPH MECKEL
SÜSSE PERSON

Süße Person,
faß deine Seele an und komm,
wir wollen morgen mit einer Bimmelbahn
hinausfahren an ein Meer
und Schneckenhäuser sammeln.

Sei nicht ängstlich, greif
nach dem reiselustigen Fisch im Wasser –
mit dem Tropfenüberschuß
des letzten Regens der Erde
wasche ich dir die Augen aus,
denn du hast kein Recht zu weinen,
bevor du nicht tot bist
und ein Stern dir sagt: Weine nun, Engel!

ROLF HAUFS
PRIVATES WIRD ALLGEMEIN

Als Christoph Meckel, Jahrgang 1935, dieses Gedicht schrieb, war er ein junger Mann von etwas mehr als zwanzig Jahren. Jene »süße Person« von damals, vor etwas weniger als zwanzig Jahren, will sich heute an die Geschichte dieses Gedichtes nicht erinnern. Das mag verständlich sein und zeigt, wie gefährlich genau ein Gedicht etwas zurückholen kann, weniger das, was man die Fakten nennen könnte – Datum, Kleidung, Haarschnitt, Stöckelschuhe, kurzer oder halblanger Rock –, mehr Atmosphärisches, Emotionales, das, was man vor Dr. Barnards chirurgischer Enthüllung mit dem Wort Herz meinte. Und dies schmerzt.

Daß es schmerzt, ist gut denkbar für jemanden, der gemeint war. Daß es noch schmerzt, spricht für die Qualität dieses Gedichtes, das auch andere, »uns Gedichteleser«, zu bewegen vermag. Hier wirkt ein Gedicht über eine sehr persönliche Widmung hinaus; es zeigt, wie sehr Privates, wie sehr Intimes sehr allgemein, sehr öffentlich werden kann, wenn Sprache nicht nur benutzt, sondern genutzt wird.

»Süße Person« war das sechste Gedicht in Meckels erstem, 1959 erschienenen Gedichtband »Nebelhörner«. Es scheint auch heute noch unvorstellbar, käme dieser Autor einmal auf eine Bestsellerliste oder auf einen anderen grünen, sagen wir Preiszweig. Möglich, daß der Dichter Meckel fünfzig Bücher schreiben und der Graphiker Meckel zweitausend Blätter radieren muß, um wirklich zur Kenntnis genommen zu werden. (Der Band »Nebelhörner« ist nur dank der Entdeckerlust des Literarischen Verlags Helmut Braun wieder zu haben.)

Was an dem Gedicht »Süße Person« heute überrascht, ist, daß es frei ist von den damals üblichen Moden, und dies paradoxerweise trotz der in den fünfziger Jahren inflationär gebrauchten Metaphern Fisch und Meer. Die Schar der Benn-Nachahmer war gerade, noch kenntlich zwar, im Nebel entschwunden, das Heer der Brechtianer stand bereit.

Meckel hatte mehr gelesen: Arp und Bellman, die russischen Symbolisten, alle Expressionisten, die französische Moderne ganz sicherlich. Und wer konnte schon in frommer Zeit so säkular mit Wörtern wie Seele und Engel umgehen? Das Wort Engel taucht in späteren Gedichten Meckels noch oft auf, erhöht zu einem Meckelschen Fabelwesen, bis hin zu der Zeile: »Das Gedicht ist nicht der Ort, wo der Engel geschont wird.« Ein radikales Bekenntnis zur ernsten Sache der Poesie.

»Süße Person« ist ein Liebes-, ein Trost-, ein Überlebensgedicht, bestimmbar nur in ebendiesen immateriellen Breiten; darum keine Bimmelbahn, sondern *eine* Bimmelbahn, nicht *das* Meer, *ein* Meer. Und nur so konnte einer in diesem Regenland 1959 an den nun vorstellbaren »letzten Regen der Erde« denken. Und nur so konnte einer das Wort weinen an einen großen Einfall binden. Ein gutes Gedicht erlaubt alles. Dies ist ein gutes Gedicht. Muß man zum Schluß noch sagen, daß diese Verse einen jünglingshaften Charme besitzen?

KARL MICKEL
ELEGIE

Nicht schlafen nicht wachen das Herz
Durchs Schlüsselloch aufsteigt Orion Schnee
Inmitten des Zimmers am Boden
Das letzte Grün ein Laubblatt rasselnd

GÜNTER KUNERT
GRABINSCHRIFT

Passenderes als diese vier Zeilen für die Grabinschrift eines fast in Vergessenheit geratenen Dichters läßt sich kaum denken. Es ist ein Abschiedsgedicht, resignativ, wie es sich für eine Elegie gehört. Ihr Verfasse Karl Mickel ist unlängst im Alter von 64 Jahren gestorben. Bei seiner letzten Lesung im Berliner Literaturhaus waren ganze sieben Zuhörer erschienen, was der Vortragende mit dem Satz kommentierte, es seien die Richtigen dagewesen. Wer war dieser Karl Mickel, der in einem Gedicht schrieb: »So beginne ich das sechzigste Jahr meines Alters. Das dreißigste Jahr der vernichteten Hoffnungen ...« Nicht gerade eine Erfolgsmeldung.

Daß die Leiden der Dichter fruchtbringend sein können, ist eine Binsenweisheit, doch jener Autor, der nicht weit über die Sechzig hinauskam, laborierte, wie ich meine, an seinen Bindungen an Institutionen. Nach dem Studium der Wirtschaftsgeschichte Redakteur, ab 1971 Mitarbeiter im »Berliner Ensemble«, Dozent an der staatlichen Schauspielschule Berlin – das tut der Dichtkunst und vor allem dem Lyriker selber nicht sonderlich gut.

Mehr als fünf Gedichte pro Jahr habe er nicht zustande gebracht, merkte er an. Aber Quantität ist kein Nachweis der Qualität. Sein bester Band ist »Vita nova mea«, eine vergangene Epoche hätte ihn »meisterlich« genannt. In den Versen feiert die Antike in adäquater Weise Auferstehung. Der Liebhaber der Mythen und Mythologien widersprach mit dieser Publikation 1966 der DDR-Kulturpolitik, und als das Buch mit einem westdeutschen Preis ausgezeichnet werden sollte, wurde dem Verfasser seitens der DDR die Annahme verweigert. Man nimmt vom Klassenfeind keine Preise an. Der Nationalpreis 1983 sollte wohl ein spätes Trostpflaster sein.

Mickel, ein *Poeta doctus* ersten Ranges, zählte mit Adolf Endler, Rainer Kirsch, Heinz Czechowski und Volker Braun zur sogenannten »Sächsischen Dichterschule«, zu einer Riege begabter Poeten. Nachrufe zählen, wie immer, Daten auf, ideologische Auseinandersetzungen und Niederlagen. Mickel war keiner, der mit der Kulturbürokratie in den Clinch ging: eher ein Stiller im Lande, der die Konfrontation scheute. Seine »Elegie« zeigt es frühzeitig an: »Nicht schlafen nicht wachen das Herz . . .« – so verbringt man quälende Nächte und depressive Stunden.

Orion, durchs Schlüsselloch aufsteigend, bedeutet mehr als ein Sternbild: er ist der Jäger aus der »Odyssee«, sein Waidwerk nach dem eigenen Tode in der Unterwelt fortsetzend, eine bedrohliche, düstere Gestalt, kein »Freund Hein«, sondern ein ewiger Verfolger. Dazu paßt der Schnee inmitten des Zimmers, Chiffre für die kalte, abweisende Umwelt, von der man sich abgewiesen weiß. Und selbst das letzte Grün, das Laubblatt bietet keinen Trost auf ein Aufgehobensein in der Natur. Es rasselt wie Metall und erinnert an Hölderlins im Wind klirrende Fahnen.

Was sind das für Zeiten, da wir es uns abgewöhnt haben, über Bäume zu sprechen? »Eisenzeit«, einem Buchtitel Karl Mickels zufolge.

KARL MICKEL
INFERNO XXXIV.

Für Kirsten

Gips-Smog in Weimar, Kirsten melancholisch:
Denn er obliegt dort deutscher Zeichengebung.

Und als die Wandrer zu der Stelle kamen
Die Dante nennt: der Hüfte größte Wölbung
Kletterten sie, an Haaren wie Gestrüpp
Sich klammernd, unter Keuchen aus dem Felsloch:
Aber Dante (ja, ich hatte Angst
Wer mich tadelt, denke, wo ich steckte!)
Eh er heraus war, setzte sich in eine
Schrunde und fragte: Wo ist das Eisfeld?
Warum hält Der den Kopf nach unten? und
Wie ging die Sonne so schnell von dem Abend
Zum Morgen über? – Noch im Arsch des Teufels
Will Dante, was er wahrnimmt, wissen.

RAINER KIRSCH
ZWIEFACHE HÖLLENERFAHRUNG

Die Welt, lehrt Hegel, bewege sich aus Widersprüchen; wahr oder nicht, Gedichte tun derlei bisweilen. *Inferno XXXIV. Für Kirsten* ist vierzehnzeilig und in Blankversen, beansprucht also die Würde eines Sonetts, für das die Regeln fordern, die Botschaft wachse aus der Spannung zwischen Anfang und Ende; der Leser findet aber zwei unverbundene Teile. Was macht er? Er mault, er stutzt, er gerät in Arbeitslaune; noch unwissend, hat er damit den Großablauf des Gedichts in der Seele.

Gips-Smog, die eröffnende Vokabel, scheint von unübertreffbarer Widerwärtigkeit: Sie läßt sich kaum aussprechen und malt atmosphärisch feinstverteilten, Schwefelatome enthaltenden Staub, der die Lungen zusetzt und, unlöslich, allenfalls mit Kratzeisen oder Hämmern zu entfernen geht. Quillt er aus einer Gipsfabrik? Nicht, wir befinden uns *in Weimar* – die Verwalter Goethes und Schillers sind offenbar erfolgreich dabei, den klassischen Marmor umweltgefährdend zu zerkleinern. Der Lyriker Wulf *Kirsten* (geboren 1934) wird darob *melancholisch,* doch liefert der Autor für die Melancholie einen weiteren Grund: *Denn er obliegt dort deutscher Zeichengebung.* Verlagslektor Kirsten hat Manuskripte, die vermutlich den Gips-Smog weglügen oder gar miterzeugen, nach Duden zu verbessern, dabei ballt er auf schlecht deutsche Weise die Faust in der Tasche und jammert.

Nun hält Mickel aus tiefstem sächsischen Gemüt Jammern

für der Bestimmung des Menschen zuwieder und insonderheit dem Dichten abträglich; was soll er dem Kollegen flüstern? »He, du, Jammerbold, Kopf hoch!« oder »Die Nation braucht dich!« oder »Erwachsensein is beautiful!«? All das, weiß jeder Erziehende, zieht nicht; der Autor greift in die klassische Trickkiste und erzählt ein Beispiel. Passend wäre ein weimarisches, doch sind dafür Kirstens Ohren zugesmogt; so, unter deutschen Dichtern, empfiehlt sich das Sehnsuchtsland Italien: Dante.

Der XXXIV. ist der letzte Höllengesang der »Divina Comedia« (dann kommen Fegefeuer und Paradies). Dante war bei Avignon eingestiegen und, von Vergil geleitet, dem Erdzentrum zu gewandert. Dort, Rumpf nordwärts, Füße südwärts, steckt in den gefrorenen Tränen aller Verdammten (dem *Eisfeld*) der einst vom Himmel gestürzte riesige Luzifer; da Gott Mathematiker ist, bildet die genaue Schwerkraft-Mitte, durch die allein *die Wandrer* wieder ans Licht können, welche Körperhöhlung? (Die Preisfrage der vierzehn Zeilen, ahnt der gewiefte Leser, heißt: Enthält das Universum Widerwärtigeres denn Gips-Smog? Es müßte, weil Gips die Gnade der Geruchlosigkeit hat, etwas infernalisch Stinkendes sein.)

Vorerst freilich doppeln die Verse 3 bis 6 nur die Weimar-Stimmung. Dreck hier wie da, die Erde, ob Kern, ob Oberfläche, ist die Hölle. Dann, plötzlich, springt das Metrum in den Trochäus: Die Mittelverse 7 und 8 werden als Drehzapfen des Gedichts kenntlich, sie sind ein einziges verlängertes *Aber*. Anders nämlich als Kirsten geht Dante, eben noch keuchend, unbeirrt dem Beruf nach – kaum daß er wieder (jambischen) Atem hat, *setzt* er sich, *fragt*, *warum* was wo und das Oberste zuunterst gekehrt ist, zeichnet auf für die Mit- und Nachwelt. Hoch merkwürdig, wie Mickel dem Trochäen-Einschub kontrasthalber reine Jamben folgen läßt (Vers 9), danach aber bei gleicher Silbenzahl eine metrische Herzrhythmus-Störung anrichtet, so daß das ganze Gebilde vibriert und wir mit Dante zittern. Erst die durch zwiefache Höllenerfahrung geläuterten Jamben der Schlußformel bringen das Gedicht zu sich, Ruhe schenkt es keine: Es sagt, was uns, sei es im nördsüdlichen oder westöstlichen *Arsch des Teufels*, zu tun aufgegeben bleibt, solange die Mitwelt bloß stinkt und wir gegen alle Hochrechnungen auf eine Nachwelt hoffen.

KARL MICKEL
MAISCHNEE

Sie sagte nichts, als ich ihr offen sagte:
»Es hängt von mir ab, wann ich wieder geh«
Ihr damit sagend, anstatt daß ich klagte
Wie gern ich sie besäh von Kopf bis Zeh.

Der Regen wärmte, als wir raschen Schrittes
Uns suchten einen Ort, daß dies gescheh.
Da sagte sie: »Nur dieses und kein Drittes:
Bis morgen oder bis zum ersten Schnee.«

Sie lag im weißen Laken und sie litt es.
Erst nach der ersten Frühe sprach sie: »Ach
Ich bin ein Haus mit siebenfachem Dach.«
Dann sahen wir: Es schneite.
        Sie bestritt es.

Ich merkte wohl: Es ist mit ihr was Bittres
Und war zum Gehen wiederum zu schwach.

PETER MAIWALD
LOB DER INKONSEQUENZ

Ein gutes Gedicht von der Liebe ist eines, das uns über die Unklarheit seines Gegenstandes im klaren läßt. Der Lyriker Karl Mickel, Jahrgang 1935, in der DDR lebend und schreibend, bei uns weniger bekannt, als uns guttut, hat, nicht nur in diesem Gedicht, einen gediegenen Sinn für das Nahrhafte der Liebe, den Widerspruch.
Die Begebenheit, die das Gedicht in Gang und Spannung setzt, ist gewöhnlich. Zwei, die nicht ohne Zuneigung sind, handeln die Bedingungen ihres Verhältnisses aus. Da die dargestellten Interessen und Vorstellungen sehr unterschiedlich sind, bewegt den Leser die Frage, wer wohl was durchsetzt und/oder welcher Kompromiß am Ende fault.
Mickel läßt uns nicht ohne Ironie an der Verhandlung teilnehmen. Die Darstellung der Personen geschieht mit historischer wie gegenwärtiger Distanz. Ihre Selbstdarstellung ist etwas einfältig und folgt darin älteren Vorschriften, wie sie etwa noch Schillers »Glocke« für das Verhalten von Männern und Frauen vorsieht. Hier wie dort findet üble Nachrede statt, haften an den Männern Ungestüm, Selbst-ist-der-Mann-Gebärden, Kraftmeierei, kleben an den Frauen die Etiketten Duldertum, Dauerwurst und Bindungssucht.
Der Dichter ist kein Richter. Er macht seinen Personen nicht den Prozeß. Er läßt sie sich selbst den Prozeß machen. So handelt das Gedicht vom Ungenügen der Lie-

benden und läßt es genug sein. Die Moral von der Geschichte ist eben die Geschichte.
Aber die Geschichte ist die einer Denunziation. Denunziert wird ein im Deutschen bis zur Furchtbarkeit sehr geehrter Begriff, die Konsequenz. Und ihre undialektische Handhabung. Denunziert wird ihr Harmoniebedürfnis, ihr ständiges Im-Einklang-sein-Wollen, ihre Widerspruchsfreiheit, letztlich ihr Unrealismus. An diese Erörterung privater Angelegenheiten lassen sich gut und unschwer tagespolitische, öffentliche anschließen.
Mickels Gedicht ist eine Warntafel. Es meldet starken Zweifel an, daß die, die immer stolz und konsequent handeln, sich und anderen guttun. Es räumt der als Schwäche und Opportunismus geltenden Inkonsequenz die Kraft zum Überleben ein. Und nicht nur: auch zum Erkennen der Wirklichkeit.
Grau, so konstatiert das Gedicht vergnügt, sind alle Theorien, Rollen und Selbststilisierungen und grün des Lebens Baum, jedenfalls solange sich daraus noch Bettstätten herstellen lassen. Das ist sehr tröstlich. Und klassische Kunst, die im Ansatz darin besteht, daß sie von den Menschen und ihren Möglichkeiten weiß.

HELGA M. NOVAK
BIN ZU ALT

Enthaltsamkeit bevor ich losziehe
um anzulegen einzustechen
wartend im Gesträuch verborgen
breitseitig ein Schmaltier in grauer Decke
knabbert den wilden Thymian an und zieht
weiter schon zu den samenlosen Gräsern
Enthaltsamkeit im Winter um ein Fuchsfell
rotglühend wenn die Sonne untergeht um fünf
Enthaltsamkeit bei Tage und des Nachts
denn Liebe kommt dem Jagen nicht zugute

hab keine sieben Jahre mehr
für eine neue Jungfernhaut
kann nicht mehr warten
bin zu alt komm her

EVA DEMSKI
NIE ZU ALT

Seit vielen Jahren schon lebt die Dichterin Helga Novak tief in den polnischen Wäldern. Sehr fern von jeder elektronischen Verfügbarkeit, dem Literaturbetrieb so dauerhaft entzogen wie dem, was die meisten für ein normales zivilisiertes Leben halten, wird sie sachte zur Legende.
Eine Wildererbraut, die älter wird und von der Liebe nicht lassen mag. Süßholz wächst nicht in ihren Wäldern, wir müssen ihre Bilder wörtlich nehmen. Was gegessen werden soll, muß erst einmal erjagt und getötet werden, das rote Fuchsfell, das den langen Winter wärmen wird, muß seinem rechtmäßigen Besitzer über die Ohren gezogen werden. Lebensnotwendig ist die Jagd, kein poetischer Ort, dieser fast winterliche Wald.
Lebensnotwendig ist aber die Liebe, und auch sie nicht Sphärenklang und romantisches Geglotze, sondern so notwendig wie Fleisch und Fell. Aber: »Liebe kommt dem Jagen nicht zugute.« Es heißt sich entscheiden, denn es ist spät im Leben geworden, man hat es gar nicht recht gemerkt. Die Jägerin gibt sich den Namen der Beute in ihren rauhen vierzehn Zeilen: das Schmaltier in grauer Decke. In vielen ihrer späten Gedichte bringt Helga Novak die Jagdsprache mit der Sprache der Liebe zusammen, manchmal knirschend, aber immer überraschend und nie bukolisch, die Natur ist ihr nicht Sehnsuchtsort, sondern einzige Lebensmöglichkeit und ganz unlieblich. Einsamkeit ist selbstverständlich: »Das Unterholz hat meine Decke zerrissen / Wo ich jetzt bin kommt keiner mehr vorbei.«

Und die Liebe? Für die verzichtet sie auf die Jagd, denn die Liebe ist das Notwendigste. Das weiß manch einer erst, wenn sie aus dem Leben verschwindet – und auch, daß sie nicht, wie suggeriert wird, eine Choreographie zwischen schönen und glatten Menschen ist, sondern eine Waffe gegen die Vergeblichkeit. Der Geliebte in Novaks Gedicht hat keine Gestalt, keine Attribute, die sonst die Töne von Liebeslyrik bestimmen.

Und die sieben Jahre, die es in den Sagen braucht, um jemand Neuem neu und mit wiedergewonnener Unschuld zu begegnen, die gibt's eben nicht mehr. Keine Zeit zu verlieren mit Spielen und Zögern. Aus ist es mit den reizenden Fluchtwegen und Verstecken, die man doch so lang für das Salz in der Liebessuppe gehalten hatte. Ganz und gar reduziert aufs Kreatürliche scheinen sie dazustehen, das Leben und die Liebe. Das verstört. Denn leicht ist es nicht, den Fragen zuzuhören, die das Gedicht zwischen den Zeilen stellt: Was braucht man eigentlich? Nicht nur »Wieviel Erde«, sondern: Wieviel Aufmerksamkeit? Luxus, Gesellschaft, Gratifikationen der Zivilisation? Davon, sagt das Gedicht, bleibt sowieso nichts.

Kälte spielt im Werk von Helga Novak eine große Rolle, das Ausgesetztsein, die vielfachen Fröste, die das Leben bereithält und die es zu bestehen gilt, auch in diesem Altersgedicht ist es kalt. Was wärmt zum Schluß? Nicht die Enthaltsamkeit, die sie dreimal beschwört und ohne die das Jagdglück nicht kommt. Enthaltsamkeit, ohne die das Werk nicht gelingen kann, oder der Ruhm. Der, das wissen wir von Heinrich Heine, wärmt aber nicht, sondern nur das Leben tut es: »eine Kuhmagd, die verliebt / Dich mit dicken Lippen küßt ...« – also die Liebe. Und es ist ganz gleichgültig, ob sie »ästhetisch« ist, diese Liebe, ein literarisch acht- und verwertbares Ereignis – nur da muß sie sein und ohne Zaudern gelebt werden.

Wörter, werbende, braucht sie keine mehr zu machen. Und bedauert nicht, daß es so ist, daß sie sich reduziert hat, die Sprache der Liebe, deren unendliche Variationen in ferner Jugend als das Wesentliche erschienen. Sie waren es nicht wirklich, zu alt fühlt sich die Dichterin für Wort-Spiele und lockende Töne. Nicht zu alt, um zu sagen: komm her.

HELGA M. NOVAK
TSCHECHOW NACH SACHALIN

als Tschechow sich auf den Weg begab
blühten bei ihm zu Hause die Maiglocken
der Flieder und das Tränende Herz
noch betäubt von Akazienduft geriet er
von Tjumen nach Tomsk am Ende der Schienen-
strecke in kahle Wälder die Seen vereist
Schnepfen Wildenten und wilde Gänse
Schwäne zogen mit und ein Kranichpaar
1890 auf der uralten Straße nach Sachalin

Steilufer Weiden gichtknotige Äste
Möwenflügelschlag wo sie bloß das viele
Fett herholen gegen den stillschreienden
maßlosen baumaufreißenden Frost
dies Wegstück ist es vielleicht gewesen
wo Tschechow rumpelnd ungefedert stöhnend
einen einsamen Mann überholte Bastschuhe
Fußlappen dünne Mütze ›ein unnützer Mensch‹
mit nichts als zwei Violinen auf dem Rücken

HEINZ LUDWIG ARNOLD
DER UNNÜTZE MENSCH

Dieses Gedicht steht in Helga M. Novaks poetischem Zyklus »Legende Transsib«. Sie schrieb an ihm zur Vorbereitung einer Reise nach China, die sie mit der Transsibirischen Eisenbahn machen wollte, 1985. Sie reiste, aber nicht mit der Transsib; dafür bekam sie kein Visum; denn neunzehn Jahre zuvor hatte ihr die DDR die Staatsbürgerschaft aberkannt. Auch solche Erfahrungen, deren Folgen für viele auf schrecklichere Weise »transsibirisch« wurden, bezeugen ihre Gedichte: eine »Geistreise« (so nannte der Barockdichter Quirinus Kuhlmann seine topographisch real phantasierten Reisen ins heilige Jerusalem), die in Räume und Zeiten führt, zu denen die zwischen 1891 und 1906 erbaute Transsibirische Eisenbahn nie gelangt. In der sitzt man nämlich, so meine eigene sechstägige Erfahrung aus dem April 1977, bei 28 Grad Wärme hinter Fenstern, die nicht zu öffnen sind, während draußen bei 20 Grad Kälte Millionen Birken vorbeirauschen. Man hat viel Zeit für Tee und die Lektüre dicker russischer Romane.
Auch Geistreisen halten sich an Realien. Sie konzentrieren konkretes Material. Seinen realen Phantasieort hat Helga M. Novaks Gedicht in einem Pferdewagen, der im Mai 1890 von Tjumen, dem damaligen Endpunkt der Eisenbahn östlich des Ural, durch Sibirien holpert. Darin der Schriftsteller Anton Tschechow auf dem noch viertausend Kilometer langen Weg nach Sachalin, dem fernsten Deportationsort für Schwerverbrecher und andere Verbannte.

Tschechow reiste, um die »Kolonisation durch Verbrecher« zu studieren, blieb etwas über drei Monate und schrieb den Erfahrungsbericht »Die Insel Sachalin«. Nebenbei entstand ein kleines Reise-Tagebuch: »Aus Sibirien«.

Helga M. Novaks Gedicht entwickelt die Momentaufnahme einer historischen Station auf dem langen Weg Tschechows: Er ist aufgebrochen von daheim aus einem blühenden Mai; nun, ins rauhe Sibirien geraten, wenden sich seine Sinne erinnernd zurück. Der Weg nach Sibirien führt in eine Ödnis, die auch den Wasservögeln ihr Element verwehrt. Die uralte Straße wird mit jedem Kilometer unwegsamer, die Kälte immer schärfer, so daß man nicht weiß, wie man da überhaupt existieren kann. Der rumpelnde Wagen führt den stöhnenden Tschechow unerbittlich aus der Zivilisation hinaus.

In dieser maßlos gequälten Landschaft überholt Tschechow einen armselig gekleideten »einsamen Mann«, der ihm – das ausgewiesene Zitat legt diese Zuordnung nahe – als »unnützer Mensch« erscheint, »mit nichts als zwei Violinen auf dem Rücken«.

Das Zitat steht in Tschechows kleinem Reise-Tagebuch. Von dessen erster Seite bezieht das Gedicht sein Material: »Durch die Stille tönt plötzlich ein vertrauter melodischer Ruf, wir schauen nach oben und erblicken in geringer Höhe ein Kranichpaar, und irgendwie wird einem beklommen zumute. Da fliegen Wildgänse, da zieht ein Schwarm schöner, schneeweißer Schwäne dahin. Überall stöhnen Schnepfen und weinen Möwen...«

Auch der »unnütze Mensch« kommt da vor, einer, der seiner verarmten Verwandtschaft, die ihn ein Leben lang mitschleppte und nun ein neues Leben im freien Sibirien sucht, auf dem Wege dorthin hinterherwankt: ein kränklicher Liederjan, der die Kälte scheut, manchmal einem Schnäpschen nicht abgeneigt, schüchtern – und ein Leben lang unnütz und überflüssig, einer, der dummes Zeug schwätzte, »nur Violine spielen und mit den Kindern auf dem Ofen Schabernack treiben« konnte. »Er spielte in der Schenke, auf Hochzeiten, auf dem Felde, ach, und wie er spielte!« So wie nur ein Künstler spielt, ein sonst »unnützer Mensch«, der es zu nichts brachte als zu zwei Violinen: Meisterwerkzeugen seiner Kunst.

Und so kreuzt Helga M. Novak auf ihrer lyrischen Geistreise, die sie nach China bringen sollte, zwischen Tjumen und Tomsk immer wieder den Weg ihres Bruders im Geiste Anton Tschechow auf seiner Forschungsreise in die Strafkolonie Sachalins.

ALBERT VON SCHIRNDING
BITTE UM HEIMSUCHUNG

Verschone mich verschone mich nicht
Unbarmherziger Immer verschont zu sein
Im Mutterdunkel hocken unbehelligt
Auf Schritte horchen die sich entfernen

Man zählte Ich habe ein Versteck gefunden
Die Lust des Suchens erlosch Das Spiel war aus
Man rief rief nicht mehr Ich wurde vergessen
unauffindbar hinter der Hecke im Park

Immer davonzukommen Sagen zu müssen vom Glück
unverwundet wie ein heiliges Tier
Dein Gnadenbrot schmeckt nach Verachtung
Laß mich in Unfrieden endlich Spür mich auf

WOLFDIETRICH RASCH
VERSTECKSPIEL

Wem der Anruf gilt, sagt das Gedicht nicht. Ist es Gott oder das Geschick? Eher ist das eigene Unbewußte gemeint, das die Schritte des Ich unvermerkt steuert, es vor Leid verschonen will und deshalb vor aller Beteiligung am Wirklichen. Ein vom bewußten Ich nicht lenkbarer »Unbarmherziger« herrscht in seiner Tiefenschicht, ein strikter Wille zur Rückkehr ins »Mutterdunkel«, wo das Ich »unbehelligt« bleibt, verborgen: Die suchenden Schritte entfernen sich wieder.

Mit der vierten Zeile ist das ausdrucksstarke Gleichnis vom Versteckspiel der Kinder schon angesprochen, das die zweite Strophe ausfüllt und von dem das ganze Gedicht lebt. Das Kind hat ein Versteck gefunden, während der Mitspieler zählt, es wartet, aber es wird nicht gefunden, die anderen geben die Suche auf: »Das Spiel war aus«.

Wie ungeduldig das Kind auf das ersehnte Rufen der Mitspieler wartet, verrät die Verdoppelung des dominierenden Verbs, für Albert von Schirnding auch sonst, schon in der ersten Zeile, ein einfaches Mittel, Dringlichkeit anzuzeigen: »Man rief rief nicht mehr Ich wurde vergessen«. Die Spieler konnten dieses Kind nicht finden, weil es allzu gut versteckt war (»Unauffindbar hinter der Hecke im Park«). Das Kind wollte sich möglichst gut verstecken, aber es wollte gleichzeitig nicht nur energisch gesucht, sondern schließlich auch gefunden werden. Es war enttäuscht, als man es vergaß.

Wie das Kind beim Versteckspiel verhält sich auch das erwachsene Ich. Es lebt in einer doppelten Angst: Es fürchtet betroffen und unabsehbarem Leiden ausgesetzt zu werden, das treibt es in ein sicheres Versteck. Aber ebenso stark ist seine Angst, dort in Vergessenheit zu verkommen, vom Lebensspiel ausgeschlossen zu sein: Das bewirkt ein ebenso heftiges Bedürfnis nach Beteiligung, Involviertsein, Heimsuchung. Eines aber schließt das andere aus.

Es geschieht selten, daß ein einzelnes Gedicht, wenn auch nur von einem Punkt aus, den inneren Zustand, unsere geistig-seelische Verfassung in einem bestimmten Zeitpunkt aufdeckt. Das ist Albert von Schirnding hier gelungen. Sein Gedicht erhellt die gegenwärtige Seelenlage so überklar wie ein Blitz die nächtliche Landschaft. Jene Doppelangst mag für einzelne immer möglich gewesen sein, aber heute ist sie eine bestimmende gemeinsame Grunderfahrung. Heute: also Ende der siebziger Jahre, in der Zeit, da – um sie mit harmlosen Markierungen zu fixieren – der Golf den Käfer von den Straßen verdrängt und Sadat nach Jerusalem fährt. In Drogen, Rausch, Musiklärm, in Anästhesien jeder Art suchen die Fliehenden Zuflucht, in der es dann keiner aushält.

Das dunkle Bewußtsein übermäßiger Gefahren weckt auch beim rigorosesten Aktivisten den Impuls zur Flucht ins Versteck, aber dort regt sich sofort der Wunsch, dem völligen Abseits, der Ausschaltung zu entgehen, beteiligt zu sein. Die Gleichzeitigkeit unvereinbarer Impulse bewirkt jene Lähmung, die wir gegenwärtig allenthalben spüren.

Die Bitte um Heimsuchung meint nicht das Eintreten einer Katastrophe, die alle Sicherungen durchschlägt, sondern verrät das Verlangen nach Mut und Fähigkeit, sich heimsuchen zu lassen, den immer drohenden Heimsuchungen nicht auszuweichen, dem Bannkreis der doppelten Angst zu entrinnen.

Es gilt, wieder zu sehen, daß Flucht und Sichstellen nicht gleichwertig und gleich wünschenswert sind, sondern daß »Unfrieden« besser ist als Scheinfrieden. Das Ich will das Leben nicht nur noch als Überleben, als bloßes »Davonzukommen« erfahren, dieses verächtliche »Gnadenbrot« nicht essen, sondern die in Narkosen überlisteten Schmerzen erleiden, aufgespürt werden wie das Kind in seinem Versteck.

WOLF BIERMANN
BALLADE VOM PREUSSISCHEN IKARUS

1.
Da, wo die Friedrichstraße sacht
Den Schritt über das Wasser macht
    da hängt über der Spree
Die Weidendammerbrücke. Schön
Kannst du da Preußens Adler sehn
    wenn ich am Geländer steh

    dann steht da der preußische Ikarus
    mit grauen Flügeln aus Eisenguß
        dem tun seine Arme so weh
    er fliegt nicht weg – er stürzt nicht ab
    macht keinen Wind – und macht nicht schlapp
        am Geländer über der Spree

2.
Der Stacheldraht wächst langsam ein
Tief in die Haut, in Brust und Bein
    ins Hirn, in graue Zelln
Umgürtet mit dem Drahtverband
Ist unser Land ein Inselland
    umbrandet von bleiernen Welln

    da steht der preußische Ikarus
    mit grauen Flügeln aus Eisenguß
        dem tun seine Arme so weh

er fliegt nicht weg – und stürzt nicht ab
macht keinen Wind – und macht nicht schlapp
    am Geländer über der Spree

3.
Und wenn du wegwillst, mußt du gehn
Ich habe schon viele abhaun sehn
    aus unserm halben Land
Ich halt mich fest hier, bis mich kalt
Dieser verhaßte Vogel krallt
    und zerrt mich übern Rand

dann bin ich der peußische Ikarus
mit grauen Flügeln aus Eisenguß
    dann tun mir die Arme so weh
dann flieg ich hoch – dann stürz ich ab
mach bißchen Wind – dann mach ich schlapp
    am Geländer über der Spree

WALTER HINCK
PARTISAN ZWISCHEN DEN PARTEIEN

Warum nimmt die mythische Gestalt des Ikarus so viel mehr als die seines Vaters Daedalus unsere Einbildungskraft gefangen, warum der kühne, aber den väterlichen Rat mißachtende und abstürzende Sohn mehr als der Erfinder der künstlichen Flügel, dem das Experiment und damit die Flucht aus dem kretischen Labyrinth übers Meer gelingt?
Weil der Erfolgreiche zwar unsere Bewunderung, aber der Scheiternde unser Mitgefühl erregt? Weil uns das Unvollkommene mehr anrührt als das Perfekte? Weil wir uns – auch oder gerade in einer Zeit, da die Erde von einem dichten Flugnetz überzogen ist – mit der Unsicherheit unseres Daseins eher in Ikarus als in Daedalus wiedererkennen?
Wolf Biermann stellt in einem der »Vorworte« seines Lieder- und Gedichtbandes »Preußischer Ikarus« die Frage ähnlich, und die Ballade ist *seine* Antwort. Der Anlaß zur Entstehung der drei Strophen mag äußerlich sein, die Selbstidentifikation Biermanns mit Ikarus ist es nicht. Ein Freund, so berichtet er, hatte ein Foto geschossen, das ihn vor dem gußeisernen preußischen Adler zeigt, der auf der Weidendammer Brücke in Berlin das Ende des Staates Preußen überdauerte. Dieses Foto, auf der vorderen Einbandseite des Buches abgedruckt, erweckt für einen Augenblick den Eindruck, als wüchsen die herabhängenden Flügel des Adlers aus den Schultern Biermanns. Immerhin gab diese »halbalberne Szene« die Anregung zur Ballade.

Worin für Biermann die Entsprechung zur Situation des im Labyrinth gefangenen Ikarus besteht, bleibt nicht zweifelhaft: wie Kreta ist die DDR ein »Inselland«, freilich nicht von Meereswellen »umbrandet«, sondern »umgürtet« von Draht und Gewehrläufen. Das Eingezäuntsein ist zur zweiten Natur der Menschen geworden, der Stacheldraht schneidet tief in das Denken der Menschen ein. Darin wird eine Hinterlassenschaft jenes Geistes gesehen, für den hier der preußische Adler steht – eine Hinterlassenschaft, die auch Bertolt Brecht beobachtet hatte: »Gewohnheiten, noch immer«, überschrieb er eine seiner »Buckower Elegien«. Den Kommandoruf »Zum Essen!« kommentiert er: »Der preußische Adler / Den Jungen hackt er / Das Futter in die Mäulchen.«
Biermann ahnt, daß ihn der »verhaßte Vogel« irgendwann einmal in seine Krallen nimmt und zu einem zweiten Ikarus werden läßt. Der Schluß der Ballade ist Vorausschau auf den Absturz. Dieser Schluß aber las sich anders nach Biermanns Ausbürgerung aus der DDR im Jahre 1976. Von seiner »Furcht vor einem Absturz eines Tages« hatte er gesprochen. »Eines schlimmen Tages im Westen. Falls ich im Westen leben müßte, das wußte ich, würde ich nie wieder eine Zeile schreiben.« Diese Befürchtung erwies sich als unbegründet.
Obwohl exiliert, war der nach Hamburg Zurückgekehrte doch, mit einem Paradox Heinrich Bölls zu sprechen, »ein In-die-Heimat-Vertriebener«, und der Liedermacher dachte nicht daran, im Westen stumm zu bleiben. Im Gegenteil, er hat es mit seinen Interviews und seinen Songs und Balladen fertiggebracht, sich in alle Nesseln zu setzen. Der unverbesserliche Kommunist, Sohn eines in Auschwitz umgekommenen jüdischen Werftschlossers, ließ sich

von den Schmähungen und Drohungen der äußersten Rechten nicht einschüchtern und von keiner Gruppe der zerstrittenen Linken zur Galionsfigur machen. Er ist der Partisan zwischen den Linien der Parteien und ihrer Dogmen.

Für den Freiheitssänger Georg Herwegh fand Heinrich Heine, einer der literarischen Wahlväter Biermanns neben François Villon und Bertolt Brecht, das ironische Bild der »eisernen Lerche«, die »himmelhoch« sich schwingt, aber »die Erde aus dem Gesichte« verliert. Der Liedermacher Biermann, entschlossen, die Freiheit der individuellen Mündigkeit zu behaupten, behält als Ikarus die Erde im Auge – auch die Möglichkeit, abzustürzen, zu scheitern.

WOLF BIERMANN
ERMUTIGUNG

Peter Huchel gewidmet

Du, laß dich nicht verhärten
In dieser harten Zeit
Die all zu hart sind, brechen,
Die all zu spitz sind, stechen
und brechen ab sogleich

Du, laß dich nicht verbittern
In dieser bittren Zeit
Die Herrschenden erzittern
– sitzt du erst hinter Gittern –
Doch nicht vor deinem Leid

Du, laß dich nicht erschrecken
In dieser Schreckenszeit
Das wolln sie doch bezwecken
Daß wir die Waffen strecken
Schon vor dem großen Streit

Du, laß dich nicht verbrauchen
Gebrauche Deine Zeit
Du kannst nicht untertauchen
Du brauchst uns, und wir brauchen
Grad deine Heiterkeit

Wir wolln es nicht verschweigen
In dieser Schweigezeit
Das Grün bricht aus den Zweigen
Wir wolln das allen zeigen
Dann wissen sie Bescheid

BEATE PINKERNEIL
HEITERKEIT IM LEIDEN

Ein eher leises und kunstvoll einfaches Lied. Es entstammt der bleiernen Zeit der Unterdrückung und Verfolgung, als Biermanns großer Streit mit der Obrigkeit ernst geworden war. Durch generelles Auftritts- und Publikationsverbot in der DDR sollte der zum Staatsfeind erklärte Dichter zahnlos gemacht, sein aufrechter Gang krumm gebogen werden. Die Rechnung der Politbürokraten vom Dezember 1965 ging freilich gründlich schief. Statt sich ins verordnete Schweigen zurückzuziehen, ließ Biermann sich den Wind aus den Segeln kühler Vernunft und beharrlichen Widerstands nicht nehmen.
Sein Gedicht preist die Kunst des Lebens und Überlebens, die listige Kunst, »Heiterkeit ins Leiden« (Hölderlin) zu bringen, den Widerspruch von Verzweiflung und Hoffnung auszuhalten. »Die Herrschenden erzittern / – sitzt du erst hinter Gittern – / Doch nicht vor deinem Leid«, hält Biermann dem Lyriker und Freund Peter Huchel entgegen, dem er das Lied widmet. Seine nüchterne Feststellung gipfelt im emphatischen Zuruf: »Du kannst nicht untertauchen / Du brauchst uns, und wir brauchen / Grad deine Heiterkeit.« Ein eindringlicher Appell an den Leidensgenossen, sich nicht bequem in der eigenen Misere einzurichten; statt dessen der schleichenden Gefahr der Verhärtung und Bitterkeit, der Angst und Resignation trotzig zu widerstehen.
Das Gedicht spricht die leise Sprache subversiver Kunst.

Es ist ein Zeugnis entschlossener Solidarität mit dem gedemütigten und vereinsamten Weggenossen in Wilhelmshorst. Ihn hatten die SED-Funktionäre von seinem Posten als Chefredakteur der Zeitschrift »Sinn und Form« abserviert, weil er sein – auch international geachtetes – Literaturblatt nicht vor ihren ideologischen Propagandakarren hatte spannen lassen.

Wohl wissend, daß es immer genug Gründe gibt fürs eigene Zugrundegehen, ermutigt Biermann den Freund, nicht zuletzt, um sich selber Mut zu machen: »Wir wolln es nicht verschweigen / In dieser Schweigezeit / Das Grün bricht aus den Zweigen / Wir solln das allen zeigen / Dann wissen sie Bescheid.« Woher aber dieser Restposten fröhlicher Zuversicht und heiterer Gelassenheit mitten im verordneten Friedhofsfrieden? Nahe liegt, daß der gewiefte Dialektiker sich mit der Schlußstrophe an und gegen den großen Bruder Bert Brecht wendet. Denn dessen Lehrgedicht »Gegen Verführung« (dem Biermanns Gedichtzeilen in Versmaß, Reim und Rhythmus exakt korrespondieren) endet lapidar und trostlos; mit der entschiedenen Absage an das Prinzip Hoffnung: »Laßt euch nicht verführen / Zu Fron und Ausgezehr! / Was kann euch Angst noch rühren? / Ihr sterbt mit allen Tieren / Und es kommt nichts nachher.«

Daß Biermann sich freilich nicht über den Ernst seiner Lage fromm hinweglügt, zeigen seine beiden Gedichte »Kleine Ermutigung« und »Große Ermutigung«. Sie bilden den verzagt-fröhlichen Ausgangs- sowie bitteren Schlußpunkt für seine – trotz alledem – tröstliche Hauspostille an Huchel. »Müßte der Strauch nicht des Glücks / Verdorren, ja verdorren / Ohne des Leidens / Wolkenbrüche?«, heißt es dort. Und in der »Großen Ermutigung«

gesteht er illusionslos, »müde, hundemüde« zu sein: »Ach, mein Herz ist krank von all der / Politik und all dem Schlachten / Sag, wann haben diese Leiden / diese Leiden, diese Leiden / endlich mal ein Ende? / Wenn die neuen Leiden kommen / haben sie ein Ende.«
Das Lied aus den »leisen Würgejahren« ist ein heute aktuelles Lied. Macht es doch denen, die so leichtfertig wie selbstgerecht die tatsächlichen Leiden der zum Schweigen verurteilten Oppositionellen verharmlosen, deutlich, wieviel moralische und künstlerische Kraft (neben politischem Instinkt) notwendig waren, sich vom Diktat der Herrschenden weder die Zunge noch das Gehirn spalten zu lassen; weder das Brett vorm Kopf noch das Blatt vorm Mund zu akzeptieren; kurz, den aufrechten Gang nicht zu verlernen.

WOLF BIERMANN
KLEINES LIED VON DEN BLEIBENDEN WERTEN

1

Die großen Lügner, und was – na, was
Wird bleiben von denen?
Von denen wird bleiben
    daß wir ihnen geglaubt haben
Die großen Heuchler, und was – na, was
Wird bleiben von denen?
Von denen wird bleiben
    daß wir sie endlich durchschaut haben

2

Die großen Führer, und was – na, was
Wird bleiben von denen?
Von denen wird bleiben
    daß sie einfach gestürzt wurden
Und ihre Ewigen großen Zeiten – na, was
Wird bleiben von denen?
Von denen wird bleiben
    daß sie erheblich gekürzt wurden

3

Sie stopfen der Wahrheit das Maul mit Brot
Und was wird bleiben vom Brot?
Bleiben wird davon – na, was? –
    daß es gegessen wurde

Und dies zersungene Lied – na, was
Wird bleiben vom Lied?
Ewig bleiben wird davon
    daß es vergessen wurde

ULRICH GREINER
WAS BLEIBT

Das »kleine Lied«, obwohl ein altes Lied, ist ein sehr aktuelles Lied. Veröffentlicht wurde es 1972 in der Bundesrepublik, geschrieben wurde es in der DDR. Irgendwann werden wir unseren Kindern nicht mehr erklären können (und schon jetzt ist es schwer zu verstehen), weshalb das so war: daß es Schriftsteller gab, die in der einen Hälfte Deutschlands lebten und in der anderen publizierten. Wolf Biermann wurde aus dieser schizophrenen Situation durch einen Staatsakt befreit. Im November 1976, nachdem er ein Konzert in Köln gegeben hatte, erfuhr es der DDR-Bürger Biermann aus dem Autoradio: Das Visum, das ihm sein Staat, damals noch das Land seiner Hoffnung, erteilt hatte, war ein One-way-Ticket. Er wurde ausgebürgert und lebt seitdem in Hamburg.

Das »kleine Lied«, eines jener »Hetzlieder, Balladen, Gedichte« aus der Sammlung »Für meine Genossen«, erklärt ganz gut, weshalb die »Staats- und Parteiführung« ihn loswerden mußte. Soviel Witz und soviel Wahrheit, das konnte nicht gutgehen und geht auch heute nicht unbedingt gut. Deshalb ist es aktuell. Anders als manche nach dem 9. November 1989 erschienenen DDR-Texte, die uns einreden wollen, ihre Verfasser seien schon immer dissidentisch gesinnt gewesen, wurde dieser Text in einer Zeit veröffentlicht, in der abweichendes Denken und Schreiben nicht bloß einen Literaturstreit zur Folge hatte, sondern entweder Gefängnis oder Ausbürgerung.

Das »kleine Lied« ist simpel gebaut, und damit überlistet es den Leser. Die rhetorische Figur, die es sechsmal benutzt, verbindet zwei positive Behauptungen, die einander aufheben. Lügnern wurde geglaubt, Heuchler wurden durchschaut, Führer wurden gestürzt, große Zeiten wurden gekürzt, das Brot wurde gegessen, das Lied wurde vergessen. Das ist die eine Feststellung. Die andere: Gerade das wird bleiben. Es wird bleiben in den Köpfen und in den Herzen, es wird Folgen haben. Das ist eben nicht einfach weg. Die Führer und die Heuchler nicht und auch das Lied nicht. Das Lied wurde zwar vergessen, aber das Vergessen des Liedes bleibt. Die großen Zeiten wurden zwar gekürzt, aber es bleibt von ihnen, daß es eine Zeit gab, in der viele, und nicht bloß Biermann und nicht bloß die Intellektuellen der DDR, an die großen Zeiten geglaubt haben.

Das »kleine Lied«, obwohl es fast zwanzig Jahre alt ist, erzählt etwas von der Gegenwart. Den großen Lügnern, ob sie der SED angehörten oder dem PEN, wurde geglaubt. Das bleibt. Es bleibt so sehr, daß sie noch heute den Kredit, der ihnen damals eingeräumt wurde, in ein moralisches Debet ihrer Gegner ummünzen. Biermann wußte das nicht, als er das Lied schrieb. Aber die kleine Abweichung im Rhythmus, diese kaum auffällige Hinzufügung des Wörtleins »ewig« in den Zeilen »na, was / wird bleiben vom Lied? / Ewig bleiben wird davon ...«, verrät nicht nur jene Eitelkeit, die wir von Biermann kennen. Das Wort »ewig« korrespondiert mit den »ewigen großen Zeiten« und will sagen: Die Sehnsucht nach den großen Zeiten wird immer wieder aufbrechen (weil die Menschen es ohne Utopie schwer aushalten, weil die Wirklichkeit die Utopie als ihren Widerspruch hervorbringt), und es wird

neue Illusionen geben, neue Lügen, neue Führer. Und deshalb werden auch die banalen Wahrheiten dieses Liedes immer wieder vergessen werden. Das bleibt. Und auch das ist die ewige Wiederkunft des Gleichen.
Das »kleine Lied« ist ein Lied. Auf der Schallplatte »Warte nicht auf beßre Zeiten« (CBS 65753) hören wir Biermann und sein Harmonium. Mit dröhnendem Baß stellt er die Fragen, mit kleinlaut gequetschter Stimme gibt er die Antwort. Arrangement und Vortrag sind eine musikalische Meistertat. Aber wir müssen die Melodie nicht hören, müssen nur den Text lesen, um zu begreifen, daß Wolf Biermann nicht bloß ein Liedermacher und ein Showtalent ist, sondern auch ein großer Dichter.

WOLF BIERMANN
NACHRICHT

Noch findet er statt
der Sonnenaufgang
Die dunkle Nacht, noch
wird sie veranstaltet

Erstaunlich! Auch diese Früh fand ich mich wieder
am Leben. Erleichtert auch merkte ich auf den Atem
dicht neben mir: die Erde ist also noch immer bevölkert

Den Radiomeldungen über die neuesten Fortschritte
der kleineren Kriege kann ich beruhigt entnehmen:
Noch dauert an die Existenz der Gattung Mensch

Ausgerottet, lese ich in der Abendzeitung
hat sich heute noch nicht, was da alltäglich
nach Frieden schreit

Noch findet er statt
der Sonnenaufgang
Die dunkle Nacht, noch
wird sie veranstaltet

DIETER E. ZIMMER
VERANSTALTUNG DER NACHT

Seit er Anfang der sechziger Jahre zu schreiben begann, lebte Wolf Biermann sozusagen im Schutz der Gefahr, in die er sich begab. Präsent war er allein schon durch das um ihn von Staats wegen verhängte Schweigen: als der Dichter in Quarantäne, eine Symbolfigur des Widerstands, für seinen Staat um so ärgerlicher, als er ihm bei jeder Gelegenheit bescheinigte, die Anlage zu Großem zu besitzen, geschichtlich überhaupt das einzig Diskutable zu präsentieren. Und dann soviel Kleinlichkeit!

Seit sich dieser progressive Staat Ende 1976 der Irritation mit Namen Biermann entledigte, indem er ihn über die deutsche Grenze zur Reaktion verstieß, seit Biermanns listiger Zwangsexilierung besteht für ihn die Gefahr nicht fort, und mit ihr entfallen ist der Schutz. Von überallher ist plötzlich zu hören: Lakai des Klassenfeinds, plumper Reimeschmied, Clown der Bourgeoisie, miserabler Gitarrespieler, Großverdiener, Kabarettist, Illusionist. Den einen ist er zu links, den andern nicht links genug, den dritten nicht auf die rechte, die SED/DKP-Weise links, noch andere wittern einfach den Konkurrenten oder Störenfried und setzen ihn prophylaktisch herab. Ihnen allen kommt das Argument zupaß: Es sei mit seiner Begabung gar nicht so weit her, sein Renommee habe nur auf seiner konsequenten, dickköpfigen DDR-internen Résistance beruht.

Im Falle Biermann läßt sich hervorragend studieren, wie

imperativ die Kenntnis der Entstehungsbedingungen eines Werks seine Rezeption beeinflußt. Und damit meine ich nicht bloß, daß es einen Text erhellt, wenn man über seine Randbedingungen Bescheid weiß. Der Vorgang reicht tiefer. Unsere Achtung vor einem Kunstwerk beruht auf dem Bewußtsein, daß es gegen Widerstände entstanden ist; sie ist den Widerständen proportional. Dabei können die Widerstände verschiedenster Natur sein: komplizierte formale Schwierigkeiten, die besiegt wurden, eine dem Halbbewußten entrissene Daseinsdiagnose, der den normalerweise stummen Wörtern abgelauschte Hintersinn, und so weiter. Ein solcher Widerstand ist unter anderem schlicht die obrigkeitliche Mißbilligung. Er vor allem war es, den Biermann Zeile für Zeile besiegte. Seine DDR-Lieder haben jetzt notwendig ein Ende – ihre Fortführung wäre schlechterdings zu leicht. Biermann mit Mauer dazwischen ist ein anderer als Biermann ohne. Jetzt muß sich zeigen, daß er als Dichter auch unabhängig von diesem Widerstand besteht.

Das Gedicht »Nachricht« ist völlig DDR-unspezifisch. Es gibt meines Wissens keine Musik dazu (wo Biermann-Lieder vertont sind, kommentiert die Musik den Text, widerspricht ihm, verstärkt ihn, so daß er als solcher unfertig ist und nur mit Vorsicht beim Wort zu nehmen ist). Plumpe Propaganda wird in weitem Bogen umgangen; sie hätte vielleicht gereimt: Menschen auf der Erden / es muß Frieden werden! Das Gedicht gibt einfach etwas zu bedenken: daß unser morgendliches Erwachen gar nicht selbstverständlich ist. Daß das Vernichtungspotential abermals für einen Tag unschädlich blieb: »Erstaunlich!« Die große Beunruhigung, die sich hinter der kleinen Beruhigung auftut. Tag und Nacht (auch symbolisch zu verstehen) in ihrem Widerstreit bestimmen noch das Schicksal der Menschheit.

Biermann ist ein proteushafter Dichter der mannigfachen Tonfälle. Er kann patzig und feierlich sein, bänkelsängerhaft und hölderlinisch, angeberisch und hilflos, agitatorisch und ichversonnen. Mir scheint, in einem Gedicht wie »Nachricht« ist er am nächsten bei sich selber und damit am unabhängigsten von Geneigtheit oder Feindlichkeit der Umwelt. Der Sonnenaufgang ist nennbar, weil er »stattfindet«; die dunkle Nacht darf vorkommen, weil sie »veranstaltet« wird. Das Gedicht hält eine (Brecht abgeschaute) zeitgemäße Balance zwischen gehobenem Gesang und alltäglicher Nüchternheit. Es posiert nicht. Es macht keine krampfigen Kunstanstrengungen, noch überläßt es sich einem beliebigen Parlando. Ich meine, vor allem in diesem Tonfall liegt Biermanns Zukunft als Dichter.

CHRISTINE NÖSTLINGER
AUSZÄHLREIME

Einer ist reich
und einer ist arm,
einer erfriert
und einer hat's warm.

Einer stiehlt
und einer kauft,
einer schwimmt oben
und einer ersauft.

Einer springt
und einer hinkt,
einer fährt weg
und einer winkt.

Einer stinkt
und einer duftet,
einer ist faul
und einer schuftet.

Einer hat Hunger
und einer hat Brot,
einer lebt noch
und einer ist tot.

Einer hat's lustig
und einer hat Sorgen,
einer kann schenken
und einer muß borgen.

Zu den einen zählst du,
zu den andern zähl ich,
ich hab's lustig und warm,
also pfeif ich auf dich!

Ich bin lebendig
und faul und reich,
und ob du schon tot bist,
ist mir doch ganz gleich!

LUDWIG HARIG
VERWORFEN UND VERSTOSSEN

Das Märchen weiß, wer die Guten und wer die Schlechten sind, da gibt es kein Vertun, weder Zweifel noch Kompromisse. Was gut ist, bleibt erhalten zur besseren Verwendung, was schlecht ist, gerät unverzüglich zwischen die Reißzähne. Ja, das Schlechte wird zermahlen, zerstoßen, zerdrückt, es wird mit Haut und Haaren verschlungen, nicht mit Appetit, der es genießen ließe, sondern mit Freßlust, damit es vernichtet sei.

Ich erinnere mich, wie wir als Kinder ausgelesen haben und ausgelesen wurden: Wir standen im Kreis, Buben und Mädchen, einer ging innen rund, zeigte nacheinander auf jeden, sprach: »Ine mine mu und aus bist du!«, und die Ausgezählten stoben davon, waren Freiwild für den Fänger. Wenn der Auszähler aber den anderen Spruch gebrauchte und mit spitzer Stimme rief: »Ine mine mei und aus sind zwei!«, dann teilte sich der Kreis in Räuber und Gendarmen, in Trapper und Indianer, später dann in Deutsche und Franzosen. Beim Auszählen galt als goldene Regel: Jeder mußte ordentlich in der Reihe stehen, denn dem Außenseiter drohte Unheil, und schon am ersten Schultag beim Aufstellen hatten wir gelernt: »Weh dem, der aus der Reihe tanzt!«

Danach waren Hitlerjugendführer, Feldmeister und Unteroffiziere die Auszähler. Das Auszählen wurde subtiler, raffinierter: Es wurde abgezählt, durchgezählt, ausgezählt, die Willkür der Scheidung in zwei Gruppen mit zweierlei Rechten, in die einen und die anderen, in Stehende und Liegende, in Angreifer und Verteidiger wurde wettgemacht, indem sich die Positionen tauschten und jeder jedes sein und tun mußte. Wer zu den Schlägern ausgezählt war, tat das von ihm Erwartete in gleicher lustvoller Intensität, wie er es schon als Kind getan hatte: grausam und erbarmungslos. Und wer zu den Geschlagenen gehörte, mußte erdulden, daß die Schläger gehörig zuschlugen: Das war das Spiel. Die Geschlagenen waren ausgezählt, ausgesondert, verworfen und verstoßen.

Dabei blieb es nicht. Das Auszählspiel fröhlicher Manöver ging in Schreckenskommandos über und wurde fort- und weitergespielt in den Aussonderungs- und Erschießungstrupps von Oradour und anderswo und schließlich in Dr. Mengeles Selektionen auf der Rampe von Auschwitz. Schon Jacob und Wilhelm Grimms »Deutsches Wörterbuch« beschreibt dieses Auszählen als ein Aussondern und Dezimieren, ein Verwerfen und Verstoßen.

All das kehrte in mein Gedächtnis zurück, als ich vor einigen Jahren Christine Nöstlingers beschwörendes Auszählgedicht in einer Anthologie mit dem Titel »Überall und neben dir« las. Es ist ein Gedicht für Kinder, die Ausgezählten sind die Armen und Schwachen, die Faulen und Gauner, die Schuldner und Sozialrentenempfänger. Christine Nöstlingers Reime sind aktuell geblieben, doch mit einem Male sprengt das Gedicht die Grenzen des Bereichs, für den es gemünzt ist, und gewinnt neue Dimensionen.

Es hat sich zwar nichts geändert seit der Kinderzeit, auch nicht Einstellung und Denkweise des Auszählers. Die Grausamkeit hat sich nicht in Milde, die Erbarmungslosigkeit nicht in Güte und Verständnis gewandelt. Nun, da wir erwachsen sind und vom Leben gelernt haben sollten, spielen wir das deutsch-deutsche Auszählspiel. Wir plappern den Politikern und den Moralaposteln unserer Gesellschaft nach, wir sagen: Hier und dort, hüben und drüben, doch wir meinen das Land, in dem Milch und Honig fließen, und das Land, in dem nur Dornen und Disteln gediehen sind.

Wir spielen das Auszählspiel der Gerechten und Ungerechten, denn hinter den politischen Appellen zu Wohlverhalten und Mitgefühl verbirgt sich die Unerbittlichkeit der Menschennatur und ihre pharisäische Selbstgerechtigkeit: Die einen sitzen schon zur Rechten Gottes, und die anderen müssen zur Hölle fahren.

KURT BARTSCH
ABRISS

Ich kenne jeden Stein hier, Häuser, Straßen
Dies Zimmer meine zweite Haut, ich kann nicht
Aus meiner Haut, verstehen Sie, ich will nicht
Mein Fleisch verfault hier schneller als woanders:
Das ist es, was mich hält. Lichtlose Räume
Die Keller leer, die Wohnungen verlassen:
Wenn ich hier sterbe, sterbe ich allein.
Woanders lebe ich allein. Es fragt sich,
Was besser ist. (In meinem Alter
Wächst keine zweite Haut!) Ich sage:
Das Möbelauto ist mein Leichenwagen.
Wenn sie mich holen, spring' ich aus dem Fenster.

GÜNTER KUNERT
RÜCKBLICK AUF UNSER VINETA

Keine Stadt ist derart gründlich versunken wie Berlin, weil nicht nur ihre städtebaulichen Charakteristika verschwanden – bis auf jene wenigen, nostalgisch renovierten Ecken, mittels derer der fatale Anschein historischer Kontinuität erweckt werden soll –, sondern auch die Eigenarten ihrer Einwohner: Berliner ist man heute durch amtliche Eintragung ins Geburtenregister, aber was bedeutet das schon oder noch? Wie immer wird erst im nachhinein der Verlust feststellbar: Das spezifisch Berlinische, Produkt der Symbiose einer historisch verspäteten Großstadt mit ihren Bürgern, hat sich heutzutage zu einem Nachgeschmack verflüchtigt, zu einem: Es war einmal, einem bitteren und melancholischen Eingedenken. Geblieben ist, auch für uns Nachgeborenen, das Gefühl, um die Stadt betrogen worden zu sein. Und der Versuch, sie wenigstens noch einmal im Geiste wiederherzustellen, treibt teils zum Kult lokalgeschichtlicher Relikte, teils literarische Blüten.
Kein jüngerer Autor in dem geteilten Ort, den nicht »sein« Berlin dazu veranlaßt hätte, es auf seine Weise inständig (und manchmal bloß sentimental) dichterisch zu bezeugen. Einer von ihnen und vermutlich der Berlinischte von allen ist Kurt Bartsch, Jahrgang 1937, in verschiedenen Berufen, selbst in dem des Leichenträgers, erfahren, ohne abgeschlossene Lehre (falls man nicht mit etwas Ironie seinen Ausschluß aus dem Schriftstellerverband im Sommer 79 darunter verstehen will), zu Hause in der Hauptstadt

der DDR, ist das lebende Exempel für eine Fixierung auf ein Phantom.

Was uns an diese einstige Metropole eines ehemaligen Reiches gebunden hat, ist in Wahrheit längst passé, falls es überhaupt je existiert hat. Ich hege den Verdacht, wir haben ein Berlin geliebt oder lieben es noch, das aus den Romanen Döblins und Georg Hermanns stammt, aus den Texten Tucholskys und Kästners, aus den Bildern Zilles und Balusscheks, aus den grandiosen und doch spätromantischen Beschreibungen von Walter Benjamin, Franz Hessel, Siegfried Kracauer: Unser Blick war von Anfang an, von unseren schriftstellerischen Anfängen an jedenfalls, getrübt oder, besser: selbstsuggestiv beeinflußt. Er glich dem Blick des Sympathisanten auf die ihm nahestehende Sache: Die Empfindungen erhöhten das Objekt, und das Objekt dankte es ihm, indem es seine Empfindungen intensivierte. So war auch im Zentrum deutscher Finsternis noch Glanz, dann ein langes Nachleuchten, von dem wir die Augen nicht wegwenden konnten – wie sonst wäre erklärlich, daß die Nachgeborenen noch eine Ahnung einstiger Faszination bewegt, selbst wenn diese Faszination auf Täuschung und Selbsttäuschung beruht?

So erweist sich Kurt Bartschs Gedicht über den Monolog eines selbstmordbereiten Abrißhausbewohners als eine offenkundige und verzweifelte Beschwörung der Stadt, das seine Identität verbergende Subjekt des Gedichts nicht zu verlassen, und als die Androhung eines radikalen Abschiedes, des endgültigen Abscheidens, falls der Zerstörung nicht Einhalt geboten wird. Unter diesem vorgeblich beiläufigen Schicksal einer Randexistenz, man kennt sie aus Zeitungsberichten, steckt die katastrophale Erfahrung eines Dichters mit dem so leichthin »Heimat« genannten Lebensbereich, der ihm wie eine Eisscholle unter den Füßen weggeschmolzen ist und an deren Resten er sich festzuhalten sucht. Eine Erfahrung, die, wie zu fürchten ist, kaum auf Dichter beschränkt sein dürfte.

KURT BARTSCH
DIE LEICHENWÄSCHERIN IST TOT

Die Leichenwäscherin ist tot
Wer wäscht denn jetzt die Leichen
Wer malt ihnen die Lippen rot
Die in der Frühe bleichen

Wer wäscht die Toten kämmt ihr Haar
Das ist durchaus vonnöten
Wer bricht ihnen die Finger gar
Daß sie noch einmal beten

Kein Mensch geht gern ins Leichenhaus
Bei keinem Wind und Wetter
Die Toten sehn so seltsam aus
Wie kalt und weiße Bretter

Wie Schnee der in der Sonne taut
Mit seltsam schwarzen Flecken
So kalt ihr Fleisch so gelb die Haut
Daß wir davor erschrecken

Die Leichenwäscherin ist tot
Wer wäscht denn jetzt die Leichen
Wer malt ihnen die Lippen rot
Die in der Frühe bleichen

Am Mittag geht ein lauer Wind
Wie soll das bloß noch enden
Wer wäscht wenn wir gestorben sind
Das Blut von unsern Händen.

PETER MAIWALD
REINIGUNGSZWÄNGE

Eine Moritat lesen und hören wir gerne, weil sie uns das geschätzte Vergnügen bereitet, nicht betroffen zu sein. Tränen und Rührung sind dabei keine Gegenargumente. Wir können nämlich schön sicher sein, daß die Nachricht, daß und wie es einen oder eine oder mehrere »erwischt« hat, uns angenehm signalisiert, daß wir noch einmal davongekommen sind. Uns macht die Moritat – moderner: die Unglücksnachricht – zufrieden wie jene sanktflorianische Heiterkeit, die uns gelegentlich bei Bränden, bei Leichenfeiern und beim Lesen der Zeitung befällt.
Nun hat es gerade Kurt Bartschs Moritat darauf angelegt, uns derart in unser Unglück – soziologisch: in unsere Todesriten – hineinzuziehen, daß wir uns vor uns nicht mehr drücken können und uns am Ende der Appetit auf uns ziemlich vergeht.
Wie schafft er das? Ganz listig, indem er uns ohne Umschweife die Vakanz einer Stelle meldet, die wir bis dato besetzt und in den guten Händen von Takt und Pietät unserer Zivilisation wähnten, nämlich unseren Umgang mit dem alltäglichen Tod und den alltäglichen Toten, ein Umgang, der mehr dem Umgehen ähnelt.
Wir bemerken bei der Lektüre: Leichenwäscher sind wir alle, ob aus Gedankenlosigkeit oder im Namen einer Geschäftsidee, ob aus Staatsräson oder im Namen eines Volkes oder einer Klasse, einer Rasse oder eines Geschlechts, ob aus Angst oder schlicht nur aus Selbstschutz vor dem

Wahnsinn, der uns unweigerlich befallen würde, nähmen wir die unendlichen sinnlosen Tode, deren wir an jedem Tag teilhaftig werden, und das nicht nur medial, ernst.
Es gehört zu den Lustbarkeiten unseres infantilen Lebens, den Tod zu verdrängen, wo immer es geht, ihn zu verharmlosen, wo er uns nahe kommt, und es ist nachgerade zur Kunst geworden, ihn zu verschönen und zu schminken, wie wir allabendlich aus unseren Kinos, Theatern und vor dem Fernseher wissen. Die Leichen in unseren Kellern sind natürlich immer die von anderen.
Wenn wir den Tod wahrnehmen, dann nur, wenn wir nicht anders können oder wenn er uns zur Aufwertung unserer Interessen, unserer Ziele, unserer Ideen, unserer Parteien, unseres Lebens und unserer Portemonnaies dient. Bewirtschaftung der Toten hat der Philosoph Peter Furth unseren Verkehr mit dem Tod genannt, ein böser Ausdruck für den Eindruck, eine Art Beerdigungsunternehmer ohne Gewerbeschein zu sein. Man braucht nur eine der landesüblichen Gedenkfeiern zu besuchen oder einen verordneten Volkstrauertag über sich ergehen lassen, um zu erfahren, wie wir unsere Toten abrichten. Dann dürfen sie mahnen (natürlich die anderen), dann dürfen sie erinnern (natürlich an das, was wir schon wissen), dann dürfen sie sprechen (natürlich unseren Text).
Man mag gegen das Gedicht einwenden, der Autor habe sich im Ton vergriffen, der Gegenstand sei zu ernst, als daß ihm mit moritatenhaften Mitteln, Holpersprache, klischierten Bildern, freiwillig-unfreiwilliger Sprachkomik beizukommen wäre. Auch entspräche die (wenn auch gespielte) Naivität nicht dem Bewußtseinsstand unseres Jahrhunderts. Aber was, wenn diese gespielte Naivität – gleich: vorgegebene Unschuld und eingebildetes Wissen –

der allgemeinen Unbeholfenheit vor dem Thema entspräche?

Das Gedicht ist so trostlos wie alle Kunst, die, unsere Art betrachtend, nichts besser weiß als Trauer. Das ist das Tröstliche. Das Untröstliche ist, daß wir bemerken, mit und ohne Leichenwäscherin, daß wir längst vom Fach sind. Blutbäder als Reinigungsverfahren und Unschuld als Waschmittel sind schließlich unsere Erfindungen. Besetzungsschwierigkeiten wird es mit uns nicht geben. Oder doch?

NICOLAS BORN
DAS ERSCHEINEN
EINES JEDEN IN DER MENGE

Ist es eine Wohltat allein zu sein
im Gelage der Gedanken ohne Augenzeugen
ohne das Auge des Entdeckers das sieht wie's
  schmeckt
ohne das geübte Ohr der Menge?
Was ist eine Tatsache wert die unteilbar ist
was ist ein Universum ohne dein Beben
ohne dein Erscheinen vor leeren Sitzreihen?

Die Menge geht auf der Erde
und nichts vergeht in der Menge
auf den Rücken summender Webstühle
erreichen wir den großen Widerspruch:
das Erscheinen eines jeden in der Menge

GÜNTER KUNERT
EINE ART MENSCHENNÄHE

Wenn man heute die Gedichte des mit dreiundvierzig Jahren viel zu früh verstorbenen Nicolas Born nachliest, kann man, wie der in diesem Gedicht apostrophierte »Entdekker«, erstaunliche Besonderheiten bemerken. Vor allem findet sich hier etwas, das aus der gegenwärtigen Dichtung verschwunden scheint: eine Grundströmung des Humanen, eine fast chiliastische utopische Erwartung, eine Hinneigung zum Menschen, die extrem selten geworden ist. Aus Borns Gedicht spricht ein Lebensgefühl, das nicht aus der Kühltruhe unserer enttäuschenden Erfahrungen mit der Gesellschaft stammt, sondern das mit einer unzweifelhaften Unschuld die »Menge« noch als Gemeinschaft empfindet. Wer Born gekannt hat, weiß, daß seine Haltung keine ideologisch motivierte Attitüde war wie bei vielen anderen Autoren in den sechziger und siebziger Jahren, die sich von ihrem selbstgezimmerten Sockel zu ihren Zeitgenossen hinabneigten, um ihnen eine unerwartete und fatale Umarmung zuteil werden zu lassen. Viele von Borns Texten hingegen, Rollengedichte, Porträts unterschiedlichster Leute, alle mit großem Verständnis und großer Sympathie geschrieben, belegen eine natürliche Art von innerer Menschennähe. Daher ist auch in diesem Gedicht die Absage an das introvertierte Ich, an die monadische Selbstbezogenheit keine gezielte Absicht. Alleinsein ist abzulehnen; es ist keine Wohltat, wie die Frageform der ersten vier Zeilen eindeutig impliziert. Und wenn zum ersten Male das Wort »Menge« auftaucht, dann sogleich in aufwertendem Sinne durch den Qualitätsbegriff des Geübtseins: Als handele es sich um ein Konzertpublikum.

Die Sehnsucht nach einem menschlicheren Miteinander ist überdeutlich. Was nicht gemeinsamer Besitz sein kann – wie das für vieles andere einstehende Symbol »Tatsache« –, erweist sich als wertlos. Ja, ohne Angerührtsein, ohne seelische oder physische Erregungsfähigkeit (doppeldeutiges »Beben«) bleibt die Welt, das »Universum« nichtig. Und selbst die leeren Sitzreihen erhalten erst eine Anwesenheitsberechtigung, sobald einer, der Dichter selber, vor ihnen erscheint.

Die letzte Strophe bedeutet eine Steigerung von den vorangegangenen Individualumständen zu einer Verallgemeinerung, der ein großer, fast prophetischer Gestus eigen ist: »Die Menge geht auf der Erde / und nichts vergeht in der Menge« – obwohl Bewegung durch Gehen sichtbar wird, liegt die Betonung auf Bewahrung. Es klingt wie das Versprechen von Ewigkeit und ungeschmälerter Dauer: Nichts vergeht, solange die Menschheit besteht. Und zugleich wird mittels einer geschickten Wortkombination diese Menschheit ihrer sozialökonomischen Daseinsweise verkoppelt: »Auf den Rücken summender Webstühle« nämlich geht es vorwärts und voran, also durch Technik und Industrie. Aber wo wir da hingekommen, wartet nicht das Konsumparadies auf uns oder die klassenlose Gesellschaft, sondern nichts anderes als ein Widerspruch, freilich einer von jenen, die Marx zufolge Voraussetzungen aller Entwicklung sind.

Wozu Friedrich Engels in seiner theoretischen Schrift »Anteil der Arbeit an der Menschwerdung des Affen«

viele Seiten benötigte, das erreicht der Dichter mit ein paar Zeilen. Die Industriezivilisation schafft erst die Menge, und zugleich auch – und darin besteht der große Widerspruch – ruft sie überhaupt erst das Individuum in Mengen auf den Plan. Ein Widerspruch, der nicht zu lösen ist, der vielmehr die Widersprüchlichkeit solcher Existenzweise ins Blickfeld rückt und anerkennt. Dergestalt eröffnet ein kleines Gedicht eine weitläufige historische Perspektive, ohne ein einziges Mal das Wort »Geschichte« zu gebrauchen.

NICOLAS BORN
DIES HAUS

in dem wir wohnen
wird hinter uns abgerissen

Wir liefern die Schlüssel ab
beim Verwalter
so ist es

Es sind
ein paar Dialoge geschrieben
die andere sprechen

Die Bücher
machen das größte Kopfzerbrechen

Für die paar Tage bitte
keine Blumen mehr
nichts mehr einkaufen

Vier Stockwerke
das ist die Höhe

Wenn es soweit ist
muß alles sehr schnell gehen

GÜNTER KUNERT
IM HAUSE DES LEBENS

Dieses Gedicht, das wir hier lesen und das wir, bevor wir die Seite umblättern, schon wieder vergessen haben, ist gleichwohl ein exemplarisches Gedicht. Mit einer wissenschaftsartigen Metapher ausgedrückt: Es enthält ein Grundelement, das ihm sein spezifisches Gewicht verleiht. Dieses Grundelement mag im Zeitalter verlorengegangener ästhetischer Maßstäbe als eines der letzten unbezweifelten Kriterien »echter« Lyrik dienen: Es ist die Gleichnishaftigkeit. Was der Lyriker uns da über einen ganz offenkundig unfreiwilligen Wohnungswechsel mitteilt, ist, entgegen seiner Umgangssprachlichkeit, eben doch mehr als nur eine Mitteilung in einer besonderen, optisch bestimmten Schreibweise.

Geringfügige Veränderungen, die wie unbeabsichtigte Verstöße gegen die sprachliche Logik aussehen, schaffen Irritation. Schon der Anfang klingt bedrohlich, allein weil die gewohnte Kausalität aufgegeben ist. Denn das Haus wird ja nicht abgerissen, nachdem man es (normalerweise) verlassen hat, sondern man wohnt noch darin, und der Abriß vollzieht sich sozusagen hinter unserem Rücken, also auf unangekündigte, heimtückische Art.

Und wie wir gar die Schlüssel abliefern! Nämlich mit einem resignierenden, die Endgültigkeit und »ewige Wiederkehr« des Vorganges markierenden »So ist es« – das zeichnet mit diesen drei Wörtchen die Kapitulation und die Aufgabe jeglicher Hoffnung nach, noch einmal irgend-

wann später im umfassenden Sinne *behaust* zu sein. Und wer eigentlich hat die Dialoge geschrieben, welche von anderen gesprochen werden, da wir, das »Wir« des Gedichts, anscheinend verstummt sind? Mit der Wendung: »Es sind ein paar Dialoge geschrieben ...« weist das Gedicht-Subjekt wie der dahinter residierende Autor für diese Dialoge jede Urheberschaft zurück. Wer aber ist dann deren Verfasser? Die Darstellung der Dialogentstehung als eines neutralen Geschehens hebt letzteres in den Bereich von Naturereignissen. Als seien diese Dialoge vom Himmel gefallen, inhaltslos vermutlich, nur zum nichtigen Zweck steter Wiederholung geschaffen. Als Kontrast zu ihrer Banalität bieten sich die Bücher an und verlocken zu einem Aphorismus, geschaffen aus der realen Erfahrung des umziehenden Bibliotheksbesitzers und dennoch darüber hinausgehend: diese vierte Strophe. Weil auch das »Kopfzerbrechen« doppelsinnig erscheint: Einmal als Witz und zugleich als Signal, liest man es erneut von den anschließenden Überlegungen her.
Warum keine Blumen mehr? Für welche paar Tage nicht mehr? Was steckt dahinter, daß einzukaufen nicht mehr lohnt? Handelt es sich um einen Auszug ohne neues Wohnziel? Nach dem Einkaufsverzicht wirkt der Scherz, daß vier Stockwerke die Höhe seien, gar nicht mehr komisch – noch dazu, daß es sehr schnell gehen muß, wenn es soweit ist, was unabweislich suizidäre Assoziationen hervorruft, verbunden mit zweierlei Verstehensmöglichkeiten: einer aktiven und einer passiven. Und zwar daß einerseits Schnelligkeit wünschenswert wäre, »wenn es soweit ist«, und daß andererseits so etwas wie nachdenklicher Trost über das beruhigend rasche Tempo die Reflexion grundiert.

Ohne es als Symbol überstrapazieren zu wollen, rückt das Gedicht seinen Gegenstand, »dies Haus«, in die Nähe dessen, was man früher in ungebrochener Naivität das »Haus des Lebens« nannte. Freilich sei eingestanden, daß der viel zu frühe Tod des Dichters – er wäre vor wenigen Tagen fünfzig Jahre alt geworden – nicht ohne Einfluß auf meine Lesart geblieben ist; das Gedicht hat für mich im nachhinein eine zusätzliche Bedeutsamkeit bekommen, die vielleicht ursprünglich gar nicht darin angelegt ist. Aber wie in den Naturwissenschaften die Komplementär-Theorie davon ausgeht, daß der Untersuchende und das Untersuchungsobjekt nicht säuberlich voneinander getrennt sind und aufeinander einwirken, so wenig ist Objektivität beim Interpretieren von Gedichten möglich: Zum Glück für die Lyrik.

NICOLAS BORN
DREI WÜNSCHE

Sind Tatsachen nicht quälend und langweilig?
Ist es nicht besser drei Wünsche zu haben
unter der Bedingung daß sie allen erfüllt werden?
Ich wünsche ein Leben ohne große Pausen
in denen die Wände nach Projektilen abgesucht werden
ein Leben das nicht heruntergeblättert wird von
Kassierern.
Ich wünsche Briefe zu schreiben in denen ich ganz
enthalten bin –
wie weit würde ich herumkommen ohne Gewichts-
verlust.
Ich wünsche ein Buch in das ihr alle vorn hineingehen
und hinten herauskommen könnt.
Und ich möchte nicht vergessen daß es schöner ist
dich zu lieben als dich nicht zu lieben

HANS CHRISTOPH BUCH
EIN GEDICHT WIE EIN PULLOVER

»Ich gebe zu, daß ich ›schöne Gedichte‹ schreiben wollte, und einige sind zu meiner Überraschung schön geworden.« Dieser Satz aus Nicolas Borns Nachwort zu seinem Lyrikband »Das Auge des Entdeckers« (1972), in dem das Gedicht »Drei Wünsche« erstmals erschien, war damals eine gezielte Provokation. Was heute wie eine Binsenwahrheit klingt: daß Poesie etwas mit Schönheit zu tun hat, verstand sich nicht mehr von selbst, nachdem Hans Magnus Enzensberger das Diktum Theodor W. Adornos – nach Auschwitz ein Gedicht zu schreiben, sei barbarisch – zugespitzt hatte zur These vom Tod der Literatur: »Für literarische Kunstwerke läßt sich eine wesentliche gesellschaftliche Funktion in unserer Lage nicht angeben«, hatte Enzensberger 1968 im »Kursbuch« dekretiert.

Romane und Gedichte wurden als bürgerlicher Luxus abgetan, und beim Versuch, die soziale Realität für sich selbst sprechen zu lassen, hatte sich »der Autor demütig in einen Herausgeber verwandelt«, wie Born in dem zitierten Nachwort schreibt: Günter Wallraffs Industriereportagen und die »Bottroper Protokolle« von Erika Runge galten damals als Nonplusultra engagierter Literatur. Obwohl oder weil er selbst aus dem Ruhrpott kam und, anders als die radikalen Studenten, die Arbeitswelt von unten auf kannte, hielt Born nichts von Agitprop und verteidigte die Phantasie, groß geschrieben, gegen die Indienstnahme durch die Politik.

Unser Gedicht gibt hierfür Regel und Beispiel zugleich. Drei Wünsche hat man sonst nur im Märchen, aber der zeithistorische Hintergrund – Vietnam-Protest und Kapitalismuskritik – hallt im privaten Innenraum des Textes nach, wo Kassierer ein Leben herunterblättern und die Wände abgesucht werden nach Projektilen: ein spätes Echo vielleicht auf die Ermordung Kennedys und Martin Luther Kings, durch die Borns Generation den Kinderglauben an die westliche Demokratie verlor. Also doch Agitprop? Nein, denn schon im nächsten Vers öffnet sich das Gedicht für eine persönliche Utopie, die in kein Parteiprogramm paßt: *Ich möchte Briefe schreiben, in denen ich ganz enthalten bin*, mit postalischer Schlußfolgerung: *Wie weit würde ich herumkommen ohne Gewichtsverlust.*
Leichtigkeit ist das Kennzeichen dieses Lyrikers, der vom Podest heruntersteigt und sein Gedicht wie einen Pullover, den man an- und ausziehen kann, auf die Straße trägt, damit es sich dort, ohne seinen Kunstanspruch aufzugeben, als Gebrauchsgegenstand bewährt: »benutzerfreundlich« wäre das heutige Wort dafür.
Die sinnliche Direktheit dieser Alltagslyrik kommt weniger von Brecht als von William Carlos Williams her, an dessen kalkuliertes Understatement die Liebeserklärung am Schluß des Gedichts gemahnt. Auch dazu gibt der frühverstorbene Autor in seiner Nachbemerkung einen wichtigen Fingerzeig: »Ich habe versucht, ich liebe dich zu schreiben, weil ich es oft gefühlt und auch ein paarmal gesagt habe, und damit habe ich dich und mich gemeint.«

NICOLAS BORN

Es ist Sonntag
die Mädchen kräuseln sich und Wolken
ziehen durch die Wohnungen –
wir sitzen auf hohen Balkonen.
Heute lohnt es sich
nicht einzuschlafen
das Licht geht langsam über in etwas
Bläuliches
das sich still auf die Köpfe legt
hier und da fällt einer
zusehends ab
die anderen nehmen sich
zusammen.
Diese Dunkelheit mitten im Grünen
dieses Tun und Stillsitzen dieses alles ist
der Beweis für etwas anderes

HADAYATULLAH HÜBSCH
DIE AHNUNG VON EINER ANDEREN WELT

Manchmal, vor dem Einschlafen, habe ich das Gefühl, am nächsten Tag ist Sonntag. Am nächsten Morgen kommt dann aber doch wie üblich der Briefträger, und die Nachrichten der Tageszeitung berichten nicht von Mädchen in weißen Kleidern, deren Rüschen sich kräuseln. Solch ein Sonntagsgedicht ist dieser Text von Nicolas Born; es spielt kaum eine Rolle, ob es wirklich Sonntag ist, Hauptsache, wir bekommen mit, wie anders die Luft riecht, manchmal. Man hat dann die Wattewolken gern, die uns einhüllen in unseren Wohnungen und ab und zu einen erfrischenden Schauer entlassen.

Natürlich spielt dieses Gedicht zu Hause, obgleich man nicht weiß, wo das nun eigentlich ist. Wir ahnen ja nur die nächste Dimension; die luftigen Blicke hinunter, hinunter auf Straßen und Land, halten uns wach. Ich mag diese geheimnisvollen Stunden, denen Born auf der Spur ist, ich mag seine Traumwelt von morgen, die wir, ohne schlaflos zu sein, in diesen Zeilen wiederfinden. Es ist die gelebte, geliebte Vorstellung von den anderen Welten in uns und außer uns, die den Weg zeigen zum Paradies. Borns Gedicht indes umrahmt es nur mit seinen bunten Blumen-Versen, die sich in unser Herz ranken wollen, um uns die Realität vergessen zu machen.

Es ist eine Stimmung zu spüren, irgendwo wird es einen Mond geben, ab und zu eine vor sich hin nickende Straßenlaterne – blaue Montage, die uns den Wochenanfang nicht erleiden lassen, auch wenn hie und da der Schmerz durchschimmert und manch einer nicht weiter weiß vor lauter duftenden Gemütsregungen. Wer sich zusammen nimmt, wird wieder ganz. Keine panische Krankheit befällt ihn. Wir sind die einen und die anderen, wir locken die Vogelrufe in unsere Wohnungen, und nun wird es Abend, ja Nacht schon. Um uns herum nur hohe, grünende Bäume und Pflanzen, es kann Mitternacht werden und darüber hinaus, es ist ja ein Sonnentag.

Wir tun etwas, sehen uns das Wetter an, schauen hinein in unsere Gefühle, nie zuvor verspürte, kaum geahnte; die Andere Wirklichkeit nimmt uns gefangen, sie beweist sich in der strahlenden Dunkelheit, nicht von oben herab, sondern allen einsichtig; den mit Grazie Sitzenden, den Hellhörigen, den weiter Sehenden den Beweis liefernd: Du bist in den Zeilen dieses Gedichtes, kein Amoklauf kann das verhindern. Du bist Gefangener des Neuen Lebens und gibst keinem die Chance umzukehren, den Tag rückgängig zu machen, etwa doch einzuschlafen oder abzubauen, nicht mehr da für die anderen, die genau wissen, daß ein solcher Sonntag nur der Anfang ist für die Andere Welt.

Das Gedicht geht weiter, es hört nicht mit der letzten Zeile auf, dort fängt seine Lebendigkeit erst an, deswegen kann es auch keine Überschrift haben; sie würde dem Gedicht den Schein des Gewollten, ja Verkrampften liefern. Das Gedicht kommt aus heiterem Himmel.

Ich gehe mit Born, weil er mich an seinen feinfühligen Zeilen teilhaben läßt, weil er nicht aufhört zu sagen, daß wir auch morgen noch anwesend sein können. Es mag Regen kommen oder Hagel, wir haben gesehen und erinnern uns, daß die Zeichen, die wir empfingen, Wirklichkeit und nicht etwa Einbildung waren. Wir werden aufgefordert, den Neuen Menschen in uns entstehen zu lassen. Wir werden die geflüsterte Nachricht von der Anderen Welt in uns aufnehmen und das Warten lernen.

NICOLAS BORN
HORROR, DIENSTAG

Die ruhenden
flüchtig überteerten Straßenbahnschienen –
wieder ein Warten auf alte Zeiten
wie Rückkehr zum Handschriftlichen

Plötzlicher Regen, es ist Nachmittag
nur wenig Licht gesammelt in Gesichtern
nieselnde Gräue, die Felder nah
dunkle Wassergräben, Bäume stehen tief

Nasser Kragen nasse Lippen
Kind mit nassen Zöpfen führt alten Mann

Zementsilos neben dem Abstellgleis
Vogelschwärme Banner sinken
Verkäuferin winkt durch die Glaswand ab

Neuer Stadtrand flackert auf um sechs
ich denke an fern ausgesetzte »Insel des Gehirns«

Baukräne, zementhelle Öde
Blick in die aufsteigende Welt
die nun doch nicht überlebt hat

JÜRGEN THEOBALDY
DIE ZUKUNFT DES HORRORS

Ein Merkmal des Schreckens ist seine Plötzlichkeit. Alltäglich wird er in Ausnahmesituationen, die dann nicht mehr zum Alltag, doch zu dieser Welt gehören wie Vernichtungslager und Naturkatastrophen. Born setzt das englische »Horror« in den Bedeutungen, die es heute in der deutschen Umgangssprache hauptsächlich hat, als Abscheu oder Grausen. Das, wovor einen graust, ist immer da, auch wenn es sich nicht immer zeigt. Seine Gewöhnlichkeit macht das einzig Ungewöhnliche am »Dienstag« aus; er könnte ebenso Donnerstag heißen, worin das englische *doomsday* auch anklingt. Indem das Komma das Grausen vom fälligen Zeitpunkt trennt, hält es beides aufeinander bezogen. Und im Schrecken wird dann beides eins.

Es gehört zur Eigenart von Borns letzten Gedichten, daß die aufgebrochenen syntaktischen Bezüge die Wörter nicht zu sprachlichem Material verdünnen. Sie werden vom Bezug zur Sache, die sie nennen, nicht entlastet. So erweisen sie sich als belastbar und erhöhen sich doch nicht zum absoluten Einzelwort, aus dem womöglich das Sein selber spräche. Insofern sind diese Gedichte, unpolemisch gesagt, realistisch und tief. Sie drängen zum Fragment, haben den Charakter einer raschen Notiz. Ein Zuwachs an Kraft und Entschlossenheit macht sich in ihnen spürbar. »Alte Zeiten« kommen so wenig wieder, wie eine »Rückkehr zum Handschriftlichen« die Entwicklung von

Datenspeichern verhindert. Wörter wie »Regen« oder »Bäume« beleben keine welke Naturmetaphorik; sie laden sich mit Bedeutungen auf, die gesellschaftliche Katastrophen einschließen. Der tägliche Horror droht, in den plötzlich hereinbrechenden Schrecken umzukippen. Aus dem Zwielicht der randstädtischen, vom Regen überfallenen Landschaft schimmert die Vision einer vernichteten Welt.

Es fragt sich nun, ob man ohne Selbsttäuschung von solch einem Blick auf die Zukunft durchdrungen sein kann. Zumindest der Furcht vor dieser Zukunft hat sich Born in seinen letzten Jahren gestellt. Das ergab den knappen, gehetzten Gestus seines Gedichts, dieses Stenogramm der Zeilen. Die Bilder werden hastig eingesammelt. Im Skizzenhaften, scheinbar roh Formulierten der Verse zeigt sich ihr Einspruch gegen den ungestörten Ablauf von Geschichte und das reibungslose Funktionieren der Vereinzelten. Es ist eine Kunst, diesen Schein des Unfertigen, vorläufig Notierten, zu erzeugen, während die Debatten in den Fernsehstudios immer glatter werden. Das Gedicht kehrt sich gegen sich selbst und zerstört den Herrschaftsanspruch geschlossener, nobler Formen. Nur wer diese als Muster aus dem historischen Lehrbuch lyrischer Schreibweisen begreift, wird es deshalb formlos nennen.

Borns Gedicht hat seine Mitte, wenn sie auch durch die asymmetrische Aufteilung der Strophen undeutlich gemacht ist. Ich will das Bild vom Kind, das einen alten Mann führt, nicht als Symbol für das Verhältnis verschiedener Generationen strapazieren. Dafür ist es zu verwischt; es sagt auch nichts darüber aus, wohin die beiden gehen. Andererseits steht es im Zentrum zwischen der »nieselnden Gräue« und der »zementhellen Öde«. Diese

etwas generalisierenden Wendungen sind wohl Versuche, zu Bildern vom Ganzen zu kommen. Solche Versuche müssen nach der Ästhetik des Gedichts notwendig Ansatz bleiben.
Mir wird deutlich, daß hier ein Ich »fern« sein möchte und das Denken als rettende »Insel« zitiert. Dort wäre das denkende Ich unbedingt und damit allem »ausgesetzt«: die Insel ist isoliert, syntaktisch, durch Anführungszeichen und in ihrer Wortbedeutung. Bleibt am Ende nur die Beschwörung? Die paradoxe Formulierung verbietet mir, den Schluß des Gedichts wörtlich zu nehmen. Er fordert als Echo den Widerspruch, nicht die Bekräftigung. Ich lese aus der letzten Zeile Borns winzige Hoffnung, er möge »nun doch nicht« recht behalten.

NICOLAS BORN
VATERHAUS

Da steht nicht nur keine Linde
aber wer hinkommt
findet's schön grün
es wächst eine ganze Menge
von früher herüber

So große Söhne kommen
an Weihnachten
in ihren Autos die Frauen
winken schon und schnallen sich ab

Der Fernzug von gestern
ist heute noch nicht vorbei
und unbegreiflich
im Radio noch immer
ein Wolgalied

Auf dem Tisch die Obstschale
auch auf dem Bild
an der Wand die gefüllte
Obstschale

Für Nichtraucher gibt es Aschenbecher
im Keller Werkzeug für alle Fälle
im Duft der Blumen
werden Alte alt

Das Dach ist undicht
die Wanduhr tut es noch
auf der Fensterbank liegen Zeitungen
der letzten drei Tage

WOLFGANG WERTH
... WINKEN SCHON UND SCHNALLEN SICH AB

Von seines *Vaters Haus* spricht, in Luthers Übersetzung, schon Jesus. Das Vaterhaus aber – wo »man« laut Lexikon »geboren und/oder aufgewachsen ist« – scheint erst Schiller ins Deutsche gebracht zu haben. »Fremd kehrt er heim ins Vaterhaus«, heißt es in der »Glocke« vom Sohn, der zwei Verse vorher als Knabe »stürmt ins Leben wild hinaus«.

Dem Liedgut des patriarchalischen 19. Jahrhunderts war damit ein oft aufgegriffenes und bald abgegriffenes Thema vorgegeben. Doch auch noch in den sechziger Jahren des 20. Jahrhunderts schmolzen die Herzen, wenn alternde Operettentenöre bei Wunschkonzerten für die »reiferen Jahrgänge« vom Vaterhaus unterm Lindenbaum schmachteten. Die rebellische Jugend freilich wollte mit der Väterwelt nichts mehr gemein haben. »Trau keinem über dreißig!«, hieß ihre Parole. Und manch einer, der nicht in einer Mietwohnung aufgewachsen war, sondern einem Vaterhaus entstammte – einem stattlichen wohl gar, einem mit guter Kinderstube –, schämte sich dessen und schmähte das »Establishment«, aus dem er kam, mit besonderem Eifer.

Ausgerechnet im heißen Jahr 1968, dem einunddreißigsten seines kurzen Lebens, hat Nicolas Born (1937 bis 1979), Sohn eines Polizisten, das ihm wichtige Gedicht »Vaterhaus« geschrieben und als Einzeldruck – in der seinerzeit stark beachteten Serie Luchterhands Loseblattlyrik – veröffentlicht. Ein Rückfall? Nein, dieser Poet, der aus dem Ruhrpott kam, wo er das entfremdete Dasein eines »lohnabhängigen« Chemiegraphen hinter sich gelassen hatte, war 1965 nicht ins Berliner Literatur-Leben »wild hinaus« gestürmt, um sich jetzt, drei Jahre später, ins enge Nest zurückzusehnen.

Jedwede Klischee-Erwartung, die der unzeitgemäße Titel wecken könnte, wird schon mit der ersten Zeile des Gedichts strikt zurückgewiesen: »Da steht nicht nur keine Linde«, es fehlt auch alles, was diesen Baum zur Leitpflanze deutscher Idyllik und Feierabendseligkeit gemacht hat. Doch vom Erwachen düsterer Empfindungen angesichts des Vaterhauses kann auch nicht die Rede sein: »wer hinkommt / findet's schön grün«. Und (nicht nur) denjenigen, die dort zu Hause gewesen waren, »wächst eine ganze Menge / von früher herüber«. So ist es. Ist es gut so? Oder etwa schlimm?

Mit wenigen Worten hat der Dichter schon eine ganze Menge gesagt und seinen Vorsatz verdeutlicht: Das Vaterhaus soll weder verklärt noch verurteilt, es soll kenntlich gemacht werden. Was folgt, mag auf den ersten Blick wie eine Bestandsaufnahme, eine lose Sammlung lapidarer Notizen zum Thema, erscheinen. Doch je genauer man liest, desto dichter ineinander verwoben zeigt sich dieses Textgebilde, das durch keinerlei Satzzeichen gegliedert ist und dessen durchwegs ins Präsens gesetzte Aussagen durch Zeitangaben wie »von früher«, »von gestern«, »heute«, »noch nicht«, »noch immer« oder »noch« relativiert werden, sich mitunter auch durch Zeilensprünge (Enjambements) eindeutiger Zuordnung entziehen. Erzielt wird dadurch so etwas wie ein kubistisches Bild, das das Vaterhaus aus drei Blickwinkeln zugleich zeigt. Wahrzunehmen ist es erstens als ein dem kleinbürgerlichen Ordnungssinn und (»Kunst«-)Geschmack des Vaters entsprechendes, wie für die Ewigkeit eingerichtetes, aber von Hinfälligkeit bedrohtes »Eigenheim«. Zweitens sehen wir das Vaterhaus mit den Augen und aus dem Abstand der »so großen Söhne«, die hier ihrer eigenen Vergangenheit begegnen, das ihnen ehedem Gewohnte als noch immer Gegenwärtiges vorfinden. Ja, und drittens können wir es so unbefangen besichtigen, wie es die mit den Söhnen anreisenden Frauen tun werden, denen der Dichter ein aussagestarkes Gebaren zuschreibt: »in ihren Autos die Frauen / winken schon und schnallen sich ab«. Bereits acht Jahre, bevor das Anlegen von Sicherheitsgurten Kraftfahrerpflicht wurde, hatte Nicolas Born im »Sich abschnallen« eine über den konkreten Vorgang hinausweisende Bedeutung – wie sie ähnlich dem aus dem Kutschenzeitalter herrührenden »Ausspannen« zugewachsen ist – entdeckt und aktiviert. Wer sich abschnallt, schließt sich auf für das, was vor ihm liegt.

»Abgeschnallt«, frei von Vor-Behalten bereit, sich auf sein »unzeitgemäßes« Gedicht einzulassen – so mag sich Nicolas Born seine Leser gewünscht haben. Ihnen gibt er sich als ein Sohn zu erkennen, der die Größe hatte, das Vaterhaus, dem er entwachsen war, nicht zu verleugnen. Er ehrte es, indem er es gelten ließ.

ROBERT GERNHARDT
ACH

Ach, noch in der letzten Stunde
werde ich verbindlich sein.
Klopft der Tod an meine Türe,
rufe ich geschwind: Herein!

Woran soll es gehn? Ans Sterben?
Hab' ich zwar noch nie gemacht,
doch wir werd'n das Kind schon schaukeln –
na, das wäre ja gelacht!

Interessant so eine Sanduhr!
Ja, die halt ich gern mal fest.
Ach – und das ist Ihre Sense?
Und die gibt mir dann den Rest?

Wohin soll ich mich jetzt wenden?
Links? Von Ihnen aus gesehn?
Ach, von mir aus! Bis zur Grube?
Und wie soll es weitergehn?

Ja, die Uhr ist abgelaufen.
Wollen Sie die jetzt zurück?
Gibt's die irgendwo zu kaufen?
Ein so ausgefall'nes Stück

Findet man nicht alle Tage,
womit ich nur sagen will
– ach! Ich soll hier nichts mehr sagen?
Geht in Ordnung! Bin schon

GERHARD SCHULZ
EIN HELD UNSERER ZEIT

Wen dieses Gedicht nicht beim ersten Lesen anrührt oder wohl gar überwältigt, dem wird man es durch keine noch so feinsinnige und kluge Interpretation öffnen und erklären können. Offen ist es ja von vornherein, denn Geheimnisse, die durch überlegenes Wissen erst zu erschließen wären, besitzt es nicht. Was es zu sagen hat, sagt es unverblümt und direkt. Nur daß die alltäglichen Dinge, von denen es scheinbar so alltäglich redet, zugleich jene letzten Dinge sind, die ihr Geheimnis ewig behalten werden, weil gegen den, der hier seinen Besuch abstattet, kein Kraut gewachsen ist. Der aber kann sich deshalb auch leisten zu schweigen.
Dafür redet die Besuchte um so mehr, redet lässig, überlegen, beinahe schon flapsig und macht, so scheint es, die Verse zu einem einzigen Monolog der Geschwätzigkeit. Denn alles ist vom wundervoll Abgegriffensten: *das Kind schaukeln, das wäre ja gelacht, den Rest geben, geht in Ordnung* und so fort. Bilder sind hineingeflochten in diese unpoetisch-poetische Rede, und zwar die uralten, einfachen Requisiten der dürren, unerbittlichen Gestalt mit Sense und Sanduhr. Unserem Helden, bewundernswert in seiner lockeren Kühnheit, scheinen sie freilich nichts anhaben zu können. Forsch versucht er, solch vorletzte Dinge als Antiquitätensammler in den Griff zu bekommen. *Gibt's die irgendwo zu kaufen?* Meisterhaft komponiert also fließt diese Geschwätzigkeit mit ihren Fragen und implizierten Antworten dahin. Galgenhumor?

Aber das ist kein Morgensternsches Gedicht, zusammengefügt aus Demut, Ironie und Weltweisheit. Dieses hier ist mit Buntstift auf einen sehr schwarzen Grund geschrieben, denn da versucht doch einer nichts Geringeres als über den Weg zu demjenigen Ort zu reden, der jenseits aller Begriffe liegt. Nur sind ihm dafür die tröstenden und beschwichtigenden Worte abhanden gekommen, die sich die Menschheit mit ihren Weltdeutungssystemen immer wieder selbst zur Verfügung gestellt hat. Alle diese Straßenkarten für den letzten Weg sind ihm ungültig geworden. *Wohin soll ich mich jetzt wenden? / Links? Von Ihnen aus gesehn?* Aber an diesem Punkt tut schließlich die Richtung nichts mehr zur Sache. *Ach, von mir aus!* Gedichte haben zuweilen die schöne Kraft, ihre Worte doppeldeutig sein zu lassen.
Es ist mehr als zweihundert Jahre her, daß sich Schillers Karl Moor über das tintenklecksende Säkulum empörte. Unter den Segnungen der Technik und ihrer Institutionen ist daraus inzwischen ein alles beschwätzendes Säkulum von globalen Dimensionen geworden, zu dessen Götzen das seichte Interesse an allem und jedem gehört: *Interessant so eine Sanduhr.* Aber man täte dem ganz sicher unrecht, der sich so launig und keß seine letzte Stunde ausmalt, wollte man ihn mit solcher Seichtheit identifizieren. Ist er nicht ganz einfach *cool*, also von einer Art existentiellen Mutes bestimmt? Das fremde Wort paßt in den Jargon. *Cool* nimmt er die letzten Dinge an, wenn sie denn schon nicht zu kaufen sind, *cool* siezt er den sensenbewaffneten Gast, und *cool* quittiert er die letzte Mahnung mit einem strammen *Geht in Ordnung!* Ein Held unserer Zeit, der die Worthülsen des modernen Geschwätzigkeitsidioms zum Mittel macht, Transzendenz zu bewältigen und der

Angst vor den letzten Schritten Herr zu werden, wenn die Uhr abgelaufen ist.
Für mich allerdings bleibt am stärksten im Ohr die Gewalt des letzten, unausgesprochenen Wortes. Sie erinnert mich an Heines Lazarus-Verse, an jene Bitte des Leidenden um Antwort von allerhöchster Instanz auf die »verdammten Fragen« nach Sinn und Gerechtigkeit dieser Welt. *Also fragen wir beständig, / Bis man uns mit einer Handvoll / Erde endlich stopft die Mäuler – / Aber ist das eine Antwort?* Statt einer Antwort zerbricht bei Heine am Ende der Reim. Ähnliches, glaube ich, ereignet sich hier: Es geht aus diesem Gedicht jene Stille hervor, gegen die sich nicht anreden und die sich nicht aussprechen läßt, es sei denn durch das Ach als Ausdruck letzter Hilflosigkeit vor etwas Übermächtigem. Die Stille ist das letzte Ding, auf das alles hinausläuft – eine wahrhaft metaphysische Dimension dieses kleinen Monologs. Heine hätte ihn sicherlich gern gelesen.

ROBERT GERNHARDT
ALTE KÜNSTE

Weidenbaum trieb Weidenrute,
Weidenrute band den Wein
An den Stamm des Maulbeerbaumes:
So stand eins fürs andere ein

Auf den Äckern früherer Zeiten.
Raren Orts tut's das noch immer
Und ergreift Herz, Geist und Auge:
Alter Künste letzter Schimmer.

REINHARD BAUMGART
LETZTER SCHIMMER

»Nur ein Hauch sei dein Gedicht«, so gebietet eine späte Verszeile von Goethe, und musterhaft scheint das knappe Gebilde von Robert Gernhardt der Weimarer Empfehlung zu folgen: Kaum angehaucht, hat es schon ausgehaucht, leicht gefügt und leicht dahingesprochen, auf halber Höhe zum Gesang. So scheint es, doch der erste, ungleich bekanntere Vers der Goetheschen Zweizeilenmaxime für Dichten und Dichter lautet ja: »Bilde, Künstler! Rede nicht!«, und angesichts dieses mit zwei Ausrufezeichen verstärkten Appells darf man doch zweifeln, ob Gernhardt ihn befolgt, aber auch daran, ob gerade der alte Goethe ihn befolgt hat.

»Gebildet«, nämlich schön übersichtlich gebaut, ist dieses Kurzgedicht sicher. Drei Zeilen lang entwirft es zunächst ein Erinnerungsbild an gute alte Zeiten (nicht nur des Weinbaus), als Weide, Rebe und Maulbeerbaum miteinander nützlich waren in der schönen Produktion von etwas Schönem. Dann wird in einer Zeile diese Gemeinschaftsproduktion verklärt zum Modell, und schon erfolgt der Umschwung in die zweite Strophe, zu einem elegischen: Es war einmal. Den Abschluß bilden dann wieder, in präziser Parallele zum Anfang, drei Zeilen. Aber die setzen nun eben kein sichtbares Bild mehr, sondern verstoßen bewußt und feierlich gegen das lyrische Redeverbot, indem sie für »Herz, Geist und Auge« (das letztere nicht mehr bedienend) den lehrreichen Schluß ziehen über den letzten Schimmer alter Künste.

Damit ist nun freilich mehr gemeint als nur der Weinbau in der Toskana, wo Gernhardt binnen vierzehn Tagen im Selbstversuch über neunzig solcher Doppelstrophen aus sich herausperlen ließ, um dann in seinem neuesten Gedichtband immerhin 88 dieser Produkte abzudrucken. Wieviel von alten Künsten sich im letzten Schimmer noch auffangen ließe – genau darum ging es in diesem Experiment. Denn Modell für die schier unendliche Serie von Nachgesängen stand wieder ein Gedicht des alten Goethe: »Früh, wenn Tal, Gebirg und Garten«, das Gernhardt 1997 in »Verweile doch«, einem Sammelband dieser »Frankfurter Anthologie«, samt Kommentar wiederentdeckte, als »Ohrwurm«, wie er gesteht, der sich in ihm nun in einen lyrischen Bandwurm verwandelte.
Von Goethe also stammt das metrische und melodische Muster, der Swing der leicht und doch bedeutend dahinströmenden Vierheberzeilen, von Goethe der methodische Zugriff, der noch einmal aus Naturbildern Weltbilder zu gewinnen sucht, von Goethe auch eine archaische Wendung wie »Raren Orts« (im Modellgedicht lautet dieser Genitiv der Ortsbestimmung »Reiner Brust«). Aber natürlich weiß Meister Gernhardt, daß seine über sieben Dutzend Gedichtlein nur wie Zwerge das riesige Original umwimmeln. So wie wir wissen sollten, daß es der lyrischen Geistesgegenwart dieses Modellversuchs nicht gerecht wird, wenn wir aus ihm nur ein einziges Exempel zitieren und isolieren.
Gernhardts entscheidende, ebenso kluge wie demütige Abweichung vom Goetheschen Modell: Er reduziert dessen über drei Strophen sich aufbauende Laut- und Motivarchitektur auf zwei Vierzeiler. Das macht sein Gedicht kleiner, auch kleinlauter, geistreicher, witziger, denn nun

darf und muß sich der Umschwung vom anschaulichen Bild zu dessen Auslegung rascher, auch überraschender, pointierter vollziehen. Und doch: Was Parodie in einem nicht banalen Sinn sein kann, als Gegengesang und Nachspiel, wie sich in ihr »letzter Schimmer«, Liebe, Andacht und Unglaube bis zum Spott verbinden können, das läßt sich hier wieder einmal erfahren.

ROBERT GERNHARDT
DOPPELTE BEGEGNUNG
AM STRAND VON SPERLONGA

Die Sonne stand schon tief.
Der Strand war weit und leer.
Schräg ging mein Schatten vor mir her,
indes der deine lief.

Du warst mir unbekannt.
Ihr nähertet euch schnell.
Dein Schatten dunkel und du hell,
so kamt ihr übern Sand.

Sehr schön und ziemlich nackt
liefst du an mir vorbei.
Da warn die Schatten nicht mehr zwei,
sie deckten sich exakt.

Wir sahn euch lange nach.
Ihr drehtet euch nicht um.
Ihr lieft, du und dein Schatten, stumm,
von uns sprach einer: Ach.

WERNER ROSS
ACH SAGT ALLES

Einfacher geht es nicht, so scheint es zumindest. Vier Strophen zu je vier Versen, in jeder nur ein Reim. Lauter kurze Sätze, dreihebig, parataktisch, als ob Nebensätze und Enjambement noch nicht erfunden seien.
Doch ganz so einfach geht es nicht zu. Jeweils der dritte Vers ist um eine Hebung verlängert und wiederholt variierend wie einen Refrain das Wort »Schatten«. Die Einfachheit ist ein Trick. Sie ist das Ergebnis großer Kunstfertigkeit. Das Gedicht spielt ja am Ende des zwanzigsten Jahrhunderts, und wenn eine seiner Figuren »ziemlich nackt« auftritt, so gewiß nicht wegen des noch nahen Naturzustandes, sondern den Badesitten ebendieses Jahrhundertendes gehorchend. Die kurzen Sätze sind kein Urgestammel, sondern Telegrammstil, *cool*.
Von Gefühlen ist in diesem Gedicht durchaus die Rede. Nein, nicht die Rede. Das Direkte ist verpönt. Nur Handlung, die in Momentaufnahmen abläuft. Einer (»ich«) geht an der Küste zwischen Rom und Neapel am Spätnachmittag am Strand entlang. Eine (»du«) überholt ihn laufend. Er bemerkt, daß sie »sehr schön« ist. Aber schon entfernt sich die Läuferin wieder. Einen Augenblick lang allerdings sind zwar nicht die beiden Personen, aber ihre Schatten vereint. »Sie deckten sich exakt« ist sozusagen der wissenschaftliche Befund. Das Motiv war einmal, zu Lilli Marleens Zeiten, auf jedermanns Lippen: »Unsre beiden Schatten sahn wie einer aus«, und es ging weiter: »daß wir

so lieb uns hatten, das sah man gleich daraus.« Davon hier nichts. Die Läuferin dreht sich nicht einmal um. Nichts ist gewesen.
Oder doch? Das Motiv ist nicht blind, sondern durch ein großes Vorbild in seiner Fruchtbarkeit bestätigt – in dem Baudelaire-Gedicht *A une passante*, »An eine, die vorüberging«. Da war die Situation großstädtisches Gedränge, das exakte Gegenteil des leeren Strandes, der Vorgang aber der gleiche: ein Blick, ein Blitz, dann »die Nacht«. Damals durfte man freilich noch alles sagen: »Dein Blick – er ließ mich jählings neu geboren werden.« Was damals passierte, ist nur durch den Rückgriff auf die Mythologie zureichend zu erklären. Wie nur eh und je, offenbart sich das Göttliche in der überwältigenden Schönheit. Es steigt, oder besser: es stürzt hernieder. Das heißt Epiphanie. Es ist der Gott mit dem Blitz, der *coup de foudre*, den die Deutschen verharmlosend »Liebe auf den ersten Blick« nennen.
Für derlei große Taten und Worte scheint es heute keinen Platz mehr zu geben. Vom strahlenden Licht bleiben nur noch die Schatten, welche die beiden Strandläufer in der späten Nachmittagssonne werfen. Nur noch eine dichterische Phantasie kann in der Verschmelzung der beiden Schatten mehr sehen als den optischen Zufall. Darum der Titel »Doppelte Begegnung«, die eine ein Nichts, die andere ein Liebesakt. Vier sind unterwegs, und »einer von uns«, der Nur-Mensch, sagt das »Ach«.
Ist das nicht zu viel, zu groß für dieses Strandgedicht? Ich denke, daß der listige Autor sich genial aus der Schlinge dieses Dilemmas gezogen hat, nämlich mit dem Wörtchen »ach«. Dieses Flickwort (»ach, würden Sie so gut sein ...«) wächst hier, am Schluß des Gedichts und an

seiner Schlüsselstelle, gewaltig an, mündet in ein anderes Ach, das eine der großen Dichtungen der Weltliteratur lakonisch enden läßt. Ein Gott hat sich einer Sterblichen, einer treuen Gattin, liebend bemächtigt; am Ende verläßt er sie, und sie bleibt zurück, beseligt und zerschmettert. Der Dichter Heinrich von Kleist brauchte für seinen »Amphitryon« eine Schlußpointe, die den Doppelzustand der Gottgeliebten, ihren Glanz und ihr Elend, ausdrückte. Worte können nicht gleichzeitig Bedeutung und ihr Gegenteil wiedergeben. So blieb allein der Seufzer, und in der Tat deckt »Ach« sowohl den Schmerz wie das Entzücken. Das Bildungsgut hat der gewitzte Robert Gernhardt spitzbübisch versteckt, als der höchst ernsthafte Spaßmacher, der er ist.

Beckmesserisch ist anzumerken, daß »ach« mit kurzem a ein schlechter Reim auf »nach« mit langem a ist. Aber dem Turner, der den Spagat zwischen Lilli Marleen und Amphitryon wagte, sei dies ausdrücklich verziehen.

ROBERT GERNHARDT
EINE ANSICHTSKARTE. GRUSS AUS DEM WILDFREIGEHEGE MÖLLN

Groß ist das Reh, schau, doch traulich
Leert seine Schnauze des Freundlichen Tüte,
Knisternd. Oder das Wildschwein.

Schwärzliches Wildschwein! Sieh, wie es schnaufend umherwühlt,
Grimmig zerstampft es den Sand, seiner Jungen nicht achtend,
Kurzbeinigst. Oder der Damhirsch.

Schönhufiger Damhirsch! Wie länglich hängt ihm
Vom Rücken der Wedel. Aber rundlicher noch ist die Beere
Und eßbarer. Oh Möllner, ach, Tage im Freigehege!

DIETER E. ZIMMER
VON ODEN UND POSTKARTEN

Es gibt Leichteres, als das Witzige an einem Witz zu erklären; oder gar herauszufinden, warum der eine Witz besser als der andere ist. Könnte man sagen: dies Gedicht sei eine Satire oder eine Parodie auf ... – jeder wüßte, woran er mit ihm ist. Genau das aber läßt sich mit Robert Gernhardts Versen nicht machen.

Gernhardt schreibt seit sechzehn Jahren, vorwiegend für Satiremagazine. Einiges erschien auch in Büchern (*Besternte Ernte, Die Blusen des Böhmen, Wörtersee*). Seine Spezialität ist die Bedichtung von möglichst unscheinbaren Fotos. Satiren und Parodien, nämlich *auf* Bestimmtes, sind schon lange kaum noch dabei.

Wir sind dieser Art von Literatur gegenüber sonderbar hilflos. Da uns nichts Besseres einfällt, nennen wir das dann »Blödelei« oder »höheren Blödsinn« oder »Nonsens«. Dabei wissen wir, daß man das Gegenteil von blöde, nämlich ziemlich hell und behende sein muß, um dergleichen zu machen; und wir ahnen, daß der »Sinn« hier keineswegs suspendiert ist, auch wenn er sich gern in unseren Rücken schleicht und uns die Zunge herausstreckt. Da uns die approbierte Art fehlt, uns über diese Kunstsparte zu verständigen, fällt es uns auch schwer, Niveauunterschiede dingfest zu machen. Selbst noch das Etikett »Nonsens« wirft den albernsten Limerick mit einigen der sublimsten Passagen im »Ulysses« zusammen.

Zweck der Ansichtspostkarte ist die Rühmung von Ansichten. Zweck der Ode ist die feierliche Verherrlichung. »Größe und Würde der ergriffenen Themen verlangen Gehobenheit der Sprache und als Bindung für die pathetische Aussage den festen metrischen Rahmen.« Also lautet die Ode: »Groß ist der Herr«, »Süß ist, fröhlicher Lenz, deiner Begeisterung Hauch«. Da bietet sich die Ode zur Übersetzung der Ansichtskarte in Lyrik geradezu an; und fast zwangsläufig hebt diese dann an: »Groß ist das Reh ...« Es ist keine alkäische, sapphische oder asklepiadeische Ode, sondern eine gernhardtsche, aber sie klingt mitsamt ihrer Adjektivseligkeit nicht weniger echt als Klopstocks Abwandlungen des antiken Odenmaßes.

Normalerweise betreiben Satiren *debunking*: Sie nehmen den Dingen ihr Pathos. Gernhardt (das ist der eine Witz) tut das Gegenteil: Er verpaßt einem nichtssagenden Gegenstand (hier also einer Ansichtskarte aus dem Wildpark Mölln) ein ungeahntes Pathos. Gegenstand und Tonfall passen partout nicht zusammen; also erwartet man, daß die Liaison sofort wieder zerbricht. Aber (das ist der zweite Witz) Gernhardt liest die Ansichtskarte tatsächlich Bildchen für Bildchen getreulich vor. Dabei macht sich der erhabene Tonfall selbständig. Er veredelt das Unscheinbare und (der dritte Witz) gibt, so wirksam ist die Legitimationskraft des erhabenen Maßes, auch um ein Haar noch dem rundheraus Lächerlichen den Anstrich von etwas irgendwie Bedeutungsvollen (daß am Hirsch ein länglicher Schwanz hängt, der nicht genießbar ist).

Aber all dies macht sich nun nicht etwa, oder höchstens milde und beiläufig, über die Stadt Mölln lustig oder über Tierparks oder Ansichtskarten oder Oden, und diese Tatsache ist selber ein weiterer Witz: Mit Vorliebe visiert Gernhardt einen Gegenstand der Satire an, trifft dann aber ganz woandershin, und das wieder und wieder (eine dynamische Komik). Auch hier liegt der eigentliche Witz auf einer ganz anderen Ebene.

Schickte uns jemand eine solche Ansichtskarte, so gingen wir darüber vermutlich mit einem knappen, mitleidig-höhnischen Auflachen hinweg. Gernhardts Ode dehnt diesen Moment so, daß wir fragen können, was es da eigentlich zu lachen gibt. Was denn? Betrachtet man die Dinge durch eine bestimmte Brille, so scheint auf vielen ein Firnis von Wahnwitz zu liegen. Der kommt nicht aus den Dingen selbst, die meist einigermaßen unschuldig sind; er kommt aus der Art, wie wir darüber sprechen, wie wir sie interpretieren, wie wir sie rahmen. Wer keine Antenne für den Wahnwitz hat, der darin liegt, den Lieben daheim zum Zeichen, daß man in der Stadt Mölln ihrer gedenkt, ein Foto von Wildschweinen zu schicken, an dem ist das Gedicht verloren. Wer sich aber diesem Sinn wach erhält, also etwa der Leser von Flauberts Lexikon der Gemeinplätze, wird Gernhardt Dank wissen für seine Odendichtung.

ROBERT GERNHARDT
HERBSTLICHER BAUM
IN DER NEUHAUSSSTRASSE

Wie sehr bemerkenswert ist doch
ein dunkler Baum, durch den ein Wind geht,
wenn dieser Wind schön mild ist und
der große Baum scharf gegens Licht steht,
doch so, daß er am andern Rand
sich ganz und gar vereint dem Glänzen.
So also, links vom Licht begrenzt
und rechts so lichterfüllt, daß Grenzen
im Leuchten einfach weg sind und
ein Seufzer kommt aus meinem Mund.

JÖRG DREWS
NUR NICHT ZU LYRISCH WERDEN!

Meinen Sie, Frankfurt zum Beispiel sei eine tiefere Stadt, wo man Wunder und Weihen täglich als Inhalt hat? Nein, das meine ich nicht, und Robert Gernhardt, der sympathischerweise in dem weihelosen Frankfurt wohnt – wenn er nicht gerade in der Toskana weilt, deren Licht er aber für seine Malerei braucht –, meint das auch nicht. Der Mann ist nüchtern und operiert auch in seiner Lyrik nicht mit Wundern und Weihen, mit Epiphanien und Offenbarungen; er ist zu ironisch, zu dezent, auch zu ausgebufft, als daß er an das Ungebrochene, die tiefe Melancholie, den großen Haß, den wirklich bösen Witz, die schrille Pointe glauben könnte. Emotionen und poetische Effekte sind bei ihm diskreter, und selbst die sprachlichen Keßheiten, die er milde amüsiert und befremdet aus dem Jargon der (Frankfurter) Szene in seine Gedichte einbaut, serviert er gewissermaßen *gentlemanlike*, in seinem Gedichtband »Körper in Cafés« von 1987 noch mehr als in seinem früheren, ausgelasseneren »Wörtersee«.

Aber manchmal gibt es eben auch in Frankfurt kleine Überwältigungen und profane Erleuchtungen, und von einer solchen Überwältigung spricht dieses Gedicht. Erleuchtungen in der Neuhaußstraße können ja wohl nicht metaphysischer, sondern nur profaner Art sein, und deshalb hebt der Sprechende hier kaum die Stimme, der Ton wird nicht exaltiert, die Sprache findet sich gleichsam nur nach und nach aus der Prosa ein Stückchen in die Poesie hinein; erst in den letzten beiden Zeilen finden wir einen Paarreim, sonst nur sozusagen verstreute Reime: Nur nicht zu lyrisch werden! Sehr gemessen, im Konversationston wird dem fast komisch untertreibenden Adjektiv »bemerkenswert« zur Verstärkung ein »sehr« beigegeben, und ganz wohlerzogen fein ist auch, wie das große Adjektiv »schön« herabgestimmt, als unachtsam-dahingeredete Qualifikation des Wortes »mild« fast versteckt wird. Die großen Worte, der hohe Ton werden vermieden, und siehe, es geht auch so.

Ohne Prunk und Feinsinn wird von einer Erleuchtung eines Baumes gesprochen, von einem Angerührtsein von Schönheit, das aber weder kunstphilosophisch noch religiös ausgedeutet wird. Das ginge übrigens ganz leicht; der Baum stünde dann dafür, daß irdische Gegenstände erst durch die Kunst wirklich Umriß bekommen und erst durch die Kunst deutlich wird, daß sie zugleich spirituellen Sphären angehören, und die religiöse Deutung dieses Moments der Wahrnehmung, daß ein irdischer Gegenstand – barock gesprochen – »durchleuchtigt« wird, ist zwar vermieden, aber ganz leise angetippt.

Denn der Ton des Gedichts mag sich auf der einen Seite Bertolt Brecht verdanken – am nächsten dem Gedicht steht wohl Brechts Gedicht »Die Liebenden« mit seinem eigentümlich wiegenden, alle Verszeilengrenzen überlaufenden Fortgang; auf der andern Seite aber ist das Glänzen, das die Grenzen der Gegenstände bei Gernhardt in ein so konturierendes wie verklärendes Licht taucht, jenes »Glänzen«, mit dem die »güldne Sonne« unseren Grenzen ein »herzerquickendes, liebliches Licht« bringt – wie es bei Paul Gerhardt in dessen Choral »Die güldne Sonne / voll Freud und Wonne ...« von 1666 heißt. Die Bewegung wird aber bei Gernhardt ganz zurückgenommen auf Körperliches und Diesseitiges; dieser Baum in der Neuhaußstraße hat nicht geistlich teil am Paradies, wo die Grenzen zum Himmlischen verschwinden. Oder soll es nur nicht so direkt gesagt werden, daß der Sprechende da doch eine Art von Epiphanie in besagter Neuhaußstraße erlebt hat? Kein Entzückensschrei folgt jedenfalls diesem unverhofften Anschauen grenzenloser Schönheit, nein, nur ein sprachlos unartikulierter »Seufzer«.

Sein Meisterstück aber leistet Gernhardt in der vorletzten Zeile des Gedichts: Da gelingt es ihm, das schwachtonige Wort »und« in eine solche Position zu rücken, daß es zum vollgültigen Reimwort zu »Mund« werden darf. Jetzt wäre davon zu reden, wie auch das reimende Aneinanderrücken von »Wind geht« und »Licht steht« in Zeile zwei und vier, das einen Reim ergibt und doch keinen, von extremer und zugleich unauffälliger verstechnischer Ausgepichtheit ist. Aber ich unterspiele jetzt die eigene Begeisterung, dämpfe sie durch zarte Betulichkeit und sage nur: Dies Gedicht ist sehr bemerkenswert.

ROBERT GERNHARDT
NOCH EINMAL: MEIN KÖRPER

Mein Körper rät mir:
Ruh dich aus!
Ich sage: Mach ich,
altes Haus!

Denk aber: Ach, der
sieht's ja nicht!
Und schreibe heimlich
dies Gedicht.

Da sagt mein Körper:
Na, na, na!
Mein guter Freund,
was tun wir da?

Ach gar nichts! sag ich
aufgeschreckt,
und denk: Wie hat er
das entdeckt?

Die Frage scheint recht
schlicht zu sein,
doch ihre Schlichtheit
ist nur Schein.

Sie läßt mir seither
keine Ruh:
Wie weiß mein Körper,
was ich tu?

THOMAS ANZ
KÖRPER UND KOMIK

Die Einsicht, daß das Ich »nicht einmal Herr ist im eigenen Hause«, nach Freud eine der großen Kränkungen, die der »menschlichen Größensucht« zugefügt wurden, ist nicht erst der Psychoanalyse zu verdanken. Sie ist seit jeher eine schier unerschöpfliche Quelle gezielt eingesetzter Komik. Deren Effekte beruhen vielfach auf spielerisch inszenierten Eigenwilligkeiten des Körpers gegenüber dem, was das Bewußtsein will. Jemand stolpert beim Marschieren, muß niesen bei einer feierlichen Rede. Das sind Situationen zum Lachen. Sie machen, so Freud in seiner einschlägigen Schrift über Witz und Komik, auf die Abhängigkeit seelischer Leistungen von körperlichen Bedürfnissen und Unzulänglichkeiten aufmerksam. Das Niveau, auf dem dabei gelacht werden kann, ist freilich unterschiedlich.
Robert Gernhardt, einer der großen komischen Dichter der Gegenwart, hat sich die Konflikte zwischen den Niederungen des Körpers und den erhabenen Ansprüchen des Geistes wieder und wieder zum Gegenstand seiner poetischen Spielsucht gemacht. Von ihr lassen wir uns gerne anstecken. »Noch einmal: Mein Körper«: Warum »Noch einmal«? Das Gedicht steht in dem 1987 erschienenen Band »Körper in Cafés«. Das unmittelbar vorangehende heißt »Siebenmal mein Körper«. Schon dort wollen Ich und Körper nicht das gleiche: »Mein Körper hält sich nicht an mich, / Er tut, was ich nicht darf.« Oder: »Mein Körper macht nur, was er will ...« Also: »Mein Körper ist voll

Unvernunft ...« Bereits in einem der ersten Gedichte des Bandes gelingt es den Wünschen der Körpers und dem Bedarf des Ichs partout nicht zu harmonieren: »Als dann die Lust kam, war ich nicht bereit. / Sie kam zu früh, zu spät, kam einfach nicht gelegen.« Die fatale Pointe: »Erst als sie wegblieb, blieb mir für sie Zeit.«

Gegenüber all diesen Versen ist »Noch einmal: Mein Körper« keine bloße Wiederholung. Zum ersten Mal setzen Ich und Körper sich in Form eines Dialogs auseinander, und neu ist, daß hier die Rollen vertauscht scheinen: Unvernünftig ist nun das Ich, es widersetzt sich dem klugen Rat des Körpers. Gernhardt läßt ihn wie einen besorgten und weisen Arzt sprechen. »Mein Körper rät mir: / Ruh dich aus!« Das klingt so ernst und betulich wie jene wohlfeilen, populärmedizinischen Mahnungen, die in der körperbewußten Gesundheitsbewegung seinerzeit geradezu inflationäre Verbreitung gefunden hatten. Der Rat steht hier denn auch, wie die pseudophilosophischen Schlußverse mit ihren Anklängen an die hohe Schule des deutschen Idealismus, nicht ohne parodistische Untertöne da. Das Ich jedenfalls antwortet unbekümmert und eine Stillage niedriger in kumpelhaftem Ton. »Ich sage: Mach' ich, altes Haus.«

Die Verse scheinen, wie auch die übrigen, recht schlicht zu sein, doch diese Schlichtheit ist nur Schein. Hinter dem Schreiben solcher Gedichte stehen vielleicht sogar, ohne daß man es ihnen anmerkt, Anstrengungen, vor denen ärztliche Ratgeber zwanghaft produktive Autoren mit gutem Grund warnen könnten. Jedenfalls sind die Wörter so sorgfältig und artifiziell zusammengestellt, daß das Gedicht insgesamt hohen Ansprüchen an poetische Formprinzipien der Wiederholung, der Variation, des Kontrastes und der Vieldeutigkeit genügt: »Ruh« aus der ersten Strophe taucht als verneintes Reimwort in der letzten wieder auf. Der Gegensatz von sagen und denken ist einmal über zwei Strophen verteilt, dann innerhalb einer Strophe. Bei näherem Hinsehen scheinen sogar ganz harmlose Redewendungen in bewußter Doppelbödigkeit eingesetzt. Der Körper als Haus, in dem das Ich nicht autonom ist: eine Anspielung auf Freud? Und »alt« ist durchaus auch wörtlich zu nehmen. Es ist der alternde Körper selbst, der Ruhe braucht.

Alter und körperliche Hinfälligkeit sind permanente Themen in Gernhardts Lyrik. Der komische Autor ist zugleich melancholisch. Die angemessene Medizin für ihn ist nicht Ruhe, sondern jene milde und gelassene Heiterkeit, die sich über die Widrigkeiten der Existenz zu erheben vermag. Sie stellt sich durch dieses Gedicht ein. Seine Pointe hat es nur scheinbar in der abschließenden Frage. Die eigentliche, heimlichere ist die: Das Ich hat seinen eigenen Willen durchgesetzt und ist dabei einem geradezu körperlichen Bedürfnis gefolgt. Es hat ein Gedicht geschrieben.

ROBERT GERNHARDT
SCHÖN UND GUT UND KLAR UND WAHR

Da sind diese vier weißen Tauben,
die sich in das Blau des Himmels schrauben.

Sie leuchten sehr auf beim Steigen,
um sich kurz drauf dunkel zu zeigen.

Das machen sie immer gemeinsam,
nie flog auch nur eine je einsam.

Warum die das tun? Keine Ahnung.
Möglicherweise als Mahnung:

Es ist schön, sich im Aufwind zu wiegen
Es ist gut, nicht alleine zu fliegen
Es ist klar, daß Steigen schon viel ist
Es ist wahr, daß der Weg das Ziel ist.

HANS CHRISTIAN KOSLER
DICHTENDER DENKER

Den lieben Gott hat er sich als ein spielendes Kind im Clownskostüm vorgestellt. Es sitzt mit verzücktem Gesichtsausdruck in einer Schar putzmunterer kleiner Männchen und greift sich eines zur näheren Begutachtung heraus. Ohne Mühe könnte man diese Cartoon-Zeichnung auch als ein Selbstporträt Gernhardts interpretieren; die Männchen bildeten in diesem Fall einen Teil seiner vorgefundenen, ihm zum Spielzeug geratenen Welt in all ihren Verformungen und Ausprägungen. Denn das ist nachgerade das souveräne Terrain dieses neugierigen Sprach- und Zeichenkünstlers: aufgreifen, was gesagt und geschrieben wird, unter der grundlegenden Einsicht, daß alles schon einmal gesagt, geschrieben, ja sogar gedichtet wurde.

In Gedichten, die ihre Entstehung einer solch profanen Form von »produktiver Aneignung« verdanken, walten nicht mehr die elementaren Gefühle und Empfindungen, die zur unmittelbaren Identifikation anstiften. Ihr Reiz ist ein ganz anderer: Er liegt in ihrer Geistesgegenwart, ihrem Gedankenkitzel, in der Vielzahl an Bezugnahmen und Anspielungen. Und in der Balance zwischen Ironie und Ernst, zwischen Pathos und subversiver Absicht, zwischen Banalität und Anspruch, die sich auch in dem vorliegenden Gedicht kundtut.

Robert Gernhardt, dieser Proteus und Alleskönner, dessen Anhänger von den unverbesserlichsten Linken bis weit hinein ins konservative Lager reichen, ist ja keineswegs nur der satirische Spötter und blödelnde Nonsens-Produzent, als den man ihn der Bequemlichkeit halber etikettiert, sondern darüber hinaus ein sehr sanfter und freundlicher Vermittler von Menschlichem, Allzumenschlichem.

Aber ebenso wie er als Satiriker sein Dynamit in Watte packt, sagt er uns das, woran ihm liegt, mit einer Beiläufigkeit, als sei es das Nebensächlichste und Überflüssigste auf der Welt. Oder um Goethe zu bemühen, auf den der Recycler literarischen Erbes gern Bezug nimmt: Er spricht Größeres in der Regel gelassen aus.

Auch dieses Gedicht tendiert in seinem saloppen Tonfall zunächst zum *Understatement* seines Inhalts. Wieder ist der Spieler am Werk, auch der Anspieler, der in dem rhythmisch leiernden Titel durch das schnöde »schön und gut« das Wahre, Schöne und Gute der Weimarer Klassik durchschillern läßt. Das »klar« und das angehängt wirkende »wahr« lassen vermuten, daß uns Gernhardt auf die gewohnt banale Schiene schicken will. Auch das abgegriffene Motiv der Tauben als Träger von Botschaften und das umgangssprachliche »Keine Ahnung« erwecken den Eindruck, es gehe in diesem Gedicht allenfalls um Binsenweisheiten. Doch das Gegenteil ist der Fall. Was Gernhardt den fliegenden Tauben als mögliche Mahnung aufträgt, ist eine Überlebensphilosophie, die unpopulärer kaum sein könnte: In Zeiten einer gnadenlos werdenden Konkurrenz- und Ellbogengesellschaft setzt er auf Gemeinsamkeit, rät zur Mäßigung der eigenen Ansprüche und preist die Vorzüge fernöstlichen Denkens. Ein Vermächtnis aus den Jahren der Studentenrevolte, bereichert um die aus den Niederlagen gezogenen Lehren? Auf die Irritationen, die Zeitgeist und Trendwende in unser Selbstverständnis gebracht haben, wird hier mit unerschütterlicher Ruhe und Gelassenheit geantwortet.

Doch was wäre diese Aussage ohne die Art, wie sie in Form gebracht wurde, ohne die Klarheit ihrer Bilder und die Selbstverständlichkeit ihrer Reime. Behutsamer, schlichter und gültiger zugleich läßt sich das, was man Erfahrungen nennt, kaum in Verse setzen. Robert Gernhardt steht mit diesem Gedicht ohne seine angestammten Lacher da und gibt sich als derjenige zu erkennen, der sich auch hinter seinen vermeintlich »nur« komischen Produkten verbirgt: ein dichtender Denker.

ROBERT GERNHARDT
SIEBENMAL MEIN KÖRPER

Mein Körper ist ein schutzlos Ding,
wie gut, daß er mich hat.
Ich hülle ihn in Tuch und Garn
und mach ihn täglich satt.

Mein Körper hat es gut bei mir,
ich geb' ihm Brot und Wein.
Er kriegt von beidem nie genug,
und nachher muß er spein.

Mein Körper hält sich nicht an mich,
er tut, was er nicht darf.
Ich wärme mich an Bild, Wort, Klang,
ihn machen Körper scharf.

Mein Körper macht nur, was er will,
macht Schmutz, Schweiß, Haar und Horn.
Ich wasche und beschneide ihn
von hinten und von vorn.

Mein Körper ist voll Unvernunft,
ist gierig, faul und geil.
Tagtäglich geht er mehr kaputt,
ich mach ihn wieder heil.

Mein Körper kennt nicht Maß noch Dank,
er tut mir manchmal weh.
Ich bring ihn trotzdem übern Berg
und fahr ihn an die See.

Mein Körper ist so unsozial.
Ich rede, er bleibt stumm.
Ich leb ein Leben lang für ihn.
Er bringt mich langsam um.

CHRISTA ROTZOLL
DER UNDANKBARE KOSTGÄNGER

Dies ist ein komisches Gedicht, kein hochmoralisches, erst recht kein frommes. Ein Ich, das Robert Gernhardt heißt, trennt seinen Körper von sich ab und klagt ihn an: als rüden, hinterhältigen Kontrahenten, als verwöhnten, undankbaren Kostgänger. Das ist deswegen komisch, weil es so nicht geht, weil jedenfalls für ihn und uns, die wir hier lachen, der Mensch nicht weiter teilbar ist, nicht mehr ein Körper, der zerfällt, und eine Seele, die den Körper überdauert. Nicht mehr.

»Er bringt mich langsam um«, beschwert sich Gernhardt. Wie anders der Kollege Johann Christian Günther, der seit 1723 tot ist: »Des Leibes Jammerhöhle hemmt deine Freiheit nicht ... Da nun der Strick zerrissen, so wird der Vogel frei.« Das »Sterbegedicht« von Günther ist jubelnder Ernst. Gernhardts unmöglicher Gerichtstag ist die hohe Komik, die dem Schrecken abgewonnen wird.

Den jungen Leuten ist der Körper noch kein Fürsorgeobjekt und kein Gewaltherrscher, im Gegenteil: Sie muten ihm viel zu. Wer heute alt ist, hat aber vielleicht als Mädchen oder junger Mann daran gelitten, daß der beunruhigte Körper etwas anzusteuern schien, das ihm die Sitte harsch entzog. Kann nun auch anders sein.

Ein alter Körper dringt seit eh und je erbittert auf Respekt. An manchen Tagen könnte man stündlich ein neues Bulletin herausgeben. Jetzt tut das reparierte Auge weh, jetzt nicht mehr, dafür schmerzt wieder das rechte Bein, das

Herz ruckelt nun auch. Wer mag das hören! In manchem Altersheim ist man schon übereingekommen, niemals über Krankheiten zu reden. Dem launischen Diktator Körper unterwirft man sich gleichwohl. Verreisen? Eine Einladung? Eine Arbeit, die nicht abgebrochen werden dürfte? Er verhindert alles.

Aber Gernhardt, einer um die fünfzig, der den Leib, dem er nicht trauen kann, noch an die See kutschiert, ein Mann, den »Körper scharf« machen, ist mittelalt, nicht alt. Und er ist keine Frau. Sein Fleisch wird nie in einem Ton taxiert werden, als sei es für den Kochtopf oder für die Bratpfanne bestimmt: schön fest und saftig, nicht zu fett, aber auch keinesfalls zu mager. Er kann niemals am eigenen Leib gespürt haben, wieviel vom Äußeren eines Menschen, der kein Mann ist, abhängt, immer noch. »Anatomie ist Schicksal« – eine Frauenweisheit. Wo ist der Mann, der nur für seine Taille, seinen Teint und seine Tolle lebt oder zu leben scheint? Die Feministinnen haben da noch ein ordentliches Stück Arbeit vor sich.

Für einen Menschen, der nicht weiblich ist und noch nicht alt, hat mein Lieblingspoet Gernhardt (»Nachdenken über Uwe Johnsons Tee« stammt auch von ihm) über die Dreistigkeit des Körpers allerhand herausgekriegt.

PETER HAMM
NIEDERLEGEN

Die Zeit, in der deine Schrift
sich nicht mehr verändert,
hat begonnen. Begonnen hat
die Zeit, in der andere dich nicht mehr
verändern.

Leg dich nieder!
Im Liegen bist du ein anderer
als im Stehen, ein anderer
als im Gehen.

Sieh!
auch deine Angst hat sich
niedergelegt und niedergelegt
haben sich deine Wünsche.
Ruhig kauern sie
dir zu Füßen und wünschen,

daß du dich nicht mehr
erhebst!

MARTIN WALSER
EIN HANDELNDES GEDICHT

Jemand – ein Kenner –, mit dem ich Gedanken über Peter Hamms Gedicht *Niederlegen* austauschte, konnte darin keine einzige Zeile *poetisch* finden. Ich glaube, es klingt ihm zuwenig nach Lyrik. Für mich vollzieht das Gedicht eine Bewegung, so bestimmt, daß es mich sozusagen in seinen Bann zieht. Da klingt nicht mehr das lyrische Wort, sondern die Notwendigkeit des Verlaufs. Ich unterstelle einfach, es gebe Temperamente, denen es nicht reicht, daß es klingt; Lyrik lassen sie erst beginnen, wenn es klingelt.

Das ist das Schöne bei Gedichten, daß sie eine ohne weiteres erlebbare Vollkommenheit erreichen können. Ich kann mir nicht vorstellen, daß ein Roman je diese Art Vollkommenheit ausstrahlen könnte, die ein Gedicht ausstrahlt, wenn es alles, was es sagen will, auf eine schlüssige Art sagt. Gefühlsschlüssig. Existenzschlüssig. Ich nehme an, daß der Dichter von einer ziemlich genauen Notwendigkeit geführt wird, daß er dann Wörter findet für etwas, was selbst nicht deutlich ist, aber nach Deutlichkeit verlangt. Nach Ausdruck eben.

Eigentlich sollten Gedichte keine Titel haben. Sie könnten sich dann reiner entfalten. *Die Zeit, in der deine Schrift / sich nicht mehr verändert, / hat begonnen*. Mit diesem ersten Satz ist sofort ein Endgültigkeitsklima gestiftet. Der zweite Satz wird die Konzentration, also die Dichte des Elements Endgültigkeit, noch erhöhen. Der Ton, in dem

sich da einer sagt, daß an ihm nichts mehr zu verändern sei, enthält weder Klage noch Triumph; aber es ist ein hoher Ton. Man dürfte ihn Schicksalston nennen.
Dann die überraschende Aufforderung, sich niederzulegen. Prosaisch gesprochen: eine Verführung zum Hinlegen. Hell gemeldet wird sofort, daß die Angst sich schon gelegt habe. Und die Wünsche auch. Sie wünschen nur noch, daß man liegenbleibe. Inzwischen liegt also der, aus dessen Selbstgespräch das Gedicht entsteht. Das Gedicht ist eine Aktion. Das Gedicht handelt nicht vom Sich-Niederlegen, es vollzieht selber diese Daseinsbewegung. In schwerem Ton fängt es an, dann verführt es; es verspricht, im Liegen ertrage man das Dasein leichter als *im Stehen* und *im Gehen*. Und kaum ist man zu liegen geneigt, legt sich auch schon die Angst, und die Wünsche wünschen nur noch, man möge liegenbleiben. Endlich Harmonie.
Mit einem strahlenden *Sieh!* wird die Seligkeit des Sich-Niederlegens eingeläutet. Eine Verklärung des Sich-Niederlegens. Harmonie durch die Niederlage. Die letzten zwei Zeilen haben allerdings noch eine harmoniestörende Pointenwürze. Sie überraschen. Sie eröffnen eine nur zweizeilige Schlußstrophe. Das wirkt beunruhigend. Plötzlich glaubt man dem Monologisten seinen Niederlegensfrieden nicht mehr. Die Niederlegensharmonie ist keine. Fast sarkastisch klingt das: *daß du dich nicht mehr / erhebst.*
Trotzdem ist die Verführung zum Hinlegen zwingend. Dieser Monologist will dem aufrechten Gang entkommen. Er ist nicht nur entschlossen, seine endgültige Niederlage selber zu produzieren, er produziert sie auch. Per Gedicht. Aber wenn er dann liegt – sozusagen für immer –, dann kommt eine Spur Boshaftigkeit oder Hohn in sei-

nen Ton. Wie auch immer man den Schlußton empfindet, er klingt nicht nach *r.i.p.*, sondern sarkastisch. Das liegt auch an dem pathoshaften *erhebst*. Auch wenn sich alles aufhört, es hört also nicht alles auf. Es kostet sogar Kraft, sich in der Niederlage festzuhalten. Wenn man sich nicht mit aller Kraft am Boden festkrallt, steht man sofort wieder auf, macht weiter, obwohl man wirklich nicht mehr will, aber leider muß man ...

Ich finde es ermutigend, daß es so schwerfällt aufzuhören. Für das beispielhafte Vormachen dieser vom Widersinn gebrochenen Lebensbewegung fühle ich mich diesem Gedicht verpflichtet und dem, der es geschrieben hat, auch.

HERBERT ACHTERNBUSCH
WANDERT DAS GELB

Wandert das Gelb?
Gelb kichert nicht.
Hat keine Haut. Ist trocken.
Gießt man es, wird es grünlich.

Gelb gelacht, ohne verderbendes Rot.
Aus sich gelb. Gelbe Genüge.
Gelb wie ein Vogel.
Wie Fisch, das Blatt, das er ist.
Gelb hat einen Rand.

Was heiliger ist als der Schein
des Heiligenscheins, gelber, ist gelb.
Kein Herbst ist gelb. Kein Jahr.
Gott mag gelb sein, sein Mantel.

Das Gelb wandert. Ein
gelber Hüne. Arm aus Gelb,
die Haare darauf, staubiges Gelb.

JOCHEN JUNG
GELB

Bald zwanzig Jahre ist es her, daß ich dieses Gedicht eines mir damals unbekannten Autors in den »Akzenten« fand (1964). Es nahm sofort von mir Besitz und tut das seither immer wieder.

Ein plötzliches Entzücken, das in einem aufsteigt wie Erröten; dann ein kleines Suchtgefühl, das einen wieder und wieder das kurze Stück lesen und schmecken läßt. Und dann, spätestens, möchte man wissen, was denn dieses Hingerissensein bewirkt hat. Die probateste Methode, das herauszufinden, ist immer noch: ganz langsam lesen. Denn das ist ja nicht zuletzt das Humane an der Sprachkunst, daß sie mir geduldig mein Wahrnehmungstempo läßt (anders als die Musik: man kann nicht in verschiedenen Geschwindigkeiten hören).

Achternbusch sah etwas Gelbes, das sich bewegte. Blätter vielleicht im Wind, jedenfalls wohl etwas Pflanzliches: »Gießt man es, wird es grünlich.« Aber was es ist, scheint nicht so wichtig, entscheidend ist, daß es gelb ist, und zwar nichts als gelb, gelb an sich.

»Gelb wie ...« Vergleiche werden gesucht: was ist so gelb wie Gelb? »... ein Vogel.« (Pirol?) Aber ebensogut dessen Gegenteil, der Fisch. Gelbe Fische? Wird's unernst? Durchaus nicht (»Gelb kichert nicht.«): »... das Blatt, das er ist.« Die Form also brachte den Vergleich, und daß es wohl doch ein Baum war, den Achternbusch gesehen hatte. Ein Herbstgedicht?

Noch gelber jedenfalls muß es werden, denn dieses Gelb ist göttlich und also das Göttliche gelb. Nicht die Jahreszeit, nicht die Zeit an sich, wohl aber das, was in ihr sich zeigt: das Wesen. »Als es wieder einmal geschah, daß der liebe Gott zu den Menschen ging und auf Erden wandelte ...« Und siehe, da geht er vorüber, der »Grüne Gott« im Herbst, ein »gelber Hüne«, den Wanderstaub im Haar.
Ein Herbstgedicht also doch, vor allem aber ein Gedicht über eine Farbe: Gelb. Und das derart insistierend (fünfzehnmal taucht das Wort in den wenigen Strophen auf), daß im Verlauf das ganze Gedicht gelb eingefärbt erscheint und am Ende auch dem Leser sehr gelb im Gemüt wird.
Zu gelb?
Man kennt das: Wer ein dutzendmal hintereinander recht intensiv das Wort »Badewanne« spricht, weiß nicht mehr, was die Laute sagen wollen. Und auch das kennt man: Daß man bisweilen einem geläufig bekannten Menschen ins Gesicht blickt, und sekunden(minuten)lang lassen sich die Züge nicht mehr zu dem vertrauten Bild zusammensetzen: ein Fremder schaut einen an. Es sind diese Luftlöcher in der Realität, die uns verunsichern und eben dadurch den Sinnen Erkenntnischancen geben. Gedichte können das – mit ihren Mitteln – auch.
PS. »Im gelben Fleck liegt die ausschließlich Zapfen tragende Sehgruppe (Forea centralis) als Stelle des schärfsten Sehens« (Meyer Enzyklopädisches Lexikon). In der Tat.
Und jetzt lesen Sie das Gedicht bitte noch einmal.

F. W. BERNSTEIN
WACHTEL WELTMACHT?

Schaut Euch nur die Wachtel an!
Trippelt aus dem dunklen Tann;
tut grad so, als sei sie wer.
Wachtel Wachtel täuscht sich sehr.

Wäre sie hunderttausend Russen,
hätt den Vatikan zerschussen
und vom Papst befreit – ja dann:
Wachtel Wachtel Dschingis-Khan!

Doch die Wachtel ist nur friedlich,
rundlich und unendlich niedlich;
sie erweckt nur Sympathie.
Weltmacht Wachtel wird sie nie!

ROBERT GERNHARDT
DICHTER UND RICHTER

Horaz zufolge sollen die Dichter dem Leser entweder nützen oder ihn ergötzen – das vorliegende Gedicht erfüllt beide Postulate, da es zugleich lehrreich und schön ist.
Freilich bekommt der Leser nichts geschenkt. Bevor er den doppelten Gewinn einstreichen kann, wird ihm einiges abverlangt: Eine Wachtel soll er sich anschauen. Nicht irgendeine, sei es in der Natur oder in einem Lehrbuch, sondern jenes ganz bestimmte Exemplar, das vor dem geistigen Auge des Dichters steht beziehungsweise trippelt: Es bewegt sich durch einen finsteren Wald und ist in eine vergleichbar düstere Lebenslüge verstrickt. Das bleibt nicht ungerügt. Unversehens wandelt sich der Dichter zum Richter, der seinem Urteil durch hämmernde Wiederholung Nachdruck verleiht: »Wachtel Wachtel täuscht sich sehr.«
Doch auch täuscht sich, wer glaubt, ihm werde nach solch rasantem Einstieg ein Moment der Besinnung gegönnt. Noch damit beschäftigt, sich ein Bild von der Wachtel, wie sie ist, zu machen, konfrontiert ihn die Urteilsbegründung bereits mit der Aufgabe, sich vorzustellen, wie die Wachtel sein könnte und was sie getan haben müßte, wollte sie ihrem Anspruch, »wer« zu sein, genügen. Ja, es kommt noch ärger. War der Leser nach der ersten Strophe durchaus bereit, sich der vehement vorgetragenen Wachtelkritik anzuschließen, sieht er sich nach der zweiten Strophe gezwungen, Kritikerkritik zu üben und sich ein Urteil über den of-

fensichtlich delierenden Richter zu bilden, der das noch moderate Hämmern der vierten Zeile in der achten zur Sinn und Syntax zertrümmernden Raserei treibt: »Wachtel Wachtel Dschingis-Khan!«
Letzte Strophe, letzte Herausforderung: Unversehens ist die Welt wieder in Ordnung, moralisch und grammatikalisch. Unerwartet steuert der eben noch rasende Richter in ruhiger Parataxe auf einen Vergleich zu, dem Wachtel wie Leser bedenkenlos zustimmen können, ohne das Gesicht oder den Verstand zu verlieren: »Weltmacht Wachtel wird sie nie.«
»Wollte ich auch nie werden«, wird sich die Wachtel denken, »Gottlob!«, mag der Leser seufzen, wenn er nicht – und das ist wahrscheinlicher – befreit auflacht.
Das Lachen sei »ein Affekt der Verwandlung einer gespannten Erwartung in Nichts« lehrt Kant; demnach hat F. W. Bernstein mit »Wachtel Weltmacht?« ein geradezu exemplarisches *komisches* Gedicht geschrieben.
Das macht es lehrreich. Schön aber ist seine Wachtelkritik, weil er sie uns im komischen *Gedicht* mitteilt. Unmöglich, dessen Inhalt in noch so geschliffene Prosa zu übersetzen, undenkbar, sie anders als in gebundener Rede vorzutragen, in vierhebigen Zeilen bei strikt gewahrtem Paarreim: Je haltloser die Vorwürfe, desto mehr bedürfen sie der straffen Form, um nicht in schierer Beliebigkeit zu versickern und zu versanden.
Anfängerfehler, die einem F. W. Bernstein selbstredend nicht unterlaufen können. Der publiziert seit 1962, und bereits in dem ersten Buch, das er zusammen mit F. K. Waechter und dem Schreiber dieser Zeilen veröffentlicht hat, in »Die Wahrheit über Arnold Hau« von 1966, findet sich sein lapidarer, mittlerweile Volksgut gewordener

Zweizeiler: »Die schärfsten Kritiker der Elche / Waren früher selber welche.« Kein Zweifel – F.W. Bernstein ist sich und dem so raren wie umwitterten Thema der Tierkritik über die Jahrzehnte treu geblieben: Er wird als der schärfste Kritiker der Wachtel in die deutsche Lyrikgeschichte eingehen.

VOLKER BRAUN
DAS EIGENTUM

Da bin ich noch: mein Land geht in den Westen.
KRIEG DEN HÜTTEN FRIEDE DEN PALÄSTEN.
Ich selber habe ihm den Tritt versetzt.
Es wirft sich weg und seine magre Zierde.
Dem Winter folgt der Sommer der Begierde.
Und ich kann *bleiben wo der Pfeffer wächst.*
Und unverständlich wird mein ganzer Text.
Was ich niemals besaß wird mir entrissen.
Was ich nicht lebte, werd ich ewig missen.
Die Hoffnung lag im Weg wie eine Falle.
Mein Eigentum, jetzt habt ihrs auf der Kralle.
Wann sag ich wieder *mein* und meine alle.

SIBYLLE WIRSING
IM TODESJAHR

Für Volker Braun sei ihm nicht bang, sagte Heiner Müller im Todesjahr der DDR. Der Leidensdruck werde ihm weiterhelfen. Das Gedicht »Das Eigentum« von 1990 bezeugt es. Trauer mischt sich mit Trotz: »Da bin ich noch.« Und Trotz vereint sich mit Hohn: »KRIEG DEN HÜTTEN FRIEDE DEN PALÄSTEN.« Der »Hessische Landbote« steht kopf. Das großartige Zitat von 1834 reimt sich unversehens auf das populäre Ziel vor Augen, den Westen, das ungelobte Land. Die sozialistische Flugschrift verkehrt sich zum kapitalistischen Transparent. Der Dichter, der vor drei Jahren öffentlich erklärt hatte, er bleibe im Lande und nähre sich im Osten, weiß nicht mehr, wohin. Sein politischer Ort ist von der Bildfläche verschwunden. Der Vergleich, der ihm einfällt, ruft Shakespeares Monstrum herbei, Gloster, der sein Dasein anbellt, während das befriedete England tanzt: »Nun ward der Winter unsers Mißvergnügens / Glorreicher Sommer durch die Sonne Yorks.« So beginnt der Eingangsmonolog von »Richard dem Dritten«. Bei Volker Braun heißt es glatt: »Dem Winter folgt der Sommer der Begierde.« Er aber könne bleiben, wo der Pfeffer wächst. Auch sein Fall ist ein Drama.

Zwölf Zeilen setzen zwölfmal ein Punktum. Die Feststellungen reihen sich als Provokationen aneinander. Die Frage ist, wer sich als Adressat anbietet. Die verwaiste Bühne ist Arkadiens Antipode, und der poetische Dämon

spricht und rechtet wie Richard, der Krüppel, mit sich selber. Denn so, daß er am Exodus schuldlos sei, steht es nicht. Er selber gab seinem Land den Tritt. Aber welchen? War es der entscheidende letzte Stoß oder der kritische Subtext die Jahrzehnte hindurch? Gleichviel. Die Zeile mit der Selbstbezichtigung hebt sich als einzige reimlos hervor. Sie schreit es heraus. Der Dichter gehört mit zu den Tätern. Und nun rächt es sich. Im massenhaften Aufbruch läuft ihm sein Publikum davon, das sein Intimus war. Mit der Zwiesprache ist es aus. Der heimliche Kanon, das Verständigungsritual inner- und unterhalb des Staatsidioms, erlischt mit dem Auslöschen der Deutschen Demokratischen Republik: »Und unverständlich wird mein ganzer Text.« Ein Opus aus Signalen, die niemand mehr entziffert? Verheißungen, die nicht wahr geworden sind, aufgehoben in einem Idiom, das keiner mehr kennt? Ein Lebenswerk für die Katz? Wir hoffen es nicht.
Indessen spricht Volker Braun von der Hoffnung im Imperfekt. Sie »lag im Weg wie eine Falle«. Das Bild gibt Rätsel auf. Womöglich war die Hoffnung selber trügerisch, oder sie wurde verkannt: ein Wesen, auf das man hereinfiel, oder eines, in dem man sich irrte. Jedenfalls handelte es sich um die Größe, mit der sich der Dichter identifiziert. Sie gehörte ihm und ging ihm verloren. Hoffnungslos steht er nun den Eroberern gegenüber: »Mein Eigentum, jetzt habt ihrs auf der Kralle.«
Der Schlußvers verwandelt die Frage, die er stellt, in ein Bekenntnis. Es klingt wie ein Manifest: »Wann sag ich wieder *mein* und meine alle.« Das Gedicht schwört, wenn nicht alles täuscht, über die Gegenwart hinweg auf das Ziel, das der sozialistische Staat proklamierte und verfehlte. Im Moment der Offenbarung bekommt es der Le-

ser mit seinen eigenen Zweifeln zu tun. Hat Volker Braun jemals uns alle in sein Mein einbezogen? Auch er genießt, wie Heiner Müller es selbst- und schuldbewußt von sich sagte, seine Privilegien. Und sei es das Vorrecht, seinen Verlust mit einer Könnerschaft zu betrauern, die nichts zu wünschen übrigläßt.

VOLKER BRAUN
DURCHGEARBEITETE LANDSCHAFT

Hier sind wir durchgegangen
Mit unsern verschiedenen Werkzeugen

Hier stellten wir etwas Hartes an
Mit der ruhig rauchenden Heide

Hier lagen die Bäume verendet, mit nackten
Wurzeln, der Sand durchlöchert bis in die Adern
Und ausgepumpt, umzingelt der blühende Staub

Mit Stahlgestängen, aufgerissen die Orte, weggeschnitten
Überfahren der Dreck mit rohen Kisten, abgeteuft die
teuflischen Schächte mitleidlos

Ausgelöffelt die weichen Lager, zerhackt, verschüttet,
zersiebt, das Unterste gekehrt nach oben und durch-
gewalkt und entseelt und zerklüftet alles

Hier sind wir durchgegangen.

Und bepflanzt mit einem durchdringenden Grün
Der Schluff, und kleinen Eichen ohne Furcht

Und in ein plötzliches zartes Gebirge
Die Bahn, gegossen aus blankem Bitum

Das Restloch mit blauem Wasser
Verfüllt und Booten: der Erde
Aufgeschlagenes Auge

Und der weiße neugeborene Strand
Den wir betreten

Zwischen uns.

PETER RÜHMKORF
EIN POET MIT VIEL PUSTE

Er hat eine gute Zeitlang unsere hier im Westen gewachsenen Subjektivitäten nachempfunden, unsere Wutanfälle, Gereiztheiten und Rührungen, aber er hat sie sich doch auf eine wirklich eigentümliche Weise anverleibt und sich mit unseren Bildungsunterlagen (Klopstock, Hölderlin) ganz neu ins Benehmen gesetzt.
Was ihn von unseren ruinösen Abgesängen bald auch qualitativ-inhaltlich unterschied, war ein für unsere Verhältnisse nur schwer begreiflicher Gründeroptimismus, ein gar nicht henneckehafter, eher schon ein Fortschrittsschwung, wie man ihn von Whitman kennt, von Majakowskij, Neruda. Wem solche Vergleiche allzu vermessen klingen, dem bestätigen wir dennoch gern, daß Volker Braun von Anfang an ein Poet mit viel Puste war, bemerkenswert abgehoben von all dem lyrischen Geschleiche im Osten wie im Westen.
Sein Gedicht »Durchgearbeitete Landschaft« scheint mir in jeder Hinsicht ein starkes Stück, egal, ob man eher ein poetisches Naturstück in ihm sehen möchte oder ein Lehrstück. Der dialektische Aufbau jedenfalls ist unverkennbar. Der Anfang, das heißt die erste Hälfte des Gedichts, zeigt einen beinahe brutalistisch-conquistadorischen Impetus. Was vorgeführt wird, ist ein Landschaftsausschnitt in Bewegung, aber nicht der Wind und das Wetter und die übrigen Naturgewalten sind es, die an ihm herumwirken, sondern der Mensch persönlich mit seinen mitleidlosen

Umwälzmaschinen. So etwas ist neu für unsere Ohren und Augen, und es will uns auch nur schwer in den Kopf. Wo wir für die Erhaltung arkadischer Naturzustände gern auf die Barrikaden gehen, entzündet sich der Enthusiasmus eines DDR-Kollegen gerade an so gewaltsamen Eingriffen, die ein lieblich-ungebildetes Idyll aus seiner Unschuld reißen. Wo Kolonisierung und Kultivation für uns fast wesensgleich geworden sind mit einer Verlustwirtschaft, die auf Deubel-komm-raus und Hensch-hau-ab drauflosdräniert, kriegen wir es hier mit einer Pioniermentalität zu tun, die über ein hübsches Pastorale wegschreitet, als wäre es unwegsamer Dreck. Das Gedicht selbst sagt es unerbittlich genug: ein Flecken »ruhig rauchender Heide« wird »durchgewalkt und entseelt und zerklüftet«.

Nach dem zweiten triumphal intonierten »Hier sind wir durchgegangen« erfolgt dann der dialektische Umschlag, und über der zermahlenen Landschaft beginnt eine neue, menschengemachte sich aufzustufen »mit einem durchdringenden Grün« und »kleinen Eichen ohne Furcht«. Ich muß einräumen, daß dieser ungebrochene Pflanzersinn uns reichlich unvorbereitet trifft. Wo der demiurgische Betrieb auf Baustellen und in den Abteufschächten immer noch mit dem Interesse unseres ewig sprungbereiten Voyeurismus rechnen kann, haben wir uns das Staunen vor den Kulturgebilden selbst gehörig abgewöhnt – wohl weil uns zu viele Versicherungsdome und Verwaltungsbatterien die Aussicht auf eine humane Zukunft verstellen. Trotzdem, wo eins wie das andere System hat und unsere schier unaufhebbare Skepsis womöglich nur ein sozial bedingter Sehfehler ist –: Ich weiß nicht so recht, ob der stolze Rückblick auf ein Stück Gemeineigentum nicht seinerseits bei einem Gemeinplatz Rast macht. Mit Tucho, dem Gemeinsamen zu fragen: Wenn das nun wirklich richtig vor uns daliegt, diese »Bahn aus Bitum«, wie es heißt, und dieser »weiße neugeborene Strand« – ja? –, und wenn wir uns dieses Happy-End sogar noch als eine wahrhaftige soziale Errungenschaft vorstellen, ein öffentliches Freizeitzentrum meinetwegen, einen Volkspark, ein Schriftstellererholungsheim, ein Nulltarif-Tivoli, eine gemeinnützige Bade- und Begegnungszone – »na, un denn«?

VOLKER BRAUN
TAGTRAUM

Im Niemandslande zwischen den Grenzen stand
Mein Wagen, angezogen die Bremsen, hart
Betrachtet von den Türmen, und kein
Rad war zu wechseln hier ungeduldig.

Was wollt ich denn? in meiner Gedanken Zeit
War ich nie so allein, und die Toten nur
Und Ungebornen atmeten mir
Ruhig nun zu, unterm heißen Hundsstern.

Die Völker schwiegen, schlummerten nun nicht mehr
Die Seltenzeit erblühte oktoberlich
Im leeren Felde flimmernd hielt sie
Über den Minen der Stille, reglos.

Die ernste Zukunft, eine Mulattin, teilt'
Mit schmaler Hand das Brot und die Arbeit aus
Nach Nord und Süden und die Wahrheit
Welche auf beiden den Seiten wohnet.

Ein Leben lang hab ich es gewußt: es wird.
Jetzt glaubt ich nurmehr. Und ich saß still im Gras
Daß mich der dunkle Abend kühlte.
Jaulend dann nahten die Hundeführer.

Der Lorbeer bloßen Wollens hat nie gegrünt
Und irrdisch ist und fahrlässig unsre Bahn
Ich muß auf eine Seite, muß es.
Aber ich ahne nur meine Worte.

REINHOLD GRIMM
IM FADENKREUZ

Worüber soll man mehr erstaunt sein angesichts dieser sechs Strophen: über die Kühnheit und Offenheit ihrer Aussage, bei aller kunstvollen Stilisierung und bewußten Verhüllung, oder über das dichte Gewebe ihrer Bezüge, bei aller scheinbaren Sprunghaftigkeit und selbst Willkür? Freilich, was in ihnen am meisten überrascht, ist das Gefühl totaler innerer wie äußerer Isolation *(nie so allein)* des sozialistischen Dichters, die völlige Ratlosigkeit *(Was wollt ich denn?)* eines Mannes, der seinem Staat und dessen Gesellschaft, obzwar kritisch und widerspruchsvoll, unbedingt verhaftet, ja ihnen geradezu hartnäckig ergeben ist.
Soll man am Ende, so fragt man sich, aus dem Titel von Volker Brauns Gedichtsammlung *Langsamer knirschender Morgen,* seiner vorläufig letzten, die auch *Tagtraum* enthält, zugleich ein hilflos-erbittertes Zähneknirschen heraushören, nicht bloß das Knirschen einer langsamen, mühsamen, fast schon zum Stillstand gelangten, doch ebendarum desto verbissener geforderten Bewegung und Veränderung?
Im beklemmenden Wachtraum wirkt die Stimme des Dichters *ruhig*, seine Haltung *still*, beinahe gelassen. Das »Ich«, von dem er berichtet, ist gebannt in ein so visionär geschautes wie realistisch geschildertes *Niemandsland*; es befindet sich in mehrfacher Hinsicht – geographisch, aber nicht minder politisch-ideologisch und erst recht histo-

risch – *zwischen den Grenzen*. Was seinen konkreten Ort betrifft, so kann darüber wohl keinerlei Zweifel herrschen. Die (Wach)*türme*, *Minen* und *Hundeführer* im *leeren Felde* sprechen für sich.

Brauns *Tagtraum*-Ich verharrt im Zwischenbereich der sogenannten Zonengrenze und damit im weltanschaulichen Spannungsfeld von Ost und West. Im selben Bereich erscheint jedoch außerdem die *ernste Zukunft*, *eine Mulattin*, wodurch sich zusätzlich die Dimensionen sowohl der Dritten Welt *(Nord und Süden)* als auch der gesamten Geschichte (von den *Toten* der Vergangenheit übers *Jetzt* der Gegenwart bis zu den Künftigen, den *Ungebornen*) eröffnen. Mit wenigen Strichen hat der Dichter hier ein raumzeitliches Koordinatenkreuz entworfen, wie es umfassender nicht sein könnte. Dessen genauen Schnittpunkt aber – *hart* beobachtet von den Grenzwächtern, gleichsam im Fadenkreuz ihrer tödlichen Waffen – bildet sein eigenes Ich.

Doch kommt noch etwas Entscheidendes hinzu. Von Anfang an nämlich bezieht sich Braun auf zwei seiner großen dichterischen Vorbilder und geschichtlichen Vorgänger: den Jakobiner Friedrich Hölderlin und den Marxisten Bertolt Brecht. Von jenem, der ohnehin durch die für ihn bezeichnende alkäische Strophenform anwesend ist, zitiert er die 1797 geschriebene Zeile »Die Völker schwiegen, schlummerten«, ergänzt sie aber durch die Verneinung *nicht mehr*; auf diesen und dessen 1953 entstandene Elegie vom »Radwechsel«, der einst so »ungeduldig« verfolgt wurde, spielt er in ähnlich unmittelbarer, allerdings umgekehrt berichtigender Weise an. Und damit, kein Zweifel, sind die politisch-ideologischen Perspektiven ebenfalls eindeutig festgelegt. Jenseits aller seit dem Bastillesturm eingetretenen revolutionären Umwälzungen und Umschichtungen, selbst der *oktoberlich* verklärten russischen, hält das Ich des Gedichts in einer stagnierenden Postmoderne der Revolution, einem fast lähmenden sozialistischen Posthistoire. Nicht umsonst erinnern Sätze wie der vom reglosen, schweigenden Ruhen *im Gras / Daß mich der dunkle Abend kühlte* an Worte des späten, des erschöpften, gescheiterten, »umnachteten« Hölderlin.

Die *Wahrheit* wohnt *auf beiden … Seiten*, weiß Volker Braun heute. *Ein Leben lang* hat er fraglos *gewußt*; dann *glaubt* er *nurmehr*; nun aber, gesteht er, *ahne* er kaum noch. Man liest derlei nicht ohne Erschütterung, sowenig wie Brauns fordernde Gegenwendung am Schluß: *Ich muß auf eine Seite, muß es.* Denn so nah sie auch an Brechts selbstgewissen *Sezuan*-Schluß (»Es muß ein guter da sein, muß, muß muß!«) anklingen mag, so verzweifelt weit ist sie doch von ihm entfernt.

VOLKER BRAUN
ZU BRECHT. DIE WAHRHEIT EINIGT

Mit seiner dünnsten Stimme, um uns nicht
Sehr zu verstören, riet er noch beizeiten
Wir sollten einfach sagen wos uns sticht
So das Organ zu heilen oder schneiden.

Ein kräftiges: das ist es, und es kracht
Wenn nicht – (wie bei den Klassikern, die es halt gab)
Ein Eingeständnis, das uns Beine macht.
Das war sein Vorschlag blickend auf sein Grab.

So was ist noch auf dem Papier zu haben.
Wir haben ihn nicht angenommen, nur
Gewisse Termini und die Frisur.

Jetzt trägt man auch die Haare wieder länger.
Das Fleisch ist dicker, und der Geist enger.
So wurde er Klassiker und ist begraben.

WOLFGANG WERTH
WIR HABEN IHN NICHT ANGENOMMEN

»Zu Brecht. Die Wahrheit einigt«: So könnte eine Aktennotiz überschrieben sein. Tatsächlich weist Volker Brauns Sonett aus dem Februar 1975 auf ein Schriftstück, das dessen Urheber 1953 verfertigt und resigniert ad acta gelegt hatte. Für den jungen, zum »Training des aufrechten Gangs« entschlossenen DDR-Poeten Volker Braun aber trägt der postum, im Jahr 1967, erstmals veröffentlichte Text den Stempel »Dringend«.

Daß Brechts Buckower Elegie »Die Wahrheit einigt« nur der Obrigkeit der DDR »sozusagen zu innerem Gebrauch« hätte dienen sollen, das läßt Braun nicht gelten. Er liest dieses Gedicht als Ratschlag für den Souverän der Republik. Die von Brecht als »Freunde« und mit »ihr« Angesprochenen, das waren und das sind für seinen Interpreten: »wir« – die mündigen Bürger, ohne deren Mitwirkung kein Staat zu machen ist und schon gar keine sozialistische Demokratie. Fußnote: Spätestens seit seinem zweiten Gedichtband »Wir und nicht sie« (1970) war Volker Braun Stimme dieses seiner gesellschaftlichen Verantwortung bewußten und politische Mitsprache verlangenden »Wir« – das (vielleicht nur) die Wunsch-Mehrzahl seines eigenen Ichs gewesen ist.

Was Brecht mit eigenen Worten und mit denen des »Klassikers« Lenin »uns« geraten habe, sehr fürsorglich und »noch beizeiten« (bevor es – für ihn? für »uns«? – zu spät gewesen wäre), das sagt Braun mit eigenen und mit Brechtschen Worten im Oktett, also in den ersten beiden, aus je vier Versen bestehenden Sonettstrophen. Und er besiegelt seine Darstellung mit einem scheinbar mißratenen Satz, in dem er die von Brecht so gern gebrauchte Form des Präsens-Partizips verwendet: »Das war sein Vorschlag blikkend auf sein Grab.«

Beckmesser würden da ein rotes A (Ausdrucksfehler!) an den Rand schreiben: Was, bitte, will der Dichter sagen? Daß der Vorschlag, mangels Erfolgsaussicht, seiner eigenen Beerdigung entgegengesehen hatte? Oder: daß Brecht, sich dem Tod nahe wissend, »uns« mit diesem Vorschlag ein verpflichtendes Vermächtnis antrug? – Der scharf denkende Volker Braun schreibt auch als Poet nichts Unüberlegtes. Kein Zweifel, die »unklare« Formulierung hat er gewählt, weil sie sich für beide Auslegungen anbietet. Und weil sich mit ihr obendrein der Bezug zu jener Inschrift herstellen läßt, die der fünfunddreißigjährige, keinen Grabstein benötigende Brecht 1933 (!) für den Fall, daß »ihr einen für mich benötigt«, entworfen hatte: »Er hat Vorschläge gemacht, wir haben sie angenommen.«

»Wir haben ihn nicht angenommen«, kontert der zweite Vers des Sextetts. Und wieder sind zuerst der Vorschlag und sodann Brecht selbst gemeint. Das nachgestellte, den Vers zu seinem Reimpartner hin öffnende »nur« mildert nichts. Im Gegenteil: Wenn sich Brechts Nachwirkung darin erschöpft hat, daß »wir« für die kurze Zeit, in der es Mode gewesen ist, das Haar nach seiner Fasson trugen und »unsere« Rede mit manchen seiner Begriffe und Spracheigenheiten schmückten, dann haben »wir« den Dichter, der doch übers Grab hinaus unbequem bleiben wollte, nicht nur »nicht angenommen«, sondern ihn verharmlost und verraten.

Wie ein Abgesang im Namen zynisch gewordener Nachgeborener klänge dieses Sonett, hätte es nicht einer geschrieben, der von Brecht gelernt hat, die Dialektik zu lieben und Gegebenes mittels Verfremdung als das nicht Hinnehmbare anzuzeigen. Volker Braun ehrt 1975 den aus Trägheit und Geistesenge als Klassiker abgestempelten und als solcher begrabenen Brecht, indem er »uns« zu nützen versucht. An den nicht angenommenen Vorschlag erinnernd, erneuert er ihn, auf daß er doch noch angenommen werde. Braun selbst hat ihn bereits angenommen. Ende 1974 nämlich, unmittelbar bevor er das Sonett schrieb, hat er die »Unvollendete Geschichte« geschrieben, seinen bis dahin politisch brisantesten Text, und darin wird in der Tat »einfach« gesagt, »wos uns sticht«. Denn noch will der Autor glauben, daß so das »Organ« DDR zu heilen sei.

Dem Erstdruck der »Unvollendeten Geschichte« (in »Sinn und Form«, Heft 5/1975) folgte deren Unterdrückung. Eine Buchausgabe wurde in der DDR erst 1988 genehmigt. Ein Jahr darauf geschah das, wovor Brecht und Braun vergeblich gewarnt hatten. Es krachte.

RAINER MALKOWSKI
SCHÖNE SELTENE WEIDE

Manchmal, nach einem Herbststurm,
wenn die Luft still und gefegt ist,
gehe ich im Garten umher und zähle
die abgeschlagenen Äste.
Nur die Weide zeigt keine Veränderung.
Ich bewundere sie lange:
nicht immer sieht es so schön aus,
wenn die Biegsamkeit überlebt.

ELISABETH BORCHERS
EIN ORT DES ERSCHRECKENS

Der dies geschrieben hat, sagt ganz einfach »Herbststurm«. Stürme sind allenthalben erlebbar, auch tief in der Stadt, wenn lose Dinge rütteln, poltern, zerspringen, wenn sich ein einzelner Baum wie ein Berg Papier abhebt, wütet, zusammenfällt. Als Herbststürme aber erlebt man sie hier selbst mitten im Herbst nicht. Ein Herbststurm ist auf dem Land, mit Wäldern am Rand, leeren Äckern, mit Bäumen am Weg entlang und Gärten, die mit Astern eine letzte Vorstellung geben. So drängt sich das landschaftliche Bild auf, im Herbststurm und wenn er vorbei ist – denn wo anders sollte die Luft sonst »still und gefegt« sein können, diesen Grad an Beruhigung und Reinheit erreichen?

Wo anders als dort kann man sich vorstellen: einer verläßt sein Haus, geht im Garten »umher«, »die abgeschlagenen Äste« zu zählen. Zeit haben muß man, um Äste zu zählen, einen Sinn haben muß man für Zerstörungen an Bäumen und für das Heilgebliebene an ihnen. »Nur die Weide zeigt keine Veränderung«. Sie, die allzeit Trauervolle, die nie in den Zustand von Pracht und Übermut gerät, deren feine Zweige ein Vorbild sind für langfallendes Haar, und die so der einzige Baum ist, der gleichermaßen Himmel und Erde berührt. Sie, die Babylonica, »zeigt keine Veränderung«. Und der, der in den Garten gegangen ist, bewundert sie »lange«.

Sechs Zeilen lang spielt sich das Gedicht in der »Natur«

ab, als ginge es um sie und als könne diese Art zu beobachten, sich selbst genügen – bis der Bewunderung ein Doppelpunkt folgt, der Abbruch des Stillebens: »nicht immer sieht es so schön aus, / wenn die Biegsamkeit überlebt«. Der Leser hatte sich in Gefahrlosigkeit gewähnt, weil die Gefahr vorüber ist und das Bild der schönen seltenen Weide nichts als das Abbild eines Baumes war. Da muß er begreifen, daß er die Weide mit sich selbst zu vergleichen hat; und er hat sich zu fragen, warum er selbst bisher »überlebt« hat; und wenn er überlebt hat, welche Eigenschaft es war, der er verdankt, daß er biegsam genug war, auszuweichen. Denn was »schön« und voller Grazie ist am Weidenbaum, was der Tänzer des Balletts als Kunst vorweist, die Biegsamkeit – hat anderswo andere Ursachen.

Anpassung, zum Beispiel, bei der der Bruch nicht deshalb vermieden wird, weil die Natur zur Biegsamkeit begabte oder aus Gründen der Kunst, sondern weil jedem Widerstand nachgegeben wird, ohne Kraft, vielleicht sogar, weil vermieden wird, Kraft zu entwickeln, um sich dem Widerstand nicht stellen zu müssen. So kann aus dieser sehr klaren, einfachen, emotionslos gehaltenen Beschreibung eines Ortes ein Ort des Erschreckens über sich selbst werden.

Wie so oft – oder wie immer – hat der Leser das Rätsel für sich zu lösen. Wie so oft beginnt die Arbeit *nach* dem Gedicht, da nichts geschrieben wird, um Sättigung zu erreichen, sondern um den Wunsch nach Sättigung zu wecken.

RAINER MALKOWSKI
STADTKIRCHE AM VORMITTAG

Wer die Tür nicht festhält,
löst einen Schuß aus:
Totenstille danach
im Kirchenschiff.

Die alte Frau in der letzten Bank,
vornübergenickt,
rührt sich nicht.

Das Haus des Lebendigen –

erhellt
durch eine Orange,
die in der Dämmerung allmählich
aus dem Einkaufsnetz der Frau
zu leuchten beginnt.

GODEHARD SCHRAMM
EINLADUNG ZUM SEHEN

Er beklagt keinen Zustand, er fordert nicht auf, Versäumtes nachzuholen – wie er überhaupt die Welt nie aus der Perspektive einer Anklagebank betrachtet: Rainer Malkowski (1939 in Berlin geboren, im oberbairischen Brannenburg lebend) ist einer der wenigen »neuen« Lyriker, die mit ihren Gedichten Gegenstände bilden, die nicht allein Resultat konzentrierter Betrachtung sind, sondern eine eigene Welt enthalten. Dort zählen Erlebnisse, nicht aber Reflexionen. Die Überschrift deutet dieses Unzeitgemäße an.
Bei einem Besuch zur unüblichen Zeit in einer katholischen Kirche, vermutlich mittlerer Größe, werden wir nicht mit kunstgeschichtlichem Interieur vertraut gemacht. Es genügt der Hinweis auf die schwere Tür; diese, nicht festgehalten, könnte ins Schloß fallen, so laut – und hier reicht die Wahrnehmung des Dichters weiter –, daß der Besucher mit ihr »einen Schuß« auslöst. Weil er das so voraushört, bleibt er in der Logik seines aufgenommenen Bildes, und das Nächste wird vorstellbar: durch die Mechanik der Tür, die Stille einer Kirche schärfer verletzend als störendes Umhergehen nicht andächtiger Besucher, wird klar, daß nach diesem »Schuß« in diesem Raum »Totenstille« herrscht. Dieses Wort öffnet sich nach zwei Richtungen; ein scharfer Kontrast zur üblichen Vorstellung vom Inhalt eines Kirchenschiffes: Stille wohl, aber nicht Totenstille.

In so Unerwartetem liegt die Überlegung nahe: wenn der, der vormittags eine Kirche betritt, nichts mitbringt, alles von der Kirche erwartet, wird er nur »Totenstille« vernehmen. Der Schuß als Klang – sein Echo die Totenstille. Ich dachte dabei an die sehr stille, fast kalte Helligkeit von Kircheninterieurs des niederländischen Malers Pieter Saenredam (1597-1665). In der zweiten Strophe wird diese Stille lebendig. War in der ersten Strophe die Tür ins Allgemeine aufgegangen, richtet sich nun der Blick auf einen Menschen; dem poetischen Urteil – Stille gleich Totenstille – folgt die Anwesenheit einer Frau ohne Kommentar. Als Querstrich summiert die dritte Strophe: »Das Haus des Lebendigen«. Das klingt ironisch: Totes, Stilles, Eingeschlafenes, nichts von der Anwesenheit des lebendigen Gottes. Wäre das alles, wäre es nur Momentaufnahme.
In der letzten Strophe zeigt sich die Kraft des Lyrikers Malkowski besonders: er schaut unvermittelt wo ganz anders und näher hin. Nicht das »ewige Licht«, sondern ein Nahrungsmittel »erhellt« das Haus des Lebendigen. Man stutzt einen Augenblick. Malkowski bringt, gleichsam mit einer theologischen Volte, das natürlich Gegenständliche zum Leuchten in einem sakralen Raum. Auch wird die Totenstille zum Lichtwert: jetzt ist sie Dämmerung, in der Profanes und Sakrales zusammenkommen; Farbe wird erfahrbar als »Tat des Lichtes«.
Wieder stellt sich ein Querverweis zu einer malerischen Arbeitsweise ein: wie Rembrandt aus der umgebenden Düsternis das Licht herausarbeitet, so holt Malkowski aus der Dämmerung das Licht der Orange, erhellt so die scheinbar herrschende Totenstille. So leuchtet es zugleich nur, wenn der Besucher selbst etwas mitbringt. Der Autor

hält nicht den Augenblick eines Fotografen fest – er gestaltet den Eindruck zum Vorgang. So spricht er in diesem geglückten Gedicht eine Einladung zum Sehen aus. Nun erscheint Totenstille nicht mehr als Abwertung. Er versteht das Gedicht als Bereicherung, »damit uns die Bilder nicht ausgehen«, und als Rätsel; nur, daß er vom Rätsel doch ein Stück zu fassen bekommt.

ILONA BODDEN
EPITAPH

Den Kater,
meinen Gefährten,
haben die Kinder gesteinigt.

Der Apfelbaum
hinten im Garten
wurde im Winter gefällt.

Nur noch im Traum
blüht er fort
in der bienendurchsummten Stille,
und der schwarze geduldige Kater
hascht nach den Schatten im Gras.

Wer aber wird, wenn ich sterbe,
zuweilen ihrer gedenken,
und sie lebendig erhalten
ein paar Herztakte lang?

BENNO VON WIESE
EINE POETISCHE FRAGE

Das Gedicht »Epitaph« von Ilona Bodden steht in einem schmalen Gedichtband von 1974. Es meint mit seiner Überschrift das Gedenken an Tote, den ihnen gesetzten Denkstein der Erinnerung. Erinnert werden in diesem Gedicht ein Kater und ein Apfelbaum. Das scheint in den Bereich der privaten Idylle, weit ab vom Geschehen dieser Welt zu führen, zumal Kater und Apfelbaum nur noch als geträumte, bereits gestorbene Wesen in diesem Gedicht vorkommen. Aber eine solche Auslegung würde an dem Rang dieses Gedichtes völlig vorbeisehen.

Dennoch: machen wir es uns nicht zu leicht. Was soll noch die lyrische Melancholie um Kater und Apfelbaum, wenn wir vielleicht gerade in den Tageszeitungen vorher von den unvorstellbaren Grausamkeiten gelesen haben, die sich Menschen und Völker in aller Welt gegenseitig zufügen? Hat ein solches leises und verhaltenes Gedicht, in dem die Poesie sich noch nicht selbst aufgegeben hat, damit noch etwas zu tun?

Aber Verse müssen oft verschlüsselter zu uns sprechen. Das gilt auch von »Epitaph«, einem Gedicht, das mir tagelang nachgegangen ist, gerade, weil es so genau die Ursprünge des Bösen kennt. Den Kater, den »Gefährten« der Dichterin, vielleicht sogar ihren einzigen Gefährten, haben »Kinder gesteinigt«. Der versteckte Gleichklang Kater-Kinder unterstreicht das Lapidare dieses Verses. Kinder sollten mit Katern spielen, nicht aber sie steinigen. Die

Grausamkeit bis zum Mord, auch wo sie »nur« dem Tier gilt, gehört hier bereits zur Signatur der frühen Phase des Menschen. Sehr vieles hat sich seit den Tagen der Romantik geändert. Denn damals konnte die Kindheit noch als Paradies der Unschuld verklärt werden.

Aber auch ein Apfelbaum hinten im Garten wurde »gemordet«, im Winter gefällt. Wiegt dieser Verlust so schwer? Der Vorgang steht jedoch stellvertretend nicht nur für das Sterben in der Natur, sondern ebenso für die Verödung und Zerstörung jeder dem Menschen liebgewordenen Landschaft. Auch mit dem alleinstehenden Apfelbaum geht Unwiederbringliches verloren.

Doch Kater und Apfelbaum leben im Traume weiter fort. Das sommerliche Bild von der »bienendurchsummten Stille« und dem schwarzen geduldigen Kater, der im Gras nach dem Schatten hascht, den der Apfelbaum geworfen hat, ist von einer diskreten Zartheit. Sie erhält zugleich einen melodischen Reiz durch das Spiel mit den Vokalen, zunächst mit dem I, dann nachdrücklicher, sonorer und voller mit dem A. Das ist bereits eine »innere Landschaft«, eine nach innen zurückgenommene Impression: geträumte Musik, geträumte durchsummte Stille, geträumtes Weiterleben des Verlorenen, das in der Wirklichkeit bereits ruiniert worden ist.

Die letzte Strophe nimmt das Motiv des Todes erneut auf. Auch der Traum ist vergänglich. Er bleibt an die Person der Träumenden gebunden. Was wird geschehen, wenn auch sie sterben muß? Gibt es dann kein Gedenken mehr für Tier und Pflanze, das sie lebendig hält und sei es auch nur »ein paar Herztakte lang«? Die poetische Frage steht da; sie darf nicht überhört werden, wenn nicht alles im Nichts versinken soll und nur noch der hier nicht erinnerte und auch nicht erinnernswerte Mensch übrigbleibt, der die »geduldigen« Kreaturen, seien es nun Tiere oder Pflanzen, aus welchen Gründen auch immer, ausrottet.

Die Dichterin ist hier die Außenseiterin, die uns einlädt, »ein paar Herztakte lang« – den kleinsten Zeitraum bei höchster Intensität – ihren so lebenswichtigen Traum mit ihr oder sogar noch nach ihr weiterzuträumen. Nur indem sie ein solches Epitaph niederschreibt, kann sie dem Bösen, dem Vergessen und dem Tod eine Grenze setzen. Das Gedicht selbst beantwortet als Gedenken seine Frage nach der Möglichkeit des Gedenkens überhaupt.

QUELLENHINWEISE

HERBERT ACHTERNBUSCH 1938 in München geboren, lebt dort, S. 549.
Wandert das Gelb. Aus: Antianthologie. Herausgegeben von Helmut Heißenbüttel und Franz Mon. Carl Hanser Verlag, München 1973. Abdruck mit freundlicher Genehmigung des Autors.

KURT BARTSCH 1937 in Berlin geboren, lebt dort, S. 473.
Abriß. Aus: Kurt Bartsch, Kaderakte. Rowohlt Taschenbuch Verlag GmbH, Reinbek 1979. Abdruck mit freundlicher Genehmigung des Autors.
Die Leichenwäscherin ist tot. Aus: Luchterhand Jahrbuch der Lyrik 1985. Herausgegeben von Christoph Buchwald und Ursula Krechel. Luchterhand Verlag, Darmstadt 1985. Abdruck mit freundlicher Genehmigung des Autors.

KONRAD BAYER 1932 in Wien geboren, gestorben 1964 in Schloß Hagenberg/Niederösterreich, S. 163.
die oberfläche der vögel. Aus: Konrad Bayer, Sämtliche Werke. ÖBV-Klett-Cotta, Wien 1985, 1996.

JÜRGEN BECKER 1932 in Köln geboren, lebt dort, S. 167.
Das Fenster am Ende des Korridors. Aus: Jürgen Becker, Erzähl mir nichts vom Krieg. Gedichte. © Suhrkamp Verlag Frankfurt am Main 1977.
Gedicht, sehr früh. Aus: Jürgen Becker, Das Ende der Landschaftsmalerei. Gedichte. © Suhrkamp Verlag Frankfurt am Main 1974.
Gedicht über Schnee im April. Aus: Schnee. Gedichte. Literarisches Colloquium, Berlin 1971.

THOMAS BERNHARD 1931 in Heerlen/Holland geboren, 1989 in Gmunden/Oberösterreich gestorben, S. 147.
Unten liegt die Stadt. Aus: Thomas Bernhard, Gesammelte Gedichte. Hrsg. von Volker Bohn. © Suhrkamp Verlag Frankfurt am Main 1993.

F. W. BERNSTEIN 1938 in Göppingen geboren, lebt in Berlin, S. 553.
Wachtel Weltmacht? Aus: F. W. Bernstein, Reimweh. Gedichte und Prosa. Ausgewählt und mit einem Nachwort versehen von Eckard Henscheid. Verlag Philipp Reclam, Stuttgart 1994. Abdruck mit freundlicher Genehmigung von Herrn Fritz Weigle.

Horst Bienek 1930 in Gleiwitz geboren, gestorben 1990 in München, S. 121.

Berlin, Chausseestraße 125. Aus: Berlin, ach Berlin. Herausgegeben von Hans Werner Richter. Severin und Siedler, Berlin 1981. © Bayerische Akademie der Schönen Künste, München.

Gartenfest. Aus: Horst Bienek, Gleiwitzer Kindheit. © 1976 Carl Hanser Verlag München Wien.

Wolf Biermann 1936 in Hamburg geboren, lebt dort, S. 445.

Ballade vom preußischen Ikarus. Ermutigung. Aus: Wolf Biermann, Alle Lieder. © 1991 by Verlag Kiepenheuer & Witsch Köln.

Kleines Lied von den bleibenden Werten. Nachricht. Aus: »Nachlaß 1« von Wolf Biermann. © 1977 by Verlag Kiepenheuer & Witsch Köln.

Ilona Bodden 1940 in Hildesheim geboren, gestorben 1985 in Hamburg, S. 585.

Epitaph. Aus: Ilona Bodden, Erinnerung an einen Obelisken. Delp'sche Verlagsbuchhandlung, München 1974. Abdruck mit freundlicher Genehmigung von Frau Elisabeth Rausch-Zimmer.

Nicolas Born 1937 in Duisburg geboren, gestorben 1979 in Breese bei Dannenberg, S. 483.

Das Erscheinen eines jeden in der Menge. Dies Haus. Drei Wünsche. Horror, Dienstag. Aus: Nicolas Born, Gedichte 1967-1978. Copyright © 1978 by Rowohlt Verlag GmbH, Reinbek bei Hamburg.

Es ist Sonntag. Aus: Nicolas Born, Das Auge des Entdeckers. Copyright © 1972 by Rowohlt Taschenbuch Verlag GmbH, Reinbek bei Hamburg.

Vaterhaus. Aus: Nicolas Born, Gedichte. Auswahl und Nachwort von Peter Handke. © Suhrkamp Verlag Frankfurt am Main 1990.

Volker Braun 1939 in Dresden geboren, lebt in Berlin, S. 557.

Das Eigentum. Aus: Deutsch in einem anderen Land. Die DDR, 1949-1990 in Gedichten. Herausgegeben von Rüdiger Mangel, Stefan Schnabel und Peter Staatsmann. Edition Hentrich, Berlin 1990. Abdruck mit freundlicher Genehmigung des Autors.

Durchgearbeitete Landschaft. Aus: Gegen die symmetrische Welt. © Suhrkamp Verlag Frankfurt am Main 1974.

Tagtraum. Aus: Volker Braun, Langsamer knirschender Morgen. Gedichte.© Mitteldeutscher Verlag, Halle und Leipzig 1987.

Zu Brecht. Die Wahrheit einigt. Aus: Volker Braun, Gedichte. © Suhrkamp Verlag Frankfurt am Main 1979.

HEINZ CZECHOWSKI 1935 in Dresden geboren, lebt in Leipzig, S. 287.
Ewald Christian von Kleist. Aus: Heinz Czechowski, Ich und die Folgen. Gedichte. Rowohlt Verlag GmbH, Reinbek 1987. Abdruck mit freundlicher Genehmigung des Autors.
Notiz für U. B. Aus: Heinz Czechowski, Schafe und Sterne. Gedichte. Mitteldeutscher Verlag, Halle 1974. Abdruck mit freundlicher Genehmigung des Autors.

FRANZ JOSEF DEGENHARDT 1931 in Schwelm/Westfalen geboren, lebt in Hamburg, S. 151.
Die alten Lieder. Aus: Kommt an den Tisch unter Pflaumenbäumen. Alle Lieder von Franz Josef Degenhardt. C. Bertelsmann Verlag GmbH, München 1979. Alle Rechte beim Autor. Abdruck mit freundlicher Genehmigung.

ADOLF ENDLER 1930 in Düsseldorf geboren, lebt in Berlin, S. 131.
Des Freundes Wettlauf mit dem Schneemann. Aus: Adolf Endler, Nackt mit Brille. Verlag Klaus Wagenbach, Berlin 1975. Abdruck mit freundlicher Genehmigung des Autors.

WALTER HELMUT FRITZ 1929 in Karlsruhe geboren, lebt dort, S. 15.
Aber dann? Aus: Walter Helmut Fritz, Werkzeuge der Freiheit. Gedichte. © Hoffmann und Campe Verlag, Hamburg 1983.
Aber eben meine Geschichte. Aus: Walter Helmut Fritz, Sehnsucht. Gedichte und Prosagedichte. © Hoffmann und Campe Verlag, Hamburg 1978.
Atlantis. Don Juan. Aus: Walter Helmut Fritz, Schwierige Überfahrt. Gedichte. © Hoffmann und Campe Verlag, Hamburg 1976.
Teilhaben. Aus: Walter Helmut Fritz, Die Schlüssel sind vertauscht. Gedichte und Prosagedichte 1987-1992. © Hoffmann und Campe Verlag, Hamburg 1992.

ROBERT GERNHARDT 1937 in Reval/Estland geboren, lebt in Frankfurt am Main, S. 509.
Ach. Aus: Robert Gernhardt, Lichte Gedichte. Haffmanns Verlag, Zürich 1998. Abdruck mit freundlicher Genehmigung der S. Fischer Verlag GmbH, Frankfurt am Main.
Alte Künste. Aus: Robert Gernhardt, Klappaltar. Drei Hommagen. Haffmans Verlag, Zürich. Abdruck mit freundlicher Genehmigung der S. Fischer Verlag GmbH, Frankfurt am Main.
Doppelte Begegnung am Strand von Sperlonga. Herbstlicher Baum in der Neuhaußstraße. Siebenmal mein Körper. Aus: Robert Gernhardt,

Körper in Cafés. Gedichte. Haffmans Verlag, Zürich 1987. Abdruck mit freundlicher Genehmigung der S. Fischer Verlag GmbH, Frankfurt am Main.

Eine Ansichtskarte. Gruß aus dem Wildfreigehege Mölln. Aus: Robert Gernhard, Wörtersee (Groß, größer, am größten). Verlag Zweitausendeins, Frankfurt am Main 1981. © Robert Gernhardt, alle Rechte vorbehalten.

Noch einmal: Mein Körper. Aus: Robert Gernhardt, Reim und Zeit. Gedichte. Philipp Reclam Verlag, Stuttgart 1990. Abdruck mit Genehmigung der S. Fischer Verlag GmbH, Frankfurt am Main.

Schön und gut und klar und wahr. Aus: Robert Gernhardt, Weiche Ziele. Gedichte 1984-1994. Haffmans Verlag, Zürich. Abdruck mit freundlicher Genehmigung der S. Fischer Verlag GmbH, Frankfurt am Main.

Elfriede Gerstl 1932 in Wien geboren, lebt dort, S. 179.

wer ist denn schon. Aus: Elfriede Gerstl, Wiener Mischung. Texte aus vielen Jahren. Gedichte und Prosa. © Literaturverlag Droschl Graz 1982.

Uwe Gressmann 1933 in Berlin geboren, S. 201.

Kosmos. Aus: Uwe Greßmann, Der Vogel Frühling. Mitteldeutscher Verlag, Halle 1966.

Peter Hamm 1937 in München geboren, lebt in Tutzing/Starnberger See, S. 545.

Niederlegen. Aus: Peter Hamm, Die verschwindende Welt. © 1985 Carl Hanser Verlag München Wien.

Peter Härtling 1933 in Chemnitz geboren, lebt in Mörfelden-Walldorf/Hessen, S. 207.

Unreine Elegie. Aus: Peter Härtling, Werke Bd. 8. Gedichte. © 1999 by Verlag Kiepenheuer & Witsch Köln.

Harald Hartung 1932 in Herne/Westfalen geboren, lebt in Berlin, S. 183.

Das Paar. Aus: Harald Hartung, Reichsbahngelände. Gedichte. J. G. Bläschke Verlag, Darmstadt 1974. Abdruck mit freundlicher Genehmigung des Autors.

Rolf Haufs 1935 in Düsseldorf geboren, lebt in Berlin, S. 295.

Baum und Himmel. Aus: Rolf Haufs, Größer werdende Entfernung. Rowohlt Taschenbuch Verlag GmbH, Reinbek 1979. Abdruck mit freundlicher Genehmigung des Autors.

Das hält wer aus. Drei Strophen. Aus: Rolf Haufs, Juniabschied. Gedichte. Rowohlt Taschenbuch Verlag GmbH, Reinbek 1984. Abdruck mit freundlicher Genehmigung des Autors.

Jeden Tag. Aus: Rolf Haufs, Felderland. © 1986 Carl Hanser Verlag München Wien.

Peppino Portiere. Aus: Rolf Haufs, Die Geschwindigkeit eines einzigen Tages. Gedichte. Rowohlt Verlag GmbH, Reinbek 1976. Abdruck mit freundlicher Genehmigung des Autors.

MANFRED PETER HEIN 1931 in Darkhehmen/Ostpreußen geboren, lebt in Finnland, S. 155.

Lauffeuer. Aus: Manfred Peter Hein, Gegenzeichnung. Gedichte 1962-1972. Erato-Presse, Darmstadt/Frankfurt 1974. © Agora-Verlag Berlin.

ROLF HOCHHUTH 1931 in Eschwege geboren, lebt in Riehen bei Basel, S. 159.

Einstein. Aus: Rolf Hochhuth, War hier Europa? © 1987 Deutscher Taschenbuch Verlag, München.

RAINER KIRSCH 1934 in Döbeln/Sachsen geboren, lebt in Berlin, S. 249.

Die Dialektik. Sterbelager preußisch. Aus: Kunst in Mark Brandenburg. Gedichte. © Hinstorff Verlag, Rostock 1989.

Sonett. Aus: Rainer Kirsch, Ausflug machen. Gedichte. Hinstorff Verlag, Rostock, 4. Auflage 1984. Abdruck mit freundlicher Genehmigung des Autors.

SARAH KIRSCH 1935 in Limlingerode/Harz geboren, lebt in Tielenhemme/Schleswig Holstein, S. 317.

Am Walfjord. Beginn der Zerstörung. Bei den Stiefmütterchen. Datum. Der Süden. Die Heide. Die Luft riecht schon nach Schnee. Die Verdammung. Einäugig. Eine Schlehe im Mund komme ich übers Feld. Erdreich. Im Juni. Klosterruine Dshwari. Moorland. Nachricht aus Lesbos. Naturschutzgebiet. Reisezehrung. Schöner See Wasseraug. Schwarze Bohnen. Aus: Sarah Kirsch, Werke in fünf Bänden. Band 1-3: Die Gedichte. © 1999 Deutsche Verlags-Anstalt GmbH, Stuttgart.

WULF KIRSTEN 1934 in Klipphausen/Meißen geboren, lebt in Weimar, S. 261.

die ackerwalze. Aus: Wulf Kirsten, Stimmenschotter. Gedichte 1987-1992. © 1993 by Ammann Verlag & Co. Zürich.

Gottfried Silbermann. grabschrift für meinen großvater. wüstgefallener jüdischer friedhof in Mähren. Aus: die erde bei Meißen. Gedichte. Suhrkamp Verlag Frankfurt am Main 1987. Abdruck mit freundlicher Genehmigung des Autors.

ECKART KLESSMANN 1933 in Lemgo/Lippe geboren, lebt in Hamburg, S. 211.

E.T.A. Hoffmann beim Fenster. Aus: Eckart Kleßmann, Botschaften für Viviane. Gedichte. Hoffmann und Campe Verlag, Hamburg 1980. Abdruck mit freundlicher Genehmigung des Autors.

JOHANNES KÜHN 1934 in Hasborn/Saar geboren, lebt dort, S. 279.

Zeitung am Kaffeetisch. Aus: Johannes Kühn, Ich, Winkelgast. Gedichte. Herausgegeben von Irmgard und Benno Rech. Carl Hanser Verlag, München 1989. Abdruck mit freundlicher Genehmigung von Irmgard und Benno Rech, Lebach.

GÜNTER KUNERT 1929 in Berlin geboren, S. 35.

Atlas. Unterwegs nach Utopia I. Aus: Günter Kunert, Unterwegs nach Utopia. © 1977 Carl Hanser Verlag München Wien.

Den Fischen. Aus: Günter Kunert, Verkündigung des Wetters. © 1966 Carl Hanser Verlag München Wien.

Ernst Balcke. Aus: Günter Kunert, Warnung vor Spiegeln. © 1970 Carl Hanser Verlag München Wien.

Fantasma. Im Norden. Aus: Günter Kunert, Berlin beizeiten. © 1987 Carl Hanser Verlag München Wien.

Frist. Aus: Günter Kunert, Gedichte. © Carl Hanser Verlag, München Wien.

Konjunktiver Doppelgänger. Vorortabend. Aus: Günter Kunert, Im weiteren Fortgang. © 1974 Carl Hanser Verlag München Wien.

Vision an der Oberbaumbrücke. Aus: Günter Kunert, Stilleben. © 1984 Carl Hanser Verlag München Wien.

REINER KUNZE 1933 in Oelsnitz/Erzgebirge geboren, lebt bei Passau, S. 215.

Bittgedanke, dir zu Füßen. Literaturarchiv in M. Aus: Reiner Kunze, Eines jeden einziges Leben. Gedichte. © 1986 S. Fischer Verlag GmbH, Frankfurt am Main.

Das kleine Auto. Erster Brief der Tamara A. Fahrschüler für Lastkraftwagen. Aus: Reiner Kunze, Zimmerlautstärke. © 1972 S. Fischer Verlag GmbH, Frankfurt am Main.

Erste Liebe. Aus: Reiner Kunze, Wohin der Schlaf sich schlafen legt. Gedichte für Kinder. © 1991 S. Fischer Verlag GmbH, Frankfurt am Main.

Hallstatt mit schwarzem Stift. Tagebuchblatt 74. Aus: Reiner Kunze, auf eigene hoffnung. gedichte. © 1981 S. Fischer Verlag GmbH, Frankfurt am Main.

Richard Leising 1934 in Chemnitz geboren, gestorben 1997, S. 283.
Der Sieg. Aus: Richard Leising, Gebrochen deutsch. Gedichte. Verlag Langewiesche-Brandt, Ebenhausen 1990.

Rebecca Lutter 1930 in Stolp/Pommern geboren, lebt in Bonn, S. 135.
Mein Platz. Aus: Rebecca Lutter, Die Taube ruft morgens den Regen. Gedichte. © Gilles & Francke Verlag, Duisburg 1984.

Rainer Malkowski 1939 in Berlin geboren, lebt in Brannenburg/Bayern, S. 577.
Schöne seltene Weide. Aus: Rainer Malkowski, Was für ein Morgen. Gedichte. © Suhrkamp Verlag Frankfurt am Main 1975.
Stadtkirche am Vormittag. Aus: Rainer Malkowski, Einladung ins Freie. Gedichte. © Suhrkamp Verlag Frankfurt am Main 1977.

Christoph Meckel 1935 in Berlin geboren, lebt dort, S. 397.
An wen auch immer ich mich wende. Aus: Christoph Meckel, Hundert Gedichte. © 1988 Carl Hanser Verlag München Wien.
Es war der Atem im Schnee. Aus: Christoph Meckel, Souterrain. © 1984 Carl Hanser Verlag München Wien.
Gedicht für meinen Vater. Aus: Christoph Meckel, Wen es angeht. Gedichte. Mit acht Graphiken des Autors. © Copyright by Verlag Eremiten-Presse, Düsseldorf.
Geerntet der Kirschbaum, der Juni zu Ende. Aus: Christoph Meckel, Säure. Gedichte. Claassen Verlag, Düsseldorf 1979. Abdruck mit freundlicher Genehmigung des Autors.
Süße Person. Aus: Christoph Meckel, Nebelhörner. Gedichte. Literarischer Verlag Helmut Braun, Köln 1977. Abdruck mit freundlicher Genehmigung des Autors.

Karl Mickel 1935 in Dresden geboren, 2000 in Berlin gestorben, S. 421.
Elegie. Aus: Karl Mickel, Mottek sagt. Gedichte. Carl Hanser Verlag, München 1990. Abdruck mit freundlicher Genehmigung von Frau Carla Lehmann.
Inferno XXXIV. Aus: Karl Mickel, Eisenzeit. © Mitteldeutscher Verlag, Halle 1975.
Maischnee. Aus: Karl Mickel, Odyssee in Ithaka. Gedichte 1957-1974. Verlag Philipp Reclam jun., Leipzig 1976. Abdruck mit freundlicher Genehmigung von Frau Carla Lehmann.

Heiner Müller 1929 in Eppendorf/Sachsen geboren, 1998 in Berlin gestorben, S. 75.
Herz der Finsternis nach Joseph Conrad. Montaigne meets Tasso I.

Traumwald. Aus: Heiner Müller, Werke I. Die Gedichte. Hrsg. von Frank Hörnigk. © Suhrkamp Verlag Frankfurt am Main 1998.

CHRISTINE NÖSTLINGER 1936 in Wien geboren, lebt dort, S. 467.
Auszählreime. Aus: Überall und neben dir. Herausgegeben von Hans-Joachim Gelberg. 1986 Beltz Verlag, Weinheim und Basel. Programm Beltz & Gelberg, Weinheim.

HELGA M. NOVAK 1935 in Berlin geboren, lebt in Polen, S. 433.
bin zu alt. Tschechow nach Sachalin. Aus: Helga M. Novak, Solange noch Liebesbriefe eintreffen. Gesammelte Gedichte. Hrsg. von Rita Jorek. Mit einem Nachwort von Eva Demski. © Verlag Schöffling & Co., Frankfurt am Main 1999.

PETER RÜHMKORF 1929 in Dortmund geboren, lebt bei Hamburg, S. 89.
Ans Glück verzettelt. Auf eine Weise des Joseph Freiherrn von Eichendorff. Auf was nur einmal ist. Bleib erschütterbar und widersteh. De mortuis oder: üble Nachrede. Heinrich-Heine-Gedenk-Lied. Hochseil. So müde, matt, kapude. Aus: Peter Rühmkorf, Gedichte, Werke I. Copyright © 2000 by Rowohlt Verlag GmbH, Reinbek bei Hamburg.

ALBERT VON SCHIRNDING 1935 in Regensburg geboren, lebt in Hartmating, S. 441.
Bitte um Heimsuchung. Aus: Albert von Schirnding, Bedenkzeit. © Verlag Langewiesche-Brandt, Ebenhausen 1977.

EVA STRITTMATTER 1930 in Neuruppin geboren, lebt in Berlin, S. 141.
Der Amsel. Aus: Eva Strittmatter, Die eine Rose überwältigt alles. Gedichte. © Aufbau Verlag Berlin und Weimar 1977.

ROR WOLF 1932 in Saalfeld/Thüringen geboren, lebt in Wiesbaden, S. 187.
Aus dem Norden. der vater spricht von dem franzos. Aus: Ror Wolf, Aussichten auf neue Erlebnisse. © Frankfurter Verlagsanstalt GmbH, Frankfurt am Main 1996.
Rammer & Brecher. 3. Sonett. Aus: Ror Wolf, Das nächste Spiel ist immer das schwerste. © Frankfurter Verlagsanstalt GmbH, Frankfurt am Main 1994.